D0311669

Les déferlantes

CLAUDIE
GALLAY

Les déferlantes

ROMAN

À Lucile,

Vous me reconnaîtrez,
je suis celui qui passe…

René-Paul ENTREMONT

La première fois que j'ai vu Lambert, c'était le jour de la grande tempête. Le ciel était noir, très bas, ça cognait déjà fort au large.

Il était arrivé un peu après moi et il s'était assis en terrasse, une table en plein vent. Avec le soleil en face, il grimaçait, on aurait dit qu'il pleurait.

Je l'ai regardé, pas parce qu'il avait choisi la plus mauvaise table, ni pour cette grimace sur le visage. Je l'ai regardé parce qu'il fumait comme toi, les yeux dans le vague, en frottant son pouce sur ses lèvres. Des lèvres sèches, peut-être plus sèches que les tiennes.

J'ai pensé qu'il était journaliste, une tempête d'équinoxe, ça pouvait faire quelques bonnes photos. Derrière la digue, le vent creusait les vagues, boutait les courants, ceux du Raz Blanchard, des fleuves noirs venus de très loin, des mers plus au nord ou des tréfonds de l'Atlantique.

Morgane est sortie de l'auberge. Elle a vu Lambert.

— Vous n'êtes pas d'ici, elle a dit en lui demandant ce qu'il voulait.

Elle avait le ton maussade des jours où elle devait servir des clients quand le temps était mauvais.

— Vous êtes là pour la tempête ?

Il a fait non avec la tête.

— Alors c'est pour Prévert ? Tout le monde vient là pour Prévert...

— Je cherche un lit pour la nuit, il a fini par dire.
Elle a haussé les épaules.

— On fait pas hôtel.

— Je peux trouver ça où ?

— Il y en a un au village, en face de l'église... ou
alors à la Rogue. À l'intérieur des terres. Mon patron
a une amie, une Irlandaise, elle tient une pension...
Vous voulez son numéro ?

Il a hoché la tête.

— Et manger, c'est possible ?

— C'est trois heures...

— Et alors !

— À trois heures, c'est jambon-beurre.

Elle a montré le ciel, la barre de nuages qui avançait. Le soleil filtrait un peu par en dessous. Dix
minutes encore et il ferait nuit.

— Ça va être le déluge ! elle a dit.

— Le déluge n'empêche rien. Six huîtres avec un
verre de vin ?

Morgane a souri. Lambert était plutôt beau gosse.
Elle a eu envie de lui tenir tête.

— En terrasse, on sert seulement les boissons.

Je buvais un café noir à deux tables derrière lui. Il
n'y avait pas d'autres clients. Même à l'intérieur,
c'était vide.

Des petites plantes au feuillage gris prenaient
racine dans les fissures des pierres. Avec le vent, elles
semblaient ramper.

Morgane a soupiré.

— Faut que je demande au patron.

Elle s'est arrêtée à ma table, ses ongles rouges pia-
notant sur le rebord de bois.

— Ils viennent tous pour Prévert... On viendrait là
pour quoi hein ?

Elle a jeté un coup d'œil par-dessus son épaule et
elle a disparu à l'intérieur. J'ai cru qu'elle ne reviendrait pas mais elle est ressortie un moment après
avec un verre de vin, du pain dans une soucoupe et

10

les huîtres sur un tas d'algues, elle a tout posé devant lui.

Le numéro de l'Irlandaise aussi.

— Le patron a dit, D'accord pour les huîtres mais dehors, c'est sans nappe... et il faut faire vite parce que ça va tomber.

J'ai commandé un deuxième café.

Il a bu le vin. Il tenait mal son verre mais c'était un mâcheur d'huîtres.

Morgane a empilé les chaises, elle les a toutes poussées contre le mur et elle les a entravées avec une chaîne. Elle m'a fait des signes.

D'où j'étais, je voyais tout du port. La Griffue, c'est là qu'on habitait, elle avec son frère Raphaël, au rez-de-chaussée, moi seule dans l'appartement au-dessus.

Cent mètres après l'auberge, juste le quai à traverser, une maison bâtie en bout de route, presque dans la mer. Avec rien autour. Les jours de tempête, seulement le déluge. Les gens d'ici disaient qu'il fallait être fou pour habiter dans un tel endroit. Ils lui avaient donné ce nom, la Griffue, à cause des bruits d'ongles que faisaient les branches des tamaris en grinçant contre les volets.

C'était un ancien hôtel avant.

Avant, c'était quand ?

Les années 70.

Ce n'était pas très grand comme port. Un endroit comme un bout du monde, avec une poignée d'hommes et seulement quelques bateaux.

La Hague.

À l'ouest de Cherbourg.

L'est ou l'ouest, j'ai toujours confondu.

J'étais arrivée ici à l'automne, avec les oies sauvages, ça faisait un peu plus de six mois. Je travaillais pour le Centre ornithologique de Caen. J'observais les oiseaux, je les comptais, j'avais passé les deux mois d'hiver à étudier le comportement des cormorans les jours de grands froids. Leur odorat, leur vision... Des heures dehors, dans le vent. Avec le printemps, j'étudiais les migrateurs, je comptais les œufs, les nids. C'était répétitif, j'avais besoin de ça. Je cherchais aussi les causes de leur déclin sur le secteur de la Hague.

J'étais mal payée.

Mais j'étais logée.

Et je n'avais encore jamais vu de grande tempête.

Deux grands goélands sont venus gueuler devant les bateaux, le cou étiré, les ailes écartées, tout le corps tendu vers le ciel. Brusquement, ils se sont tus. Le ciel s'est épaissi encore, il est devenu très sombre mais ce n'était pas la nuit.

C'était autre chose.

Une menace.

C'était cela qui avait fait taire les oiseaux.

On m'avait avertie, Quand ça va commencer, il faudra plus être dehors.

Les pêcheurs ont vérifié une dernière fois les amarres des bateaux et ils sont partis, tous, les uns après les autres. Un rapide coup d'œil de notre côté.

Les hommes sont plus forts quand la mer remonte, c'est ce qui se dit ici. Les femmes profitent de ces moments pour se coller à eux. Elles les saisissent là où ils sont, au fond des écuries ou dans les cales des bateaux. Elles se laissent prendre.

Le vent sifflait déjà. C'était peut-être cela le plus violent, plus encore que les vagues. Ce vent, qui chassait les hommes.

Il restait nos deux tables en terrasse et plus personne autour.

Lambert s'est retourné. Il m'a regardée.

— Fichu temps ! il a dit.

Morgane est ressortie, Vous avez fini ?

Elle a ramassé son assiette, le pain, ma tasse.

Le patron avait préparé les barres, il bloquait déjà la porte.

— Ça va valser ! il a dit.

Morgane s'est tournée vers moi.

— Tu restes ?

— Deux minutes encore, oui...

Je voulais voir, tant que c'était possible. Voir, entendre, sentir. Elle a haussé les épaules. Une première goutte s'est écrasée sur le plat de la table.

— Vous poussez vos chaises en partant !

J'ai fait oui avec la tête. Lambert n'a pas répondu. Elle est partie en courant, les bras repliés autour du ventre, elle a traversé tout l'espace, de l'auberge jusqu'à la Griffue, elle est arrivée à la porte et elle s'est engouffrée à l'intérieur.

Un premier éclair a claqué quelque part au-dessus de l'île d'Aurigny, un autre plus près. Et puis le vent est venu cogner contre la digue, une première rafale, on aurait dit un coup de butoir. Les planches se sont mises à battre sous le hangar où Max réparait son bateau. Un volet mal attaché a claqué quelque part.

La mer s'est durcie, elle est devenue noire comme si quelque chose d'intolérable la nouait de l'intérieur. Le bruit assourdissant du vent s'est mêlé à celui des vagues. Ça devenait oppressant. J'ai relevé mon col. J'ai rangé ma chaise.

Lambert n'avait pas bougé. Il a tiré un paquet de cigarettes de sa poche. Il semblait calme, indifférent.

— Vous partez ?

J'ai fait oui avec la tête.

Les vents qui soufflent les jours de tempête sont comme des tourbillons de damnés. On dit qu'ils sont des âmes mauvaises qui s'engouffrent à l'intérieur des maisons pour y prendre ce qu'on leur doit. On, c'est-à-dire ceux qui restent, les vivants.

— Les étoiles, ça arrive qu'on les voie ? il a demandé en montrant le ciel au-dessus de nous.

— Ça arrive oui.

— Parce que dans les villes, on ne les voit plus.

Le vent lacérait sa voix.

C'était une voix lente.

— En ville, c'est à cause des lampadaires, il a précisé.

Il avait gardé son paquet de cigarettes dans sa main. Il le tournait et le retournait, geste machinal. Sa présence rendait plus étouffante encore l'arrivée imminente de la tempête.

— Mais c'est rare, hein ?

— Qu'est-ce qui est rare ?

Il a hésité quelques secondes, et il a passé son pouce sur sa lèvre. Je l'ai regardé, lui, son visage, ses yeux.

Ce geste qu'il venait de faire.

C'est tout de suite après que j'ai entendu siffler. J'ai eu le temps de me reculer. L'ombre qui m'a giflée était rouge. J'ai senti quelque chose mordre ma joue. C'était de la tôle, une plaque large comme deux mains. Elle a volé sur une dizaine de mètres et puis le vent l'a plaquée contre le sol. Il l'a entraînée plus loin. J'ai entendu crisser le gravier. On aurait dit des dents sur du sable.

J'ai passé ma main. J'avais du sang sur les doigts.

— Qu'est-ce qui est rare ? je me suis entendue demander pour la deuxième fois, le regard toujours collé à la tôle.

Il a allumé sa cigarette.

— Les étoiles, il a répondu.

Il a répété cela, C'est rare les étoiles dans les ciels en ville...

Et puis il m'a montré ma joue, Il faut aller vous soigner.

Dans ma chambre, après, les deux mains collées à la vitre, j'ai vu mon visage, la marque rouge que la tôle avait laissée.

La boursouflure était chaude. On peut mourir d'être griffé par les tôles qui se décrochent.

Les tôles, la rouille.

Il avait parlé des villes. Il avait dit, On ne voit plus les étoiles à certains endroits.

Mes pieds nus sur le plancher. L'empreinte de mes doigts sur le carreau. J'ai désinfecté la plaie avec un fond d'alcool.

Je suis restée à la fenêtre. Ma chambre donnait côté vagues. Un grand lit avec une couette. Deux fauteuils défoncés. Sur la table, il y avait le carton avec mes jumelles, mon chronomètre et des livres sur les oiseaux. Des cartes détaillées avec des photocopies, des relevés.

Au fond du carton, une poignée de stylos. Un cahier de bord. Je tenais ce cahier depuis six mois. Je ne savais pas pour combien de temps j'étais là. Avant, j'étais prof de biologie à l'université d'Avignon. J'enseignais l'ornithologie. Avec mes élèves, on partait observer les oiseaux en Camargue. On passait des nuits entières enfermés dans des cabanes sur pilotis.

Après toi, j'ai pris deux ans de congé sabbatique, j'ai cru crever. Je suis venue ici.

Le précédent locataire avait tout quitté, un matin. Il paraît qu'il ne supportait plus la solitude. Il avait laissé de la nourriture dans les placards, des paquets de biscuits. Du sucre dans une boîte. Du lait en poudre aussi et des paquets de café dans des petits sachets en papier brun. Un arbre vert dessiné sur le carton, du commerce équitable. Des livres.

Un vieux poste de radio. Une télé. L'image ne passait pas, seulement le son.

16

Deux bouteilles sous l'évier. Du vin imbuvable, un goût de plastique. Je l'ai bu pourtant, seule, un jour où il faisait beau.

Je passais d'une fenêtre à l'autre. Je n'avais encore jamais vu un ciel aussi noir. Côté terre, les nuages s'entassaient en une chape de plomb au-dessus de la colline. Les bateaux tanguaient. Lambert avait quitté la table, mais il était encore sur le quai. Le blouson fermé, les mains dans les poches. Il arpentait.

Il ne pleuvait pas, mais la pluie se ramassait, une barre inquiétante, zébrée d'éclairs, encore au-dessus de la mer, mais la barre se rapprochait. Le tonnerre s'est mis à gronder. Lambert a fait quelques pas en direction de la digue, le vent était trop fort, c'était devenu impossible d'avancer. J'ai pris mes jumelles, j'ai cadré son visage. Des gouttes lui cinglaient les joues.

Il est resté là de longues minutes et puis un éclair a éclaté et la pluie s'est abattue.

Il n'y avait pas d'autres voitures sur le quai, que la sienne. Pas d'autres vivants à part nous trois dans la Griffue.

Nous trois et lui dehors.

Il était sous la pluie.

Une première vague est passée par-dessus la digue. Il y en a eu d'autres. Et avec, ce vacarme infernal. Un oiseau, sans doute surpris par la violence des vents, est venu s'écraser contre ma fenêtre, c'était un grand goéland. Il est resté collé, quelques secondes, l'œil étonné, et puis le vent l'a repris, il l'a soulevé et emporté.

L'orage a crevé. Des déferlantes d'eau se sont abattues sur la maison. Le visage collé à la fenêtre, j'ai essayé de voir dehors. Les lampadaires étaient éteints. Il n'y avait plus de lumière. Dans la lueur des éclairs, les rochers qui encerclaient le phare semblaient

17

voler en éclats. Je n'avais jamais connu ça. Je ne sais pas si j'aurais eu envie d'être ailleurs.

Quand j'ai regardé sur le quai, j'ai vu que la voiture de Lambert n'était plus là. Elle remontait en direction du village. Les feux arrière qui s'éloignaient. Et puis plus rien.

Ça a duré des heures, un déluge effroyable. À ne plus savoir où était la terre et où était l'eau. La Griffue tanguait. Je ne savais plus si c'était la pluie qui venait cingler les vitres ou si c'étaient les vagues qui montaient jusque-là. Ça me donnait la nausée. Je restais, les cils contre les carreaux, mon haleine brûlante. Je m'accrochais aux murs.

Sous la violence, les vagues noires s'emmêlaient comme des corps. C'étaient des murs d'eau qui étaient charriés, poussés en avant, je les voyais arriver, la peur au ventre, des murs qui s'écrasaient contre les rochers et venaient s'effondrer sous mes fenêtres.

Ces vagues, les déferlantes.

Je les ai aimées.

Elles m'ont fait peur.

Il faisait tellement nuit. À plusieurs reprises, j'ai cru que le vent allait arracher le toit. J'entendais craquer les poutres.

J'ai allumé des bougies. Elles fondaient, des coulées de cire blanche sur le bois de la table. L'étrange pellicule brûlante. Dans la lumière d'un éclair, j'ai vu le quai, il était inondé comme si la mer était remontée sur les terres et avait tout englouti. Il y a eu d'autres éclairs. Des éclairs, comme des barreaux. J'ai cru que ça n'en finirait pas.

Raphaël était dans son atelier, une vaste pièce juste au-dessous de ma chambre. Un plancher en bois nous séparait. Je l'entendais. Je pouvais le voir aussi, il suffisait de me coucher sur le sol et de coller mon œil, un petit espace entre les lattes, sous le tapis, quelques millimètres.

Tout le monde disait qu'il était impossible de vivre ici, si près de la mer. Tellement près, on aurait dit qu'on était dedans.

Était-ce le jour ? la nuit ? J'ai essayé de dormir. Il faisait trop chaud sous la couette. Trop froid en dehors. J'ai fermé les yeux. J'ai revu la tôle. Son ombre. J'ai entendu la voix de Lambert mêlée à la nuit, le crissement désagréable de la tôle. Le clic-clac de ma montre à mon poignet, tout ça s'est mélangé. Je me suis réveillée, je suais.

Le conduit du poêle traversait ma chambre, il chauffait l'air et ressortait par le toit. C'était un conduit en fer-blanc. La chaleur faisait vibrer le tuyau.

Raphaël marchait, on aurait dit les pas d'un fauve dans sa cage, c'est pour ses sculptures qu'il avait peur. Que du plâtre, de l'argile. Il disait qu'il suffisait qu'une vitre éclate pour que tout soit englouti.

Il bourrait son poêle de bûches comme si le feu pouvait faire reculer la mer.

Je l'entendais qui gueulait.

— Cette maison a tenu, elle tiendra encore !

Je me suis collée à la fissure. Il avait allumé les grands candélabres. Avec les statues, son atelier, on aurait dit une église.

J'ai regardé ma blessure, dans la lumière d'une bougie. La plaie était devenue sombre, presque mauve.

Les gens m'appelaient la Griffue, ils m'appelaient aussi la Horsain, l'étrangère, celle qui n'était pas née de là, comme ils avaient appelé tous ceux qui étaient venus vivre ici avant moi. Et ceux qui viendraient après. Il en viendrait.

Raphaël m'appelait Princesse.

Pour Lili, j'étais Miss.

Pour toi, j'étais Ténébreuse. Ce nom dans ta bouche, tu m'appelais comme ça. Tu disais que ça venait de mes yeux et de tout ce qui les hantait.

J'ai chauffé l'intérieur de ma main à la flamme d'une bougie, ma paume contre la plaie. J'ai planté des allumettes dans la cire.

Des mois que j'étais sans toi. Le manque absorbait tout. Il absorbait même le temps. Jusqu'à l'image de toi. Je suis restée, les yeux fixés sur le battant rouillé de la fenêtre. J'ai planté d'autres allumettes.

La bougie, à la fin, on aurait dit une poupée vaudoue.

Au matin, la lumière du jour a dévoilé une lande morte. Il pleuvait encore et le vent sifflait. Il glissait sur la surface de l'eau, décrochant de longues déchirures d'écume grasse qu'il allait déposer plus loin. Tristes paquets. Dans le port, les bateaux luttaient pour ne pas couler.

Une voiture est descendue du village et puis elle s'est arrêtée. Elle a fait demi-tour avant d'atteindre le quai.

C'était le moment de la renverse, cet instant de silence où la mer soulève les vagues et les retourne.

J'ai dormi. Quelques heures rattrapées sur les longues nuits sans sommeil. Nuits passées. Nuits à venir.

J'ai bu du café. J'ai fouillé dans l'armoire, mes mains dans des piles de *Paris Match*, des anciens numéros, le mariage de Grace Kelly et la mort de Brel. Des photos en noir et blanc. Des vieux journaux. J'ai ramené de la poussière, des lambeaux de papier bouffés par les rats. Un squelette d'oiseau. Dans un magazine, une photo de Demi Moore. Je l'ai mise de côté pour la donner à Raphaël.

J'ai trouvé une biographie de Thérèse d'Àvila, le *Journal* d'Etty Hillesum. Une carte postale de Hopper entre les pages d'un livre, une fille à une table, dans un café. Les murs peints en vert. J'ai rangé le livre, j'ai gardé la carte.

Je suis sortie dans le couloir. Le mur côté nord était humide. Ça suintait le long des plinthes, sur les marches. Les traces blanches contre les murs, c'était le sel.

L'interrupteur, sur la droite. Le mur s'effritait. La tapisserie ne tenait pas. Elle se décollait, des pans entiers, on aurait dit des rideaux. D'autres portes ouvraient sur des chambres vides. Un vieux téléphone à cadran gris était accroché contre le mur tout en bas des escaliers. Hors service depuis longtemps. Quand on avait besoin d'appeler, on utilisait la cabine sur le quai, il fallait avoir une carte. Sinon, on pouvait aller chez Lili ou à l'auberge du port.

Raphaël disait qu'en cas d'urgence, il fallait se mettre à genoux et prier. Ça le faisait rire.

Toute une rangée de boîtes aux lettres en bois était clouée dans l'entrée. Le nom de Raphaël écrit sur l'une des boîtes, R. Delmate, Sculpteur. Il y avait d'autres noms, des étiquettes scotchées, détachées. Une plaque en émail : *Merci de fermer la porte.* Ça datait du temps d'avant, quand la maison était un hôtel.

Un meublé aussi, après.

Les gens étaient tous partis.

Les étiquettes étaient restées. Un chien empaillé trônait sur une étagère au-dessus de la porte. C'était le chien de Raphaël. Il s'appelait Diogène. Il paraît qu'il a crevé de peur une nuit d'orage, il y a long-temps. La trouille lui avait retourné l'estomac. Ça arrive, parfois, chez les chiens.

Je suis descendue, le pied prudent, la main accro-chée à la rampe.

Raphaël était dans le couloir. Il avait entrouvert la porte, il cherchait à voir dehors, le devant de la Griffue. Il faisait trop nuit, trop de vent. Même un peu de la cour, c'était impossible.

Il a refermé.

Il a dit, Il faut attendre.

— Il t'est arrivé quoi, là ? il a demandé quand il a vu ma joue.

J'ai mis la main.

— Un bout de tôle qui volait...

— C'était rouillé ?

— Un peu...

— Tu as désinfecté ?

— Oui.

Il a regardé la plaie en grimaçant. Il avait passé deux ans dans les bidonvilles de Calcutta. Il lui arri-vait de parler de temps en temps de ce qu'il avait vu là-bas.

— Tu es à jour avec tes vaccins ?

— J'ai passé de l'alcool.

Il a haussé les épaules.

La télé était allumée. Morgane dormait, roulée en boule sur le divan, une main refermée contre sa bou-che. Les hanches rondes, les seins lourds, elle ressem-blait à une sculpture de Botero. Le rat dormait contre elle, enfoui entre les plis épais du ventre.

Raphaël s'est approché de sa sœur.

— Je me demande comment elle fait pour dormir dans un enfer pareil.

23

Il a soulevé une mèche de cheveux qui lui barrait le visage, il l'a ramenée derrière l'oreille. Un geste infiniment doux. La mèche est retombée.

Il s'est détourné.

Il a préparé du café.

Ses gestes étaient lents. Il avait le temps. On l'avait tous ici.

Morgane a senti l'odeur, elle a bâillé. Elle a repoussé les couvertures, les yeux presque clos, et elle s'est traînée jusqu'à nous.

— ... 'jour vous deux.

Ses cheveux en bataille. Sa jupe, trop courte sur des cuisses trop larges. Elle s'est collée à son frère.

— Ça a cogné un peu cette nuit, elle a dit.

Raphaël a souri.

— Un peu oui...

Je les ai regardés. J'avais un peu plus de quarante ans. Raphaël en avait un peu moins. Morgane était la plus jeune, trente ans en juillet. Une enfant sur le tard, elle disait, les plus beaux !

Elle a bu une gorgée dans la tasse de Raphaël. Elle faisait souvent ça. Je le faisais aussi avec toi. Avant. Le matin. Je me plaquais contre toi. Il me fallait ta chaleur. Après, tu as eu tellement froid, tu n'as plus supporté.

Raphaël a ouvert la porte. On s'est regardés et on s'est avancés, tous les trois, étranges rescapés, les pieds dans nos bottes. Il y avait des branches partout. Des flaques épaisses. Le vent sifflait toujours, mais il avait perdu de sa force. Le bateau de Max avait tenu, il était là, bien campé sous son abri, coincé entre ses cales.

On a fait le tour de la maison.

On est passés dans le jardin. Côté mer. Ça sentait le sel.

J'ai retrouvé le corps disloqué du grand goéland qui était venu s'écraser contre ma vitre. Des morceaux de poutres, des restes de caisses.

Les vagues avaient cédé. Le bord de mer était recouvert d'une frange d'écume épaisse et jaune avec, un peu partout, des algues en paquets comme de longues chevelures qui auraient été vomies là.

La vieille Nan était sur la digue, les deux bras en croix sur le ventre. Là, bien avant tout le monde, debout, immobile, son crucifix à la main, elle faisait face au large. Elle portait son habit de tempête, une longue robe noire, un tissu épais, ceux qui la connaissaient disaient que l'on pouvait lire dans ce tissu des mots cousus avec du fil noir. Des mots en fil. Et que ces mots racontaient son histoire.

L'histoire de Nan.

On disait aussi qu'elle avait eu un autre nom, mais que ce nom avait été emporté par les siens. Ses morts, toute une famille disparue en mer. Elle était là parce qu'elle croyait qu'un jour, la mer allait les lui rendre.

Les premières voitures sont arrivées. Les gens du village. Un pêcheur a dit qu'un cargo qui croisait en direction du nord avait perdu sa cargaison de planches et que le vent les faisait dériver jusqu'ici. La nouvelle s'est répandue. Un tracteur s'est garé au bord de la route, au plus près de la plage. Quelques fourgonnettes. Max est arrivé. Il nous a tous embrassés parce que son bateau avait tenu. Il a attendu les planches à côté d'un groupe d'hommes, les mains dans les poches, le corps un peu perdu dans sa grande veste en toile bleue.

Les hommes se parlaient sans lâcher la mer des yeux. Je fixais cet endroit qu'ils regardaient. La lumière me faisait mal aux yeux. Avant, je vivais dans le Sud. Il y avait trop de lumière. Mes yeux étaient trop bleus. Ma peau trop blanche. Je brûlais, même l'hiver.

Je brûlais encore. On brûle tous. C'était d'autre chose.

Elles sont arrivées, par dizaines, des planches comme des corps. Des ombres claires soulevées par des vagues presque noires, et les ombres tanguaient. Portées. Ramenées toutes en direction des hommes. La vieille Nan s'est avancée. C'est dans la mer qu'elle regardait, les creux entre les vagues. Elle s'en foutait, des planches.

Les hommes ne se parlaient plus. Ou très peu. Quelques mots lâchés pour dire l'essentiel. Il y avait quelques femmes avec eux. De rares enfants.

Les gendarmes étaient là eux aussi, ils relevaient des noms. Des immatriculations.

Le cargo avait jeté l'ancre, on le voyait au loin, resté à l'endroit même où sa cargaison s'était décrochée. Une vedette de la police était partie de Cherbourg. Lambert était sur le quai. Seul, un peu à l'écart, dans son blouson de cuir. Je me suis demandé ce qu'il faisait là. J'ai cadré son visage dans mes jumelles. La mâchoire carrée, mal rasée. La peau épaisse, marquée de quelques rides profondes. Son pantalon était froissé. Je me suis demandé s'il avait dormi chez l'Irlandaise ou dans sa voiture.

Sur la plage, le mouvement continuait, celui des planches et celui des hommes. Les odeurs de vase se mélangeaient à celles des peaux, à la sueur plus forte qui coulait du poitrail d'un cheval.

J'ai suivi les hommes.

Une voiture est arrivée. On s'est tous retrouvés un moment, pris dans la lumière jaune des phares. Lambert s'est rapproché. Les phares de la voiture ont éclairé son visage. Puis, la voiture s'est éloignée et son visage a été comme avalé par la nuit.

J'ai entendu sa voix.

Il a dit, Ça doit être comme ça la fin du monde.

À cause du bruit peut-être et de ces hommes presque dans la mer.

— Comme ça oui… mais en pire, j'ai répondu.

La vieille Nan s'était détournée des planches. Elle marchait, d'un homme à l'autre, elle scrutait les visages. Jusqu'aux visages des enfants qu'elle pressait entre ses mains, le regard avide, désespéré, et qu'elle repoussait aussitôt pour passer à un autre. Même le visage de Max. Les enfants se laissaient faire, on leur avait expliqué, Il ne faut pas avoir peur, elle cherche quelqu'un. Ici, tout le monde la craignait. Ceux qui ne la craignaient pas l'évitaient.

Le bas de sa robe avait traîné dans l'eau, il traînait à présent dans le sable. Quand elle a vu Lambert, elle a oublié tous les autres. Elle a accroché sa main au pan lourd de la robe. Elle s'est avancée, jusqu'à être contre. Elle l'a regardé, ses yeux soudain comme égarés sous la chevelure trop blanche. De sa main, elle a touché le visage. Elle a fait ça très vite, il n'a pas eu le temps de reculer. Elle avait des verrues sur les doigts. Elle aurait pu les brûler, il y avait mille façons, tout le monde les connaissait ici, les pommes, la crache, la pisse... Je crois qu'elle s'était habituée à ses verrues. Parfois, elle les caressait. Je l'avais vue les lécher.

Lambert l'a repoussée.

— Les poissons mangent les yeux, elle a dit de sa voix de caverne.

Elle a penché la tête sur le côté.

— Les nuits de lune, le sang remonte à la surface. On entend les cris...

Elle a eu un curieux sourire et puis elle s'est détournée, comme elle le faisait pour les autres, elle a fait quelques pas et elle est revenue, troublée plus que folle, elle a scruté encore le visage, elle l'a parcouru, le front, les yeux, elle a fait ça.

Elle a ouvert la bouche.

— Michel...

Elle a souri, un sourire à la fois très bref et très violent.

— Tu es revenu...

Autour, les hommes continuaient leur travail, indifférents.

— Je m'appelle Lambert...

Elle a eu de nouveau ce sourire terrible et elle a fait non, plusieurs fois, des grands mouvements de tête.

— Tu es Michel...

Elle a répété cela encore, entre les plis crayeux de ses lèvres.

D'habitude, elle s'agrippait aux visages et elle poursuivait vers d'autres. Avec Lambert, c'était autre chose. Une envie de le toucher, un besoin. Elle a encore caressé sa joue, le sourire, un instant devenu presque paisible.

C'était à vomir, cette main sur ce visage, ce contact froid sans doute d'une peau inconnue.

Lambert l'a repoussée, trop brutalement, les hommes se sont retournés. Nan n'a rien dit, elle a hoché la tête comme s'il s'agissait d'un secret entre eux. Elle s'est détournée.

Le froissé de sa robe, le bas du tissu mouillé de sable.

Lambert s'est reculé. Il était gêné par ce geste qu'il avait dû faire et aussi parce que les hommes s'étaient arrêtés et qu'ils parlaient à voix basse.

Nan s'est éloignée, les pans de son grand châle ramenés autour de ses épaules. Elle a avancé vers l'eau. À un moment, elle s'est arrêtée et elle s'est retournée. Il m'a semblé qu'elle souriait encore.

— Parfois, elle est comme ça, j'ai dit.

— Comment ça, comme ça ?

— Un peu folle.

Lambert ne la lâchait pas des yeux.

— Toute sa famille a disparu en mer, un naufrage, un jour de mariage. Elle avait sept ans. Les jours de tempête, elle croit que chaque visage inconnu est un rendu de la mer.

Il a hoché la tête.

Il regardait toujours du côté de Nan.

— Son histoire, je crois que je la connais...

Il m'a regardée.

— Je venais en vacances ici, il y a très longtemps... Vous pouvez m'en dire plus ?

— Les deux familles sont montées dans un canot pour aller faire un tour en mer. Il faisait beau. Nan était trop petite pour aller avec eux. Quand le canot a commencé à tanguer, ceux qui se promenaient sur la grève ont cru qu'ils s'amusaient. Une première femme est tombée, et puis une autre. C'étaient tous des gens de mer. Le canot a coulé. Nan était sur le quai, elle a tout vu, tout entendu. Ses cheveux sont devenus blancs en une nuit.

— Il n'y avait pas un chien sur le bateau ?

— Un chien ?... Oui, il y en avait un.

— Ma mère m'a raconté cette histoire...

Il regardait la mer.

Je l'ai regardé, lui. Les traits de son visage étaient comme tracés au hasard, presque à la va-vite.

Des lignes irrégulières dans une peau épaisse.

— C'était un petit chien, j'ai dit, il a réussi à nager jusqu'à un rocher. Il s'est agrippé dessus... Après, je ne sais pas. Le corps du marié a été retrouvé. Pas celui de sa femme. Certains disent le contraire.

On a fait quelques pas le long de la grève. Il a voulu connaître la fin de l'histoire. Je lui ai dit que le chien avait tenu tant qu'il avait pu et que la mer avait fini par l'emporter.

Il a hoché à nouveau la tête et il a dit, Ils ont fait sonner les cloches. On fait toujours sonner les cloches quand il y a des morts.

C'était très étrange, son visage, quand il a dit cela.

— La mer les a tous avalés comme elle a avalé le canot et le chien. Elle les a relâchés les uns après les autres... Ça a duré des semaines. Il y a des corps qu'elle a gardés, pas les plus beaux ni les plus jeunes. D'autres qu'elle a rendus.

On a continué à marcher. Le vent était froid, mouillé d'embruns. Max est passé près de nous. Il emportait une longue planche. Lambert l'a suivi des yeux un long moment et il s'est tourné à nouveau vers l'endroit de grève où se trouvait Nan. Le noir de sa robe était confondu avec le noir de la mer. De loin, on ne voyait d'elle que la masse épaisse de ses longs cheveux blancs.

— Pourquoi elle m'a appelé Michel ?

— Elle vous a confondu... Un oncle, un frère, allez savoir...

Il a fait oui avec la tête. Il s'est arrêté. Il a tiré un paquet de cigarettes de sa poche.

— Vous êtes d'ici, vous ?

— Non, mais cette histoire, tout le monde la raconte, il suffit de traîner un peu.

Il a craqué une allumette entre ses mains et il a allumé sa cigarette.

— Les cheveux blancs, c'est à cause de la mélanine... il a dit en soufflant une première bouffée. La mélanine, quand on a peur, la couleur s'en va.

J'ai fait oui avec la tête.

Ses cheveux grisonnaient sur les côtés et je me suis demandé s'il avait déjà eu peur.

À midi, j'ai pris ma table comme d'habitude, contre l'aquarium. Gardienne des homards ! c'est ce qu'il avait dit le patron la première fois que j'étais venue chez lui. Il m'avait installée là. La table des solitaires. Pas la meilleure. Pas la pire. J'avais vue sur la salle et sur le port.

À cause de la tempête, il n'y avait pas de menu. Le patron l'avait affiché, *Aujourd'hui, c'est service minimum.*

Il m'a montré la viande, des côtes d'agneau qui cuisaient sur le gril, dans la cheminée.

Les gendarmes étaient accoudés au bar.

— Les bateaux qui font naufrage, pour les hommes d'ici, c'est la providence ! a dit le patron.

Les gendarmes n'ont pas répondu. Ils avaient l'habitude et puis ils étaient nés ici, un secteur entre Cherbourg et Beaumont. Ils connaissaient tout le monde.

Le patron m'a apporté quelques crevettes pour patienter. Un verre de vin.

J'ai regardé par la fenêtre, les planches qui continuaient d'arriver et les hommes qui attendaient.

Lambert était toujours sur le quai.

La vieille Nan avait disparu.

Le soir, la mer a remporté les planches et on s'est tous retrouvés chez Lili. Pour quelques heures, les hommes se sont serrés au comptoir, ceux qui arrivaient rejoignaient ceux qui étaient déjà là. Les gosses achetaient des paquets de cacahuètes qu'ils allaient manger au fond de la salle, le dos au flipper. Ça sentait la laine, les vêtements humides qui fumaient au contact des corps.

Max était au comptoir. Lili, campée derrière son zinc. Elle avait mis sa robe en nylon, des losanges roses et blancs, un tablier noué par-dessus.

Quand elle m'a vue entrer, elle m'a fait un signe, Tu vas bien ? J'ai fait oui avec la tête. Je me suis faufilée entre les tables. C'était plein partout sauf au fond, avec la Mère. C'est là que je me suis glissée.

Lili, elle m'a toujours tutoyée, même quand elle a su que j'étais celle de la Griffue. Que je venais pour observer les oiseaux, faire ça à la place de son père. Son père, elle n'en parlait pas.

Quand elle a appris pour le naufrage, elle a fait cuire des légumes, un plein faitout, avec du lard en morceaux et du gras de saucisses. Elle aimait ça, la communion des hommes, chez elle, dans son bistrot. Le partage. Cette atmosphère de chaleur particulière quand la fatigue gagnait, que les hommes s'assoupissaient et qu'ils continuaient de parler pour ne pas s'endormir.

— Bonjour, la Mère...

On l'appelait tous comme ça, la Mère. Elle ne m'a pas regardée. Elle lapait sa soupe comme un animal assoiffé, les yeux dans l'assiette, voûtée. Tellement vieille, je la pensais sans âge.

Lili, il ne fallait pas lui demander du compliqué quand le bistrot était plein. Pour la soupe, elle servait deux louches par bol. Deux euros le bol. Pour ceux qui n'aimaient pas la soupe, elle avait du vin chaud ou une petite liqueur verte qu'elle versait dans des verres sans pied. Pour ceux qui n'aimaient rien, elle leur montrait la porte.

Il y avait du monde. Il faisait chaud. J'ai enlevé mon pull.

Quand Lambert est entré, les hommes ont tourné la tête. Un inconnu au café. Lili a levé les yeux. J'ai vu ce moment où ils se sont regardés. Quelques secondes, ils se sont dévisagés et ils se sont détournés presque en même temps, j'ai senti qu'ils se connaissaient.

Lambert s'est avancé entre les tables, il a trouvé une place et Lili a continué de servir.

Autour, les discussions ont repris. Ça ne parlait que du naufrage, de celui-ci et aussi des autres naufrages, ceux des temps passés. Des femmes qui grimpaient la nuit jusqu'en haut des falaises, elles allumaient des feux, elles dansaient autour en faisant voler leurs jupes. C'étaient des vieilles histoires avec des noms étranges, Mylène, la belle Béatrix, des noms qui se mêlaient à d'autres, je les écoutais, il était question de sorcières et de crapauds, dans le brouhaha, les voix se chevauchaient, j'entendais goublins et milloraines, busards des roseaux, tritons des fontaines, vieux chênes, érables rouges...

Les hommes racontaient d'autres histoires dans lesquelles les jupes des femmes faisaient se naufrager les bateaux. Les enfants finissaient par s'endormir, les uns après les autres, ils sombraient, la tête entre les bras ou roulés sur les genoux de leur mère. Même endormis, leurs paupières tressaillaient. Ils avaient des rêves de feux et de trésors.

La Mère a plongé sa cuillère dans le fond de son bol. Elle m'a regardée par en dessous, la bouche un peu ouverte.

— Et le vieux ?... elle a grincé.

Lili disait qu'il ne fallait jamais lui répondre quand elle parlait de Théo.

Je n'ai pas répondu.

Elle a insisté, Le vieux, il est où ?

— C'est la nuit... j'ai dit.

Je me suis tournée pour lui montrer la fenêtre.

— La nuit, les vieux ne sortent pas, c'est pas des chats.

Elle a recommencé à laper.

La petite Cigogne s'est glissée entre les tables, elle est venue se coller à moi. C'était un petit être étrange, une sauvageonne avec une empreinte de doigt au-dessus de la lèvre. Un bec-de-lièvre mal opéré. Elle vivait dans une ferme juste en dessous. Elle parlait peu. Je m'étais attachée à elle.

— Tu ne devrais pas être couchée, toi ?

Elle a fouillé dans ses poches, en a sorti une poignée de petites pièces jaunes qu'elle m'a montrées et elle est allée poser ses pièces sur le comptoir, devant Lili. Lili lui a dit quelques mots et la Cigogne a fait oui avec la tête.

On racontait que la marque sur sa bouche, c'était le doigt d'un goublin qui s'était posé sur elle alors qu'elle n'avait que quelques jours. Les goublins sont des petits êtres étranges que l'on appelle aussi des drôles ou des lutins. On disait que celui qui avait marqué la Cigogne était sorti une nuit du rocher du Câtet et qu'il avait profité de l'absence de sa mère pour marquer la petite dans son berceau.

Les enfants ainsi marqués sont laids, mais ils sont protégés des fées.

J'ai tourné la tête. Lambert fumait en écoutant ce que racontaient les hommes. Il ne parlait à personne et personne ne semblait faire attention à lui. Seule Lili. À plusieurs reprises, j'ai surpris son regard posé sur son visage. Un regard qui s'attardait.

Ici, tout le monde se connaissait.

Elle ne regardait pas Lambert comme un inconnu.

La Cigogne est revenue. Elle s'est glissée entre ma chaise et le mur. Elle a ouvert la main et elle m'a montré ce qu'elle avait acheté, un sucre d'orge, des bonbons ronds et trois petits caramels sous papier transparent.

Il était presque minuit quand les hommes sont repartis, les uns après les autres, le pas un peu lent, ils se sont tous dispersés dans le village.

Le père de la Cigogne a été un des derniers à rentrer. Ses semelles semblaient lourdes. Je l'ai croisé sur le chemin. Il tenait le cheval par la bride, une bête énorme à l'encolure large, la corpulence d'un bœuf. Les fers des sabots raclaient sur la route.

Les bottes du père.

Le chien qui suivait.

Et derrière encore, la Petite qui avançait, une main accrochée au chariot. Les yeux presque clos. Titubante. À ses pieds, des brodequins dont les lacets trop courts ne passaient pas par tous les trous.

Lambert aussi était parti, seul dans sa voiture. Il avait pris la route en direction d'Omonville.

Je suis redescendue à la Griffue. Sur le chemin, j'ai croisé un homme qui s'éloignait en poussant un chariot, plus loin une voiture au coffre plein de planches.

La vieille Nan n'était plus là.

J'ai longé le quai. J'ai vu la plaque de tôle qui flottait sur l'eau, entre les bateaux. Un carré de lumière jaune brillait dans la colline, c'était la fenêtre de la cuisine où vivait Théo.

Il y avait encore de la lumière dans l'atelier de Raphaël. Je n'ai eu qu'à pousser la porte. Il était là, assis à sa table, le dos au poêle. Cinq têtes de plâtre pendaient juste derrière lui, accrochées à la poutre par des grosses cordes de chanvre.

— Tu ne dors pas ?

Il s'est retourné, il a levé sur moi ses yeux rougis par la fatigue. Autour de lui, le sol était jonché de gravats, des morceaux de plâtre qui s'étaient écrasés sous ses semelles, on aurait dit de la craie.

Il m'a montré la sculpture sur laquelle il travaillait. Une femme dénudée au torse creux, rendue plus vulnérable encore par la présence du maigre haillon dont Raphaël lui avait recouvert les épaules.

— Ce n'est encore qu'une ébauche, il a dit, comme pour s'excuser d'avoir fait cela.

La lumière donnait à l'ensemble une pâleur de mort. J'ai détourné le regard. Partout sur les tables, des fragments de mains, de têtes. Des visages aux bouches béantes et des mains aux doigts tendus.

— Tu veux du café ? il a demandé.

J'ai fait non avec la tête.

Il s'en foutait de la tempête et de la vie du dehors. Seul son travail lui importait.

— Ça a donné quoi dehors ? il a quand même demandé.

— Rien... Les flics sont venus. Max a récupéré des planches. La vieille Nan était là.

Je lui ai dit qu'un homme traînait sur le port et que Nan avait cru reconnaître en lui le visage d'un des siens.

Il a haussé les épaules.

— Des hommes qui traînent, il y en a beaucoup, c'est la mer qui veut ça.

— Tu vas faire quoi avec toutes ces feuilles ? j'ai demandé.

— Des dessins...

— C'est pour Hermann ?

— Oui...

Il s'est frotté les yeux.

— Il les veut pour la fin du mois. Une série en noir et blanc... Je ne serai jamais prêt.

Il a bu son café debout, il est venu fumer en tournant autour de sa sculpture.

La nuit n'était pas finie. Il allait travailler encore.

— Je vais me coucher, j'ai dit.

Je l'ai regardé.

— Tu devrais y aller toi aussi.

— Dors pour moi, Princesse...

Il m'a souri.

— Tu peux faire ça ?

Dormir pour deux, je pouvais. Longtemps, j'avais dormi pour toi. Pour tes nuits blanches, tes longues nuits de douleur.

Je suis remontée dans ma chambre. J'avais froid. J'étais restée trop longtemps dehors, dans le vent. J'ai grimpé en aveugle, une main appuyée au mur. Des insectes sortaient des plinthes. C'étaient des gros scarabées noirs. Je les entendais sans les voir, leurs pattes. Je sentais le craquement de leurs carapaces sous mes chaussures.

Dans la nuit, il m'a semblé entendre frapper à la porte, des pas qui résonnaient, j'ai ouvert, il n'y avait personne. C'était le vent, des lamentations obsédantes.

J'ai dormi quelques heures.

Au matin, le ciel était redevenu blanc, presque calme.

J'ai branché la radio. France Inter, ça ne passait pas. RTL non plus. J'ai attrapé un flash info en grésillé sur une radio locale. J'ai attendu, mais ils n'ont pas parlé du cargo.

Max a poussé la porte. C'était son habitude, il passait à l'atelier tous les matins, sur le coup des neuf heures, il venait prendre un café avec Raphaël.

Quand il m'a vue, il m'a serrée contre lui, il faisait ça, toujours, et il m'a embrassée en cognant fort des pommettes.

Après, il est allé se frotter les mains au-dessus du poêle. Il a soulevé son pull et il a laissé monter la chaleur le long de sa peau. C'était une peau blanche. Une peau de maigre.

— Les gendarmes ont dit qu'il y avait trop d'énormités de tonnes sur le bateau et que les lames de l'eau ont frappé de côté, c'est ça toute l'explication du basculement des planches.

Avec le feu, sa peau est devenue rouge.

— Ils ont aussi rappelé toute l'interdiction qu'il y a de véhiculer les planches qui appartiennent encore de droit au capitaine du bateau.

Il s'est tapé le ventre du plat de la main. Il a fait ça et il a remis son pull en place. Il est allé chercher sa tasse sur l'étagère. C'était une tasse en fer. Elle était pleine d'un dépôt sombre, une accumulation patiente des innombrables cafés qu'il avait bus depuis que Raphaël était là.

Une tasse qu'il ne lavait pas.

Il a soufflé dedans pour enlever la poussière.

— Un jour, ça sera tellement dégueulasse à l'intérieur que tu ne pourras plus y verser une seule goutte, j'ai dit en montrant le dépôt.

Il a froncé les sourcils.

— Faut la laver, j'ai continué.

Il a gratté l'intérieur de la tasse avec son ongle. Une pellicule sombre s'est détachée, un mélange de tartre et de caféine. Le bruit m'a rappelé la tôle. Raphaël le regardait faire.

— Et les gens, ils ont répondu quoi ?

Max a secoué la tête sans lâcher la tasse des yeux.

— Ils ont dit que ce n'est pas du vol parce qu'il n'y a pas de nominations-preuves.

— Des nominations-preuves, ils ont dit ça comme ça ?

Max a haussé les épaules. Il a versé du café dans sa tasse. Il a dit que lui aussi avait pris des planches à la mer.

— Je vais les clouer sur la cabine et aussi pour le renforcement maximum des côtés. Clouer aussi pour gagner de l'effilement en cas de besoin de prise de vitesse.

— Fais quand même gaffe, si tu t'alourdis trop, tu vas le couler, ton rafiot ! a précisé Raphaël.

Max a tourné la tête. Il regardait du côté de la porte. Il cherchait Morgane. Quand il pleuvait, elle lui prêtait toujours son dictionnaire. C'est comme ça qu'il apprenait les mots. Il aurait bien voulu emmener le dictionnaire chez lui, mais elle ne voulait pas, alors il restait à le lire, assis par terre, dans le couloir, le dos au mur.

— Le bois, ça ne coule pas, il a murmuré. Ça a le pouvoir de la flottaison.

Il a sorti sa montre de sa poche, une montre chronomètre au cadran épais, elle était reliée au passant de sa ceinture par un bout de corde.

— Les mots sont l'invention-sentence des hommes.

Avec Raphaël, on s'est regardés. On a opiné de la tête. Après les nominations-preuves, on trouvait que Max partait très fort pour un lendemain de tempête.

— C'est le moment-truie, il a fini par expliquer en rangeant sa montre sous son mouchoir.

La truie appartenait au père de la Cigogne mais c'est lui qui s'en occupait. Il gagnait un peu d'argent pour ça et aussi en nettoyant les écuries.

Max s'est passé la main dans les cheveux, plusieurs fois, il a fait ça en dansant d'un pied sur l'autre et il nous a serré la main à tous les deux.

Il est sorti dans le couloir. En passant, il a jeté un coup d'œil dans la cuisine. La télé était allumée. Les pieds nus de Morgane dépassaient du divan. Il a lorgné du côté du ventre, les seins lourds qui tendaient le tissu de la robe.

— ... 'jour... 'organ !

Elle a levé une main sans tourner la tête.

— Salut la Bête !

Max a ouvert la bouche, sans doute il aurait voulu ajouter quelque chose mais il s'est voûté et il est sorti. Il a traversé la cour, les mains enfoncées au fond des poches. Sur le quai, les pêcheurs l'ont regardé passer. L'un d'eux était en train de retirer la plaque de tôle de la mer. Max s'est arrêté. Une plaque comme celle-là, même rouillée, ça pouvait servir sur son bateau.

Max aimait ce qui était beau, c'est pour ça qu'il aimait Morgane. Il aimait aussi s'occuper des pierres, des arbres. Il disait qu'il sentait battre la vie dans le corps des pierres. Il croyait que les vies que la mer prenait devenaient le vivant de la mer.

Sa mère aimait les marins, les pêcheurs de Cherbourg quand ils revenaient après des mois de mer. Cette soif qu'ils avaient dans les mains ! Elle faisait la putain, elle travaillait aussi pour un haras à l'intérieur des terres, une branleuse d'étalons. C'est monsieur Anselme qui m'a dit ça. Au port aussi, on le racontait. Il paraît que les hommes étaient fous d'elle. Elle s'est jetée sous le Cherbourg-Valognes quand Max avait dix ans.

Raphaël a repris sa place derrière la table.

— C'est l'attachement des profondeurs, il a dit en montrant la porte.

Je n'ai pas compris alors il a précisé.

— Max, il appelle ça comme ça, l'amour qu'il porte à Morgane... L'attachement des profondeurs.

En fin de matinée, je suis allée à Cherbourg faire quelques courses.

Raphaël m'a prêté sa voiture, une vieille Ami 8 qu'il laissait toujours sur la place du village, à cause des embruns. Le plancher était troué, un vide large comme la main. Il mettait des tapis dessus mais quand on enlevait les tapis, on voyait la route. La portière côté conducteur ne fermait pas à clé. Raphaël s'en foutait, il laissait la clé sur le siège. Il prêtait sa voiture à qui lui demandait, il suffisait de mettre un peu d'essence et de remplacer l'huile quand le voyant s'allumait.

Dans les rues du village, c'était encore le bourbier à cause des bavures de la tempête.

J'ai garé la voiture à sa place, comme d'habitude. J'ai aperçu Lambert, il était devant la grille du cimetière et il tenait un bouquet à la main. Des fleurs, toute une brassée de renoncules. On ne trouvait pas de renoncules ici, il fallait aller à Beaumont ou alors à Cherbourg.

J'ai vu quand il a tiré la grille, il est entré dans le cimetière et il a remonté l'allée entre les croix. Il a pris sur la gauche. Il s'est arrêté près du mur, un emplacement délimité par une rangée de pierres plates et recouvert de gravier. Il s'est penché, il a déposé le bouquet. Le curé était sous le porche de l'église. Il le regardait faire. Trois femmes remontaient la rue sur le trottoir. Elles se tenaient par le bras, serrées, presque chancelantes. Elles se ressemblaient. Elles aussi, elles ont levé la tête et elles ont regardé Lambert. Un inconnu au village, sur une tombe... Leurs têtes se sont rapprochées. L'une d'elles avait les yeux blancs, elle écoutait ce que lui disaient les deux autres.

Lambert est resté quelques minutes encore, il a sorti quelque chose de sa poche et il l'a déposé à côté du bouquet. Après, il est reparti. Il a traversé la route et il est entré dans la maison, en face de chez Lili.

C'était une maison aux volets toujours fermés. Je n'avais jamais vu personne à l'intérieur. Le jardin était envahi par les herbes.

Je me suis souvenue de ce regard étrange qu'il avait échangé avec Lili. J'ai pensé que c'était sans doute là qu'il venait passer ses vacances. J'ai attendu qu'il ait disparu et je suis entrée dans le cimetière.

C'est Max qui s'occupait des tombes. Il ratissait le gravier, ramassait les pots, les brocs. Tous les jours, sauf quand il pleuvait. Il nettoyait aussi autour de la maison de Lili. Il faisait beaucoup d'autres choses pour elle, je l'avais déjà vu brûler des ronces, changer des tuiles et passer de l'huile sur les gonds quand les portes grinçaient. Lili lui avait aménagé un deux-pièces dans la partie basse de sa maison. Elle faisait ça parce qu'ils étaient cousins.

J'ai marché entre les tombes. Le soleil faisait s'ouvrir les fleurs dans les vases. Il séchait les dalles. Le gravier en surface. Dessous, il suffisait de gratter un peu avec le talon et on retrouvait tout l'humide de la terre.

L'hiver prochain, la neige allait tout recouvrir. Elle allait isoler les morts. Leur accorder un temps de silence.

Est-ce que je serai encore là cet hiver ?

Je suis allée jusqu'à la tombe aux renoncules. C'était une tombe très simple avec une croix blanche en bois. Un rosier était planté dans la terre et les branches s'accrochaient au mur.

Deux noms étaient gravés sur la croix, *Béatrice et Bertrand Perack, 19 octobre 1967*. Une plaque, *À Paul, disparu en mer*, la photo d'un enfant dans un médaillon, sous un verre. C'était ce médaillon que Lambert avait sorti de sa poche. La photo d'un très jeune enfant, deux ans à peine, il était vêtu d'un polo à rayures sur le haut duquel était brodée une suite de trois petits bateaux. L'enfant posait debout, devant une maison, on devinait derrière lui l'attache d'un volet. Il fixait l'objectif. Une ombre se dessinait sur le gravier, sans doute celle de la personne qui avait pris la photo.

Les dernières planches que la mer ramenait encore étaient grasses et gorgées d'eau, plus personne n'en voulait. Elles restaient sur la plage.

Les gendarmes traînaient encore sur le quai. Un journaliste est venu de Saint-Lô. Il a filmé Lili. On l'a vue sur l'écran, aux régionales du soir. Elle avait enlevé son tablier mais elle le tenait encore à la main, roulé en boule comme un vieux chiffon. Elle fixait la caméra et elle répondait aux questions.

Quand le journaliste lui a parlé des hommes qui emportaient les planches, son visage s'est assombri.

— La mer qui donne pour toutes les fois où elle prend ! elle a dit.

Le journaliste ne s'est pas méfié.

— Ces planches, elles appartiennent quand même bien à quelqu'un ?

— Elles appartiennent à celui qui les trouve.

— Prendre ce qu'on trouve, parfois, c'est voler.

Quand elle a entendu ça, Lili n'a plus regardé la caméra mais elle l'a regardé, lui, droit dans les yeux.

— Vous insinuez quoi ? elle a demandé.

L'autre, il a senti que ça se tendait.

— Ce qui est dans la mer appartient à la mer, elle a continué, Lili. Et ce qui appartient à la mer est aux hommes !

Elle a jeté son tablier sur le zinc. Un regard à la caméra.

— On va quand même pas faire chier les gens pour un tas de planches !

Elle a planté le journaliste et elle est sortie du champ. Pendant quelques secondes, sur l'écran, on n'a plus vu que les bouteilles, le miroir et la petite Vierge bleue avec son eau bénite à l'intérieur.

Tout de suite après, ils nous ont passé le phare avec les planches qui flottaient et une musique douce qu'ils ont sortie en off sans qu'on comprenne pourquoi ils n'avaient pas plutôt laissé le bruit réel des vagues.

Je suis allée aux falaises en prenant le bord de mer. Sur le chemin, dans les talus, partout, c'était la même boue grasse, un mélange de terre imbibée et de végétaux mous. Des algues avaient été arrachées par paquets au fond de la mer, ramenées, déchiquetées et laissées sur la plage. Il allait falloir des jours avant que tout cela sèche.

J'ai marché vite. C'était un lendemain de tempête, je voulais voir les nids, s'ils avaient tenu et comment se comportaient les oiseaux. L'endroit était sauvage, certainement l'un des plus beaux de la côte. L'été, quand les bruyères seraient en fleurs, la lande allait prendre des couleurs d'Irlande. Je n'avais encore jamais vu l'été ici. Il paraît que certains jours, dans les prés qui surplombent la plage d'Écalgrain, on pouvait apercevoir des chevaux. Morgane disait que cette plage était à elle, qu'elle lui appartenait. Quand elle voyait des randonneurs, elle les caillassait du haut des rochers.

J'ai continué sur le sentier en direction du Nez de Jobourg. Des colonies d'oiseaux venaient se reproduire là, en toute liberté. L'accès au domaine était interdit. Il y avait des clôtures, des panneaux. Ça n'empêchait pas les randonneurs de se glisser sous les barrières.

En six mois, j'en avais déjà chassé plusieurs.

Les nids avaient tenu, tous, sauf un, celui d'un jeune couple de cormorans. C'était un nid mal construit, fait sans patience, le vent l'avait arraché avec les trois poussins qui étaient dedans.

Je me suis assise tout en haut d'un grand rocher qui surplombait la mer.

Un oiseau sentinelle s'est posté à quelques mètres de moi. Je l'ai dessiné. J'ai noté ses couleurs. Après, je me suis couchée, le dos au rocher, j'ai fermé les yeux. J'avais trop regardé le soleil. Des taches de couleur dansaient derrière mes paupières, on aurait dit des petits hippocampes de feu.

Ça faisait huit ans que Raphaël était là. Morgane un peu moins. Leurs parents vivaient du côté de Rennes. Ils étaient commerçants. Morgane m'avait dit qu'ils vendaient des sacs, des cartables. Ils se voyaient de temps en temps. Pas souvent.

Dans l'atelier, les murs, la brique, tout s'effritait. C'était le sel. Il remontait. Il rongeait la pierre comme il rongeait les arbres, les os à l'intérieur des corps.

J'ai poussé la porte.

— Je peux ?

Raphaël était en train de travailler une sculpture. Une femme avec des longs cheveux de pierre, un visage de Madone. La pâleur du plâtre imposait le silence fermé de ce qui était son visage. Des semaines qu'il était après. Chacune de ses sculptures avait une histoire. Celle-ci m'avait bouleversée.

Le jour où il me l'a racontée, il m'a dit, Tu écoutes bien parce que je ne t'en parlerai plus jamais.

L'histoire datait du temps où il vivait à Calcutta. Un matin, il était sorti de chez lui, il avait croisé une femme dans la rue, elle était très belle. Elle marchait, un bras replié contre le ventre, elle portait un enfant mort dans les bras. Un bébé de quelques jours, il était enveloppé dans des chiffons. Elle chantait et elle le berçait comme elle l'aurait fait pour un enfant vivant. Elle mendiait aussi. Quand elle a vu Raphaël, elle a sorti un sein de sa robe, elle s'est avancée vers lui et elle a tendu la main. Elle riait. Elle riait aussi fort qu'elle était belle. Raphaël lui a donné quelques pièces de monnaie. Elle est entrée dans un magasin, elle en est ressortie avec du lait. Elle s'est assise sur le rebord du trottoir et elle a fait boire le lait à l'enfant. C'était une vision insoutenable. Le soir, alors qu'elle s'était endormie, des femmes lui ont pris son enfant. Quand elles ont tiré, un bras de l'enfant s'est détaché du corps.

Je me suis reculée et j'ai regardé la silhouette émaciée de cette femme qui semblait rire et pourtant titubante.

Qu'était-il advenu d'elle ?

Raphaël a dit que pendant les jours qui ont suivi, il l'a vue errer dans les rues à la recherche de son enfant. Elle a tenté d'en voler un et les femmes du quartier l'ont battue. Elle s'est longtemps promenée avec un chiffon contre les seins, une sorte de poupée imbibée de lait. Un jour, il l'a cherchée, elle avait disparu.

Je me suis détournée. J'ai regardé les mains de Raphaël, les sacs de plâtre contre les murs. Tout ce travail mystérieux. On dit que la sculpture est déjà existante dans le bloc de marbre qu'entaille le sculpteur. Quelles sculptures en devenir étaient encore prisonnières de tous ces sacs ?

— Le regard de cette femme me hante...

Il a dit cela d'une voix sourde.

J'ai entendu le froissement de la toile épaisse de sa chemise quand elle a frotté contre le plateau de la table. Le bruit d'une allumette sur le grattoir.

Il n'a plus parlé de cette histoire. Jamais. Même plus tard, quand il a pu faire couler *L'Errante du bidonville* dans le bronze.

Le temps était clair et d'un coup la brume est remontée, des plaques lourdes. Compactes. On ne voyait plus rien de l'île d'Aurigny ni du village de la Roche. Même le sémaphore avait disparu. Emportés aussi les galets de la plage, les arbres le long du chemin. Il n'y avait pas de bruit. Les oiseaux s'étaient regroupés.

Le phare s'est allumé, un long faisceau bleu qui a percé la brume, éclairant tour à tour la grève, les rochers et le large.

Je suis rentrée à la Griffue.

Raphaël avait mis la pierre rouge devant sa porte. Une pierre entourée d'une épaisse corde de chanvre. Quand la pierre était là, personne ne pouvait entrer dans l'atelier. Même pas Morgane.

Raphaël pouvait rester des jours enfermé avec cette pierre, sans voir personne.

Le bouquet de renoncules était sur le comptoir. Dans un vase. Je l'ai vu en entrant. Je savais que Max avait l'habitude de prendre des fleurs sur les tombes mais jamais des bouquets entiers. Les renoncules étaient belles, elles avaient dû lui faire envie. Plus envie que d'ordinaire. Et puis une tombe sur laquelle personne ne vient. Lili a dû gueuler, elle gueulait toujours quand il lui apportait des fleurs, mais elle les prenait quand même.

Quand il trouvait des roses, Max enlevait les épines et il les donnait à Morgane. Morgane ne voulait pas de ses fleurs. Elle ne les regardait même pas. Max les posait dans le couloir, devant sa porte. Les roses restaient là un jour ou deux. Elles flétrissaient. Avec le temps, elles finissaient par pourrir ou alors elles séchaient et c'est le vent qui les emportait.

L'Audi de Lambert était garée un peu plus bas dans la rue. Tout le monde avait remarqué cette voiture et aussi que les volets de la maison étaient ouverts. Personne n'en parlait, ou alors à voix basse.

Morgane fumait, les coudes appuyés au comptoir. Le pantalon sur les hanches et le rat sur l'épaule. À côté, deux employés des Travaux publics en salopettes vert fluo. La Mère somnolait, coulée dans le fond de son fauteuil, les deux mains ramenées sur le ventre. Elle avait le menton dans le cou. Des pantoufles en laine et des bas très épais. On l'entendait grincer des mâchoires. Il paraît que c'est les médicaments qui lui faisaient faire ça.

Dans la salle, ça sentait le tabac froid. Lili vidait les cendriers mais l'odeur restait imprégnée aux murs.

Lili râlait.

Les pêcheurs, leurs cigarettes, ils les roulaient dans des feuilles de papier maïs. À force, ça faisait noir au plafond. Ça leur brûlait les poumons et ça leur jaunissait les dents.

C'était l'heure creuse, Lili passait le chiffon sur les tables quand Max est arrivé.

— Les vitraux de l'église sont propres et ce n'est pas le moment-truie, il a dit en me serrant la main.

Il s'est assis en face de moi. Il avait réussi à réparer le gouvernail de son bateau.

— C'est la maturation, il a expliqué en faisant un dessin pour me montrer comment il allait s'y prendre pour les soudures.

Il s'est gratté la tête pour bien appuyer ses explications.

Son bateau, c'était de la récupération. Sauvé de la casse. Deux ans qu'il était après.

À la table derrière nous, quatre vieux jouaient aux cartes, une sorte de belote avec une carte retournée. Ils appelaient ça « la retourne » ou « la vache ». L'un d'eux sortait toutes les dix minutes. Un problème de prostate. Il allait pisser dehors, contre le mur. Les voisins se plaignaient. Lili jetait des cristaux de soude, Vous verrez quand vous aurez son âge ! c'est ce qu'elle gueulait en brandissant son seau.

Morgane est allée se coller le ventre au flipper. Les yeux rivés à la bille. Elle cognait des hanches contre la machine. Le rat accroché à son épaule. Les vieux ont lâché un peu les cartes pour regarder les hanches qui bougeaient.

Max en bavait.

— Ferme ta bouche, je lui ai dit à voix basse.

J'ai posé ma main sur la sienne, Ta bouche...

Il s'est essuyé d'un revers de manche. Max ne touchait jamais Morgane. Il savait que ce n'était pas possible. Mais la regarder, il pouvait.

Il a mâché quelques cacahuètes, machinalement. Les cacahuètes absorbaient la bave, l'obligeaient à avaler. Il a reniflé ses doigts, il faisait souvent ça. Il a fini par oublier Morgane et il m'a reparlé de son bateau. Avec le bout de son crayon, il a fait un autre schéma dans le coin du journal. Le tracé du mât et de la coque. Il a ajouté quelques flèches.

— C'est l'exact positionnement de chaque pièce pour le démarrage assuré du bateau.

Il a dit ça et il s'est levé. C'était plus fort que lui, il fallait qu'il s'approche d'elle.

— Tu pues, la Bête ! elle a dit Morgane en le repoussant de la main.

Il s'est mis à rigoler. L'odeur, c'était à cause de la truie. Il la touchait, il la caressait.

Lili l'a vu.

— Sors-toi de là, cousin...

Max a grogné.

Lili s'en foutait, elle avait l'habitude.

— À la fin du mois, il a quarante ans, elle a dit en s'approchant de Morgane.

— Et alors !

— On fera une petite fête. Tu seras avec nous !

— Sûrement pas.

— Ça ferait plaisir à Max.

— J'ai pas à lui faire plaisir.

Lili lui a passé la main dans les cheveux.

— Ne fais pas ta méchante...

Elle a grimacé, à cause du rat.

— Tu sais que je n'aime pas te voir tourner chez moi avec ça !

Morgane a haussé les épaules. Ce rat, elle l'avait trouvé sous les tôles, près du hangar à bateaux. Il était attaqué par trois autres bêtes toutes aussi maigres que lui mais elles, elles étaient trois. Elle l'a gardé dans une boîte, pas blessé mais mal en point. Le rat est resté deux jours sans manger ni boire. Morgane a cru qu'il allait crever mais un soir, elle a entendu du bruit. Elle s'est levée. Le rat était sorti du carton et il était en train de boire au goutte à goutte dans l'évier.

Lili est retournée au comptoir. Elle a ouvert le tiroir-caisse. Elle a sorti un billet, l'a glissé sur la table devant Morgane.

— Tu devrais passer chez le coiffeur, elle a dit. Et puis tu devrais venir vivre ici, au moins pour l'hiver. Il fait trop froid sur votre île.

— C'est pas une île.

Le village était bâti tout en haut de la colline. Entre lui et le port, il y avait un peu plus d'un kilomètre d'une route sans maisons, et pourtant, cette distance semblait un désert qui séparait deux mondes.

Lili s'est détournée.

— La Griffue, c'est pas un endroit pour une fille.

— Qu'est-ce que t'en sais !

Elle a haussé les épaules.

La Mère a tenté de se redresser. Elle a ramené contre son ventre le petit sac en faux crocodile qui était toujours là, à portée de sa main.

Elle attendait le vieux.

C'était son heure.

Le sac, des fois qu'il viendrait la rechercher.

Lili le savait, elle essayait de ne plus y faire attention. Elle a ramassé les verres qui traînaient sur les tables.

— Et ton frère, comment il va ?

— Il va.

— On le voit pas beaucoup ces temps.

— … travaille.

— Tu lui diras pour l'anniversaire de Max, s'il veut venir.

Morgane a ramené le rat contre elle.

— Tu parles qu'il va venir…

56

Elle est revenue s'adosser au comptoir.

— Il y a un type qui traîne, elle a dit.

— Des types qui traînent, il y en a toujours eu, a répondu Lili.

— Il était sur le port. Il m'a parlé.

— Il te voulait quoi ?

Morgane a haussé les épaules. Elle a donné une cacahuète au rat.

— J'en sais rien. Il regardait la mer.

Du doigt, elle a caressé le rat, les poils ras entre les yeux.

— Je lui ai demandé ce qu'il faisait ici. Je lui ai parlé de ton père.

— Pourquoi tu lui as parlé de lui ?

— Il regardait sa maison.

— Tu as dit qu'il regardait la mer !

— Oui, mais à un moment, il s'est retourné et il a regardé sa maison. Il voulait savoir si le gardien du phare habitait toujours là.

— Et tu lui as dit quoi ?

— Je lui ai dit que oui.

Lili a commencé à frotter ses verres.

— Si c'est un rôdeur, il ne faut pas te promener toute seule sur la lande.

— C'est pas un rôdeur.

— Comment tu peux dire ça ?

— Je sais pas… Il regarde.

— Ils regardent tous, c'est comme une maladie ici !

Elle a tourné la tête. Elle ne voulait plus parler de ça.

Morgane a insisté.

— Lui, c'est pas pareil… Les choses qu'il regarde, on dirait que c'est pas la première fois qu'il les voit.

Les vieux ont arrêté de jouer, ils écoutaient.

— On dirait qu'il est un peu d'ici, elle a encore dit Morgane.

— On est d'ici ou on ne l'est pas.

— … s'appelle Lambert.

Un moment, Lili est restée immobile, le regard fixé au comptoir.

— Tu sais déjà ça... Il est peut-être là pour Prévert ?... elle a fini par lâcher après un moment. Faudrait le dire à Anselme.

— MONSIEUR Anselme !

On a tous tourné la tête parce que monsieur Anselme venait d'entrer.

— Tiens, quand on parle du loup... elle a dit Lili.

Monsieur Anselme s'est avancé entre les tables. Avec sa petite pochette de soie bleue et son nœud papillon, il ressemblait à un docteur en visite.

— Et qu'est-ce qu'il faut lui dire à monsieur Anselme ! il a demandé en laissant son regard glisser le long des courbes généreuses de Morgane.

— Y a un touriste pour vous.

— Le type à l'Audi !...

— Oui.

Il a enlevé sa veste, l'a déposée avec soin sur le dossier de la chaise.

— Ce n'est pas un touriste et il n'est pas là pour Prévert.

— Comment vous pouvez dire ça !

— Une impression... Il regarde la mer.

Lili a haussé les épaules.

— Tout le monde regarde la mer.

— Tout le monde peut-être... mais lui, c'est pas tout le monde. Je peux ? il a demandé en montrant la chaise libre en face de moi.

J'ai fait oui avec la tête.

Le clocher de l'église s'est mis à sonner. Max a sorti sa montre et il a dit que c'était l'heure pour lui d'aller s'occuper de la truie.

Morgane a vidé la soucoupe de cacahuètes. Elle a léché le sel, mis dans sa poche le billet que lui avait donné Lili. En se retournant, elle a buté contre le corps de Max.

— Qu'est-ce que tu fais encore là, la Bête !

Max n'a pas répondu.

Il regardait sa gorge, le sillon de sueur humide qui s'écoulait entre ses seins.

À cette heure-là, pour monsieur Anselme, c'était un thé au lait. Lili le savait. Elle a sorti une tasse.

— Ça pourrait être le fils Perack ?... a dit monsieur Anselme, le coude en appui sur la chaise.

Elle n'a pas répondu.

— C'est qui, le fils Perack ? j'ai demandé.

— Un enfant qui a perdu ses parents et qui en veut à la mer.

Il a tiré le rideau. Il m'a montré la maison, de l'autre côté de la route. La grille ouverte.

— Il était là, ce matin, et il y est encore. Le volet est ouvert... Mais peut-être que ce n'est pas lui.

Il a dit que l'été, la maison était toujours louée, qu'on n'était pas en été mais que cela ne voulait rien dire.

Il s'est penché pour mieux voir.

— Ses parents se sont noyés. Vous avez vu l'état du jardin ? Avant, le cantonnier s'en occupait, il chauffait la maison. Il est mort l'année dernière. Une maison, quand il n'y a plus personne pour s'en occuper...

Il a laissé retomber le rideau.

Je lui ai dit que j'avais vu Lambert sur la tombe. Je lui ai montré le bouquet de renoncules sur le zinc. Il s'est retourné, a constaté la chose d'un hochement de tête.

— Si vous l'avez vu sur la tombe, c'est que c'est lui. Ses parents sont enterrés là. Je me demande ce qu'il peut venir faire ici. Des années qu'on ne l'a pas vu. La maison est peut-être à vendre... Les gens de Paris recherchent ces masures de bord de mer, ils les achètent à prix d'or, même quand elles sont en ruine ! Il faudrait demander à Lili...

Il s'est tourné vers le comptoir. Lili finissait de préparer le thé. Monsieur Anselme a renoncé.

— Je crois que ce n'est pas le bon jour...

Il a sorti de sa poche une pochette de plastique.

— Je vous ai apporté les photos de Prévert...

Des jours qu'il m'en parlait. Il les a posées sur la table. Les photos étaient en noir et blanc, les rebords en dentelle. L'une d'elles avait été prise sur le port, à l'époque où la Griffue était encore un hôtel. L'autre montrait Prévert avec des amis, assis à la terrasse du restaurant qui surplombait le port de Port-Racine.

— Prévert adorait qu'on le prenne en photo, mais ici, il n'y avait pas beaucoup de photographes alors, de temps en temps, mon père sortait son appareil... Vous avez vu comme il portait bien l'habit ?

J'ai regardé les photos.

Lili est revenue avec le lait, le thé, elle a tout posé sur la table.

— Vous ne vous en lasserez donc jamais de celui-là ! elle a dit en haussant les épaules.

Monsieur Anselme a répondu par un sourire. Il a bu une gorgée de thé et il a reposé soigneusement la tasse dans la soucoupe. Il m'a parlé de la maison du Val, cette maison que Prévert avait achetée à la fin de sa vie et dans laquelle il avait choisi de mourir.

— C'est tout près, à Omonville-la-Petite. De chez moi, nous y allons à pied par un petit chemin charmant.

Il s'est penché comme pour une confidence.

— Nous pourrions aller la visiter ensemble, je serais votre guide.

J'ai souri.

Je ne sais pas si monsieur Anselme m'ennuyait mais à chacune de nos rencontres, c'était comme ça, il fallait qu'il me parle de Prévert. D'habitude, Lili s'en amusait. Aujourd'hui, elle n'avait pas envie de rire. Elle frottait ses verres en regardant la rue.

Monsieur Anselme a repris les photos.

— Dès qu'il a été malade, Janine n'a plus voulu qu'on le voie. On demandait des nouvelles depuis la cuisine, et puis quand on n'a plus pu entrer dans la cuisine, on a demandé les nouvelles du jardin et à la fin, on devait rester à la barrière.

Il a sorti de sa poche une enveloppe de papier marron.

— Ce collage, c'est lui qui me l'a donné.

Il a poussé l'enveloppe devant moi.

À l'intérieur, il y avait une carte postale sur laquelle était collé un petit bateau blanc.

— Quand il a fait ce collage, il était déjà très malade. Il n'a pas pu le signer. Il m'a demandé de revenir plus tard, quand il irait mieux.

Il s'est penché.

— Il avait commencé pourtant, là, vous voyez, ce petit trait au stylo... C'est le J de Jacques.

Il y avait effectivement une petite trace, le J de Jacques peut-être, mais ç'aurait pu être n'importe quoi d'autre.

Je n'ai rien dit.

Il a rougi.

— Les copains, c'était sa vie vous comprenez...

J'ai dit que je comprenais et j'ai regardé dehors. Il a continué de parler.

À un moment, j'ai senti sa main sur la mienne.

— Vous ne m'écoutez pas...

Lili était toujours derrière le comptoir. Elle n'avait plus de verres à frotter. Elle attendait, calée contre le bar, les bras croisés sur le ventre, le regard un peu vide. C'était rare de la voir comme ça, immobile.

— Un matin, j'ai vu passer une voiture que je ne connaissais pas. C'était le notaire, il venait de Cherbourg. On était en février, Prévert est mort en avril. L'idée de mourir l'attristait beaucoup surtout à cause de Minette. Minette, sa fille... Si nous allons visiter sa maison du Val, vous pourrez voir de très belles

62

photos d'elle, dans le jardin, et aussi des photos de Prévert à Paris...

Monsieur Anselme a repris un peu de son thé. J'ai regardé ses mains. Elles étaient blanches, les ongles parfaitement soignés. Une petite chaîne en or était nouée autour de son poignet.

— Vous allez à Cherbourg ! j'ai demandé.

— À Cherbourg !

— Vos mains...

— Oui... Non... Enfin, c'est quelqu'un qui vient à domicile. Une jeune fille de Beaumont, charmante. Tous les mardis. C'est très confortable le service à domicile vous savez ?... Elle était jolie avant...

— De qui parlez-vous ?

— Janine, la femme de Prévert. Bien sûr, à la fin, son caractère s'était obscurci, ce qu'elle vivait était sans doute très pénible... Vous ai-je déjà dit que Minette était anorexique ? Janine devait lui courir après avec une assiette pour la faire manger. Mais ce n'était pas ici, c'était à Saint-Paul... Saint-Paul-de-Vence... Vous m'écoutez ?

Il a souri doucement.

— Décidément non, vous ne m'écoutez pas.

Il a regroupé au milieu de la table sa tasse et la théière. La cuillère dans la tasse. Il s'est tourné vers moi.

— Ce garçon vous intéresse ?

Je n'ai pas répondu. J'ai tiré le rideau.

— Cette maison, vous pensez qu'elle est à lui ?

— Si c'est le fils Perack, certainement... Je me souviens, la mère était très belle. Le père était sans intérêt mais elle...

— Que s'est-il passé ?

— Un accident alors qu'ils revenaient d'Aurigny, c'était la nuit, leur voilier s'est retourné. Il y avait un jeune enfant avec eux. Une bien triste histoire.

— Et lui, il n'était pas sur le voilier ?

— Non. Qu'est-ce qui vous intéresse dans ce garçon, il est plutôt commun ?

Ça m'a fait rire.

Il m'a dit que la maison était hantée.

Lili s'est approchée de la porte, le torchon sur l'épaule.

— Y a plus de rats que de revenants là-dedans ! elle a râlé en regardant par l'un des carreaux.

Monsieur Anselme a haussé les sourcils.

— Elle serait hantée par quoi ? j'ai demandé.

— Par qui, vous voulez dire ?... Un jeune et beau capitaine de vaisseau, un certain Sir John Kepper, son bateau aurait coulé au large du Blanchard. Tout ce qui était à bord a été ramené sur la plage et certaines de ces choses se sont retrouvées dans cette maison.

Il m'a pris le bras pour que je m'approche davantage.

— Les nuits d'orage, certains ont vu briller une lumière derrière la fenêtre, une lumière comme une flamme. Parfois la flamme était à l'étage. D'autres fois, derrière la lucarne. Ceux qui n'y croient pas disent que ce sont les reflets de la lune contre les vitres, mais les nuits d'orage, il n'y a pas de lune...

— Vous l'avez déjà vue, vous, cette lumière ? elle a demandé Lili.

— Non, mais j'ai entendu des gens dire qu'ils l'avaient vue.

— Moi, ça fait plus de vingt ans que j'habite en face et j'ai jamais rien vu !

Monsieur Anselme s'est tourné vers moi.

— On dit que la charpente a été faite avec les bois du bateau. On raconte aussi qu'il y a un vaisselier à l'intérieur avec toute la vaisselle de Sir John Kepper.

— Toute la vaisselle, faut pas exagérer ! elle a dit Lili. Et puis on n'a jamais vu un capitaine de bateau hanter une maison pour une pile d'assiettes !

La Mère nous écoutait, tapie au fond de son fauteuil. Elle dodelinait doucement de la tête. Elle a pris appui d'une main sur la table.

— Je l'ai vue, moi, la lumière…

Elle a tenté de se redresser.

— Plusieurs fois, la nuit… C'était il y a longtemps… Ça hantait toujours plus fort les nuits d'orage.

Sa voix grinçait. On aurait dit des lames.

— J'ai vu l'ombre derrière, la main qui tenait la lumière.

La Mère a gémi encore des mots sur cette lumière et puis elle est retombée. Avec monsieur Anselme, on s'est regardés.

Il a tenté un sourire.

— Des histoires de village, il a dit.

Lili est retournée derrière son comptoir, elle a plié les torchons. Elle en faisait une pile irrégulière qu'elle lissait du plat de la main et qu'elle glissait ensuite dans un placard, sous la caisse. Il paraît qu'elle gardait là-dessous un revolver, une arme à deux coups. Ce revolver, personne ne l'avait jamais vu mais Max disait qu'il avait servi à mettre en fuite un sanglier qui s'était aventuré trop près dans le jardin.

— À ce propos, madame Lili, l'accident des Perack, vous devez vous en souvenir, vous ?

Elle a levé la tête.

— C'est loin…

— Tout de même, un accident pareil… Ce garçon qui est là, dans la maison en face, ce pourrait être l'aîné des fils ?

— Ça se pourrait oui.

— Ils avaient deux enfants. L'un est mort, mais l'autre…

— Ça fait quarante ans, même si c'était lui, comment vous voulez que je le reconnaisse ?

Monsieur Anselme a hoché la tête.

— C'était en 67…

— J'étais jeune en 67.

Elle a dit ça, J'étais jeune, je ne me souviens pas.

Monsieur Anselme s'est tourné vers moi.

— À l'époque, on a dit qu'il y avait eu un problème de lanterne dans le phare... Que son père...

Il a dit ça à voix basse, à peine audible.

Théo est entré. Les vieux ont dit, Bonjour Théo !

Il n'a pas répondu. Il ne répondait jamais. Les vieux disaient bonjour quand même.

Quand elle l'a vu, la Mère a saisi son sac, Le vieux..., elle s'est mâchonné ça entre les dents, le ventre en appui contre la table. Elle a dû s'y reprendre à dix fois pour qu'il se tourne un peu.

— ... 'jour la vieille...

Il s'est arraché ça, Théo, d'une voix de gorge, et la vieille n'a plus rien dit.

Lili l'a servi comme elle servait les autres. La tasse sur le zinc. Le café dans la tasse.

Muets, le père et la fille.

Elle lui a préparé son sac, une boîte en plastique qu'elle a remplie de riz et de viande. Elle a tassé à la cuillère, ça devait lui faire les deux jours et il fallait que personne ne trouve à redire des fois qu'en chemin, il montrerait ce qu'elle lui avait donné.

Elle a tout emballé avec des gestes brusques, un peu comme on donne sa pâtée à un chien qu'on n'aime plus.

Je les regardais, à la dérobée, incapable de comprendre comment on pouvait en arriver à ce point de haine. Entre eux, le silence même devenait une insulte.

Théo a reposé sa tasse. Un billet à côté. Il a pris son sac et il est parti.

Monsieur Anselme l'a suivi des yeux.

— On se demande pourquoi il vient encore ici...

Monsieur Anselme disait qu'à moins d'être né ici, il était impossible de comprendre le mystère de tels silences.

Du fond de sa chaise, la Mère a continué d'implorer.

La maison de Théo était collée à la colline, une grande bâtisse en pierre, à l'écart du village. Des hortensias géants poussaient au bord de la route. Théo ne s'en occupait pas et ils grandissaient à la sauvage en donnant des brassées de fleurs superbes.

Le portail restait toujours ouvert. Il y avait des chats dans la cour, autour des gamelles. Des chats sous la remise aussi. Ceux-là étaient des feulants, impossibles à approcher.

Tout en haut, ouverte dans le toit, une lucarne dominait la mer.

L'un des chéneaux avait une fuite. Là où l'eau suintait, une coulée de petites mousses vertes s'écartait jusqu'à rejoindre la terre. Au village, on disait que des maisons comme celle du vieux Théo abritaient des goublins. Ce n'étaient pas des êtres méchants, mais ils avaient d'étranges pouvoirs. Certains apparaissaient sous la forme de chats, de lapins et parfois même de hérissons. Il paraît que là où il y avait un goublin, il y avait un trésor. Personne ne savait que ce trésor était là. Seul le goublin.

La première fois que j'ai vu Théo, il était dehors, sur le perron, avec ses chats. Je me suis arrêtée. Je lui ai dit que j'habitais sur le port, à la Griffue, que j'étais celle qui venait compter les oiseaux à sa place. Il savait qui j'étais et il m'a fait entrer dans sa maison. Des rideaux gris pendaient aux fenêtres. J'ai glissé mes mains sous les voilages usés. L'ourlet cousu main. Il y avait des trous de mites entre les points alignés.

On a parlé des chats, rien que des chats ce jour-là, de ceux qui vivaient dehors et aussi de ceux qui étaient dans la maison. Quand je suis partie, il m'a serré la main, Il faudra revenir et on parlera des oiseaux.

Je suis revenue.

Théo connaissait mes habitudes. Il les avait apprises. Quand c'était mon heure de falaises, il m'attendait devant la porte.

Dès qu'il me voyait, il empoignait sa canne, il s'appuyait dessus. Il ne pouvait pas rester longtemps debout à cause du cartilage qui se détachait autour de ses hanches. Il aurait fallu l'opérer. Il ne voulait pas.

— Qui c'est qui s'occupera de mes chats si je vais à Cherbourg ?

Il disait que tous les vieux qui partaient à l'hôpital revenaient entre quatre planches.

Il marchait à côté de moi. Il m'accompagnait jusqu'à la Roche. On parlait de la Hague, de la lande, de cette terre rude et forte devant laquelle les hommes ne pouvaient que s'incliner.

Avant, c'était lui qui travaillait pour le Centre de Caen. Tout ce que je faisais, il l'avait fait, les relevés, le comptage des œufs, l'observation des oiseaux. Tout ce que je voyais, il l'avait vu.

Il avait arpenté ces falaises en solitaire, pendant plus de dix ans.

Les murets de pierre qui bordaient le chemin étaient recouverts de mousses. Piquées çà et là, dans un rien de terre, il y avait quelques petites touffes de fougères.

Avec Théo, on a pris sur la droite, entre les maisons. On est passés devant chez Nan. On faisait toujours ça pour aller au sentier. Ce n'était pas le chemin le plus rapide, mais Théo prenait plaisir à ce détour.

Quand on est arrivés devant la maison de Nan, il a regardé la porte. Il s'est attardé un instant, la main posée contre le mur.

Des draps pendaient sous l'auvent, ils battaient l'air comme des draps fantômes. La porte était ouverte, le soleil entrait à l'intérieur. Derrière l'une des vitres, on a vu le reflet noir d'une ombre qui est passée, et puis l'ombre est venue s'encadrer dans le soleil de la porte.

Théo a fait un petit signe.

— Vous êtes là, elle ne viendra pas.

Nan, son vrai nom, c'était Florelle. Il me l'a dit ce jour-là. Comme un aveu.

— Après la mort de sa famille, elle n'a plus voulu qu'on l'appelle comme ça.

Lui l'appelait encore ainsi. Je lui en ai fait la remarque et il a souri.

Un étrange sourire comme un autre aveu.

Et puis il s'est détourné.

Le Blanchard était calme, presque sans vagues. Une accalmie avant d'autres tempêtes.

— Il y a encore des corps là-dessous, des corps que la mer ne lui a pas rendus.

Il a dit cela et je me suis souvenue de ce regard tellement douloureux avec lequel Nan avait scruté le visage de Lambert.

— Le jour de la tempête, elle a cru reconnaître quelqu'un...

Il m'a pris le bras.

— Ça lui arrive parfois... Elle croit que les morts reviennent.

Il a baissé les yeux.

— Mais les morts ne reviennent pas.

On a fait quelques pas sur le chemin, entre les maisons.

— Elle a touché son visage, elle l'a appelé Michel.

Il est resté silencieux.

On a traversé le petit hameau jusqu'à la dernière maison.

Il a parlé encore d'elle, de Florelle. J'aurais voulu lui parler de toi comme il me parlait d'elle.

Après la dernière maison, Théo s'est arrêté. Il y avait là une pierre large sur laquelle il s'asseyait toujours quand il m'accompagnait.

— Les champs de bruyère, vous verrez, avec ce vent de sud, aujourd'hui, ils seront noirs.

Il a fixé ce chemin que j'allais prendre et que lui avait pris tant de fois.

— Vous devriez trouver quelques fraises sauvages... Il y a des plants après la deuxième guérite, c'est à hauteur de main.

La suite du chemin, il la connaissait par cœur. L'emplacement de chaque arbre, de chaque pierre. Le temps qu'il fallait pour aller d'un rocher à l'autre, d'ici à l'anse des Moulinets et puis plus loin encore, les grottes et les anciennes caches des contrebandiers.

Je l'ai laissé.

J'ai continué sur le chemin. Je ne sais pas combien de temps il restait là. Il disait qu'il continuait avec moi, qu'il était capable de faire tout le chemin en restant assis sur la pierre.

Le sentier était étroit, il serpentait entre la mer et la lande. Sous mes pieds, c'était un mélange de terre glissante et de roches qui affleuraient. Je devais aller jusqu'au Nez des Voidries. Les cormorans étaient là-bas. On s'interrogeait sur leur capacité à s'entraider. Leur cohésion de chasse. Étaient-ils capables de rabattre ensemble des bancs de poissons ? Comment cohabitaient-ils quand ils chassaient ?

C'était un long travail. Des heures d'observation dans le vent.

Sur la droite, la mer était écrasée de soleil, une luminosité tellement violente que j'étais obligée de détourner les yeux.

À la fin, à toi aussi la lumière faisait mal. Il fallait fermer les volets. Tirer les rideaux. Ton corps de colosse était devenu une petite chose perdue au fond du lit. Même le caresser, mes mains sur toi, tu ne voulais plus.

Un lapin a détalé devant moi. Il est resté un moment dressé sur ses pattes et il a disparu entre des plants de bruyère. J'ai vu dans un pré, plus loin, deux chevaux immobiles. J'ai marché encore.

J'ai trouvé les plants de fraises sauvages dont m'avait parlé Théo, des feuilles tellement vertes qu'elles en paraissaient bleues. Les fruits rouges étaient gorgés de sucre. Je les ai écrasés sous ma langue, le goût, éclaté. Mon palais, imprégné. J'en ai gardé une poignée pour Théo. J'ai continué à marcher.

Après un moment, le sentier a bifurqué et j'ai surplombé l'anse d'Écalgrain. Théo disait qu'ici, les soirs d'été, la lande flamboyait.

Des hommes étaient assis tout en bas, sur la plage. Ils étaient une dizaine. J'ai regardé leurs visages dans mes jumelles. Mal rasés. Jeunes pour la plupart. Les regards fatigués. Ils fumaient, les genoux remontés.

Ils n'avaient pas de bagages, semblaient ne pas avoir de nourriture. Pas de sacs pouvant contenir de l'eau. Certains de ces hommes regardaient la mer. D'autres ne regardaient rien. Ou entre leurs pieds. L'un d'eux était couché sur le flanc. Ils attendaient un bateau pour passer en Angleterre.

Depuis quand étaient-ils ici ? Une fille était avec eux, assise à l'écart. Elle aussi elle regardait la mer. Je les ai observés un long moment. Je me suis demandé ce qui allait se passer pour eux si le bateau qu'ils espéraient ne venait pas.

Après l'anse, les falaises étaient plus abruptes. La bruyère devenait noire. C'est là que venaient brouter les chèvres de la lande, elles étaient une dizaine, à vivre sans cordes ni clôtures. Des bêtes aux poils longs et noirs. Les jours de pluie, elles se plaquaient contre les rochers ou s'abritaient contre des grottes.

Le Nez des Voidrics était un endroit de niche pour les faucons pèlerins, il m'était arrivé d'apercevoir là quelques grands corbeaux. L'accès au domaine était difficile.

J'avais pris un jambon-beurre, je l'ai mangé, affamée. Les cormorans pêchaient. J'ai passé la journée à les observer. J'ai tout noté.

Une fauvette solitaire veillait près de moi, repliée sur son nid.

Avant de partir, je me suis couchée, le ventre contre la terre. Des mousses rases étaient accrochées aux rochers. L'humus sentait fort, une odeur indéfinissable qui était un mélange de sel, d'algues pourries et de poissons morts.

Je me suis souvenue, quand je me couchais sur ton corps. Et ton corps, sur le mien. Ton poids, tellement lourd. J'aimais ça, ton poids sur moi. Aurais-je la force ? Le dernier jour, tu as glissé ta main sur ma joue, cette main tellement large qu'elle me contenait tout entière. Tu as voulu parler. Tu n'as pas pu.

Je suis rentrée alors que la mer était au plus haut. Fatiguée, titubante. Les yeux brûlants comme ceux de certains vieux chats.

Je me suis arrêtée chez Théo, j'ai posé sur la table la poignée de fraises sauvages que j'avais rapportées pour lui. Il ne les a pas mangées. Il a dit, Plus tard, ce soir...

On a parlé.

Il s'est mis à pleuvoir, une pluie fine qui tombait à l'oblique.

Je suis partie en courant. Je suis arrivée trempée. Le froid dans le dos. Sur la peau, des frissons d'animal.

Le vélo de Max était calé contre le mur devant la Griffue. C'était un vieux vélo tout rouillé. Il datait de la guerre. Je ne sais pas de quelle guerre il s'agissait. Max ne montait jamais dessus. Il se servait de lui comme d'un porte-bagages, les sacoches comme deux très grands paniers et il accrochait ses sacs à poissons au guidon.

La nuit suivante a été claire, gorgée de cette clarté de lune qui brillait parfois sur la lande, une lumière sans pitié qui débusquait les bêtes à l'affût et faisait geindre les mourants.

C'était la fin du mois, j'avais mes grilles de relevés à remplir pour le Centre ornithologique. J'étais en retard. J'ai pris ma table contre la fenêtre et j'ai travaillé. Lili était au comptoir. Elle feuilletait un catalogue, elle voulait acheter une cage avec des canaris. Pour lui faire de la compagnie, elle disait. Elle en avait déjà eu deux avant, ils avaient crevé à une semaine d'écart.

— On vivait mieux avant, elle a dit en refermant son catalogue.

Elle parlait avec le facteur.

— C'était moins cher aussi. Quand je serai à la retraite, je partirai vivre dans le Sud.

La Mère a levé la tête.

— J'irai pas ! elle a gueulé.

— Pas trop loin de la côte, elle a précisé Lili sans faire attention à ce que continuait de maugréer la vieille.

Elle ne savait pas quand ça serait, la retraite. Cinq ans, dix ans... Il lui fallait amasser un pécule, le Sud c'était plus cher.

D'entendre ça, la Mère pleurnichait, le nez au ras de la table. Ça lui faisait de la buée sur les lunettes, un épais brouillard dans les yeux. Lili a continué de parler du Sud. Le facteur a fini par s'en aller.

J'étais en train de terminer mes grilles quand le battant a heurté les tubes de bambou. La porte s'est ouverte. J'ai senti le courant d'air. J'ai compris que c'était Lambert à cause du regard de Lili et aussi parce que les vieux avaient arrêté leur jeu.

La porte est restée ouverte.

Lambert a refermé la porte et il s'est avancé jusqu'au comptoir. Il portait un pantalon de toile sombre, un pull anthracite et son blouson en cuir par-dessus. Il avait aux pieds des sortes de bottines avec une boucle sur le côté.

Avec Lili, ils se sont regardés.

Elle a hésité, le regard chancelant, elle est sortie de derrière le comptoir.

— Te v'là ! elle a dit.

Ils se sont embrassés gauchement, sans se toucher, les bras le long du corps. C'était étrange, cette façon de se dire bonjour.

Il s'est retourné. Il a regardé autour de lui. Il m'a vue et il m'a saluée des yeux.

— C'était déjà comme ça avant, il a dit.

— Jaune pisseux, il faudrait refaire, j'ai pas le temps. Je te sers quelque chose ?

— Oui...

— Quoi ?

— Je ne sais pas, ce que tu veux.

Elle a sorti deux soucoupes et elle les a posées sur le zinc.

Elle a rempli le doseur de café.

— Je savais que tu étais là. Un type qui tourne, tout le monde en parlait, quand je t'ai vu dans le jardin et puis sur la tombe, j'ai compris que c'était toi. Le soir de la tempête aussi...

Le torchon était roulé en boule à côté des renoncules.

— Il y avait du monde, on ne s'est pas parlé.

— Tu voulais qu'on se dise quoi ?...

C'est le tutoiement qui m'a surprise. Ce tutoiement sec, brutal.

Elle a posé les tasses sur le zinc.

— Tu as parlé à Morgane aussi.

— Morgane, c'est la fille au rat ?

— C'est elle.

Il a pris la tasse entre ses mains. Il a regardé dans la tasse, le café. Ses gestes étaient lents.

— Il y en a qui ont dit que tu étais là pour Prévert ?

— Prévert...

Ça l'a fait sourire. La cuillère a glissé dans sa tasse. Petit choc léger.

— Ça fait combien de temps qu'on s'est pas vus ?

— Longtemps.

— Longtemps, c'est quarante ans, elle a dit Lili.

Elle a sorti deux petits verres derrière elle et les a posés à côté des tasses. Elle a rempli les verres.

— T'inquiète pas, elle a dit.

Je n'ai pas compris pourquoi elle avait dit ça, si c'était à cause de ce temps passé ou de cet alcool blanc qu'elle lui servait.

Ça leur a pris un temps infini, parler et se regarder. Voir ce que le temps avait fait d'eux.

— Tu es marié ? elle a demandé Lili.

— Non.

— Des enfants ?

Il a souri.

— Non... Et toi ?

— J'ai été mariée. Un pêcheur. Il est mort en mer.

— Je suis désolé.

— Qu'il soit mort ? T'as pas à l'être.

Elle a remis la bouteille à sa place et elle est revenue vers lui, les coudes appuyés sur le zinc.

— Au début, on croit qu'on va crever et puis on crève pas. On vit. Y a même des fois après où on revit.

Elle a bu son verre.

— C'est peut-être pas joli joli, mais c'est comme ça !

Lambert fixait le miroir derrière elle.

— J'ai vieilli, il a dit.

— J'ai vieilli aussi, et alors !

— Tu m'aurais reconnu ?

Elle a haussé les épaules.

Il a détourné la tête. Il est resté quelques secondes, les yeux sur le plancher.

— Ça n'a pas d'importance...

— Tu ne m'as pas répondu, qu'est-ce qui t'amène ?

— Je voulais revoir la Hague. Je vends la maison.

Elle a hoché la tête.

— Je sais, le notaire est un client. Et tu vas rester ?

— Oui... Un jour ou deux...

Il a approché sa main de l'appareil à cacahuètes. Il a glissé une pièce et il a tourné la manette.

Lili le suivait des yeux.

— Tu dors où ?

— Une chambre à la Rogue.

— Chez l'Irlandaise ?

— Oui.

— C'est une ancienne pute, tu sais ça ?

— Je m'en fous.

Elle a montré le fauteuil, la Mère dedans.

— C'est ma mère.

La vieille s'est redressée. Elle a dodeliné de la tête, on aurait dit une toupie cassée.

— Elle ne vit plus avec ton père ?

— Tu vivrais avec ce vieux fou toi ?... Ça fait plus de vingt ans que je l'ai prise avec moi.

Il a regardé la Mère.

Lili a regardé dehors.

J'ai plié mes affaires.

— On peut dîner ensemble si tu veux ! elle a dit en se tournant vers Lambert.

— Plus tard...

— Plus tard, c'est quand ?

— Je ne sais pas.

De la main, il caressait la barre lisse du zinc.

— J'ai vu ton père en passant devant chez lui. Il était dans la cour.

— Et alors ! Moi, ça fait plus de cinquante ans que je le vois, et tous les jours !

— Vous ne vous parlez plus ?

Lili a ricané.

— Bonjour, bonsoir ! C'est un secret pour personne. Pourquoi, c'est lui qui t'a dit ça ?

— Non, c'est Morgane.

Il l'a regardée, brusquement, un regard comme on trébuche.

— Tu m'en veux ?

— T'en vouloir de quoi ? D'accuser mon père d'avoir tué tes parents ? Rassure-toi, je l'accuse de bien pire.

Elle avait haussé le ton. La voix froide, cassante.

— Tu crois toujours que c'est lui qui a éteint le phare ? C'est pour ça que tu es là ?

— Peut-être.

— C'est de l'histoire ancienne, oublie.

— Je ne peux pas.

— Alors fais avec ! On a tous fait avec ici !

Ça me gênait d'être là, de les voir. De les entendre. Je me suis levée et j'ai repoussé doucement la chaise. Je voulais m'en aller sans faire de bruit.

Lambert s'est retourné.

— Vous faites quoi ?

— Je m'en vais…

Ma veste était encore sur le dossier. Je l'ai prise, enfilée.

— C'est pas à vous de partir.

Il a regardé Lili.

C'est à ce moment-là qu'il a vu les fleurs.

— Les renoncules, c'est toi ?

Lili n'a pas compris.

— De quoi tu parles ?

Il lui a montré le bouquet.

Elle a pincé les lèvres.

Trois pas la séparaient des fleurs. Elle les a franchis et elle a tiré le bouquet du vase. Les tiges étaient mouillées, l'eau a coulé sur le sol.

— Je ne vole pas les morts si c'est ce que tu veux dire !

L'eau coulait aussi sur ses mains. Elle lui a plaqué le bouquet dans les bras.

— Et je ne savais pas que c'étaient tes fleurs !

Il s'est retrouvé les mains soudées au bouquet.

— Maintenant tu sors ! elle a dit Lili.

Il a reculé.

Il a balbutié quelque chose, des mots que je n'ai pas compris. Il a ouvert la porte.

Il y avait une table en plastique sur la terrasse. Elle restait là toute l'année. Même l'hiver. Avant, il y avait des chaises aussi mais une nuit, quelqu'un est passé et les a toutes emportées. Depuis, Lili ne mettait plus de chaises dehors.

Lambert est resté un moment, à côté de cette table, le bouquet contre lui. Le regard un peu désorienté.

Il a fini par poser les fleurs sur la table.

Lili s'est approchée du carreau. Elle l'a suivi des yeux, tant qu'il était là, sur la terrasse et après aussi, quand il a traversé la rue.

La Mère a gémi de sa voix de morte.

— C'était qui ?

Son trou de bouche, grand ouvert.

— C'était qui hein ?

Lili s'est retournée.

— Personne… C'était personne…

Elle a ouvert la porte, elle est sortie et elle a jeté le bouquet de fleurs dans le grand bac des poubelles.

— Tu n'avais pas mis la pierre…

Raphaël tenait un petit personnage en fer entre ses mains. Il le regardait. C'était un funambule. Il voulait le faire tenir en équilibre sur un fil de plâtre. L'un des pieds était déjà en appui, mais le funambule ne tenait pas. Il a détaché un bras du corps.

— L'équilibre, ça tient à presque rien…

Du pouce, il a accentué la cambrure du dos.

— Si celui-là tient, j'en ferai un grandeur nature.

D'un mouvement de bras, il a englobé tout l'espace de l'atelier.

— Un funambule de deux mètres qui marchera bien droit !

La pointe du pied effleurait à peine le fil. L'ensemble était léger, très délicat.

— Ça ne pourra jamais tenir, j'ai dit.

— Ça pourra ! On tient bien, nous !

Il s'est reculé pour voir l'effet.

— On ne vit pas sur un fil…

Il s'est collé une gitane entre les lèvres.

— Tu es sûre de ça ?…

Pas sûre, non. J'ai regardé ses dessins. Il n'avait pas commencé sa série. Quelques ébauches, des traits forcés, indélicats.

Il a tiré une bouffée, a rejeté la fumée loin devant lui.

— Hermann attend. Il m'engueule, il dit que je le fais exprès ! Tu parles si je le fais exprès...

J'ai regardé par la fenêtre.

Morgane était dans le jardin, couchée sur le banc, en plein soleil.

Je suis allée la rejoindre.

Le rat était contre elle, roulé en boule sur son ventre. Il dormait.

Elle a ouvert les yeux parce que j'étais dans son soleil.

Elle a tendu une main molle en direction des bateaux.

— Il traîne, elle a dit.

Je le savais.

Je l'avais vu.

Un sourire a glissé sur ses lèvres.

— ... s'appelle Lambert Perack, né en 55 à Paris dans le 6ᵉ. Vit à Empury, Morvan.

— Comment tu sais ça ?

Elle a laissé retomber son bras le long du banc. Du bout des doigts, elle grattait dans la terre, arrachait les quelques herbes qui poussaient là.

— Ce n'est pas ma faute s'il laisse son blouson accroché au portemanteau avec son portefeuille dedans.

Elle s'est redressée sur un coude, les yeux encore clos.

— J'ai aidé au service de midi... Il a pris le menu.

— Tu fouilles dans les affaires des clients toi ?

— Je lui ai rien pris, juste son nom... Lambert, c'est un peu bizarre comme prénom tu ne trouves pas ?... À part Lambert Wilson... Il te plaît ?

— Non.

— Tu mens.

— Je ne mens pas.

Elle s'est recouchée.

— Tu crois que le soleil va tenir ?

Je l'ai regardée, je ne comprenais pas.

— Le truc qui brille là-haut et qui nous chauffe la peau quand on a froid !

— Il va tenir, j'ai dit.

Le soleil a glissé doucement derrière la maison, et le banc est passé à l'ombre.

Elle s'est levée. Elle est entrée dans la maison et elle est ressortie avec une serviette de bain. Le rat était accroché à son épaule.

— Ce matin, j'ai vu le notaire de Beaumont, il était garé devant la maison en face de chez Lili.

Elle a fait tourner la serviette au bout de sa main, une parfaite imitation de Charlie Chaplin, la serviette en guise de canne et les pieds en dehors.

— Ton Lambert, peut-être qu'il achète...

— C'est pas mon Lambert, j'ai murmuré.

Elle s'est éloignée en direction des rochers. Elle sifflait.

— Il n'achète pas, il vend, j'ai dit, mais elle était déjà trop loin pour m'entendre.

Le soleil n'a pas tenu. La pluie est tombée d'un coup sur la mer, et puis les vents l'ont ramenée, cinglante, contre les vitres. C'était une petite pluie fine, froide.

Morgane est revenue en courant, la serviette sur la tête. J'étais dans ma chambre, je l'ai vue traverser la cour. J'ai tapé contre la vitre et elle a levé les yeux. C'était une belle image, cette fille qui courait sous la pluie.

Je me suis assise sur le lit.

Il fallait que je range l'appartement et que je profite aussi de cette pluie pour repeindre les murs. En vert Hopper, le même vert que celui du tableau. Je m'étais dit ça. La carte était punaisée contre la porte. J'aurais pu aller acheter la peinture, mais il pleuvait trop pour aller à Cherbourg.

J'ai ouvert une bouteille d'entre-deux-mers. Un vin du Sud, blanc, sec. J'en ai bu un verre. J'ai écouté la pluie. J'entendais la voix de la Callas, par-dessous, Raphaël qui travaillait. Il disait qu'il travaillait toujours très bien quand il pleuvait.

Il y avait d'autres verres sur les étagères. Des paquets de biscuits vides. Il fut un temps où je laissais tout en ordre. Je tirais les draps du lit. Je mettais du noir sur mes yeux.

Il fut un temps, oui...

Le lendemain, il a plu encore. J'ai déjeuné à l'auberge, en face d'une famille, un couple avec des gosses. À une autre table, ils étaient deux. Ils se touchaient les mains par-dessus la nappe. Leurs pieds en dessous, qui se mélangeaient. Ce besoin qu'ils avaient de la peau de l'autre. Du regard de l'autre. Je les enviais. À un moment, la fille a parlé à son ami, ils se sont retournés et ils m'ont souri. J'avais été comme eux, avec toi, tellement désirante. Jusqu'à la fin, même quand ton corps est devenu cette ombre, je te désirais encore.

Aux tables du fond, il y avait des célibataires de la Cogema. Ils travaillaient à l'usine de retraitement nucléaire, tout près. Du village, on voyait les grandes cheminées, le monstre tapi.

Deux dessins de Raphaël étaient accrochés au mur. Des silhouettes dans les tons gris-noir. Il y avait aussi une sculpture de plâtre dans une petite niche au-dessus du comptoir. Morgane n'était pas de service, c'est le patron qui m'a apporté mon plat.

— C'est toujours pas guéri ! il a dit en montrant ma joue.

— Toujours pas.

Il a hoché la tête.

84

J'ai regardé dehors. La tôle était encore là, coincée entre le mur et un conteneur à poubelles.

L'après-midi, je suis allée aux falaises. J'ai compté dix-sept aigrettes rien que dans ce temps très court. Je n'ai pas vu de faucons ni de grands corbeaux mais un duo de très jeunes goélands qui se battaient pour une femelle.

Théo était appuyé au comptoir. Le jeudi, il venait toujours plus tôt à cause d'une fille du centre social qui faisait le ménage chez lui.

Lili lui a préparé son café. C'est le seul moment où Théo la regardait, quand elle était comme ça, de dos. Elle le regardait aussi, le reflet de son père dans le miroir. Leurs yeux ne se croisaient pas.

Théo ne s'asseyait jamais. Il aurait pu jouer aux cartes avec les autres vieux. Parler un peu. Il aurait pu aller à Beaumont avec le car.

Il est resté calé au comptoir.

Il a bu son café.

Avant de sortir, il s'est arrêté à ma table. Il a regardé mes papiers.

— Ça vous intéresse, les pluviers ? il a demandé.

— Les pluviers ? Je ne sais pas… Je n'en ai pas sur mon secteur. Pourquoi vous me dites ça ?

Il s'est détourné. Sa main gauche tremblait un peu.

— Le pluvier, c'est un très bel oiseau, un échassier.

— Je sais.

— Et vous savez ce qu'il fait quand un autre oiseau s'approche et menace ses œufs ?

Il a plissé les yeux, j'ai eu l'impression qu'il me jugeait là-dessus, sur cette chose-là qui était de savoir comment se comportaient les pluviers en cas d'attaque.

— Il y a une petite colonie sur les rochers après le sémaphore. Vous devriez aller les voir...

Il a ouvert la porte.

— Même si ce n'est pas votre secteur, il a ajouté avant de sortir.

Un des vieux a sifflé.

— Il est en forme le Théo, ce matin !

Lili s'est avancée jusqu'à ma table, une bouteille à la main. Elle m'a servi un peu de sa liqueur dans un verre à pied.

— Offert par la maison...

Elle m'a regardée boire.

— C'est du local !

Je n'ai pas su de qui elle parlait, si c'était de Théo ou de sa liqueur. J'ai vidé le verre sans ciller. J'ai tiré le rideau, mais Théo avait disparu.

Morgane était partie à Cherbourg en laissant le rat dans son carton. Le rat en était sorti et il avait disparu. Avec Raphaël, on l'a cherché partout. On a fini par le retrouver sur une étagère, au fond de l'atelier. Dressé sur ses pattes, il nous regardait. J'ai approché ma main, il est venu humer mes doigts. Il semblait intrigué. Je ne sais pas s'il pouvait reconnaître l'odeur des chats que je caressais chez Théo.

— C'est porteur de plein de maladies ces bêtes, a dit Raphaël quand il m'a vue prendre le rat contre moi.

— Nous aussi on en porte.

— Tu ne me touches pas.

— Je ne te touche jamais.

Il a cherché son paquet de cigarettes. Il a fini par le trouver mais le paquet était vide. Il est passé dans la cuisine.

La Couturière des morts étalait son ombre grise sur le plancher. L'ombre du linceul qu'elle était en train de coudre. Raphaël s'était servi de Nan pour cette sculpture, c'était elle, son corps, ses mains.

Il est revenu.

— Théo était amoureux d'elle avant, j'ai dit en montrant *La Couturière*.

— Comment tu sais ça ?

— Cette façon qu'il a de la regarder, de prononcer son nom... Tu la connais bien ?

— Pas plus que ça... Je l'ai sculptée, c'est tout.

Il a déchiré l'emballage de la cartouche, a tiré un paquet. Il a jeté le reste sur la table.

Il m'a regardée.

— Il s'est quand même marié avec une autre, ton amoureux !

— Oui, je sais. N'empêche que c'est Nan qu'il aimait.

J'ai tourné autour de *La Couturière*.

— Comment tu expliques que la Mère vive au village avec Lili et que lui se retrouve tout seul dans sa bâtisse ?

— Je n'explique rien. Le jour où j'ai appris qu'une vieille dans le village cousait les linceuls des morts, j'ai su que je tenais un sujet. Pour le reste... Elle ne sait même pas que je l'ai sculptée.

Il a passé sa main sur l'épaule de plâtre.

— Moi, si je meurs, je veux qu'on me laisse là, tout seul, à pourrir au milieu de mes sculptures. Sans linceul ni rien.

Il s'est avancé vers la porte.

Il faisait beau dehors. On est sortis.

Les vaches étaient toutes regroupées dans un pré, près du chemin. Elles piétinaient des sabots dans la bouc. On s'est grillé une cigarette en les regardant ruminer. Une voiture est passée.

— Elles devraient pas marcher dans leur merde comme ça, j'ai dit.

— Sûr, elles devraient pas...

Morgane est descendue de la voiture. Elle est allée récupérer le rat et elle est venue vers nous.

— Qu'est-ce que vous vous racontez tous les deux ?

— On parlait des vaches...

— Et vous en avez dit quoi ?

— Qu'elles marchent dans leur merde et qu'elles devraient pas.

Elle a hoché la tête. Un grillon chantait à nos pieds. Elle s'est baissée et elle l'a cherché entre les herbes.

— Il a de la chance que Max ne soit pas là...

Elle a levé les yeux sur moi.

— Max croit que les grillons qui chantent quand il y a encore du soleil sont des bâtards... et que les bâtards font de mauvais reproducteurs, il les écrase.

Elle s'est relevée et elle a pris la cigarette des doigts de Raphaël. Elle s'est blottie contre lui. C'était étrange pour moi, de les voir si intimement liés. Presque gênant, parfois. Était-ce d'être nés d'un même ventre qui les rendait si proches ?

— Tu savais que Théo avait été l'amant de la vieille Nan, toi ? a demandé Raphaël.

Morgane a haussé les épaules. Elle s'en fichait.

Elle a tendu sa main vers mes jumelles.

— Tu me les prêtes ?

C'étaient des jumelles puissantes, un cadeau de mes collègues quand j'ai quitté l'université. Elle a ajusté la distance. Elle a fouillé l'espace, du séma-phore au village et de là, jusqu'aux maisons de la Roche. À un moment, elle a pointé son doigt tout en haut, la route au-dessus de la Valette.

— Blouson ouvert, pull ras du cou... Pas rasé ou mal... Il est toujours là.

Elle a baissé les jumelles, un peu, à peine.

— Qu'est-ce qui te plaît tant chez lui ?

— Je n'ai pas dit qu'il me plaisait.

Elle a regardé à nouveau.

— La lèvre est lourde, l'œil un peu triste... C'est quand même bizarre... Qu'est-ce que tu crois qu'il fait là ? Oh, on dirait qu'il nous a repérés...

— Rends-moi ça, Morgane !

— Pas de panique ! Il ne peut pas nous voir, on est trop loin... Et puis c'est vers la mer qu'il est tourné, nous on est dans l'axe, c'est tout.

De l'autre côté de la barrière, les vaches ont bougé la tête. On aurait dit qu'elles aussi elles regardaient de son côté.

On a revu Lambert un peu plus tard. Il était sur la grève et il cherchait à récupérer un étui qui flottait sur l'eau. C'était un étui à violoncelle. Il était là depuis le matin, presque échoué. Le soleil effleurait la mer. On aurait dit que la crête des vagues était en feu.

Max nous a rejoints.

— Tu crois que c'est le sien ? il a demandé en parlant de l'étui.

Raphaël a secoué la tête.

— Non.

— Comment tu sais !

— Il mettrait plus d'ardeur.

— C'est quoi *dardeur* ?

— L'ardeur... la passion, l'envie, Max !

L'envie, Max savait. Il s'est passé les doigts sur les dents et il a regardé du côté de Morgane.

L'étui ballottait.

Lambert le frôlait sans parvenir à l'atteindre.

— Il ne devrait pas faire ça, j'ai dit.

— Pourquoi ?

— Je ne sais pas... C'est bizarre, un étui comme ça qui flotte sur l'eau... Il y a peut-être un mort à l'intérieur.

— Trop petit, l'étui...

— La tête d'un mort alors ?

Raphaël a hoché la tête et il a regardé le ciel, la bouche entrouverte.

— Ouais, peut-être... Ou des morceaux de mort... Peut-être aussi qu'il y a un violoncelle !

Max a décidé d'aller voir.

Il est revenu avec l'étui.

— Y avait rien dedans !

Il l'a ouvert.

— Le grand vide des choses de l'absence, il a dit.

— Et tu vas en faire quoi ?

— Le mettre au soleil pour favoriser toute l'évaporation de l'eau et retrouver le velouté à l'intérieur.

— Le velours, Max...

Il a porté l'étui devant la maison et il l'a ouvert au soleil.

— Ça fera une caisse à outils pour les grands ustensiles du bateau.

On attendait des passages de macreuses, des formations de plusieurs centaines d'oiseaux qui devaient s'arrêter à la Hague pour ensuite migrer plus au sud.

Je suis allée les guetter sur le sentier entre Écalgrain et la Roche. J'ai attendu. Les oiseaux ne sont pas passés. J'ai trouvé un cormoran mort. De retour, j'ai téléphoné au Centre. J'ai utilisé la cabine sur le port. J'ai envoyé tous mes relevés par courrier. Quelqu'un de Caen allait venir chercher le cadavre de l'oiseau.

Le soir est tombé. Je n'ai pas eu envie de rentrer. Je passais trop d'heures dans la lande. Ça me pesait parfois. Je commençais à avoir des envies de terrasses, de soleil. Des envies de cinéma.

Le vétérinaire était dans la cour chez Théo. Il était venu pour un chat qui pleurait des larmes comme de la colle. La pauvre bête butait sur tout. Ils l'ont coincée et le vétérinaire lui a nettoyé les yeux avec du coton imbibé de liquide jaune. Il a laissé un flacon, Deux fois par jour, il a dit, sans ça la bête crèvera aveugle.

Monsieur Anselme est passé en voiture, il s'est arrêté à ma hauteur. Il a baissé sa vitre. Il n'avait pas le temps de parler, il fallait qu'il rentre pour nourrir sa tortue.

Il était déjà en retard.

Sa tortue s'appelait Chélone. Il lui avait donné le prénom d'une jeune fille que Jupiter avait punie. Monsieur Anselme m'avait souvent promis de me raconter cette histoire.

Je me suis appuyée à la portière.

— Vous deviez me raconter l'histoire de Chélone, j'ai dit en souriant.

— Maintenant ?

Il a regardé sa montre.

Sa tortue avait l'habitude d'être nourrie tous les soirs, à dix-sept heures précises. S'il n'était pas rentré, la bête se retournait, la tête en appui contre un mur et elle ne bougeait pas de là jusqu'au lendemain.

Il n'était pas loin de dix-sept heures. Il a quand même arrêté le moteur.

Il est descendu de voiture. Il m'a prise par le bras et on a fait quelques pas. Il portait un costume crème et une cravate à carreaux. Les jeunes qui étaient sur le petit parking se sont touchés du coude en le voyant passer. Ils se fichaient de lui.

— Vous savez que Jupiter a épousé sa sœur Junon ?

Non, je ne savais pas.

Il a continué à parler.

— En ce temps-là, les mariages entre frère et sœur ne gênaient personne, au contraire, c'était de bon ton... Pour fêter cette union, Jupiter a invité tout le monde, les dieux, les hommes, les animaux, tout ce que la Terre comptait de vivants était là. Une seule personne a osé refuser son invitation, une jeune femme qui répondait au doux nom de Chélone. Quand il a su cela, Jupiter a été fou de rage, et pour punir la petite effrontée, vous savez ce qu'il a fait ?

J'ai fait non avec la tête.

— Il l'a changée en tortue.

On s'est arrêtés devant chez Lambert. De la fumée sortait de la cheminée. Des ronces arrachées étaient regroupées contre le mur en un grand tas. Il y avait un panneau accroché à la barrière, *À vendre*, avec, peint en rouge, le numéro de téléphone du notaire de Beaumont. Je ne sais pas si Lambert était là. Je n'avais pas envie qu'il nous voie. Ou qu'il nous trouve là. J'ai tiré monsieur Anselme par le bras et je l'ai obligé à faire demi-tour. On est revenus vers sa voiture. Les jeunes garçons ont fait ronfler leurs mobylettes.

— Votre costume, j'ai dit, c'est pour ça qu'ils se fichent de vous.

— Ils ne se fichent pas.

— Ils se fichent, monsieur Anselme...

Il m'a regardée, étonné.

— Qu'est-ce qu'il a, mon costume ?

J'ai haussé les épaules.

— Rien... mais c'est un costume.

— Et alors ?

— Vous êtes à la Hague ici.

Il a ouvert la portière. Ce n'est pas le rire des jeunes qui l'avait blessé, mais moi, le fait que je me sois rangée de leur côté.

Avant de refermer la portière, il m'a observée, le visage grave.

— Vous savez, j'ai eu beaucoup de tortues, je les ai toutes appelées Chélone. Et j'ai toujours porté des costumes. *A bove ante, ab asino retro, a stulto undique caveto !* Vous n'aurez qu'à leur expliquer cela si leurs rires vous gênent !

Il a claqué la portière.

Il a fait démarrer le moteur et il a baissé sa vitre.

— J'aime penser que l'une de mes tortues a été une descendante de cette Chélone-là.

Je suis entrée chez Lili et j'ai commandé un chocolat. Avec beaucoup de sucre. J'étais mal à l'aise à cause de ce qui s'était passé avec monsieur Anselme. J'ai eu envie de ressortir et de caillasser les jeunes avec la même colère que Morgane osait caillasser les randonneurs.

Je n'ai rien fait. J'ai continué à boire mon chocolat. Au comptoir, des pêcheurs parlaient de la mer. Ils disaient qu'ils devaient aller chercher le poisson de plus en plus loin. Que les cormorans bouffaient les poissons. Ils disaient ça à cause de moi. Parce que j'étais là. Ces pêcheurs tuaient les cormorans. Je savais cela. Ils achetaient des filets transparents. Les poissons ne les voyaient pas, ils se prenaient dedans. Les cormorans aussi. Ils en tuaient par dizaines, de ces beaux oiseaux pris dans leurs mailles.

Ils disaient qu'il fallait bien vivre. C'est vite devenu étouffant comme conversation.

Je tenais mon bol entre mes mains. La vapeur chaude. Le sucre a calmé ma colère. Mes membres engourdis.

Je me suis sentie somnolente.

Je me suis promis de demander pardon à monsieur Anselme.

J'ai levé la tête. Des photos étaient punaisées contre le mur, près de moi, des montreurs d'ours, des cracheurs de feu. Il y avait aussi des vieilles cartes postales de la Hague autrefois. Lili racontait que, dans son enfance, des familles de saltimbanques venues de l'Est contournaient le cap pour rejoindre le Sud. Ils s'arrêtaient sur la place. Les photos étaient en noir et blanc. Parfois, des touristes passaient, ils voulaient les acheter, mais Lili ne les vendait pas.

Avant, il y avait une photo de Prévert. Quelqu'un est venu et l'a volée. Un couple avec une petite fille. La petite fille buvait de la grenadine avec une paille. C'est la Mère qui était la plus près de la photo.

Lili avait aussi un livre dédicacé par Prévert, il datait du temps où sa grand-mère tenait le café. Le livre était rangé dans le tiroir sous la caisse, avec le revolver. Monsieur Anselme aurait bien aimé lui acheter ce livre mais pour ça non plus, elle ne voulait pas.

Les pêcheurs continuaient de parler. Ils étaient arrivés bien avant moi. Ils repartiraient après. Ils s'en foutaient des cormorans. Seule la mer comptait, cette mer qu'ils avaient prise tant de fois et qu'ils allaient reprendre. Ils le disaient, Une mer qu'on prend comme une femme ! Ils faisaient des gestes, l'obscénité les faisait rire. Ils ont parlé des filles, celles qu'ils allaient retrouver à la ville. Des filles de l'Est qui n'avaient pas la poigne innocente, c'est ce qu'ils disaient en se vantant un peu. Ils ont fini par commander une autre bière.

— L'alcool, ça aide à passer l'hiver...

— On n'est plus en hiver, elle a précisé Lili.

Lambert est arrivé un peu après. Il est passé près de ma table. Il avait les traits tirés. Il s'est arrêté, un instant.

— Bonsoir...

Sa main a glissé sur le dossier de la chaise. J'ai cru qu'il allait s'asseoir. Son pull sentait le feu. Les pêcheurs le regardaient. Lili aussi. Il ne s'est pas assis.

— Vous lisez quoi ? il a demandé en montrant le livre ouvert devant moi.

— Coetzee.

— Mmm... Et il raconte quoi Coetzee ?

— L'histoire d'un professeur qui tombe amoureux d'une de ses élèves, ça finit mal.

Il a hoché la tête. Sa main était toujours sur le dossier.

— Pourquoi ?

— C'est la fille, elle n'est pas très claire, elle l'accuse de harcèlement.

Il a hoché à nouveau la tête, il m'a souri et il a remis la chaise à sa place.

— Bonne lecture alors...

97

Il a dit ça et il est allé à une autre table, un peu plus au fond. Je ne sais pas ce qu'il a commandé parce que Lili est venue s'asseoir en face de lui et après je suis partie.

J'ai revu Lambert, le lendemain, il était accoudé à la barrière, les mains au fond des poches, il regardait le lit qui trônait dans la cour chez la petite Cigogne. C'était un lit avec des barreaux en fer, un vieux sommier. L'été, le chien dormait dessus. Recroquevillé. L'hiver, il passait dessous, il s'en faisait une niche. Au plus froid, il allait dans la grange.

Lambert a sorti une pomme de sa poche. La truie était là, de l'autre côté de la barrière. Elle suivait chacun de ses gestes, le couteau, la pomme, la peau. Jusqu'aux pépins qu'il a enlevés. Il lui a donné un quartier et puis un autre, et un autre encore, et tout à la fin, après le dernier quartier, il a replié son couteau et il a pris le chemin qui mène au sémaphore.

Il marchait lentement. Parfois, il s'arrêtait, il regardait les pierres, les prés. Il se mettait à nouveau en mouvement pour s'arrêter un peu plus loin comme s'il gardait de ce chemin quelques souvenirs. Je l'ai suivi un moment dans mes jumelles.

J'ai pensé le rejoindre. Parler avec lui. Lui demander de quoi il se souvenait. Je l'avais déjà vu à d'autres endroits, pareillement observant, attentif. Je ne sais pas ce qu'il aurait dit si je l'avais rejoint, ni s'il aurait été heureux de cela.

J'ai regardé dans la cour et je me suis dit qu'au printemps prochain, le grand marronnier qui poussait là ferait sûrement des fleurs énormes.

Morgane a piqué les dents de sa fourchette dans un morceau de pomme de terre. Elle a levé la tête. Elle a montré la maison de Lambert. Certains volets étaient ouverts.

— Je l'ai vu, il est allé au phare en passant par le sémaphore. Il a arraché les ronces dans son jardin.

— Tu l'espionnes ? j'ai demandé.

Elle a dodeliné de la tête. Elle avait maquillé ses paupières de noir, un fard épais qui lui faisait des yeux brûlants.

— Non... Mais je m'ennuie.

Elle a grimacé.

— Tu ne t'ennuies pas toi ?

Je m'ennuyais. Il m'arrivait même d'en avoir assez des oiseaux et du vent. Assez d'être ici, dehors, tout le temps, dans ce vacarme perpétuel. Assez de compter les œufs et les nids.

Morgane traînait ce qu'elle avait dans son assiette, en tenant sa fourchette du bout des doigts. Ses ongles étaient recouverts de vernis rouge. Au milieu de chaque ongle, était collée une petite perle noire. Quand elle bougeait les doigts, les perles dansaient.

Je la regardais. Plus que l'ennui, c'était le manque.

Ça m'arrivait de gueuler sur les falaises. J'ai gueulé après toi, après la vie. Tu étais trop présent. Il fallait que le chagrin s'éloigne. J'avais voulu ça, la Hague, pour me détacher de toi. Je ne sais pas si ça me

99

détachait. À Avignon, nos cafés, nos rues... Je te voyais partout. Même dans l'appartement. Les dernières nuits, je ne pouvais plus y dormir, j'allais à l'hôtel.

Morgane a repoussé son assiette.

Le rat est descendu le long de son bras, il s'est arrêté, les griffes plantées, sans poser une seule patte sur la table.

Lili préparait les couverts, elle attendait des clients pour midi. Elle a jeté un coup d'œil au rat. Et puis dehors, parce qu'une voiture venait de se garer de l'autre côté de la route, le long du trottoir. Un homme et une femme sont descendus de la voiture, ils ont regardé la maison et aussi tout en haut, le toit, la lucarne. Ils ont poussé la barrière et sont entrés dans le jardin.

Lili a sorti une corbeille, les serviettes à carreaux des habitués. Pour les gens de passage, elle mettait des serviettes en papier.

Un premier pêcheur est entré, il avait sa gamelle avec lui. Il a commandé un pichet de vin et il est allé s'asseoir à une table au fond de la salle. Il venait manger au chaud. Lili laissait faire. Elle laissait fumer aussi. Elle gueulait juste quand ils écrasaient leurs cigarettes en dehors des cendriers.

Tout le monde est parti, Morgane, les pêcheurs.

— Cinq minutes, a dit Lili en se laissant tomber sur sa chaise.

Elle m'a jeté un rapide coup d'œil. Pas étonnée de me trouver encore là, elle avait l'habitude. Je traînais, sans savoir combien de temps ça allait pouvoir durer.

La table de Lili, une six pieds en formica poussée dans l'angle du mur à côté du comptoir. Elle entassait ses factures dessus, ses catalogues, la Redoute, les 3 Suisses...

Elle a tiré un catalogue et elle a tourné les pages. Le crayon coincé entre les dents. La tête appuyée sur une main.

Elle a commencé à remplir un bon, les calculs à part, le sous-total avec les réductions et elle tournait d'autres pages.

— Ils font tous des ristournes, mais sur le même article, tu trouves quand même des différences...

La Mère sommeillait devant la télé. Elle ronflait doucement. La voiture était toujours de l'autre côté de la route. Le couple était parti se promener dans le village.

— La viscose, tu aimes ça toi la viscose ? Ça prend pas la transpiration ?

Je n'en savais rien. Mes vêtements étaient tous en coton.

— Je ne sais pas, j'ai répondu.

J'ai fini de lire le journal.

Les volets de l'étage étaient ouverts. Lambert devait être encore à l'intérieur. Peut-être qu'il attendait que le couple revienne.

Lili me tournait le dos, penchée sur sa commande, je l'entendais qui ajoutait, réfléchissait, le pour et le contre, étudiait les avantages. Tout lui faisait envie, mais elle se demandait si elle en avait vraiment besoin. Et puis elle hésitait entre les coloris. Elle raturait beaucoup aussi...

Elle a fini par opter pour le moins cher, mais le moins cher, ce n'était pas celui qu'elle préférait. Elle a raturé encore. À la fin, son bon, elle n'y comprenait plus rien.

Elle est restée à tourner les pages.

J'aurais pu lui poser des questions sur Lambert, mais je crois qu'elle ne m'aurait pas répondu.

J'ai fini par partir.

J'ai croisé le couple un peu plus bas dans la rue, ils photographiaient la mer.

Le lendemain, je suis allée voir les pluviers dont m'avait parlé Théo. J'ai pris par la croix du Vendémiaire et j'ai rejoint le sémaphore en passant par le haut de la digue, une longue muraille bâtie avec des milliers de cailloux. D'un côté, la mer, de l'autre, des prés imbibés, sorte de marécages salés où paissaient pourtant quelques bêtes.

Marcher là-dessus n'était pas chose facile, les semelles de mes chaussures glissaient, mes chevilles se tordaient. C'était un déséquilibre permanent, une sorte de titubation épuisante. La traversée était longue. Sous mon pas, les pierres se frottaient, s'entrechoquaient. J'aurais pu prendre la route en goudron, mais pour rien au monde je n'aurais quitté ce bord de mer.

Après la digue, j'ai retrouvé le sentier. Le silence. Ce n'était pas un endroit de falaises mais une côte plate. Les pluviers étaient un peu plus loin, une colonie d'une dizaine d'oiseaux qui nichaient dans les rochers. La marée montait. La pile de ma montre s'était arrêtée. Je n'avais pas l'heure, simplement le temps de la mer. Je me suis assise sur la plage.

Aucun pluvier ne s'est fait attaquer. Je n'ai rien noté de spécial.

Je suis restée un peu plus d'une heure et je suis rentrée.

Le soir, j'ai entendu la corne de brume, le son grave qui résonnait sur la mer, à intervalles réguliers, un grondement sourd comme un glas fantôme. On aurait dit un battement de cœur. Le bruit s'est éloigné, il s'est assourdi sans être jamais complètement étouffé.

Le robinet du lavabo gouttait. Le bruit de l'eau s'est mêlé au son de la corne. Même en serrant le robinet, l'eau continuait de couler. J'ai tassé un torchon au fond du lavabo.

Je me suis roulée en boule dans le creux du lit. C'était un dimanche. Un jour impair. Le 31, impair sur le 3 et sur le 1, et le lendemain c'était le premier. Deux impairs qui se suivent, un mois sur deux.

Je n'aimais pas les dimanches. Ni les jours de fête. Ça remontait à l'enfance. J'ai toujours été malade à Noël, des fièvres étranges, aucun docteur n'est jamais parvenu à expliquer ça.

Au matin, Raphaël m'attendait près de sa porte.

— Ça va ? il m'a demandé.

À cause de ma tête sans doute, les poches sous les yeux.

— Ça va très bien, j'ai dit. Pourquoi ?

Il n'a pas insisté.

On dit ici que le vent parfois est tellement fort qu'il arrache les ailes des papillons.

La Mère grattait la toile cirée avec son ongle. Ça faisait un moment qu'elle faisait ça, depuis que Lili était montée dans le grenier pour étendre le linge.

— Le vieux, hein, pourquoi il vient pas ? C'est son heure pourtant…

Dix fois elle a répété. J'ai jeté un coup d'œil à la pendule. Elle avait raison, c'était son heure.

— Il va venir, j'ai dit.

Elle continuait à fixer la porte. Elle s'est frotté le visage avec sa main. Sa peau était sèche, ça faisait un mauvais bruit de papier.

— Faut pas frotter comme ça !

Quand elle était énervée, Lili lui mettait une cassette de Bambi. Je ne sais pas où était la cassette.

Je suis allée m'asseoir en face d'elle.

— Il a dû trouver quelqu'un avec qui discuter…

— Il discute pas !

— Avec moi, il discute…

Ses vieux yeux se sont allumés. C'était plein de questions à l'intérieur, une envie que je lui raconte.

— Le sac que lui prépare Lili, c'est moi qui le lui apporte.

Je lui ai parlé de la maison, des odeurs, du grand arbre qui faisait son ombre dans la cour. Tous les détails que j'ai pu trouver, je les lui ai donnés. Les rideaux, le vieux poêle, les marques de couteau sur la table de bois.

À un moment, je n'ai plus su quoi dire. Elle s'est penchée.

— Je me souviens... elle a dit.

Ses yeux brillaient.

Elle m'a attrapé la main, elle l'a serrée fort. Sa peau était glacée.

— On avait les vaches, on prenait les seaux, on allait les traire. Le vieux était fort ! J'étais heureuse.

Elle a dit ça, J'étais heureuse...

Sa voix tremblait. Je me suis reculée un peu, j'ai détaché sa main.

— Vous l'aimez encore ?

Je l'ai vue rougir sous l'épaisseur sèche de la peau.

Elle a attrapé son sac, elle l'a remonté contre elle. Une main sur l'anse. Prête à partir. À retourner là-bas.

J'ai eu envie de l'entendre davantage, de la questionner sur cet amour tellement particulier. Théo ne l'aimait pas. Il ne l'avait sans doute jamais aimée.

Mais elle...

— Vous avez quoi là-dedans ? j'ai demandé en montrant le sac.

Elle a baissé la tête. Ses doigts ont tripoté le fermoir. Gestes malhabiles. Gestes de femmes, de vieilles à demi infirmes et pourtant encore aimantes.

Elle a fini par ouvrir le sac et elle a tout renversé sur la table, le flacon de parfum, *Parfum de Paris*, encore dans sa boîte bleu nuit. Une photo, elle me l'a montrée, c'était elle et Théo. Il y avait un stylo, un paquet de tabac, une clé de cave... Une boîte en fer, format boîte d'allumettes, avec des pièces qui tintaient à l'intérieur. C'étaient des francs. Une mèche de cheveux.

Les cheveux étaient à Lili, elle me l'a dit. La photo, prise devant leur maison.

— C'était le bon temps, elle a mâchonné.

— Parce que vous étiez jeune ?

Elle m'a regardée, violente soudain, tellement tremblante.

— Parce que j'étais avec lui !

Elle a fouillé de ses doigts hésitants. Ça faisait combien de temps qu'elle n'avait pas ouvert ce sac ?

— Le vieux... elle a murmuré, à cause des souvenirs.

Et elle a tiré sa chaise, brusquement. Le dossier a buté contre le mur, elle s'est perdue dans cette prison de pieds, ceux de la table, ceux de la chaise, ceux du déambulateur aussi sur lequel elle devait s'agripper pour se traîner au moins jusqu'à la porte. Le souffle lui manquait. Les forces. Le corps n'a même pas fait le tour de la table.

— Une garce ! c'est ce qu'elle a dit, les lèvres serrées. Une main sur le cœur.

Bien obligée de se rasseoir.

— Elle venait là, la nuit...

— De qui vous parlez ?

Elle a pointé un doigt en direction de la maison de Lambert. Les yeux mouillés de larmes.

— La voleuse...

— En face, c'est le fils Perack, vous vous souvenez de lui ? Il venait en vacances.

Elle a voulu gueuler. Même sa voix n'avait plus de force. Alors, elle s'est mise à geindre.

— Elle a volé tous les jouets. Elle disait qu'ils venaient de la mer mais c'est pas vrai. Je le sais, moi, elle venait les prendre...

C'était devenu pitoyable. Au plus fort de son désespoir, elle m'a empoigné la main.

— Elle m'a tout pris... Même les chiens, ils font pas ça.

106

— Vous parlez de Nan, n'est-ce pas ?

Elle a hoché la tête. Je la voyais, son visage à quelques centimètres du mien, elle se battait avec sa mémoire, cherchait à en faire remonter ce qu'elle voulait me dire.

— Elle a fait des choses... C'est pour ça qu'elle est folle, on paye toujours...

— Quelles choses ?...

Elle a répondu, quelques mots, les mâchoires trop serrées et puis un flot de phrases de plus en plus incohérentes dans lesquelles elle murmurait que la mer ne rendait pas, qu'elle ne rendait jamais.

J'ai entendu marcher Lili au-dessus. J'avais envie qu'elle descende. J'ai pensé l'appeler. J'ai remis les affaires de la Mère dans son sac.

Je me suis levée, j'ai posé le sac sur ses genoux, ses mains sur l'anse.

Au contact du sac, elle s'est tue. Le regard un peu fixe.

J'ai repris ma place, plus loin, contre la fenêtre. Lili est redescendue un moment après, une bassine sous le bras.

— Elle a gueulé, j'ai dit en montrant la Mère.

Elle a haussé les épaules.

— En ce moment, elle gueule tout le temps.

Elle est passée derrière le comptoir et elle a plongé ses mains dans l'eau savonneuse. Elle a commencé à frotter.

— Si on lui enlève le dentier, elle ne gueule plus mais elle se tète la langue, c'est pas mieux...

Une odeur de chou cuit s'était répandue dans la salle. Un peu écœurante. J'entendais chuinter l'auto-cuiseur.

— Tu n'as pas de machine ? j'ai demandé en montrant le tas de linge qu'il fallait qu'elle lave.

— Si, mais je n'aime pas la faire tourner pour si peu. Tu as une machine toi, à la Griffue ?

— Oui.

— Et tu t'en sers ?

— Bien sûr !

Elle m'a regardée. Je me sentais la tête des mauvais jours. Je pensais à ce que m'avait dit la Mère. Nan avait-elle volé des jouets dans la maison de Lambert ? Des jouets... Quelle importance cela pouvait-il avoir ?

— Elle te racontait quoi ? elle a demandé en montrant sa mère.

— Rien... C'était confus, je n'ai pas compris.

Elle lui a mis la cassette de Bambi. La Mère a recommencé à attendre, les yeux accrochés au loquet. Quand Lili est passée à côté d'elle, elle lui a attrapé la manche.

— Le vieux...

— Quoi le vieux ?

— C'est son heure...

— Et alors ?

— Il vient pas ?

— Non, il vient pas.

Elle est retournée au bar.

— On dirait qu'il ne lui en a pas fait assez baver comme ça, elle en redemande !

La Mère s'est attrapé le ventre, elle ne regardait pas la cassette.

— Je ne comprends pas... elle a dit Lili.

Elle a répété ça, Je ne comprends pas... Et puis elle s'est tournée vers moi.

— Elle était enceinte, il la trompait déjà !

La Mère s'est remise à geindre. Pour Lili, c'était trop. Elle est retournée vers elle, elle lui a saisi le menton, lui a ouvert la bouche, un geste franc, elle lui a décroché le dentier. Le coup a été sec. J'ai entendu claquer les dents.

La Mère a avalé sa bouche.

Sans le dentier, c'est tout le bas du visage qui n'était plus qu'un menton sans lèvres sur lequel s'accrochaient quelques longs poils encore étrangement noirs.

— Je préfère encore l'entendre se sucer la langue que dire des conneries !

La Mère avait raison, c'était l'heure de Théo et il n'était pas là.

Il était tombé en remontant le chemin. Je l'ai appris un peu plus tard. L'herbe était grasse, sa semelle a glissé. C'est le facteur qui l'a trouvé. Il l'a relevé comme il a pu. Une vilaine blessure à la jambe. Le docteur est venu, mais Théo a refusé d'aller à l'hôpital.

— Qui c'est qui s'occupera de mes chats si je ne suis plus là ?

— Si je vous vois traîner dans le village, je ne vous laisserai pas le choix, a dit le médecin.

Pas le choix, ça voulait dire Cherbourg.

Et Cherbourg, pour Théo, c'était la mort.

Je suis passée le voir le lendemain, en fin d'après-midi. Il était tout seul, assis à sa table, un peu abattu. L'infirmière était venue. Elle allait revenir tous les matins. La table était encombrée de boîtes de médicaments, un flacon d'éther. Il a poussé tout ça.

Il ne voulait pas parler de sa chute.

Il m'a montré le chat qui avait les yeux qui pleuraient des larmes comme de la colle.

— Vous avez vu, ses paupières sont plus propres, il ne se cogne plus partout comme avant.

Le flacon dont il se servait pour soigner les yeux du chat était mêlé aux médicaments.

Il m'a dit que Max lui avait apporté des poissons. Du pain aussi.

Lili m'avait donné de la nourriture pour lui, dans une boîte hermétique. J'ai posé la boîte sur la table. Il a regardé ce qu'il y avait à l'intérieur. Il a grimacé en repoussant tout d'un geste las.

— Vous êtes injuste, Théo.

Il a eu un petit rire bref.

— Qu'est-ce que vous en savez ? Vous croyez que c'est pour moi qu'elle fait ça ?

Il a secoué la tête.

— C'est juste qu'elle veut pas qu'on dise qu'elle laisse crever son père de faim.

Il a baissé les yeux.

Il n'a pas voulu croiser mon regard. Il a rougi un peu et il a tapoté des doigts sur le plateau de la table. Des gestes à ce point nerveux. C'était agaçant. Je ne sais pas s'il se rendait compte qu'il faisait cela.

L'auberge de Jobourg était bâtie tout en haut de la falaise. Seule, un peu tassée, elle dominait la mer de son gigantesque promontoire. J'aimais la deviner de loin, une sorte de grand ours tapi sur ses hauteurs.

J'étais souvent venue ici, par temps de froid, de neige, de nuit aussi. Les premières semaines, quand il m'était impossible de dormir. Je faisais ça au début. Je marchais. Je te parlais. Quand je pouvais, je hurlais. La mer n'est pas un mur, elle ne rend pas l'écho. J'ai arrêté de hurler.

Cette auberge, c'était le refuge à atteindre après des heures dans le vent. Sur la fin, un joli mur de pierres plates bordait le sentier. À cet endroit, la terre était souple, recouverte d'herbes rases. L'auberge était toute proche. Le sentier se poursuivait encore, après, plus loin, la pointe des Becquets, le Bec de l'Âne. J'aurais pu continuer, filer au sud, on disait que du côté de Biville, la côte était belle. La plage. Les dunes. J'aurais pu aller à Carteret.

Je m'en foutais des dunes.

Je ne voulais pas aller ailleurs.

Cette terre te ressemblait. M'en détourner, c'était te perdre encore. Ton corps m'était une obsession. J'en connaissais les contours, les imperfections. J'en connaissais toute la force. Chaque soir, je me repassais ton visage, les images, toute l'histoire en boucle. Ton sourire. Tes lèvres. Tes yeux. Tes mains. Tes

putains de mains bien plus grandes que les miennes.
Tu m'avais dit, On se quittera un jour impair. Pour
rire, tu avais dit.

Comme si tu savais déjà.

Ils sont venus te chercher un jour impair et, depuis,
je marche. Je suis arrivée à l'auberge en pensant à toi.

Il a commencé à pleuvoir, j'ai su que j'allais me
tremper et que ça serait une fois de plus.

La serveuse de l'auberge me connaissait. Les mois
d'hiver, je venais là, je mettais mes moufles sur le
radiateur.

Quand je suis entrée, elle m'a souri. Elle m'a vue
claquer des dents. Elle m'a servi un alcool trop fort.
Je l'ai bu en regardant la mer. J'ai commandé un
crabe. Une bête énorme, la carapace rouge, j'ai brisé
les pinces.

Les nuages défilaient.

La mer était grise.

Les mouettes étaient obligées de reculer à cause de
tout ce vent.

J'ai revu Lambert le lendemain, en fin de matinée, il était au bord de la route devant chez la Cigogne. Une vache avait fait son veau dans un pré. Le père de la Petite l'avait chargé dans une brouette et il le remontait.

On s'est retrouvés là, par hasard. Une naissance, même celle d'un veau, ça faisait sortir du monde sur le pas des portes. Ça faisait tourner les têtes.

Étrange cortège que celui de cette vache qui avançait avec, sortant encore d'entre ses pattes, une lourde poche visqueuse. Juste après la vache, il y avait le veau dans la brouette, le père de la Cigogne, et derrière encore la Cigogne et enfin le chien. Les essieux de la brouette grinçaient. Au-dessus, c'est les mouettes qui gueulaient.

— C'est rude la Hague, hein ?

Il a dit ça d'une drôle de façon et ça m'a fait rire.

On s'est regardés. Le vent nous faisait des yeux de fous.

— Et votre maison, elle est vendue ? j'ai fini par demander.

— J'ai des visites…

J'ai hoché la tête.

La poche a lâché. La vache s'est arrêtée, elle s'est retournée sur ce qui venait de sortir d'elle, un amas de glaires et de sang qui fumait encore.

Il avait raison, la Hague, c'était rude. J'ai senti le sourire revenir.

Son blouson a crissé.

— C'est pas guéri... il a dit en montrant la trace sur ma joue.

J'ai touché avec la main.

— Avec la rouille, c'est toujours plus long.

La vache a disparu dans l'écurie. Il s'est tourné vers la mer, les mains dans les poches.

— Je vous ai vue sur les falaises... Max dit que vous allez là-bas pour compter les oiseaux. Il dit aussi que vous vous terrez dans les grottes pour regarder la mer.

— Max parle trop.

Il a fait quelques pas le long de la route.

— Et qu'est-ce que vous comptez, comme oiseaux ?...

— Je les compte tous.

— Les jumelles, c'est pour ça ?

— Oui...

— Et vous avez toujours fait ça ?

J'ai hésité. Je n'étais plus habituée aux questions. Celles qu'on me posait, auxquelles il fallait que je réponde. Les autres aussi.

— Non, avant, j'étais prof de biologie à Avignon. Je travaillais en partenariat avec le Centre ornithologique de Pont-de-Crau en Camargue.

— Ah oui... En Camargue, il y a beaucoup d'oiseaux.

Je l'ai regardé. Cette façon qu'il avait de s'exprimer, tellement détachée.

— Il y en a beaucoup oui.

— Et vous avez quitté Avignon pour la Hague ?

J'ai hoché la tête.

Il n'y avait plus personne sur le chemin. La vache, le chien, le père, tout avait disparu. Il y a eu ces quelques secondes fragiles où on aurait pu partir aussi, chacun de notre côté, on se serait croisés. Deux êtres inexistants l'un pour l'autre, c'est ce que nous aurions été.

— Et les rouges-gorges, vous les comptez aussi ?

— Non, pas les rouges-gorges...

— Pourquoi vous ne les comptez pas, eux ?

— Je m'occupe seulement des oiseaux de mer, ceux qui migrent.

— C'est pas tous les oiseaux alors...

Il a fait quelques pas encore, des pas lents.

Il m'attendait.

— Le rouge-gorge, vous savez pourquoi il a cette tache rouge sur le jabot ?

Je n'en savais rien. Je me suis retournée. Derrière moi, il y avait le village et la rue qui le traversait.

Devant moi, c'était lui.

J'ai fait un pas.

Il a tendu le bras vers le soleil. J'ai regardé sa main, l'attache forte du poignet. Le bracelet de cuir qui retenait sa montre.

J'ai fait un autre pas.

Il n'a plus rien dit jusqu'à ce que j'arrive à sa hauteur. Après, il a recommencé à parler. On est redescendus en direction du port.

— Cette histoire date du temps où les hommes n'avaient pas encore le feu. Un oiseau a eu l'idée d'aller le voler au soleil, il voulait le donner aux hommes mais, en redescendant, ses ailes se sont enflammées et il a dû passer le feu à un autre oiseau. L'autre oiseau, c'était un rouge-gorge. Il a pris le feu contre lui, mais il n'a pas eu le temps d'arriver jusqu'aux hommes, ses plumes ont brûlé... Cette tache rouge qu'ils ont là sur le jabot, c'en est la trace. On vous a jamais raconté ça dans votre école ?

— Non, mais j'ai appris d'autres choses... Je sais par exemple que, dans la vraie vie, personne ne vole le feu au soleil.

— Et vous croyez que les hommes ont fait comment pour l'avoir ?

Je l'ai regardé. Je ne savais pas s'il me plaisait.

— Ils ont tapé sur des pierres et ils ont frotté des bâtons. Ceux qui ont eu de la chance ont trouvé des flammes apportées par la foudre.

Il s'est tourné vers moi.

— Ça fait combien de temps que vous êtes à la Hague ?

— Depuis septembre.

— Vous repartez quand ?

— Je ne sais pas.

— Mais... vous allez repartir ?

Je n'ai pas répondu.

Ça l'a laissé dubitatif un moment. On est arrivés sur le quai, la route se finissait, un peu de goudron, le parking et la mer. On est allés marcher près des bateaux.

Je lui ai demandé si c'était aussi beau qu'ici, le Morvan, et il m'a dit oui, que c'était peut-être plus beau encore.

Et puis il a regardé la mer, un long moment.

— Comment vous savez que j'habite dans le Morvan ?

Il a demandé cela d'une voix tranquille et je me suis sentie rougir. Il y a eu quelque chose d'amusé dans son regard. Je ne pouvais pas lui dire que Morgane avait fouillé dans ses poches. J'ai balbutié.

Après, il m'a montré l'auberge.

— On va prendre un verre ?

Il y avait de la lumière à l'intérieur, mais le patron ne servait jamais avant onze heures, c'était écrit sur la vitre.

Je lui ai dit cela.

Il s'est avancé vers la porte.

— On peut quand même essayer ?

Le patron était là, il lisait son journal, assis à une table. Quand on est entrés, il a levé les yeux, un regard rapide, et il a replongé le nez dans son article.

Lambert a choisi une table près de la fenêtre. Il a enlevé son blouson. J'étais toujours à la porte.

Le patron n'avait pas bougé.

Lambert m'a fait un signe et je l'ai rejoint. Il faisait chaud. On était bien. Dehors, il y avait du vent. On voyait bouger les bateaux.

On a parlé du Morvan. Il disait qu'il y avait là-bas de la neige, parfois dans de telles épaisseurs qu'il avait l'impression d'un enfouissement. Il aimait ça. Il aimait aussi prendre les trains, peu importe la destination, traîner dans les gares et regarder vivre les gens.

Je lui ai dit que j'allais repeindre mon appartement en vert.

Je lui ai sorti la carte.

— C'est un vert spécial… Le vert Hopper.

On a reparlé de la neige. Et puis de Paris aussi. Il n'était jamais allé au Louvre, il disait que les musées l'ennuyaient.

On a regardé dehors. C'était un jour de brume. Des pêcheurs étaient venus lancer leurs lignes.

— Moi aussi, je vous ai vu traîner, j'ai dit.

Il a opiné de la tête. Il allait ajouter quelque chose quand le patron a plaqué sa main sur le journal.

— Ces putains d'Arabes, c'est quand même quelque chose !

Il a laissé le journal grand ouvert sur la table et il est venu vers nous.

— Je vous sers quoi ?

— Du vin... Des crevettes, du pain, du beurre... Du bon vin, a précisé Lambert et le patron a dit, On sert rien d'autre ici.

Il nous a apporté les verres, les crevettes, le pain, tout ce que Lambert avait demandé, il l'a posé sur la table.

Après, il est retourné à son article.

Lambert a rempli les verres.

On a bu.

On a pioché dans les crevettes. Elles étaient fraîches, pêchées du matin, la chair ferme. On les a décortiquées. J'ai mordu dans la première. Un fort goût d'iode m'a envahi la bouche.

On s'est regardés. On n'a rien dit. On a mâché tout ça avec du pain et du beurre.

Et le vin par-dessus.

— C'est vraiment désert ici, il a dit.

— C'est parce que ce n'est pas dimanche... Le dimanche, il y a de l'animation. Des gens de Paris qui viennent voir la mer.

— Il faudra que je vienne un dimanche alors... On est quel jour aujourd'hui ?

J'ai secoué la tête. Je ne savais pas. On a continué à manger nos crevettes.

— La mer, hier, elle était plus claire, j'ai dit.

C'était idiot de dire ça.

Je disais des trucs comme ça, parfois. Quand je t'ai rencontré, c'était sur une place. Je prenais la route, quatre heures de voiture, un peu inquiète, Allez, on s'embrasse ! c'est ce que je t'ai dit. Au prémier stop, je me suis arrêtée. J'avais ton adresse dans ma poche. Le soir, je t'ai écrit.

— C'est à cause de la brume, j'ai continué, on ne voit plus la surface.

Lambert me regardait. Il y avait en lui une tendresse un peu brutale, une séduction gauche. Ses gestes étaient lents. Ses yeux gris. La première fois que je les ai vus, ils m'avaient semblé bleus.

— On parle de vous sur le port.

— Il n'est pas bien grand le port.

Une goutte de vin a glissé le long de son verre. Elle a taché la nappe.

— Le soir, je dîne là, cette petite table à côté des homards.

Il s'est retourné, il a regardé la table.

— Je pourrais venir compter les oiseaux, un jour, avec vous ?

— Pourquoi, vous ne partez plus ?

Il a dit que si, il allait partir, bientôt, mais qu'entre bientôt et maintenant, il y avait un peu d'espace. Et qu'il aimerait se servir de cet espace pour aller voir les oiseaux.

Les falaises, c'étaient mes chemins de solitude. Je ne savais plus marcher à deux.

Un bouchon de liège avait été oublié sur le rebord de la fenêtre. Lambert l'a pris dans ses mains et il l'a fait tourner dans la lumière.

— Vous savez ce que j'ai vu un jour ici ?... Des gosses, ils avaient attrapé un poisson et ils lui ont piqué des bouchons comme celui-là sur le dos, ils l'ont relâché. Le poisson ne pouvait plus plonger. Ça les faisait rire.

Il était en colère, si longtemps après, comme si les gosses étaient encore là, de l'autre côté de la fenêtre, à faire leurs conneries dans les rochers.

— Il faudrait pouvoir trier dans les souvenirs, vous ne croyez pas ? Trier et ne garder que le meilleur...

Il a reposé le bouchon.

Je l'ai regardé.

— C'est pour ça que vous êtes ici ? Pour retrouver le meilleur ?

Il a souri.

Il a rempli les verres.

— Peut-être oui.

J'ai aimé boire ce vin, avec lui, ce premier jour. On a encore parlé de ses vacances ici, et aussi du Sud.

À un moment, on a tourné la tête parce que Nan était là, de l'autre côté de la vitre et qu'elle nous regardait. Elle avait ses cheveux attachés en une longue tresse épaisse. Elle est restée là une minute, peut-être deux. Elle fixait Lambert. Ce fut un temps très long.

Après, elle est partie.

Il a continué à décortiquer ses crevettes. Certaines avaient des œufs, des paquets roses collés sous le ventre.

— J'avais un petit frère... mais vous le savez n'est-ce pas ? Vous avez dû voir sa photo ? Le médaillon au cimetière... Il s'appelait Paul.

Il a secoué la tête.

— Cette putain de mer l'a gardé.

Il s'est mâché une crevette.

— La veille, on était allés à Cherbourg, ma mère nous avait acheté des vêtements de pluie. Je me souviens, pour Paul, elle avait pris un petit polo avec des bateaux. Des bateaux à voile. Quand on est revenus à la maison, mon père a voulu nous prendre en photo avec nos nouveaux habits, il a mis Paul devant la fenêtre. Le lendemain, ils ont pris le voilier et ils sont allés à Aurigny. Moi, je suis resté là. Quinze ans, j'avais besoin d'espace... Quand j'ai fait développer la pellicule, ils étaient tous morts.

Il a levé les yeux sur moi.

— Vous ne mangez pas...

J'ai pioché une crevette. J'ai détaché la tête de la queue. La carapace rose autour, comme une peau un peu épaisse.

Il a bu une gorgée de vin.

— C'était la première fois qu'ils me laissaient tout seul. Je me suis longtemps demandé si j'avais eu de la chance ou pas... Au bout du compte, je crois quand même que j'en ai eu.

Il a levé la tête, une crevette entre les doigts.

— Il paraît qu'on les jette vivantes dans l'eau bouillante...

Sa voix ressemblait à la Hague, elle en avait la force, l'indifférence aussi. Je lui ai dit cela, Votre voix ressemble à la Hague, et il a hoché la tête comme s'il comprenait.

On a continué à manger, un moment, sans rien dire.

— Alors, qu'est-ce qu'on dit de moi sur le port ?

— Que vos parents sont morts sur cette mer... Entre ici et Aurigny.

— Plus près d'Aurigny. On dit autre chose ?

— Les gens vous voient traîner...

Il a levé son verre comme pour saluer tous ceux qui parlaient de lui.

Il faisait beau dehors. Le vent avait réussi à percer les nuages et il séchait déjà la route.

— C'est pas Lili qui a pris vos fleurs, j'ai dit.

— Je m'en fous.

J'ai fait tourner mon verre entre mes mains. Je repensais à ce moment entre eux, l'autre jour, chez Lili, ce moment très tendu quand il avait laissé entendre que Théo était responsable du naufrage.

— L'autre jour, chez Lili, votre dispute...

— On ne s'est pas disputés.

J'ai bu une gorgée de vin. J'ai gardé le verre, la paroi froide contre mes lèvres.

122

— C'était Théo qui gardait le phare cette nuit-là ?

— Oui.

— Vous avez dit qu'il avait éteint le phare... Vous pensez qu'il est responsable de la mort de vos parents ?

Il a souri bizarrement.

— C'est joliment dit...

Il a regardé son verre. La bouteille, presque vide.

— Théo est votre ami ?

— Oui.

Il a reposé son verre à côté du mien. Il les a fait se toucher. Et puis s'entrechoquer doucement. Il a levé les yeux sur moi.

— Théo a éteint le phare. Je ne sais pas pourquoi mais je sais qu'il l'a fait. Je l'ai toujours su.

— C'est pour ça que vous êtes revenu ?

— Non... Je suis venu pour vendre la maison et pour débarrasser ce qu'il y avait à l'intérieur... Mais depuis que je suis là... Théo a éteint le phare et je veux qu'il me dise pourquoi.

J'ai secoué la tête.

— Il devait connaître les risques, il n'a pas pu faire ça.

— Il l'a fait.

Il a appuyé ses mains l'une contre l'autre.

— Leur mort, c'est comme un film quand on l'arrête en plein milieu. J'attends toujours la suite. Quarante ans, c'est long.

— Théo est vieux...

— C'est pas une excuse.

On n'avait plus de crevettes. Plus de vin. On a fini par sortir.

Nan était là, elle arpentait la digue. Des insectes bruissaient dans le sable, ou c'était dans ma tête, tout ce vin bu.

Des puces par milliers sur les algues brunes.

Il a sorti son paquet de cigarettes de sa poche. Sur la grève, un enfant aux cheveux blonds courait pour faire s'envoler les goélands.

Il l'a suivi des yeux tout en allumant sa cigarette. Qui est-ce qu'il voyait dans cet enfant ? Lui, ou bien le souvenir de son frère disparu ?

Monsieur Anselme m'avait dit que sa mère était très belle. Sur le médaillon du cimetière, c'était l'ombre de son père qui se dessinait sur le gravier de la cour.

Nan s'était arrêtée tout au bout de la digue, le visage tourné vers la mer. À un moment, elle s'est retournée. Elle était loin. Lambert n'a rien dit. Il n'a pas parlé de ce regard. Il a fumé sa cigarette jusqu'au filtre et il a écrasé le mégot.

On est allés plus loin. Les cailloux raclaient au fond de l'eau. C'était un bruit de dedans de mer, un gratté sourd. Les mouettes fouillaient là-dedans, elles guettaient les crabes. À cet endroit de côte, les rochers formaient un petit îlot sur lequel les sternes se reposaient. L'îlot avait la forme d'un nid. À marée haute, il était englouti.

Lambert est descendu sur la plage. Il s'est éloigné entre les rochers. Sur le sable, il restait la trace des sillons au fond desquels s'écoulaient quelques filets d'eau. Il s'est baissé et il a posé sa main sur ce fond de sable. Au-dessus de lui, deux grands goélands s'amusaient à défier la mer. Pris dans les tourbillons du vent, ils rasaient la crête des vagues en poussant de longs cris stridents.

Il s'est levé. Il a regardé la mer. Les gens qui attendent ont-ils tous les mêmes obsessions ?

Je suis revenue sur mes pas.

Arrivée devant l'auberge, je me suis retournée. Nan l'avait rejoint, elle lui tournait autour. Elle semblait très agitée.

Il était fort, il aurait pu la chasser. Il marchait, à pas lents, le long de cette plage et Nan le suivait. Par moments, il s'arrêtait. Je ne sais pas s'il faisait ça pour l'attendre.

Il regardait la mer, comme si la présence de son frère perdu dans les eaux glacées du Blanchard l'avait rendu proche de cette vieille folle.

La Cigogne m'a regardée venir, sa petite main d'enfant plaquée grande ouverte sur le carreau. J'avais longtemps cru que Lili était sa tante ou sa grand-mère mais Lili n'était la tante de personne et elle n'avait pas d'enfant.

Je suis entrée. La Petite a sorti un cahier de son cartable. Elle l'a posé bien à plat devant elle. Elle m'a montré sur l'étiquette son vrai nom tracé à l'encre rouge, Ila. Elle a ouvert le cahier, a glissé sa main au fond de ses poches et elle en a sorti une poignée de crayons. Elle en a choisi un et elle a commencé à faire ses barres. Des barres et des ronds. Des lignes entières. La tête légèrement inclinée sur l'épaule.

Ses crayons sentaient le bois.

— Tes crayons, il faudrait qu'ils soient dans une trousse... C'est pour ça que tes mines se cassent.

Dans le silence, j'entendais le glissement de la mine sur le papier. Sa respiration, le frottement de ses chaussures sur le parquet parce qu'elle balançait ses jambes. Ses pieds ne touchaient pas le sol. Seules les pointes.

— Des ronds, des barres, ça ne suffit pas... Il faut apprendre à faire les lettres.

Elle ne savait pas.

Je lui ai fait un modèle.

Ses yeux grands ouverts suivaient ce que traçait mon crayon. J'ai lu pour elle, *Le chien d'Ila s'appelle Petite Douce.*

Elle a fait oui avec la tête.

Elle m'a regardée. Cette marque qu'elle avait sur la lèvre, parfois, quand elle écrivait, elle la caressait.

Sous la phrase écrite, elle a continué ses barres et ses ronds. Je l'ai regardée. Ressemblait-elle à cet enfant que je n'aurai pas de toi, celui que tu ne me feras jamais ? Je t'avais demandé cela, un enfant avant que tu partes... Tu n'as pas voulu. Tu m'as expliqué doucement pourquoi il ne fallait pas. Je n'ai rien retenu.

J'ai pris la Cigogne contre moi. J'ai noué mes mains autour d'elle.

— Tu veux que je te raconte pourquoi le rouge-gorge a une tache sur son cou ?

Elle a fait oui avec la tête.

Je lui ai raconté.

À la fin, elle a levé ses yeux. Elle voulait savoir qui avait réussi à apporter le feu aux hommes.

J'ai secoué la tête.

Je ne savais pas.

Le lendemain, c'était samedi. Lambert est arrivé à midi. Lili était en train de lisser une nappe en papier devant moi.

Il m'a saluée.

Quand j'ai vu les trois assiettes sur la table des catalogues, j'ai compris qu'ils mangeaient ensemble. La Mère s'est avancée avec son déambulateur. Lili disait qu'elle avait une horloge dans le ventre.

— Si tu savais le nombre de fois que je l'ai ramassée ! elle a dit, comme si elle devait s'excuser pour le déambulateur.

Elle avait préparé des moules avec du riz. Elle m'en a servi un plein faitout. J'ai tiré le journal à moi.

Ils se sont regroupés, tous les trois. J'ai entendu quand il a demandé si Théo et la Mère étaient toujours mariés. Il avait dû voir l'alliance à son doigt, ce vieil anneau terne encore pris dans la chair.

— Le divorce, c'est pour les gens de la ville, a répondu Lili.

Elle a rempli les assiettes. Dans un petit bol, elle a versé le riz. Les cachets de la Mère, un petit tas à côté du verre. Le verre était plein d'eau.

— L'alliance fait partie de son corps. À moins de lui couper le doigt, elle sera enterrée avec.

Lambert a hoché la tête.

Quand elle a vu les moules, la Mère a plongé les doigts dans les coquilles et elle les a grattées avec ses gencives. Elle jetait les coquilles dans le bol. Quand elle ratait le bol, la coquille tombait par terre. Ça faisait des petits bruits.

— Les moules, c'est ce qu'elle préfère. Ça et les boudoirs trempés !

Lili s'affairait.

— Elle n'est pas pénible. Tant que je peux, je la garde. Tu peux lui parler ! Dis-lui qui tu es...

— Qui je suis !...

— Ben oui, qui tu es !

— Je ne peux pas.

— Tu ne peux pas !

— Non.

Lili a haussé les épaules. Elle a jeté un coup d'œil de mon côté pour voir si tout allait bien.

Elle s'est enfin assise. Je le voyais, lui, de dos. Légèrement penché. Je ne m'attendais pas à le revoir là.

Dans le village, sur le quai, au bistrot, les hommes parlaient de lui. Sans dire son nom. Avec leurs yeux. Ou alors à voix basse. C'était la rumeur.

Personne n'échappe à la rumeur.

— Ta mère, elle nous faisait des gâteaux... Des brioches recouvertes de sucre glace, on adorait ça... On allait les manger sur les rochers. On n'attendait pas qu'elles refroidissent. Ça nous gonflait le ventre.

— On allait courir sur la grève et on capturait des crabes. Une fois, on est montés sur le toit de la maison et on a regardé la mer.

Ils ont parlé de leur enfance. Lili a dit, Tu aurais pu prévenir...

— Prévenir de quoi ?

— Que tu revenais.

Il a secoué la tête.

— Tu es allé à Aurigny ? elle a demandé.

— Non.

— Tu vas y aller ?

— Je ne sais pas... Peut-être.

— Si tu te décides, je connais un gars qui a un bateau, il peut te faire passer.

Je mangeais mes moules en lisant le journal. Je les écoutais aussi.

— Tu as fait quoi pendant tout ce temps ?...

— Rien... J'habite dans le Morvan. Mes grands-parents étaient de là-bas, c'est eux qui m'ont récupéré.

— Le Morvan, c'est bien ?

— C'est bien oui... un peu comme ici, avec des prés, des vaches, des petites routes tranquilles.

— Sauf que là-bas, t'as pas la mer !

Ça l'a fait rigoler.

— Non, on n'a pas la mer... On n'a pas le nucléaire non plus, il a dit en faisant allusion à la Cogema.

Lili a haussé les épaules.

Elle est allée chercher un gant à la cuisine, elle a frotté les mains de sa mère.

— Et maintenant, tu fais quoi ?

— Rien.

— Plus rien ?

— Non, plus rien.

Elle a jeté un coup d'œil à ma table. Quand elle a vu que j'avais fini, elle a reposé le gant.

Elle m'a apporté une part de tarte à la fraise.

La Mère a eu son boudoir.

— Pourquoi tu ne lui en donnes pas ? il a demandé.

— Des fraises ? Ça lui fait des plaques... Tu veux qu'elle crève ?

— On crève pas d'urticaire...

— On crève de c'qu'on crève ! a dit Lili en ramassant les assiettes.

La télé était allumée, c'étaient les jeux de midi.

La télé sans le son, l'image d'une roue qui tournait.

— Pendant toutes ces années, je pensais te revoir... Pourquoi tu n'es jamais revenu ?

— Je suis revenu.

— Oui, au début... Et après ?

— Après, je ne pouvais pas.

— Et là, maintenant, d'un coup, tu peux ?

— Oui.

Il a hésité avant de poursuivre.

— Mon père, quand il est mort, il avait quarante ans. Je suis devenu plus vieux que lui. C'est aussi pour ça que je suis revenu.

— Parce que tu es devenu plus vieux que lui ?

Il a fait oui avec la tête.

Lili lui a coupé une part de tarte. Elle l'a glissée dans une assiette.

— Je me souviens de lui, il était grand.

— Il n'était pas si grand...

— Je le voyais grand.

Lambert la regardait.

— Tu te souviens quand il a trouvé le nid de hérissons ? C'était juste là, derrière le mur. Il nous a appelés... Il nous a fait jurer de ne rien toucher. On a tous juré, mains contre mains, dans le jardin. Est-ce que tu te souviens si ma mère était là ?

— Je ne sais pas.

— Les hérissons sont morts. Mon père nous a fait des crêpes pour nous consoler. C'était la dernière année.

Leurs yeux se sont croisés.

— J'aime pas parler du passé, elle a dit.

— Et de mon frère, tu t'en souviens ?

Lili a pris son verre.

— Non, il était trop petit, on ne le voyait pas.

— Le jour des hérissons, est-ce qu'il était là ?

— Je ne sais pas...

Sa voix est restée suspendue, de longues secondes.

— Sûrement, oui... elle a fini par ajouter.

Elle a passé l'une de ses mains sur son visage. Elle a dit, Il était petit, ton frère, ta mère le gardait tout le temps à l'intérieur.

Elle a secoué la tête.

— C'est du passé tout ça... Tu ferais mieux de manger.

Manger, il ne pouvait pas.

Il a posé sa fourchette dans son assiette, le couteau par-dessus.

Il a repoussé l'assiette au milieu de la table.

— Ton père, c'est lui qui gardait le phare cette nuit-là.

Lili s'est redressée.

— C'est pour ça que tu es revenu ? Pour ressasser toute cette histoire ?

Elle avait parlé fort. Elle s'est tournée vers sa mère, mais la vieille fixait l'écran en suçant son boudoir, elle ne faisait pas attention à eux.

— On avait quinze ans, Lambert...

— Et alors ?

— Je sais ce que tu penses ! Les flics ont fait une enquête, ils sont venus voir mon père... Le phare ne s'est pas éteint cette nuit-là. C'est écrit noir sur blanc à la fin du dossier. Tu veux quoi de plus ?

— Les enquêtes se trompent parfois...

— Pas cette fois ! Et puis mon père n'était pas seul dans le phare, le type qui gardait avec lui a témoigné qu'il ne s'était rien passé d'anormal cette nuit-là.

— C'était pas son quart. Au moment du naufrage, il dormait.

Lili n'arrivait pas à se calmer.

— C'est peut-être dur à avaler, mais c'était un accident, un simple accident de mer...

Il s'est levé.

— Tu vas où ? elle a demandé. Et la tarte ? Le café ? Tu ne prends pas de café ?

— Non...

Il a repoussé sa chaise sous la table.

— Dans les accidents, les phares ne s'éteignent pas.

Lili a claqué la main sur le plat de la table.

— Il ne s'est pas éteint !

Le bruit a fait sursauter la vieille. Elle s'est mise à geindre.

Lili a râlé.

— Même mon samedi, il y en a toujours un qui s'arrange pour me le gâcher.

— Excuse-moi...

— Tu parles !

Il a décroché son blouson du dossier.

— Je m'en vais.

— C'est ça, va-t'en !

Il s'est détourné d'elle.

Il est passé à côté de ma table. Sa main. La manche de son blouson.

Ses doigts ont effleuré la nappe.

— Elles sont bonnes ? il a demandé en montrant les fraises.

J'ai fait oui avec la tête.

— Tant mieux, il a dit.

Il n'a rien dit d'autre et il est parti.

Théo a tiré doucement la porte et il a glissé la clé derrière le pot de géraniums. Il s'est arrêté, la main sur la rampe.

De la digue, avec mes jumelles, je le voyais comme à côté. Avait-il vraiment éteint le phare ? Je n'y croyais pas. Il connaissait les dangers de la mer et il aimait les bateaux.

Il a traversé la cour et il s'est avancé sur le chemin. Il a pris du côté de la Roche.

Il se rendait chez Nan. Depuis quelque temps, elle n'allait pas bien, elle marchait, le front bas, elle parlait seule. On la voyait parcourir la grève plus qu'à son habitude et en dehors des jours de tempête. Il m'arrivait de la rencontrer deux, trois fois par jour. Je la saluais, mais elle ne me répondait pas. Elle marchait vite, affairée, comme si elle avait quelqu'un à rejoindre ou une tâche importante à accomplir. Elle finissait toujours au bord de la mer. L'ourlet de la robe dans les vagues. Était-ce la présence de Lambert qui l'avait troublée ainsi, son visage dans lequel elle avait cru reconnaître un des siens ? J'aurais aimé savoir qui était ce Michel dont elle réclamait à ce point la présence.

Théo marchait, appuyé sur sa canne, le dos voûté. Je l'ai suivi des yeux jusqu'à la Roche et puis je l'ai perdu quand il s'est avancé entre les premières maisons.

Avant, je suivais les pauvres dans les rues, les plus démunis, ceux qui marchaient. Je ne voulais pas savoir où ils allaient. Je voulais simplement les suivre. Leur pas. Leurs ombres. Ils n'avaient rien. Ils avaient froid. Je prenais des photos. J'ai fait ça pendant plus d'un an. En décembre, la neige est tombée. J'ai pris d'autres photos, ces hommes, toujours de dos, leurs manteaux gris, les pas dans la neige.

Je les prenais aussi quand ils dormaient sur les cartons.

Des dos qui racontent autant que des visages.

Certaines nuits, le simple contact du drap sur ma peau me brûlait. Je devais sortir du lit. Je restais debout, les pieds nus sur le plancher. Si ça ne suffisait pas, j'ouvrais la fenêtre. Mes dents claquaient, j'avais les lèvres bleues. Après seulement, je pouvais me coucher à nouveau et dormir.

Des rideaux à fleurs étaient accrochés à ma fenêtre, une tringle en plastique. Quand je suis arrivée ici, l'un des carreaux était cassé et les rideaux volaient. Il y avait une grande tache humide sur le parquet. Pendant plusieurs jours, j'ai plaqué un bout de carton contre la vitre, le carton s'est mouillé, je l'ai changé et puis quelqu'un est venu et a remplacé le carreau.

La tache sombre est restée dans le bois. Parfois, quand le soleil tapait un peu fort, elle disparaissait. Elle finissait toujours par revenir.

La lumière du matin semblait remonter de la mer. De la fenêtre, je voyais les toits du village tout en haut de la colline. Sur la droite, les lumières jaunes des quelques maisons de la Roche.

Théo était-il encore chez Nan ? Avait-il passé la nuit près d'elle ? La Mère devait l'attendre, son sac sur le ventre. Avec son amour de vieille qui lui suintait encore des yeux. Un corps qui n'oubliait pas. C'est pour ça qu'elle s'accrochait au sac. Que s'était-il passé entre Nan et Théo ? S'étaient-ils aimés ? Et avec quelle force ? Je me suis collée par terre, les genoux remontés. Le dos au radiateur. Bientôt un an. Le temps passait sur toi. Lui aussi, il te rongeait. Je ne supportais plus ma peau. Ma peau sans tes mains. Mon corps sans ton poids. J'ai roulé mon pull contre mon ventre. J'en ai fait une boule. J'ai plaqué mon dos contre les rails brûlants du radiateur. Je sentais les marques. Des rails comme des barreaux. Les barreaux de ton lit, à la fin, pour que tu ne tombes pas.

Et cette autre marque sur ma joue, la boursouflure rouge qui s'effaçait un peu. Ce vide en moi qui me faisait suer et gémir.

Et j'ai sué.

J'ai gémi aussi en grattant des ongles contre le mur. J'ai léché le sel pour me rapprocher de ta peau.

Ce matin-là, j'aurais voulu que le temps t'emporte davantage. Qu'il te dévaste. Jusqu'à ton visage. J'ai poussé un long cri silencieux, mêlé de larmes, les dents plantées dans le bras.

Tu m'avais fait jurer de ne jamais parler. De ne jamais écrire sur toi, sur ton lit, cet endroit… L'odeur de tes murs, la vue de ta fenêtre.

La dernière visite, l'absence de soleil. Parce que la lumière te faisait trop mal.

Alors, le rideau à peine tiré, un simple coin de ciel gris par le carreau supérieur.

Lili m'a montré le sac.

— Tu ne pourrais pas lui poser ça, toi, en passant ?

Elle n'a pas dit Théo. Elle n'a pas dit mon père. Elle a dit, Lui.

Il y a eu un silence après les mots. Elle a glissé un sachet de pharmacie dans le sac. Ça venait de Beaumont. L'ordonnance était à l'intérieur.

— Tu lui dis que le docteur passera lundi en fin de matinée. Qu'il se fasse propre.

Elle m'a regardée, brutalement.

— Qu'est-ce qu'il y a ?

— Rien…

— Je te connais. Ton regard, c'est pas rien !

J'ai secoué la tête.

— Je ne peux pas lui dire ça… Qu'il se fasse propre.

Elle a haussé les épaules, le front rembruni, et elle a refermé le sac.

— Tu lui dis ce que tu veux.

Elle a posé le sac sur le zinc.

— Je l'aime bien ton père…

J'ai lâché ça dans un souffle.

Elle s'est figée.

— Tu l'aimes bien ?

— Oui.

Je l'ai vue frémir. Elle m'a regardée. Elle semblait sur le point de rire.

— Tu l'aimes bien… elle a répété. Tu le veux ?

— Je n'ai pas dit ça.

— Si tu le veux, je te le donne. On va dire ça, hein, à partir de maintenant, on va dire qu'il est à toi !

Elle m'a plaqué le sac dans les bras comme elle avait plaqué les renoncules contre le pull de Lambert. Même geste. Même puissance.

— C'est pas ce que je voulais dire.

— Alors tu dis pas. Tu dis rien. Tu prends le sac et tu lui portes.

Je suis sortie.

Lambert était dans le jardin. Il avait relevé les manches de sa chemise jusqu'aux coudes et il arrachait des ronces contre le mur. Les fenêtres étaient ouvertes. Le panneau *À vendre* toujours accroché à la barrière.

J'ai pris le chemin qui redescendait sur la Roche. À cet endroit, la mer apportait des odeurs très fortes de large. Des embruns qui se collaient à ma bouche. Les lèvres tour à tour mouillées ou brûlées. Les désirs, ici, sont mis à vif par les vents. C'est une affaire de peau, la Hague. Une affaire de sens.

Je me suis arrêtée.

Est-ce que je pouvais t'aimer en ne te touchant plus ? La pensée m'est venue, violemment.

Est-ce que je pouvais t'aimer encore ?

J'ai été happée.

Avec toi, j'ai touché l'abîme. Et maintenant... La douleur, en s'atténuant, avait entrepris de creuser son envers.

J'ai repris mon sac.

Je suis arrivée chez Théo, les chats étaient là, tous regroupés dans la cour. Combien y en avait-il ? Quand je lui posais la question, il disait, Vingt, trente, depuis qu'il en naît et qu'il en meurt...

Il avait aussi un chien malade, vieux comme lui, de cet âge qui, multiplié par sept, donnait son âge. Mais Théo ne savait plus son âge. Il disait qu'il était vieux. Au village, on l'appelait ainsi, le vieux. Il savait qu'on apprenait aux enfants à se méfier de lui. À en avoir peur. Quand il remontait au village, les cailloux ricochaient dans son dos. Avant, il se retournait, il brandissait sa canne. Maintenant, il s'en foutait, il disait que les cailloux ne le touchaient pas.

J'ai toqué contre la vitre. J'ai essayé de voir à l'intérieur, mais il faisait si sombre. Le chat gris était étendu de tout son long, sur le rebord intérieur de la fenêtre. De sa bouche fermée, sortait une dent un peu plus longue que les autres et qui lui donnait l'allure d'un jeune fauve.

Il y avait deux autres chats sur la table. Un bol. Du pain.

J'ai toqué encore.

— Vous êtes là ?

J'ai fini par entrer.

Théo dormait dans son fauteuil, le bonnet enfoncé sur la tête. La main encore en appui sur le bois noueux de sa canne, comme si le sommeil l'avait surpris là, devant l'écran allumé.

La petite chatte blanche était couchée contre lui. Les pattes délicatement repliées, la tête lourde, elle dormait.

Ainsi assis, dans la pénombre, la pièce ressemblait au tableau du *Philosophe* de Rembrandt dont j'avais gardé longtemps la reproduction punaisée sur le mur dans ma chambre d'étudiante.

Contre le mur, un évier en pierre dont les carreaux de faïence étaient ternis par le tartre. Un couvercle de casserole reposait dans un porte-vaisselle en plastique. Une assiette dans la cuvette. J'ai posé le sac sur la table.

— J'apporte le pain, j'ai dit.

Théo a ouvert les yeux. Il a grogné. Je lui ai montré la nourriture, la pharmacie.

Il a jeté un coup d'œil. Ses petits yeux derrière ses lunettes, les mêmes yeux que Lili.

— Le médecin viendra lundi…

Il a haussé les épaules. Il s'est redressé.

— Qu'est-ce que les médecins peuvent contre la vieillesse.

À la Hague, les vieux et les arbres se ressemblent, pareillement torturés et silencieux. Façonnés par les vents. Parfois, une silhouette au loin, et il est impossible de savoir s'il s'agit d'un homme ou d'autre chose.

Il a passé sa main sur la tête de la petite chatte. Il disait que celle-ci était plus fragile que les autres, qu'il fallait l'aimer davantage.

Était-ce pour cette même raison qu'il avait aimé Nan ? Parce qu'il l'avait sentie plus fragile ?

Il m'a regardée comme s'il avait deviné ma pensée et il a posé ses lunettes sur la table. Les verres étaient sales, des traces de doigts, ils paraissaient gras dans la lumière.

— J'ai compté douze couples de pluviers à l'endroit dont vous m'avez parlé.

Il a levé la tête.

— Les compter, ça suffit pas.

J'ai laissé mon regard errer sur la table, parmi tout ce qui l'encombrait, assiettes, journaux, médicaments... et qu'il devait sûrement pousser, au moment des repas, pour faire un peu de place.

Il a posé ses mains l'une contre l'autre.

— Le pluvier est un oiseau très intelligent, il faut l'observer longuement pour le comprendre. Quand on menace son nid, il s'envole, l'aile basse, comme s'il était blessé et il se laisse retomber sur la plage. Il se traîne, des petits sauts malhabiles, il fait ça pour devenir la cible.

Ses mains étaient abîmées, creusées par le froid, l'eau salée, les déchirures des cordages.

— Toute cette comédie... C'est un comportement rare et très admirable chez les oiseaux.

Une émotion furtive est passée sur son visage.

J'ai regardé par la fenêtre.

Dehors, les nuages s'écartaient, laissaient filtrer quelques rayons de soleil. Au large, le ciel avait pris la même teinte grise de la mer, comme si l'un s'était déversé dans l'autre jusqu'à devenir cette nuance sombre.

— Compter les oiseaux dans ce vent, ça ne peut pas être votre vie.

— Vous l'avez bien fait, vous !

Il a souri comme pour dire que ce n'était pas pareil. Il caressait toujours la petite chatte blanche.

— Celle-là ne boit jamais avec les autres. Quand elle a soif, elle miaule et il faut lui ouvrir le robinet.

La chatte a ouvert les yeux.

— Elle a été volée à sa mère par une chienne qui n'avait pas de chiots. La chienne l'a ramenée dans sa gueule. Elle s'en est occupée...

Il caressait la chatte, du plat de la main.

— J'ai pensé rendre le chaton à sa mère, mais elle avait encore sept autres petits... Et la chienne n'en avait pas.

La chose en était-elle plus juste ? Je lui ai posé la question.

J'ai vu son trouble. La peau de ses joues légèrement rosie.

Il n'a pas répondu. C'était la première fois qu'entre nous tombait un silence aussi particulier.

Il a reposé ses mains, l'une près de l'autre.

— Ce garçon qui traîne, c'est le fils Perack ?

Il a levé les yeux sur moi.

— Il fait quoi ici ?

— Je n'en sais rien. Il veut vendre sa maison.

— Qu'est-ce que vous savez d'autre ?

— Rien... Je ne le connais pas.

Il a repris ses lunettes, les a ajustées sur son nez. Un sourire a glissé sur son visage.

— Vous êtes entrée à l'auberge avec lui, il n'était pas onze heures l'autre matin. Vous êtes restés presque une heure ensemble et quand vous êtes ressortis, vous avez marché sur la grève.

Il m'a montré la paire de jumelles sur la chaise près de la fenêtre.

— Ne me dites pas que ce n'est pas bien de faire ça, vous le faites aussi.

Je me suis sentie rougir, à mon tour. Violemment.

— D'ailleurs, un jour, il faudra que je vous montre la vue splendide que l'on a de la lucarne.

Il a pris la tête de la petite chatte entre ses mains, l'a caressée doucement.

— Que vous a-t-il dit ?

J'ai regardé dehors, du côté de cet arbre dans la cour dont Théo racontait qu'il était tellement vieux que ses racines touchaient l'enfer. Théo disait que quand on coupait une branche de cet arbre, il en coulait une sève rouge qui ressemblait à du sang.

Il a répété sa question.

Je l'ai regardé.

— Lambert pense que c'est vous qui gardiez le phare la nuit où ses parents sont morts.

Ce n'était pas tout.

Il le savait.

Il a hoché la tête.

— Vous l'appelez Lambert...

— Lambert Perack, c'est son nom.

Il a souri.

J'avais envie de le questionner encore.

— Se peut-il que la lumière d'un phare s'éteigne la nuit sans que le gardien s'en rende compte ?

Il a levé les yeux sur moi.

— C'est vous ou lui qui demandez ça ?

— C'est moi.

— Alors, si c'est vous... Non, cela ne se peut pas.

— Et si ç'avait été lui, qu'est-ce que vous auriez répondu ?

— Si ç'avait été lui, je n'aurais pas répondu.

Il a détourné la tête.

— N'écoutez pas ce que dit cet homme. Son jugement est faux, il souffre.

— On ne souffre plus après si longtemps.

— Qu'est-ce que vous en savez ?

J'ai eu le pressentiment qu'il me mentait.

— Est-ce qu'il existe des raisons pour lesquelles un gardien peut être amené à éteindre son phare ?

Il a ricané.

— Aucune raison. Ce sont les forces de la mer qui commandent aux gardiens des phares. Pour le reste, rien ni personne ne peut obliger un gardien à se détourner de ce qu'il doit faire.

Il a dit cela brutalement.

Il tapotait du bout des doigts sur le plat de la table.

— Vous savez, quand on est dans le phare, la seule chose qui compte, c'est d'éclairer la mer. Alors on le fait. On ne pense à rien d'autre.

J'ai commencé à douter. J'ai senti ce moment. Cette ombre entre nous.

— Lambert a dépassé l'âge où est mort son père. Il dit que c'est aussi pour ça qu'il est revenu.

— Il vous fait des confidences…

— Ce n'est pas à moi, c'est à Lili. J'étais là, je les ai entendus.

— Il a parlé avec Lili ?

Théo a eu un étrange sourire.

Je me suis vue, soudain, telle qu'un passant aurait pu me voir de la fenêtre, ragotant à une table, sous la lampe, avec un vieux.

J'ai secoué la tête.

— Je ne veux plus parler de ça.

— De quoi avez-vous peur ?

— Je n'ai pas peur.

J'ai menti. J'avais peur de ce que j'étais en train de devenir. Une femme sans amour. J'aurais voulu savoir pour lui et Nan. Savoir jusqu'où ils s'étaient aimés, ce qu'ils avaient osé et pourquoi ils n'avaient pas osé davantage.

— Parlez-moi d'elle, j'ai dit brusquement.

Il s'est raidi.

J'avais dit Elle.

Je n'avais pas dit Nan, et pourtant il avait compris.

— Ce que vous me demandez...

Il est resté un moment sans rien dire. Moi qui n'avais pas de père, Théo aurait-il pu être le mien ? S'il l'avait été, je crois que je l'aurais aimé sans fléchir. Il a posé la chatte sur le fauteuil près de lui. Il a appuyé sa main sur la table et il s'est levé. Il a disparu dans la pièce à côté. J'ai attendu qu'il revienne mais il n'est pas revenu.

Le soir est tombé. Derrière chaque fenêtre, les lumières s'allumaient, elles filtraient, jaunes à travers les rideaux de dentelle.

Dès cinq heures, les tables des cuisines devenaient les tables des confidences. Les mains autour des tasses. Les têtes penchées. Rapprochées. Les verres qui traînaient, les torchons au-dessus des poêles.

C'était la fin du jour. Pas encore la nuit. Mais cette heure terrible où les ombres reviennent. Les chiens ont commencé à gueuler.

Un premier faisceau de lumière a glissé du phare sur la surface de l'eau, il a éclairé le port, le mouillage des bateaux. La lumière a aussi éclairé la Griffue et puis tout a été à nouveau plongé dans le noir.

J'ai croisé des silhouettes, des êtres devenus des ombres, parfois à ce point seuls qu'ils frappaient à n'importe quelle porte pour s'approcher d'un regard ou d'un feu. Ceux chez qui personne ne passait se traînaient jusqu'au bistrot. Les conversations s'étiraient. Le rideau un peu tiré. Même quand il n'y avait plus personne à voir, il suffisait d'une ombre. Et quand à parler de soi ils n'avaient plus envie, il leur restait encore à parler des autres. Des vivants et des morts.

Morgane avait trouvé du travail, des couronnes à faire pour un magasin de Cherbourg. Elle enfilait des perles sur des armatures, au final, si elle ne se trompait pas, ça devenait des diadèmes sur la tête des mariées. Elle était payée pas cher, mais avec ce qu'elle gagnait à l'auberge, elle disait que ça lui suffisait.

Elle travaillait à la table de la cuisine. Quand je suis arrivée, Max était en train de la regarder. Il n'avait pas le droit de toucher aux perles. Baver, se gratter, faire du bruit avec ses dents, ça non plus il ne pouvait pas. S'il faisait une seule de ces choses, Morgane le mettait dehors. Sans rien dire. Seulement avec ses yeux. C'était déjà arrivé. Il savait que cela pouvait arriver encore alors il restait figé sur la chaise, les mains entre ses cuisses.

Même immobile, quand elle en avait marre, elle le disait, Ça suffit la Bête, et Max s'en allait.

— C'est pas l'heure de la truie ? je lui ai demandé en le trouvant là.

Il a fait non avec la tête. Ce n'était l'heure de rien. Je me suis assise avec eux.

Une carte postale était posée sur la table, une vue de Rome, le Colisée.

— C'est mes parents, tu peux lire...

Quelques mots étaient tracés derrière.

Un bonjour de Rome. Nous avons eu un peu de pluie la nuit dernière mais hier, nous avons pu visiter Saint-Pierre et cet après-midi, nous allons au Forum. Nous rentrons lundi. Bisous. Papa, maman.

Morgane a haussé les épaules.

— Ils voyagent beaucoup...

J'ai relu la carte. Ces mots, étrangement distants. Je trouvais ça très violent. Morgane a dû s'en rendre compte. Elle enfilait ses perles en me regardant par en dessous.

— On va les voir de temps en temps. On part tôt le matin et on revient le soir. La dernière fois, c'était pour Noël. On n'est pas restés longtemps.

Elle a enfilé plusieurs perles à la suite.

— La prochaine fois qu'on ira, ça sera en juillet, pour mes trente ans.

Raphaël est sorti de la chambre, les cheveux hirsutes, il a râlé parce qu'on l'avait réveillé. Il a glissé la main sur son épaule, un geste infiniment tendre, et ce simple geste m'a renvoyée à ma solitude, cette faille énorme qui était le manque de toi. Il a vu la carte. Il l'a prise, il l'a lue. Il l'a reposée sans faire de commentaires.

Morgane a laissé aller sa tête contre son frère. Je ne sais pas comment ils avaient échoué là, tous les deux. Je sais que Raphaël était arrivé en premier, et qu'ensuite Morgane était venue le rejoindre. Ils étaient frère et sœur et ils se regardaient comme des amants.

Ce besoin qu'ils avaient de se rapprocher, de se toucher. Entre eux, toujours, des gestes qu'ils poussaient au bout de la tendresse, il se dégageait de leurs effleurements quelque chose d'extrêmement sensuel. Les regarder me troublait.

Raphaël s'est détaché de sa sœur. Il a ouvert une bière et il est allé la boire debout contre l'évier.

— Tu es encore là toi ? il a demandé en s'adressant à Max.

Max a souri. Le temps où il pouvait regarder Morgane semblait annuler tous les autres temps.

Il l'a dit, Le temps de Morgane, c'est l'annulation provisoire de tous les temps contraires.

Morgane a haussé les épaules.

Max a lorgné du côté du dictionnaire. Ça le faisait rêver aussi, tous ces mots enfermés dans si peu d'espace. Quand Morgane le chassait, il prenait le dictionnaire contre lui et il allait s'asseoir dans le couloir.

Il faisait ça.

Jusqu'à ce que Morgane le chasse encore.

La fenêtre qui donnait sur le jardin était grande ouverte. Le soleil est entré et avec lui, un tout petit papillon aux ailes bleues.

— Tu crois qu'ils baisent ! a demandé Max en regardant l'insecte voler dans la lumière.

Raphaël s'est retourné.

— De qui tu parles ?

— Les papillons.

— Pourquoi ils baiseraient pas !

— Tu peux voir les chats, les chiens... Les papillons, tu les vois pas.

— ... font ça la nuit.

Max a fait non avec la tête.

— La nuit, ils sont dans l'endormissement paisible de toutes les espèces.

— Ils baisent peut-être pas... a dit Raphaël.

— Tout le monde...

— Pas les fleurs, Max !

— Pas tout le monde, j'ai dit.

Ça a fait un silence, quelques secondes.

— Et les poissons, comment ils font les poissons ! a demandé Morgane en plongeant à nouveau la main dans les perles.

C'est Raphaël qui a répondu.

— Il y a des espèces où c'est le mâle qui se lâche sur les œufs une fois qu'ils sont pondus.

— Tu as étudié la nature ?

— Un temps.

— C'était quand ?

— Avant, quand j'étais amoureux de Demi Moore, ça remonte... Je m'étais abonné à des revues.

— Le rapport !

— Y en a pas mais à l'époque je lisais beaucoup.

Max les écoutait. Il souriait. Baiser, il savait. Un gars du village l'emmenait tous les jeudis voir les filles à Cherbourg.

Moi, j'avais su.

Il me restait cette faille, une déchirure brûlante du sexe jusqu'au ventre. Certaines nuits, je me réveillais, j'avais l'impression d'être engloutie par ce vide. Je finissais par terre, hors les draps, toujours.

Ce jour-là, dans ce long couloir, alors qu'ils parlaient de toi, tu t'es détourné d'eux. Tu m'as regardée et tu as fait ce geste avec les mains, tu faisais toujours comme cela quand on se quittait, les mains nouées devant toi. On reste ensemble, c'est cela que le geste voulait dire, je te garde, je te garde avec moi. Tu as trouvé la force de sourire. Et après, oui, ils t'ont emmené.

Mais avant, tu as souri.

Les portes se sont refermées.

Ça puait l'éther dans ce couloir.

Max a commencé à se gratter les ongles avec les dents.

— Forcément, y baisent, il a dit.

Il nous a regardés tous les trois, tour à tour.

— Mais je me demande comment la femelle effectue le juste positionnement avec ses ailes.

— Qu'est-ce que tu veux dire ?

Il a craché le petit morceau d'ongle qu'il mâchait.

— Lili dit, Si tu touches la poudre sur les ailes du papillon, il meurt... Et si le papillon bat des ailes ici,

149

il peut se passer quelque chose de très grave à l'autre bout du monde. Quelque chose d'aussi grave qu'un ouragan.

— Tu te prends la tête pour rien, Max ! Et puis on n'en a rien à foutre de la baise des papillons, on n'est pas de l'espèce.

— Lili dit...

— On s'en fout de ce qu'elle dit, Lili.

Max a baissé la tête.

Morgane a souri.

— Tu devrais bosser un peu... Si tu bossais, tu te poserais pas toutes ces questions, a dit Raphaël.

— Je bosse...

— Tu bosses, toi ?

— La truie, le bateau... Et je fais la brillance sur les vitraux...

Il s'est gratté la tête très violemment.

— Je suis dans l'incessant travail... toujours.

— L'incessant travail, c'est ça, et moi j'arpente la lande, la nuit, avec un filet à papillons !

Max a levé les yeux, étonné.

— Et t'attrapes quoi !

— Des étoiles...

Raphaël a posé sa bière sur l'évier. Il s'est avancé jusqu'à la porte. Quand il est passé près de la table, Max l'a retenu par la manche.

— Il faudrait peut-être les tuer...

— Tuer qui ?

— Les papillons, vu qu'il y a toute cette suffisance dans un seul battement d'ailes ?

Raphaël a regardé autour de lui, pris d'un doute.

— La suffisance ?...

— La suffisance de l'ouragan !

— Il faut pas exagérer non plus.

— Il faut ce qu'il faut ! a répondu Max, le front plissé.

— De là à tuer les papillons !...

— On fait quoi alors ?

Raphaël a ouvert la porte. Il s'est attardé un instant.

— On ne fait rien, Max... On les regarde.

Et puis, après quelques secondes :

— Regarder les papillons, c'est aussi ça, le bonheur.

Il est revenu poser la main sur l'épaule de son ami.

— On va quand même pas tuer le bonheur, hein Max ?

J'ai passé la journée aux falaises de Jobourg. J'avais mes trous de roche, des endroits où je pouvais me terrer. Je laissais mes traces en creux, les empreintes de ma main. Et puis d'autres traces, des petits cailloux assemblés en tas. De la terre montée en bute. Des mini-bûchers, comme des tentes d'Indiens, quand je m'ennuyais trop, j'y mettais le feu.

Au début, plusieurs fois, j'ai gravé ton nom dans la pierre.

J'avais vu éclore des poussins quelques jours aupa-ravant. Je les ai revus. Ils avaient déjà grossi. Leur corps était encore recouvert de duvet, mais ils sor-taient les becs du nid et ils avalaient tout ce que leurs parents leur donnaient. Les corbeaux tournaient. Ils étaient patients. À la moindre erreur, ils attaquaient.

Je suis rentrée en fin d'après-midi. Théo me guet-tait. Il m'a fait un petit signe. La dernière fois que je l'avais vu, je lui avais demandé de me parler de Nan et il avait quitté la pièce sans dire un mot.

Il m'attendait.

Il portait un bleu de travail. Une veste du même bleu, de la toile épaisse, elle fermait par un seul bou-ton. Il m'a fait entrer dans la maison. Il y avait quel-que chose de presque impatient dans ses yeux. Avait-il eu peur que je ne revienne pas ? Il a posé deux ver-res sur la table. Le pain, des tranches larges. Il a rem-pli les verres.

— Ça casse les jambes le retour, hein ?

— Ça casse, oui...

Il est allé chercher une assiette sur laquelle il avait préparé du fromage. J'avais soif. La gorge desséchée. J'ai bu du vin. Un verre. Trop vite.

Un chat a miaulé dehors, derrière la fenêtre. Il avait une maladie de peau, les poils qui tombaient par plaques. Théo l'a vu. Il a dit qu'un jour, il allait prendre le fusil et qu'il le tuerait.

Le fusil était là, glissé dans l'angle, entre le placard et le mur. Les cartouches dans le tiroir. Le tuer avant qu'il ne donne la gale aux autres. Il suffit du bon jour.

— J'ai déjà dû le faire, vous savez...

— Vous feriez quoi, si vous n'aviez plus vos chats ?

Il a réfléchi à la question, pas longtemps. Un haussement d'épaules.

— Sans doute que je vivrais avec les souris.

On s'est regardés et on s'est mis à rire. C'était tellement bon, soudain, ce rire entre nous, pour presque rien. Il m'a semblé voir Théo tel qu'il devait être il y a longtemps, ce visage en force, quand il était encore jeune et qu'il aimait Nan.

On a cessé de rire, mais on avait encore le rire dans les yeux.

Sur la table, sa main tremblait de son mouvement incontrôlable. On a entendu coasser dehors. C'était le crapaud qui vivait près du bassin. Théo m'a dit qu'autrefois, il y en avait un qui hantait ses abords. Pendant très longtemps, il avait trouvé des bougies allumées sur les pierres plates, sans savoir qui les allumait.

Il m'a raconté d'autres histoires. La petite chatte sommeillait, roulée en boule, sur la table.

J'entendais le tic-tac de la pendule.

On a parlé des cormorans. Des œufs presque tous éclos et des corbeaux qui attendaient.

Il a voulu savoir de quelles couleurs étaient les poussins et de quelles tailles étaient les nids. On a parlé de ça longtemps. Il a voulu savoir aussi si les serpents étaient sortis.

Les croûtes de fromage s'entassaient sur la table.

Le vin m'avait réchauffée. Ce rire aussi. J'aurais voulu que ces paroles nous conduisent à d'autres confidences. La petite chatte blanche a allongé une patte et l'a posée sur la main de Théo. Théo n'a pas bougé. Il la regardait.

Il y avait le journal sur la table. En première page, une photo d'une plage souillée au nord de Brest. Des oiseaux mazoutés. J'ai tiré le journal. J'ai lu l'article.

Théo a attendu que j'aie terminé.

— Des oiseaux crevés, j'en ai vu, quand j'étais dans le phare, la nuit, à cause de la lumière... Les jours de tempête, c'est le vent qui les ramenait contre les vitres.

Il a dit ça d'une voix très basse, sur le ton de l'intime.

Ma main est restée posée sur le journal.

— Les nuits là-bas, on n'imagine pas. Parfois, c'était l'enfer.

Il regardait ma main posée sur cette photo de journal, un oiseau mort que l'on devinait puant.

— Je me souviens des courants, quand ils tournaient, on aurait dit des serpents. Les vagues, des gueules béantes. Au plus fort, ça cognait de tous les côtés. Le phare tanguait. Combien de fois j'ai cru qu'on n'en sortirait pas vivants.

Il a levé les yeux sur moi. C'étaient des tout petits yeux, profonds, très lumineux.

— Les jours de beau temps, on accrochait des tissus de couleur à la fenêtre. C'était notre façon à nous de donner des nouvelles à ceux qui étaient sur la terre.

Sa voix a tremblé comme si elle témoignait du lien profond qui unissait le vieil homme à son phare.

— Vous restiez longtemps là-bas ?

— Une semaine, parfois deux. Mais je pouvais rester plus, j'étais toujours volontaire quand il manquait quelqu'un. Il manquait souvent, surtout les mois d'hiver.

Il caressait le plateau de la table avec la paume de sa main.

Sa main était sous la lumière. Marquée. Elle aussi témoignait de la Hague.

— On était approvisionnés par bateau. Parfois, avec les courants, les gars n'accostaient pas. On avait des réserves, des biscuits de mer, des tonneaux avec de l'eau...

Il s'est levé, il s'est avancé au fond de la pièce. Il y avait à cet endroit une autre table qui faisait office de bureau. Il a ouvert l'un des tiroirs, a plongé ses mains dans la masse de documents qui avaient été entassés là, depuis des années sans doute, il en a ressorti la photo d'une jument qu'il m'a dit s'appeler La Belle.

— Cette jument appartenait au grand-père de mon grand-père... Il l'avait louée tout le temps de la construction du phare. Pendant des mois, elle a tourné dans cette roue... Le mouvement actionnait les palans et faisait monter les pierres.

La bête était photographiée à côté du phare, près de la roue. Il y avait un homme à côté d'elle, une date écrite, 1834.

Théo a pris un crayon sur la table et il a dessiné le système des palans. Il a poussé le dessin devant moi.

— La jument est restée là-bas jusqu'à la fin. Quand ils n'ont plus eu besoin d'elle, ils l'ont ramenée dans son pré. C'était trop tard...

— Trop tard ?

— Elle était devenue folle.

Il a hoché la tête.

— Elle marchait droit devant, un pas, un autre, comme quand elle était dans la roue, elle s'arrêtait seulement quand elle butait dans les murs. Elle se secouait un peu et elle repartait dans l'autre sens. À la fin, elle finissait à genoux. Ils ont dû l'abattre.

Il a rassemblé les miettes de pain qui traînaient sur la table, il en a fait un petit tas.

Je n'ai pas aimé cette histoire. Je le lui ai dit, Pourquoi vous m'avez raconté ça ?

— Il faut bien...

— Tu parles...

Il a souri.

Je suis restée un moment avec cette image de jument devenue folle. Butant contre les murs.

— Et vous avez gardé le phare jusqu'à quand ?

— Jusqu'en 68.

— Et après ?

— Il y avait du travail à la ferme, la Mère n'y suffisait pas. Lili s'en foutait des bêtes. Elle aidait déjà au bistrot.

68... Le naufrage des Perack avait eu lieu un an avant. Était-ce à cause de cela qu'il avait arrêté ?

— Vous étiez jeune en 68...

Il a fait glisser le petit tas de miettes jusqu'au rebord de la table. Certaines sont tombées. Un chat est venu les sentir. Pas assez affamé, il s'est détourné.

— Il y a eu d'autres gardiens après vous ?

— Pendant vingt ans oui... Et puis le phare a été automatisé et on l'a vidé de ses hommes.

Je l'ai regardé. J'ai attendu. Je ne savais pas si je pouvais aller plus loin. Si je pouvais oser.

— Vous avez arrêté à cause de l'accident ?

Il est resté un moment à fixer le petit tas de miettes. Il s'est levé. Il est allé jusqu'à la fenêtre.

— Il y a le phare. Et il y a toutes les choses autour et qui sont la vie des hommes. Mais d'abord, il y a le phare.

J'ai cru qu'il allait ajouter quelque chose, et que cette chose aurait un lien avec la mort des Perack.

Était-ce trop tôt ? Y avait-il seulement quelque chose à ajouter...

Il a juste dit, Quand je me réveille certains matins et que le vent souffle fort, il me semble que je suis encore là-bas.

Le temps était bas. Depuis trois jours c'était comme ça, un espace sans lumière, lourd d'un silence qui rendait insupportable la présence des hommes. J'étais fatiguée. Incapable de marcher davantage. De davantage supporter la lande.

Je me suis engouffrée chez Lili. Sans envie. Plutôt par habitude.

Quand je suis entrée, la Petite était juchée sur une chaise et elle regardait les photos punaisées contre le mur. Lili lui avait servi un verre de grenadine avec du lait. Avec son doigt, la Petite suivait le contour de chaque photo.

Lili était près d'elle, elle lui expliquait.

— Ce chien-là, c'était le plus laid de tous, mais les femelles étaient toutes amoureuses de lui. Il a eu des centaines de petits. Tous les chiens de la Hague sont les enfants de celui-là.

La Petite s'est tournée vers Lili. Ses grands yeux étonnés.

— Même le mien ?

— Tous, je te dis.

La Petite a étudié de très près la physionomie de ce chien à la laideur étrange.

— Il est mort ?

— Mort ? Pourquoi tu veux qu'il soit mort ! Non... Il est quelque part, parti on sait pas où.

— Il va revenir un jour ?

— Un jour... Possible que oui.

Lili a regardé du côté de la photo.

— Possible aussi qu'il ne revienne pas. On peut pas savoir.

La Petite a acquiescé. Elle a pointé son doigt sur une autre photo.

— Et la dame, là, c'est qui ?

— Ma maman... C'était il y a longtemps.

La Petite s'est retournée. La Mère était dans son fauteuil. Elle l'a observée, comme elle l'avait fait pour le chien.

Pour la Mère, elle n'a rien dit.

— Et le monsieur, c'est ton papa ?

— Oui. Et là, c'est moi.

Lili s'est redressée, elle a montré le verre de lait à la Petite.

— Tu devrais le boire pendant qu'il est frais.

La Petite est restée, le doigt collé à la photo.

— Et lui, c'est qui ?

— Lui qui ?

Lili est revenue vers elle. Elle s'est penchée.

— Un petit garçon qui venait de temps en temps parler aux bêtes dans l'écurie.

— Il était gentil ?

— Oui...

— Il jouait avec toi ?

— Non.

— Pourquoi ?

Lili a hésité.

— J'étais plus grande que lui.

— Et sa maman, elle était où ?

— Je ne sais pas. Il n'avait pas de maman.

La Petite a froncé les sourcils. Le visage grave soudain.

— Il s'appelait comment le petit garçon ?

— Je ne me souviens plus.

— Il n'avait pas de nom ?

— Si, il en avait un... Tous les enfants ont un nom.

Lili s'est éloignée de la photo.

— Michel... Il s'appelait Michel.

Elle a haussé des épaules.

— J'avais même pas fait attention que cette photo était encore là...

Elle est repassée derrière le comptoir, a rangé deux trois choses et puis elle a disparu un moment dans la cuisine, j'ai entendu des bruits de vaisselle.

Michel... J'avais déjà entendu ce prénom. Je n'ai pas eu à réfléchir longtemps. C'était celui que Nan avait prononcé avec tellement d'impatience le jour de la tempête, quand elle s'était approchée du visage de Lambert et qu'elle avait cru le reconnaître. Ce prénom, deux fois entendu. Était-ce une coïncidence ? La photo était trop loin de ma table pour que je puisse voir le visage de cet enfant.

La Petite est descendue de sa chaise, elle a sorti de sa poche un bonbon plié dans un papier brillant. Elle l'a posé sur la table, à côté du verre de lait.

Elle est venue vers moi.

— Je veux faire mes écritures... c'est ce qu'elle a murmuré de cette voix très particulière, une voix entourée de retenue.

Elle m'a tendu le crayon, je lui ai fait un modèle. J'ai écrit, *Le chien de Lili est devenu un goublin.*

Elle a écrit à son tour. Dessous, sous la deuxième ligne.

La mine s'est cassée.

— N'appuie pas si fort...

Elle a recommencé.

À la troisième fois, elle s'est trompée, elle a écrit, *Le goublin de Lili est devenu un chien.* Elle a éclaté de rire. J'ai ri avec elle. Lili était toujours dans la cuisine. La Mère a tourné la tête.

Avec la Petite, on a caché nos rires derrière nos mains.

Max nous a trouvées comme ça, en train de rire.

— Il y a un mariage au village, il a dit en collant ses coudes sur le comptoir.

— Et alors ? elle a demandé Lili.

— J'y vais pas. C'est le curé... Même pour le poser des fleurs, il veut pas que je sois là, seulement pour balayer sur le grand cheminement des mariés, ça, il me laisse, et je reviens après, quand ils sont tous partis !

Il a fait une drôle de grimace.

— Les mariages, c'est quand même pas triste comme les trous de tombes mais ça fait pleurer tout autant.

Il tournait ses mains l'une dans l'autre et il nous regardait toutes les trois, Lili, la Cigogne et moi. Il regardait la Mère aussi, et puis du côté du flipper, là où se collait Morgane.

— J'aime bien quand le curé, il demande la question et alors ils répondent oui, la fille d'abord et après c'est le garçon...

Ses yeux brillaient. Il s'est redressé, il est venu vers Lili, il lui a attrapé la main.

— Je vais marier Morgane, il a dit.

Lili n'a pas cillé.

La Mère a ouvert un peu la bouche. Même la Cigogne a montré son intérêt en se détournant de son cahier pour entendre la suite.

— On n'épouse pas les gens comme ça, elle a fini par dire en suspendant le torchon à son clou.

Elle s'est avancée vers Max.

— Il faut d'abord qu'ils soient d'accord, tu comprends ça, cousin ? Et on ne se fâche pas contre eux s'ils disent non.

Max a plié ses doigts, les uns dans les autres, presque à les tordre.

— S'ils disent non, on attend, il a murmuré.

— On n'attend pas, elle a dit Lili.

Max a insisté.

— On attend et on continue de les aimer !

Il secouait la tête.

Sur l'écran de télé, les images défilaient. Des images sans le son.

Lili a soupiré.

— Non, on change d'amour. Et on trouve quelqu'un qui nous aime en retour, ça facilite les choses.

Max regardait autour de lui comme s'il cherchait à lire dans les murs une explication à ce que venait de dire Lili.

— Ici, il y a que Morgane comme amour !

Lili n'a rien dit de plus. Elle a repris son travail et Max a fixé son dos.

Il grimaçait. Avec ses dents il pinçait les peaux mortes autour de ses ongles, il tirait dessus, doucement.

Il a fait ça un bon moment et puis il s'est détourné et il a vu la petite Cigogne. Elle était retournée à sa table, avec son verre de lait. Il s'est avancé, le visage moins triste, il a penché la tête et il a tendu la main.

— Tu me le donnes ? il a demandé en montrant le bonbon sur la table.

La Petite l'a regardé, elle a fait oui avec la tête.

Max a pris le bonbon.

Avant de partir, je suis allée voir la photo, Lili dans sa robe toute simple, les couettes, Théo et la Mère. Un chien était attaché à une corde. Le petit garçon dont elle avait parlé était debout, un peu en retrait, comme s'il passait là par hasard, surpris par l'objectif, la main levée alors qu'il s'apprêtait à caresser le chien.

— Tu avais quel âge ? j'ai demandé.

Lili a tourné la tête.

— Dix-sept...

— Et le petit garçon, c'est ton frère ?

— J'ai pas de frère.

Elle a soutenu mon regard quelques secondes, sans sourciller.

162

— C'était un gamin du Refuge, elle a fini par lâcher.

Le Refuge, j'avais lu quelque chose là-dessus dans une revue trouvée chez Raphaël.

Je me suis accoudée au comptoir.

— Tu me racontes ?

— Qu'est-ce que tu veux que je te raconte ?... C'est un bâtiment qui recevait des orphelins, et ils restaient là en attendant que quelqu'un les adopte. C'est fermé depuis longtemps.

— Ils venaient d'où, ces gamins ?

— D'où tu veux qu'ils viennent ? De Cherbourg.

— Et il était où, ce Refuge ?

— À la Roche.

J'ai réfléchi. Il n'y avait pas trente-six bâtiments à la Roche qui pouvaient accueillir des enfants.

— Tu veux dire que c'est le grand bâtiment qui est à côté de la maison de Nan ?

— Je veux dire ça.

— Qui est-ce qui s'occupait d'eux ?

— Qui veux-tu que ce soit ?

Elle ne m'a pas donné plus d'explications mais j'ai compris qu'elle parlait de Nan.

— Ces photos, c'est des vieilleries, elle a dit en se tournant vers le mur, un jour ou l'autre, il faudra que je les change.

J'étais souvent passée devant le Refuge en allant aux falaises mais sans savoir que ç'avait été une pension pour orphelins. Je n'y avais pas prêté attention et Théo ne m'en avait jamais rien dit.

Je me suis arrêtée à la barrière.

La bâtisse était construite sur deux étages, toute en longueur, avec d'épais murs de pierres grises. Au milieu de la cour, il y avait un arbre. Le lieu était entretenu et le toit semblait en bon état mais tous les volets étaient fermés. La maison de Nan était tout au bout du bâtiment, les murs de la même couleur grise, les mêmes volets, seul le toit était plus bas.

Des petites fleurs bleues poussaient sur le muret d'enceinte, des racines prises dans presque rien de terre. Un peu de mousse. Le vert émeraude de quelques fougères. J'ai eu envie de pousser la barrière. D'aller voir Nan. Qu'elle me parle de la vie du Refuge quand il y avait des enfants.

Je ne sais pas si elle était là. La porte de sa maison était fermée, mais je sais qu'il lui arrivait de se cacher quand elle ne voulait pas qu'on la voie. J'ai gratté dans le mur avec les doigts. J'ai ramené un peu de terre. Les ongles noirs. Mes lèvres étaient sèches. Avec le vent, la peau qui les recouvrait était comme du carton.

J'ai attendu encore. Nan ne s'est pas montrée et j'ai fini par rentrer à la Griffue.

Ça faisait deux jours que Raphaël était enfermé dans l'atelier. De ma chambre, je l'entendais marcher. Je voyais la lumière à travers les fissures.

Morgane disait qu'il avait commencé sa série de dessins. Que c'était pour ça qu'il s'était enfermé. Elle s'ennuyait sans lui.

Elle est montée taper à ma porte.

Elle a dit, Quand je lui parle, il ne répond pas.

— Tu ne voudrais pas qu'on sorte marcher un peu ?

Marcher, je ne voulais pas. Même un peu.

— J'ai passé la journée dehors.

Elle s'est laissée tomber sur le lit.

— Tu as fait quoi ?

Je lui ai parlé du Refuge. Je lui ai demandé si elle savait quelque chose sur cet endroit.

Elle ne savait pas.

Les mains derrière la tête, calée contre l'oreiller.

— Tu larmoies sur les orphelins toi ?

— Je larmoie pas, mais chez Lili, il y a une photo, c'est un de ces enfants, il venait voir les bêtes.

Elle a haussé les épaules. Elle s'en fichait.

— C'est du *Sans famille*, ce que tu racontes ! Et ça date de quand, ton histoire ?

— De longtemps, au moins vingt ans...

— J'étais pas là... Pourquoi tu t'intéresses à ça ?

J'ai failli lui dire que Lili avait semblé gênée de se souvenir de lui et que j'aurais aimé comprendre pourquoi. Elle a ramené ses cheveux en arrière.

— Moi, je veux faire l'amour avec des hommes ! Faire l'amour et être payée. J'ai trouvé une agence à Cherbourg.

Je l'ai regardée.

— Tu veux faire la putain !

Elle a secoué la tête.

— Non... Par téléphone, y a pas de contact. Pour ça, il faut brancher une ligne et Raphaël ne veut pas.

Elle a planté ses yeux dans les miens.

— Tu ne voudrais pas le faire toi ?

— Faire brancher le téléphone pour que tu puisses faire ça ?

J'ai cru qu'elle plaisantait.

Elle a insisté.

— C'est pas un truc plus difficile à faire que compter les oiseaux en plein vent !

Elle s'est roulée sur le côté. Et puis sur le ventre, la tête tenue entre les mains.

— Tu fais mettre la ligne, on ne dit rien à Raphaël et moi je te donne un pourcentage.

Maquerelle ! c'est le mot qui m'est venu à l'esprit.

— On pourrait travailler à deux. C'est faire l'amour pour de faux, tout ça !

Même faire l'amour pour de vrai, je n'étais plus très sûre de pouvoir.

— Alors, tu es d'accord ?

— Non.

Elle a râlé. Elle s'est levée. Elle est allée jusqu'à la porte. Elle s'est arrêtée, la main sur le loquet.

— T'es réac ! Je vais donner le numéro de la cabine et je ferai ça de là-bas. Tout le monde me verra. J'aurai des gestes et vous aurez honte.

J'avais du travail à faire, mes dessins à terminer, tout un dossier à remplir avec des conclusions à tirer sur le déclin des oiseaux migrateurs sur le domaine de la Hague.

J'ai passé la journée là-dessus.

J'ai pensé partir. J'aurais pu aller à Saint-Malo, ce n'était pas si loin Saint-Malo et on disait que c'était très beau, les remparts.

Je suis remontée vers les maisons. J'ai regardé les familles regroupées sous les abat-jour. Sur les tables, les assiettes à petites fleurs, liserés orange, débordantes de nourriture. Les téléviseurs allumés. Les ombres. En longeant l'écurie, j'ai entendu les bruits des chaînes. J'ai traversé le village.

Le dernier lampadaire. Après, c'était la nuit. C'est là que j'ai retrouvé Lambert, dans cette limite entre ombre et lumière. Son visage à peine éclairé. De loin, on aurait dit un loup isolé de sa meute. Une bête détachée.

On s'est regardés. Je me suis demandé ce qu'il faisait ici.

— C'était une belle nuit.

C'était une nuit trop noire.

Je ne voyais pas son visage.

On s'était retrouvés là comme si on s'était donné rendez-vous. On aurait dit, aux premières heures de la nuit, juste après le dernier lampadaire. Une zone imprécise où s'attendre. Un vieux pylône en bord de route.

On a fait quelques pas sur cette route et puis il a continué et moi je n'ai pas pu. À cause de la nuit. Ce noir comme un gouffre. Il a disparu entre les arbres, comme pris par la route.

J'ai entendu sa voix.

— Dix pas de plus et vous verrez la lumière...

De quelle lumière parlait-il ? J'ai fait un pas. J'ai tendu la main.

— C'est que de la nuit, il a dit.

J'ai tendu la main encore. Soudain, j'ai senti ses doigts, sa main qui a empoigné la mienne, m'a tirée plus avant. Le froid de son blouson m'a reçue comme une gifle. Ça n'a pas duré, un instant, quelques secondes, j'ai avalé l'odeur.

On s'est détachés prudemment. Sans se regarder. Le vent soufflait autour de nous, il faisait bouger les herbes. L'air était chargé de poivre. C'était dans la terre, des petites fleurs blanches qui s'ouvraient avec le soir et laissaient échapper cette odeur entêtante.

L'odeur s'est mêlée à celle du cuir.

— Vos dents, elles claquent.

J'ai serré les mâchoires. Il s'est détourné. Les étoiles étaient piquées au-dessus de nous, des milliards de petites lumières.

— C'est beau la Normandie... il a dit.

— C'est la Hague ici.

— La Hague, c'est pas la Normandie ?

— La Hague, c'est la Hague.

Il a fait deux pas.

— Vos dents, c'est parce que vous avez froid ?

Il a dénoué l'écharpe autour de son cou et il est revenu vers moi.

— Vous croyez qu'il y a un endroit encore ouvert où on pourrait prendre un café ?

— Chez Lili.

— À part chez Lili ?

— À cette heure, c'est Lili ou rien.

Il a noué l'écharpe autour de mon cou.

Je lui ai demandé s'il avait été amoureux de Lili quand il était adolescent. Il m'a semblé qu'il souriait.

Il n'a pas répondu.

Un oiseau de nuit est passé en battant des ailes. J'ai entendu le froissement de ses plumes. Les nids, quand ils ne sont plus occupés, on peut les prendre... J'en avais plus de trente. Trente en six mois. Je les mettais dans un carton. Parfois, je les sortais. Je les regardais.

La mer était trop loin. Trop noire. On était trop seuls aussi. On est revenus vers les maisons. Derrière une fenêtre, un voile s'est tiré, il est retombé sans qu'apparaisse aucun visage. L'ombre est restée derrière le rideau. Tout ce qui passait dans la rue était vu. Tout ce qui pouvait faire histoire. Rumeur. Personne n'échappait à ça.

L'Audi était garée un peu plus haut. Il a ouvert la portière. On s'est regardés.

— On dit qu'à Port-Racine, des gens se baignent toute l'année.

Il est monté dans la voiture. J'ai entendu le bruit mat de la portière quand elle s'est refermée. C'était un bruit doux, très feutré. J'ai pensé à la personne qui avait inventé ce bruit.

Lambert a fait démarrer le moteur. Il a attendu, les deux mains posées sur le volant.

Il a conduit d'une main et l'autre reposait sur l'appui de la portière. Je ne savais pas où il allait. Je ne lui ai pas demandé.

Il roulait. J'étais avec lui.

Cette nuit était étrange.

— Vous avez vendu votre maison ?

— Pas encore.

Il a roulé sur un kilomètre encore et on a traversé le village de Saint-Germain. À un moment, il s'est tourné vers moi.

— Ma mère disait que j'étais un enfant de l'amour. L'amour, la mort, ça se ressemble si on n'articule pas...

Il a regardé à nouveau la route.

— Vous, quand vous parlez, on ne vous entend pas.

Il a éteint les phares et il les a rallumés. Il a fait ça plusieurs fois. Quand les phares étaient éteints, il roulait dans les ténèbres. Il semblait aimer ça.

— C'est une nuit où tout est décousu, j'ai murmuré.

Il a souri.

Il avait des mouvements lents de quelqu'un qui a tout son temps. Il ne semblait ni pressé de vendre ni pressé de partir. Aucune urgence. Arrivé un jour de tempête, il avait dit, Je reste un jour ou deux, et il était toujours là. De passage.

Certains oiseaux se comportaient ainsi.

Il a ralenti.

Il a tendu la main.

— Regardez !

L'anse Saint-Martin éclatait dans cette nuit tellement noire, une lumière particulière venue de l'eau. Dans cette nuit vide d'hommes, la mer semblait soudain nous appartenir. Lambert a laissé la voiture descendre lentement le long de la route sinueuse.

Il s'est garé sur le terre-plein.

Il n'est pas descendu tout de suite. Il regardait de l'autre côté du pare-brise, la plage, la mer. La plage, comme une digue. Et puis il a ouvert la portière.

— Vous venez ?

J'ai fait oui avec la tête.

170

On s'est retrouvés dehors. Un moment, côte à côte. Lui, les bras croisés.

Il a souri doucement.

— Vous devriez arrêter de claquer des dents, vous allez finir par les casser.

Il s'est jeté dans l'eau comme une bête en colère. Je ne voyais rien de lui mais je l'entendais, sa respiration, son souffle pour lutter contre le froid, et le battement violent de ses bras qui fendaient l'eau. Était-il nu ? Il s'était retourné, il m'avait dit, Vous ne venez pas ?

Personne ne se baignait jamais là. À part l'été, quelques habitués.

Son corps d'homme s'est mêlé à la nuit. Pris par la mer.

Son corps de vivant.

Il a disparu. J'ai attendu qu'il revienne, les genoux dans les mains. Sous mes doigts, les galets.

J'ai regardé les étoiles.

Il a nagé encore. L'eau était froide ici, bien plus froide qu'ailleurs.

Avait-il rendu visite à Théo ? Il m'avait dit qu'il voulait lui parler, mais l'avait-il fait ? Pourquoi s'attardait-il ainsi ?

Il est remonté vers moi, la chemise roulée à la main. Le pull anthracite à même la peau.

— Vous êtes allé nager loin…

J'ai senti son regard dans la nuit.

Dans la voiture, il a mis le chauffage à fond. Ses cheveux étaient mouillés.

— J'ai eu peur que vous ne reveniez pas.

Il a écarté les doigts. Il les a refermés. Il a fait ce geste plusieurs fois.

— Il fallait que je nage...

Il a allumé les phares et il a regardé la mer. Cette partie de nuit éclairée. Il a laissé rouler sa tête sur le côté.

Et il m'a regardée comme pour ne plus voir la mer.

Il avait une chambre chez l'Irlandaise à la Rogue. Quand on est arrivés, une petite lanterne était allumée sous le porche.

La porte était ouverte. Je l'ai suivi le long d'un couloir étroit tapissé de velours rouge. Tout au bout, il y avait une pièce large encombrée de fauteuils. Des tentures lourdes tombaient devant les fenêtres.

Une femme était étendue sur un divan au milieu de gros coussins en velours. Elle regardait la télévision, une série à la mode tournée dans un grand hôpital américain. Un verre était posé sur la table. Un sac en similicuir blanc. Ça puait le parfum.

— Pas de femmes ici, elle a dit quand j'ai passé la porte.

Elle ne s'est pas retournée.

Lambert a enlevé son blouson.

— Elle ne monte pas, il a dit en jetant le blouson sur les coussins.

Il m'a montré le divan.

La fille s'appelait Betty. Ils ont échangé d'autres choses dans un anglais très rapide.

— On peut goûter ton whisky ?

Elle a tendu une main molle vers la jambe de Lambert et elle l'a laissée glisser le long de sa cuisse. Une caresse sensuelle.

— Tu es chez toi, darling.

Elle avait la voix rauque des grandes fumeuses.

Un sourire a glissé sur les lèvres de Lambert. Il est allé chercher une bouteille et deux verres. Il a rempli les verres.

Un lustre pendait au-dessus de la table, une grosse boule de papier orange avec des signes chinois. Les signes étaient tracés en noir.

Il m'a tendu le verre.

— Vous avez froid...

Parce que j'avais frissonné.

Le Glenfarclas, tu en buvais aussi, parfois. J'aimais cette odeur dans ta bouche.

Je me suis calée dans le fond du fauteuil et j'ai fermé les yeux. J'ai bu doucement en regardant la lumière briller à travers le papier de soie. Cette étrange boule ronde qui ressemblait à un soleil.

On a bu.

Il m'a parlé de sa mère.

Je ne lui ai pas parlé de toi. Il a sorti une photo de son portefeuille et il me l'a montrée. Sa mère était effectivement très belle. Le père, petites lunettes, moustaches, assez grand.

— Ils étaient très amoureux...

On a bu encore.

Betty est allée se coucher.

Il a remis la photo dans son portefeuille.

— J'ai quelques souvenirs, des détails... Une gifle que j'ai prise un jour où j'avais répondu à ma mère.

Il a souri.

— Mais je ne me souviens pas de la couleur de ses cheveux, pourtant je sais que j'aimais les toucher. Elle me laissait les brosser. C'étaient des cheveux très doux.

Il a regardé ses mains.

— Même leurs voix, j'ai oublié. Avant, quand je regardais leurs photos, je me souvenais. Je les revoyais comme avant, quand ils étaient vivants. Maintenant, je les revois plus, j'ai l'impression qu'ils sont morts encore une fois.

Il est resté un moment, les yeux perdus dans son verre.

— Mon frère est encore dans l'eau.

Il a appuyé son verre contre sa bouche.

— Quand je pense à lui... Il aurait quarante ans maintenant.

Il a bu une gorgée de whisky.

— Les années qui ont suivi, j'ai tout imaginé, qu'il s'était blotti contre un rocher, qu'un bateau l'avait récupéré. Trop petit pour dire son nom, je pensais que j'allais recevoir une lettre, un jour, et que je le retrouverais. J'étais sûr de ça, mais la nuit, dans mes rêves, je le voyais dans l'eau en train de couler.

Il a levé les yeux sur moi.

— Les secours ont retrouvé mon père, le voilier vide, ils ont cherché et ils sont rentrés. Je leur en ai voulu longtemps de ne pas avoir cherché davantage.

— C'était la nuit...

Il a secoué la tête plusieurs fois.

— Quand ils se sont noyés, je dormais.

Se sentait-il coupable de ne pas être parti avec eux ? De ne pas être mort avec eux ? Pouvait-il ressentir cela ?

— Vous êtes allé voir Théo ?

— Pas encore... Mais je vais y aller.

Il a rempli son verre et il l'a vidé sans ciller.

Il était un peu plus de minuit quand il m'a raccompagnée. Il m'a déposée à la barrière.

Morgane m'attendait à la porte.

— Tu as couché avec lui ?

Sans dire bonsoir. Sans rien dire d'autre. Elle m'a suivie dans le couloir, elle s'est collée à moi pour renifler ma peau.

— Allez, dis-moi !

J'ai secoué la tête.

— Non.

— Je ne te crois pas ! Tu pues l'alcool !

J'ai posé ma main sur la rampe.

— Il faut que je dorme...

— Vous étiez où ? Chez lui ?

— Non.

— Chez l'Irlandaise ?

Elle me tournait autour. J'avais sommeil. Elle ne me lâchait pas.

— Il t'a ramenée, il t'a posée là, devant la porte... Et tu n'as pas couché avec lui ?

— Non.

— Qu'est-ce qu'il t'a dit ?

— Rien.

— Ce n'est pas possible ! Il a bien dit quelque chose avant de te quitter ?

— Il a dit bonsoir.

Je me suis réveillée avec un mal de crâne. J'ai bu du lait chaud, les cils dans la vapeur.

Il faisait beau.

Avec Lambert, on s'était promis de se retrouver le lendemain, un rendez-vous à dix heures pour aller aux grottes. Une promesse rapide, au moment où il m'avait lâchée à la barrière. Il ne devait pas être loin de dix heures.

Je me suis avancée vers la fenêtre. Il était assis à la terrasse de l'auberge, la même table que le premier jour. Je n'ai pas eu envie de sortir. À deux, l'espace change. Le silence n'est plus du silence même si l'autre se tait.

J'ai pris une douche. J'ai mis un pull.

Quand je suis arrivée à sa table, il m'a montré le quai.

— De cette table, on voit très bien l'endroit où mon père ancrait son bateau.

Le soleil brillait. Il n'était pas chaud mais on avait quelques heures devant nous d'un temps qui s'annonçait tranquille. Pour aller jusqu'aux grottes, il fallait marcher longtemps.

Il m'a souri comme s'il me devinait.

— Ne vous inquiétez pas, je peux me taire au point d'être muet.

On est partis par le chemin du bord de mer, l'un à côté de l'autre, on est restés sans presque rien dire jusqu'aux premières maisons de la Roche. Et puis l'un devant l'autre quand on a pris le sentier. Parfois, c'était lui qui marchait devant. À d'autres moments, c'était moi. Le paysage était beau. La mer lumineuse. De temps en temps, il s'arrêtait et il regardait. Il ne parlait pas. Quand il s'arrêtait, je m'arrêtais aussi. On a continué encore et je me suis habituée à marcher avec lui. À l'anse d'Établette, on s'est regardés.

Il a dit, Ça va ?

J'ai hésité et j'ai dit, Oui, ça va.

Les grottes étaient juste au-dessous.

Il se souvenait d'avoir souvent fait cette promenade avec ses parents mais il n'était jamais descendu aux grottes. Trop dangereux. Un chemin trop instable. On a quitté le sentier et on a pris une petite piste tracée par les chèvres et qui se faufilait entre les ronciers. C'était un passage étroit, très glissant, il débouchait tout en bas sur la mer. À certains endroits, on a dû s'accrocher aux branches et glisser sur nos chaussures.

On a sauté sur la plage. Une mouette crevée flottait sur l'eau, ses ailes blanches ballottées par les vagues. Des algues noires, soulevées elles aussi. C'était un monde mouvant, plus vraiment le monde de l'eau mais pas celui de la terre. Un entre-deux.

Les grottes étaient là, celles de la Grande et de la Petite Église, celle du Lion. C'est dans ces grottes que sont nées les premières légendes de la Hague. Des légendes qui mêlent bêtes et hommes.

Les entrées étaient un peu plus loin.

On a longé la falaise.

Une fissure s'enfonçait dans son flanc. C'était une brèche étroite qui ressortait sous l'église de Jobourg.

On est entrés dans la grotte et on s'est avancés sur plusieurs mètres. On est arrivés à un endroit où, pour continuer, il fallait progresser courbé.

Sous mes doigts, j'ai senti l'humidité de la paroi. Des crânes de bêtes étaient cimentés dans la roche, j'ai passé ma main. Des squelettes d'oiseaux. Le vent les avait lissés. J'ai gratté jusqu'à décrocher un bout d'os. Dans ma bouche, le goût était salé. L'os friable sous mes dents.

On s'est enfoncés encore et on est revenus près de l'entrée.

J'ai dit, On va faire du feu.

Il restait du vieux bois. Des branches sèches. Il a sorti ses allumettes. J'ai déchiré quelques pages de mon carnet. Le bois s'est enflammé. On s'est assis autour du feu, les genoux dans les bras et on a regardé les flammes. Nos ombres dansaient contre la paroi.

— Ça va mieux ?

Il me regardait.

Je ne comprenais pas.

— Ma présence, vous supportez ?

— Oui...

Il a souri.

Il s'est allumé une cigarette. Il l'a fumée jusqu'au filtre, sans rien dire.

Je le regardais faire, ses mains tendues devant le feu. J'ai pensé à cet ermite dont monsieur Anselme m'avait raconté l'histoire. Un homme qui avait vécu plusieurs années dans cette grotte. Il buvait l'eau de la pluie et quelqu'un lui apportait du pain. Pour dormir, il avait une paillasse faite avec des tiges d'ajoncs. Quelques peaux de bêtes pour se couvrir. Des années sans voir personne. Sans parler. Face à la mer. Et un jour, il s'est levé et il est sorti. Des paysans qui étaient dans les prés ont vu passer un homme dont la barbe et les cheveux étaient tellement longs qu'ils touchaient la terre. Le temps qu'ils se redressent, l'homme avait disparu.

Lambert a écrasé sa cigarette sur une pierre. J'ai continué à gratter dans le feu. Des petites escarbilles s'en échappaient, elles s'envolaient et finissaient par disparaître, avalées par la pénombre.

Je lui ai raconté l'histoire de l'ermite. Quand j'ai eu terminé, il a eu l'air dubitatif.

— Votre taiseux, il devait quand même échanger quelques mots avec l'homme qui lui apportait le pain ?

— Non... Le pain était déposé dans un seau et le seau attaché à une corde. Ils ne se voyaient pas.

Il a hoché la tête.

— Et ça a duré combien de temps ?

— Plusieurs années. Presque dix, je crois.

J'ai creusé dans le sol avec la pointe de mon bâton. J'en ai détaché une terre brune. Je l'ai prise entre mes doigts. Elle sentait bon.

— Moi, ce que j'aimerais savoir, c'est pourquoi il en est sorti.

J'ai levé les yeux sur lui. Il me regardait.

— Ça faisait des années qu'il était là, et un jour, il s'est levé et il est parti ! Ça ne vous étonne pas, vous ?

— J'aimerais plutôt savoir pourquoi il y est entré...

— Il y a toujours mille raisons pour s'enfermer. Sortir est beaucoup plus difficile.

Il avait ramassé des petits cailloux qui se trouvaient là, sur le sol de la grotte. Il les avait gardés dans sa main. Il les faisait passer d'une main dans l'autre.

— Je vous ai parlé de mon frère l'autre soir... Pendant longtemps, je n'ai pas voulu croire à sa mort. J'avais l'impression de le trahir.

Devant nous, les branches continuaient à se consumer.

— Le notaire dit que la maison devrait être vendue dans les trois mois. Vous ne connaîtriez pas quelqu'un qui pourrait m'aider à nettoyer le jardin ?

— Max peut faire cela.

— Max, oui...

Il a frotté ses lèvres avec son pouce.

— Ne faites pas ça...

Il a levé les yeux sur moi. Je n'ai pas expliqué.
Il a reposé les petits cailloux en tas à côté du feu.

Max avait profité de ce temps épais pour venir pêcher sur les rochers. C'était un endroit à bars. Il avait mis son ciré jaune. Son seau était bleu. On l'a vu de loin.

Quand on est passés sur le chemin, il nous a appelés et il nous a montré son seau. Il n'avait pas de bars, seulement quelques maquereaux, des dorades aussi et un beau hareng. Il est revenu en marchant à côté de nous. D'habitude, ceux qui voulaient acheter du poisson étaient là, à attendre au cul des bateaux. Il n'y avait personne.

Lambert a demandé à Max s'il serait d'accord pour l'aider à nettoyer son jardin. Max n'a pas répondu.

Il s'est assis au bord du quai, et il a nettoyé ses poissons en les vidant dans les eaux du port. Les écailles, tout ce qu'il arrachait des ventres. Des gosses le regardaient faire.

Les mouettes tournaient au-dessus du seau.

Max a tranché la tête du hareng. La tête a flotté un moment entre deux coques de bateaux, l'œil rond qui fixait le ciel.

On dit que le hareng a une âme et que celui qui rencontre cette âme peut l'interroger comme on questionne un sage.

Et l'âme répond. On dit aussi que la dorade change sept fois de couleur avant de mourir.

J'ai regardé le visage de Lambert à contre-jour. Les ombres profondes dans le creux de ses joues.

Le rêve de Max, c'était de partir en mer et de rapporter un requin-taupe. Pour ça, il fallait qu'il finisse de réparer le bateau. Il disait que quand le bateau serait réparé, il aurait le grand éblouissement de la mer.

— Une taupe, ça peut peser plus de cent kilos ! il a dit en grattant les écailles au couteau.

— Et tu feras quoi de cent kilos de taupe ? j'ai demandé.

— Je négocie serré à la criée de Cherbourg et avec l'argent, j'achète de l'essence et je retourne.

— Tu vas être riche alors ?...

Il s'est marré. Il s'est tourné vers la maison. Depuis qu'on avait parlé des papillons, il les capturait. Il les enfermait dans une cage. Il voulait attendre que la cage soit pleine pour lâcher les papillons autour du visage de Morgane.

Après quelques jours, les papillons mouraient.

Une mouette a plongé devant nous et elle est remontée avec la tête du hareng dans le bec. Lambert l'a suivie des yeux.

Il s'est retourné pour regarder la maison de Théo sur le flanc de la colline.

— Vous venez avec moi après ?

J'ai suivi son regard.

— Non...

Il a hoché la tête.

Max a souri.

— Pour le nettoyage du jardin, c'est bon, j'ira !

Il a dit cela, J'ira.

Lambert a dit qu'il avait des choses à faire et il est parti. Il a pris sa voiture et il a remonté la colline. Je ne sais pas s'il allait chez Théo.

Sur la grève, un goéland a hurlé.

— Tes petits poissons, je te les achète, j'ai dit. Pour les chats de Théo.

Max a fait glisser la friture encore grouillante dans un sac en plastique. Il a fermé le sac. J'ai sorti un billet de ma poche mais il n'a pas voulu le prendre.

— C'est convenu avec lui, à la confiance, il a dit.

— Qu'est-ce que tu veux dire par là ?

Il a frotté ses mains sur son pantalon et des écailles brillantes sont restées collées sur le tissu.

— C'est convenu, il a répété en montrant la maison de Théo.

Il a pris son seau et il est parti voir si le patron de l'auberge voulait de ses poissons.

J'ai poussé la porte.

— J'amène du poisson...

Théo était au fond du couloir, en train de vider les bassines qui servaient à recueillir l'eau des fuites qui coulaient du toit. Il y en avait plusieurs. Il devait les vider souvent.

— Il faudrait changer les tuiles... c'est ce qu'il a tenté de m'expliquer en montrant le toit.

Il était calme. Les yeux, les mains. J'ai tout de suite compris que Lambert n'était pas venu. J'avais eu peur de le trouver là. Pouvait-il faire autrement que venir ? Ce passé le hantait. Il avait l'intuition de la vérité et il avait besoin de l'entendre.

Théo s'est tourné vers moi.

— Qu'y a-t-il ? Quelque chose ne va pas ?

— Non, tout va bien...

Quand il m'a vue, le chat jaune est sorti de la cuisine, il a longé le mur et il est venu se frotter à moi.

— Celui-là vous aime beaucoup... Vous avez vu, dès qu'il vous entend, il sort.

Le chat sentait les poissons à l'intérieur du sac. Théo a vu les poissons.

— Vous n'avez qu'à poser tout ça dans l'évier...

Il y avait d'autres bassines plus haut, sur les marches. Il m'a dit qu'il devait aller les chercher pour les vider elles aussi.

184

Je suis entrée dans la cuisine. La petite chatte blanche était couchée sur la table. C'était sa place, son lieu protégé. Les autres chats le savaient. Entre eux, ce n'était pas de la haine. C'était autre chose. De la défiance. De la jalousie aussi.

J'ai laissé le sac dans l'évier.

Une enveloppe était posée sur la table. Le nom et l'adresse de Théo écrits à la plume. C'était une écriture large, penchée. L'encre était bleue. Le timbre tamponné à Grenoble.

J'ai retourné l'enveloppe. Il n'y avait pas de nom derrière.

Il y avait d'autres enveloppes sur le bureau, toutes recouvertes de la même écriture. Ces enveloppes étaient regroupées dans une boîte en carton. La boîte était ouverte. Il y en avait des dizaines, peut-être cent.

J'ai soulevé le battant d'une des enveloppes. Sans sortir la lettre, j'ai lu le début, les premiers mots. *Cher Théo, Il a neigé ce matin. J'ai pu sortir et je suis allé...* La suite était cachée. J'ai glissé un doigt à l'intérieur. J'ai lu, *merci pour ta longue lettre. Je suis heureux d'apprendre que tu vas mieux et je te remercie pour ton colis. Avec les frères, nous avons partagé...* J'ai soulevé les battants d'autres enveloppes. Derrière l'une d'elles, il y avait un nom, Michel Lepage, suivi d'une adresse,

Monastère de la Grande Chartreuse
à Saint-Pierre.

J'ai remis la lettre à sa place.

Derrière la vitre, il a commencé à pleuvoir.

Théo est revenu.

— J'ai mis les poissons dans l'évier, j'ai dit en m'éloignant du bureau.

Il a vu que j'étais près des lettres. Sans doute, il avait compris que je les avais touchées.

Je lui ai montré le sac.

— C'est Max qui les a pêchés... Pour le paiement, il a dit...

— Je sais ce qu'il a dit.

Il a évalué la quantité de poissons qu'il y avait à l'intérieur et il a sorti un billet de sa poche. Il l'a posé à côté du sac. Il a fait le tour de la table et il a reposé le couvercle sur la boîte qui contenait les lettres.

Dans le silence, j'ai entendu tomber la pluie. J'ai pensé partir. J'ai pris le billet, je me suis avancée jusqu'à la porte.

Théo avait enfoncé son bonnet sur ses yeux. Il a ajouté du bois dans son poêle. Je le voyais, son dos, les épaules étroites dans la robe de chambre.

La lettre était toujours sur la table. Des gouttes de pluie coulaient le long de la tapisserie, derrière le lit. Des serpillières étaient étendues au bas du mur. Une goutte est tombée. Les chats se sont regardés. Théo a ouvert un parapluie et il l'a posé sur le lit.

— Pluies du sud, il a dit. Pas les plus froides mais elles prennent par le dessous des tuiles.

Maintenant, les gouttes tombaient sur le parapluie, elles glissaient sur le sol et allaient se perdre dans le barrage de serpillières.

Théo a déplacé la petite pendule. Toutes les heures, les aiguilles accrochaient, elle perdait deux minutes.

— Vous entendez ? Deux minutes par heure, c'est ce qu'elle perd. Un petit défaut dans le système, j'aurais dû la faire réparer...

Il a secoué la tête.

— C'est devenu comme un rendez-vous entre elle et moi, ce moment où ces deux minutes se perdent.

Il a levé les yeux, il m'a scrutée, un long moment, attentif.

— Un jour, je vous parlerai de ces lettres.

Il allait ajouter quelque chose quand la porte s'est ouverte. Le battant a cogné. Les chats ont levé la tête. C'était Nan, vêtue de sa grande robe noire et les cheveux dégoulinants d'eau. Cette eau semblait sombre et sale. Sur sa robe, elle portait un gros châle de laine tricoté.

Elle a fait ce mouvement d'entrer et puis elle m'a vue et elle est restée sur le palier, une main en prise sur sa gorge. Les doigts de son autre main étaient repliés sur quelque chose qu'elle gardait serré contre elle.

Étrange prêtresse, femme poisson, elle me semblait être sortie de l'eau ou de quelque autre monde souterrain, et portait sur sa face l'effrayant masque d'une Gorgone.

— Je m'en allais... j'ai dit.

Elle s'est plaquée contre le mur. En passant près d'elle, j'ai senti sa forte odeur de sueur et de tourbe.

Je n'ai pas vu ce qu'elle tenait caché dans sa main.

Lambert m'avait parlé longuement des disparus, de ces morts sans corps à la sépulture impossible. Nous étions ensemble dans la grotte. Le feu brûlait. Il a dit, Ce sont des morts sans preuves.

Des morts que la mer garde et pour qui il n'y a pas d'adieu.

La pénombre autour de nous avait ajouté du sens à ses mots. Des mots que j'avais entendus, retenus, et qui me revenaient.

Il avait dit, La disparition de mon frère a fait de moi un être sans équilibre. Il avait tenté un sourire. J'avais pensé à toi. Je t'avais vu, mort, mais mort déjà bien avant que ton cœur n'ait cédé. Le travail de l'ombre, jour après jour. Ce cri de démente, après, mais j'avais pu te pleurer, à devenir moi-même une morte.

Quel cri possible si tu avais disparu ?

Il bruinait déjà quand je suis arrivée à la ferme. La truie était dans la cour, les pattes dans la boue. Dès qu'elle m'a vue, elle s'est avancée. Je me suis collé le visage à son regard mouillé. Sa bonne grosse tête entre mes mains.

— Tu es toute sale, ma belle...

Ses yeux étaient doux, gorgés de larmes mais les larmes ne coulaient pas.

La petite Cigogne était à l'intérieur de la maison. Elle m'a vue et elle a toqué au carreau de la fenêtre.

Je l'ai regardée. La Cigogne était la plus grande des enfants mais je ne savais pas si c'était elle l'aînée. J'avais souvent vu le père les cogner, des baffes qu'il leur mettait du plat de la main. Les deux plus grands résistaient. Les petits, ça les envoyait voler. Ils allaient grandir. Partir.

Le père leur avait donné des surnoms, l'Aîné, le Morveux, le plus petit c'était le Pisseur. Il y avait aussi le Saule. Celui-ci avait des yeux étranges. Il n'allait pas à l'école. Les vaches aussi avaient un nom, Marguerite, Rose... Quand le père regardait leurs veaux, c'est de la viande qu'il voyait. Le prix que ça ferait au kilo sur l'étal du boucher. Je ne sais pas ce qu'il voyait quand il regardait ses gosses.

Parmi tout cela, la mère était une ombre timide qu'il m'arrivait d'apercevoir parfois dans la cour.

J'ai continué ma route.

Chez Lili, c'était l'heure creuse. La lumière au-dessus du comptoir était allumée. Je me suis avancée. La main presque au loquet. Par la fenêtre au rideau tiré, j'ai vu Lili, elle était assise à une table. Elle parlait avec Lambert. Je les voyais de profil. Il y avait des verres entre eux.

Raphaël se tenait à genoux, la joue plaquée contre le ventre de plâtre. Il disait qu'il pouvait réfléchir des heures pour un geste de quelques secondes.

— Pour l'instant, j'arrête, il a dit en se coinçant une cigarette entre les dents.

Il a plongé ses mains dans une cuvette pleine d'eau grise. Des gouttes d'eau sont tombées sur le plancher. Avec ses mains encore mouillées, il a lissé le plat des hanches, le creux fragile de l'aine qu'il a creusé du pouce, et il s'est redressé. Il s'est écarté, quelques pas et il s'est reculé, dévoilant le corps encore imprécis d'une sculpture dont le ventre évidé exprimait la violence d'un enfantement. La bouche était fermée. Mutique. Les seins tendus. Il n'y avait presque pas de visage. La chair tourmentée exprimait l'essentiel. L'armature en grillage qui avait servi de soutien était encore visible à certains points du ventre.

Il s'est reculé encore.

— Tu en penses quoi ?

Il m'a pris les mains et il m'a traînée jusqu'au ventre.

— Tu sens ? C'est une implorante.

Tout autour, l'atelier ressemblait à un vaste champ de ruines dont Raphaël semblait être le seul survivant.

Il a lâché mes mains et il a allumé une autre cigarette au mégot encore brûlant de la première.

— Dix ans que je cherche à sculpter le désir ! Dix ans à être à côté et aujourd'hui, regarde, j'ai réussi.

J'ai tourné autour de la sculpture. Les jambes longues et maigres se rejoignaient dans un amas de chairs humides d'où semblait irradier toute l'énergie.

Tout le reste du corps, tête, torse, membres, jusqu'aux seins mêmes, n'était là que pour exacerber un peu plus la force du désir.

— Morgane m'a dit que tu faisais tes dessins...

Il a levé la main comme il aurait chassé un insecte agaçant.

— Plus tard ! Plus tard !

Il s'est assis sur les marches, le corps cassé de fatigue. La nuque ployée.

J'ai rempli deux tasses d'un café chaud qu'il avait préparé un peu avant. J'en ai approché une de ses mains. Il avait du plâtre sec sur le visage. Les cheveux en bataille. La bouche défaite. Il regardait la tasse.

Il était beau soudain, beau d'être à ce point presque fou.

La tasse était un poids supplémentaire, quelque chose de devenu impossible à porter. J'ai vu sa main, les doigts autour, à peine serrés. La tasse a glissé et le café s'est répandu.

La tache sombre, aussitôt bue par la poussière.

— Ça n'a pas d'importance, il a dit.

J'ai ramassé la tasse.

L'atelier était envahi par une foule oppressante et muette, traquée par la lumière aveuglante des halogènes. La dernière sculpture trônait, sœur de toutes les autres, elle témoignait de la même obsession, faire du juste avec de l'injuste, de la passion avec de la misère.

Et du désir avec de l'absence.

C'était cela le sillon que creusait Raphaël.

— Tu ressembles à tes sculptures.

Il a levé la tête.

Il y avait dans son regard un mélange de tendresse et de douleur, une lumière propre à ceux qui vivent la vie avec infiniment plus d'acuité que les autres. Le regarder m'a fait mal.

J'ai détourné la tête.

Raphaël a fermé les yeux.

— Je ne suis pas responsable...

Je me suis demandé s'il avait voulu parler de ses sculptures ou de ce qu'était devenu son visage.

Raphaël a dormi une heure, le dos au mur. L'heure suivante, il nous a préparé des beignets.

Une vieille table était installée dans le jardin, au soleil. J'avais apporté du vin.

Les beignets étaient bons, gorgés de confiture. On mordait dedans et ça nous éclatait dans les joues. Max est venu nous rejoindre. Il était heureux. Il avait récupéré un vieux filet de pêche à la criée de Cherbourg. Le filet était étendu au milieu du jardin. Il lui fallait réparer les quelques trous creusés dans les mailles. Quand ça serait fait, il pourrait accrocher le filet à l'arrière du bateau. En attendant, il passait des heures à colmater entre les planches de la coque, avec une sorte de colle épaisse qu'il étalait à la spatule et dont l'odeur était celle du goudron.

Max nous a expliqué que, quand tout cela serait fini, il lui resterait encore à remplir la cale d'eau pour vérifier l'étanchéité du bateau.

Après ça, il s'est tu et il a regardé les traces de sucre sur les lèvres de Morgane.

Le soleil nous chauffait le dos. Il y avait quelques promeneurs sur le quai. Je me suis dit qu'on était peut-être dimanche.

On a parlé de Lambert. Morgane a dit qu'elle l'avait vu chez Lili, en début d'après-midi, en allant à Beaumont. Elle était entrée dans la salle, le temps d'acheter un pain. Il était là.

— Il la connaissait Lili, avant ?

— Pourquoi tu me demandes ça ?

Elle tenait son beignet entre deux doigts. Un peu de confiture coulait sur les côtés.

— Ils devaient se connaître vu qu'il passait ses vacances ici.

Après, la confiture a coulé sur ses doigts.

Raphaël nous regardait en se balançant sur sa chaise.

— Ton caractère... Morgane te parle, tu lui réponds à peine. T'es toujours comme ça ? il m'a demandé.

— C'est atavique, j'ai dit.

— Ata quoi ?

— Atavique... Héréditaire. Dans la famille, on est tous des taiseux.

Morgane n'aimait pas quand on se disputait. Elle l'a dit, Arrêtez de vous engueuler ! et elle a posé un baiser claquant sur la joue de son frère.

Elle a entouré son cou de ses bras et elle est restée un instant blottie.

— Le jour où tu en as marre de la sculpture, tu peux te faire pâtissier !

Elle a levé la tête.

— Tiens, on a de la visite !

C'était la petite Cigogne, elle était arrivée près de la barrière. Raphaël la regardait approcher. Il a sorti un carnet de sa poche. Il a dessiné la Petite, sa silhouette en quelques traits rapides.

Contre le mur, au-dessus de lui, des boutons de roses restés longtemps fermés s'étaient enfin ouverts au soleil. Ils étaient une dizaine, déjà, solidement accrochés aux branches et qui bravaient le vent.

La Petite est arrivée à nous.

Quand elle a vu le dessin, elle a regardé Raphaël comme s'il était un dieu.

— Un jour, je te sculpterai, il a dit en rangeant le carnet dans sa poche.

La Petite a plongé la main dans la corbeille, elle a pris un beignet et elle est allée le partager avec son chien.

— Vous connaissez quelqu'un qui s'appelle Michel ? j'ai demandé.

Morgane et Raphaël se sont regardés.

— Michel comment ?

— Lepage.

Raphaël a fait non avec la tête. Il s'est tourné vers sa sœur.

— Ça te dit quelque chose toi ?

— Non. C'est qui ?

— Justement, je n'en sais rien.

J'ai hésité. Je ne savais pas si j'avais envie de leur parler de tout cela, de Théo, des lettres.

Je leur ai juste décrit l'étrange rencontre qui avait eu lieu entre Nan et Lambert le matin de la tempête. Je leur ai parlé aussi de la photo punaisée contre le mur chez Lili.

— On voyait Lili avec ses parents, et derrière, un petit garçon que Lili a appelé Michel.

Raphaël a avalé une longue gorgée de bière. Il me regardait, un sourire moqueur sur les lèvres.

— Faut que tu t'emmerdes à un point...

— Je m'emmerde pas.

— Eh bien, qu'est-ce que ça serait ! il a dit en levant les yeux au ciel.

Après, avec Morgane, ils se sont regardés et ça les a fait rire.

Max est allé s'asseoir par terre, à côté de son filet, et il a commencé à repérer les endroits de trous dans les mailles. Pour les recoudre, il se servait d'épais fils en nylon.

— Tom Pouce.

Il a dit cela.

La première fois que je l'ai entendu, je n'ai pas trop fait attention. Ça lui arrivait d'enchaîner des mots, comme ça, plusieurs fois à la suite, sans trop savoir pourquoi il choisissait un mot plutôt qu'un autre. On a commencé à ramasser les assiettes.

Max avait toujours la tête baissée sur son filet, les jambes écartées et il répétait ce nom, Tom Pouce, avec une régularité un peu lassante.

— Tu ne peux pas dire autre chose ? j'ai demandé quand je suis passée à côté de lui, les assiettes entre les mains.

Il a levé les yeux sur moi, ses doigts perdus dans les mailles. Il portait son pull sombre de marin et un foulard noué autour du cou. Il m'a souri.

— Michel, c'est Tom Pouce !

J'ai reposé les assiettes.

— Tu connais quelqu'un qui s'appelle Michel ?

Il a fait oui, un hochement de tête et il s'est à nouveau penché sur son filet.

— C'est qui ? j'ai demandé.

Il a haussé les épaules. Sans me regarder. Il ne savait pas.

— Tu dis que tu le connais mais tu ne sais pas qui c'est ?

Il a haussé à nouveau les épaules.

— Est-ce que tu sais si c'est lui que Nan cherche quand elle est sur la plage ?

Max n'a pas répondu. Raphaël nous écoutait.

— Pourquoi tu t'intéresses à ça ? il m'a demandé en écrasant sa canette entre les doigts.

Les questions, les réponses, ce complexe tricotage de mensonges et de vérités. Les choses dites en décalé, celles dites seulement en partie et celles qui ne le seront jamais. Toutes les teintes du contre-jour.

J'avais appris ça avec les cormorans.

Quand un cormoran avale un poisson, c'est toujours la tête en premier. Leur estomac digère par étapes. Un jour, j'ai trouvé un cormoran mort, je l'ai éventré, à l'intérieur de son estomac, la moitié du poisson qu'il venait d'avaler était encore intacte alors que tout le reste était en bouillie.

J'ai tenté d'expliquer cela à Raphaël.

— Quand on ne se questionne plus, on meurt...

Il a haussé les épaules.

— Trop cérébrale...

Morgane riait, le dos au soleil.

Max s'est relevé.

— Il était d'une petitesse extrême, il a dit en prenant le dernier beignet qui restait dans l'assiette.

Il l'a regardé, il a regardé Raphaël, il a glissé le beignet dans sa poche et il s'est frotté les mains.

— Moi, je disais toujours comme ça, Bonjour Tom Pouce ! Après, il a quand même grandi jusqu'à être d'une démesure normale mais j'ai continué à dire, Bonjour Tom Pouce.

Il a traîné son filet pour le mettre au soleil.

— C'est la continuation du nom, même quand les choses changent, il faut respecter.

— Il habitait où, Tom Pouce ? j'ai demandé.

Il a pointé son doigt vers les maisons de la Roche. Raphaël a haussé les épaules.

Max s'est assis à la table.

— On avait le même positionnement à l'école, son coude là et le mien juste à côté

Il m'a tirée par la manche et il m'a fait asseoir à côté de lui pour me montrer comment ils étaient, deux écoliers côte à côte.

— On partageait la même observance des choses et du grand savoir.

Il a ri doucement, derrière sa main, les doigts écartés.

— Tom Pouce avait plus de contenance, il a dit en tapant de la main sur son crâne. Il disait que ma contenance à moi était moins vaste mais tout aussi méritante.

Je l'ai regardé. Ce souvenir semblait le rendre heureux.

— Tom Pouce avait raison, j'ai dit, ta contenance est très méritante.

Il a rougi, confus.

Je lui ai demandé s'il savait où il était et si ses parents vivaient encore ici, mais pour tout cela, il a répondu qu'il ne savait pas.

— Son nom de famille, tu le connais ? Lepage, ça pourrait être ça ?

Il m'a regardée.

— Max ne sait pas de telles choses.

Max s'est plongé dans son filet et j'ai rentré les verres qui restaient sur la table.

— Moi, j'étais coiffeur avant, a dit Raphaël en glissant ses doigts dans mes cheveux.

En six mois, mes cheveux avaient poussé, indociles. Je ne les peignais pas.

— Tu étais vraiment coiffeur ?

— Demande à Morgane.

— Pas la peine...

Il est allé chercher sa caisse. Il y avait tout ce qu'il fallait à l'intérieur, des ciseaux, des rasoirs, une tondeuse.

— Si tu veux que je te les coupe, faut venir tête mouillée ou alors te laisser couper à sec.

— Je n'aime pas être coupée à sec.

Il a écarté les mains. Je suis remontée dans ma chambre. Mon visage dans le miroir. J'ai fait couler l'eau. Je me suis lavée au lavabo, le dos cassé. Je me suis relevée, la nuque en feu. J'ai enroulé une serviette autour de mon cou et je suis redescendue. Raphaël m'attendait.

Dans la cour, ça puait l'odeur de goudron qui s'échappait du produit que Max passait sur la coque de son bateau. Le pot était là, à quelques mètres, les pinceaux.

Raphaël a râlé.

— Tu ne pourrais pas foutre ça ailleurs !...

Il m'a fait asseoir sur la caisse.

— T'as pas plus rêche, il a demandé quand il a touché la serviette.

J'avais mon dos contre son ventre, ses mains sur ma nuque. Le contact.

— Relax, il a dit.

Il a démêlé mes cheveux avec un peigne à longues dents.

— Tu t'es lavée avec quoi ?

— J'avais plus de shampooing.

— Tu t'es lavée avec quoi ? il a insisté en me tirant la tête en arrière pour m'obliger à répondre.

— Au savon…

Il m'a lâchée.

— Mal rincé, il a dit.

— Pas facile au lavabo.

J'ai laissé aller ma tête. La lame froide sur ma peau, je sentais le bruit mordant des ciseaux. J'ai fermé les yeux. Les mèches sont tombées.

— Pas trop court quand même…

— Te bile pas.

Il a coupé sur les côtés.

La Cigogne est venue ramper sous la table, entre mes pieds, elle a récupéré mes cheveux.

Avant, j'avais un caniche, a dit Raphaël en montrant le chien de la Cigogne qui nous fixait de ses yeux soumis.

Raphaël a continué à couper sans rien dire. Je pensais à ce qu'avait dit Max. Michel et lui devaient avoir le même âge, quarante ans, peut-être un peu plus. Est-ce que c'est lui qui écrivait à Théo ? Cette écriture large, appuyée.

Raphaël a passé ses doigts dans mes cheveux.

— Ça va comme ça ?

— Tu n'as pas de miroir ?

J'ai glissé ma main. C'était pas mieux. Pas pire. Pas de sèche-cheveux non plus. Il a frotté à la serviette.

— T'as pas fait un peu trop court ?

— La mode, Princesse, la mode.

J'ai passé la main.

— Y a pas des trous sur les côtés ?...

— La mode aussi, a dit Raphaël.

Il a souri.

La Petite est venue voir.

— Il lui est arrivé quoi à ton caniche ? j'ai demandé en me relevant.

— C'est des clandestins de Cherbourg, ils l'ont bouffé.

— Pourquoi ils ont fait ça ?

— Ils avaient faim, faut croire...

— Bouffer un chien, c'est dégueulasse...

Raphaël s'est marré. La Cigogne aussi. Jusqu'à la Petite Douce qui s'est mise à japper en courant ventre à terre dans la cour.

J'ai ri avec eux. Après, je suis restée un long moment dehors, sur le banc, la tête au soleil.

Le soir, dans la cour, la lumière des étoiles prise dans les vagues. Des lumières tremblantes. Comme noyées.

La brume remontait de la mer. Elle avait égaré des marins, coulé des bateaux. Des capitaines de vaisseaux qui étaient devenus fous de ne plus rien apercevoir.

Un cargo remontait au loin en direction de l'Angleterre. La corne de brume vibrait à intervalles réguliers comme un glas fantôme. Je ne voyais plus rien des maisons de la Roche. Plus rien de la plage. Même les oiseaux s'étaient tus. Seules les lumières de ce cargo au loin, et dans le ciel, quelques oiseaux de nuit qui survolaient la Hague telles des ombres chinoises. Ces oiseaux, c'étaient des migrateurs. Depuis quelques jours, ils arrivaient par dizaines et il continuait d'en arriver encore, des vols rendus difficiles à cause de la brume. Pourquoi volaient-ils ainsi, si près de la maison ? Les oiseaux ne s'arrêtaient pas, ils continuaient plus au sud, la Camargue sans doute, l'Afrique peut-être. Ils allaient sur mes terres d'avant.

Une aile a frôlé ma fenêtre. L'oiseau s'est ébroué, un instant rendu saoul par la violence de sa propre peur. Est-ce ma lumière qui les attirait ? Ce point pourtant à peine lumineux mais dans cette épaisseur de brume, sans doute il leur donnait l'illusion d'être une lanterne.

Des oiseaux, il en mourait par centaines dans les lumières. Des oiseaux comme des grands insectes. Ils s'écrasaient. J'ai éteint la lampe. J'ai regardé derrière la fenêtre.

Théo a dit, Il vous faudrait aller passer une nuit là-bas, vous faire déposer.

Là-bas, le phare.

J'ai collé mon visage. Le phare était encerclé de ténèbres, il défiait les vagues et la nuit.

Le comportement des oiseaux changeait par temps de brume. Il changeait aussi par temps d'orage. Le comportement des hommes aussi.

Théo avait-il éteint le phare cette nuit de naufrage ? La lumière du phare est pulsée par une lanterne qui a la puissance d'un cœur. Une pulsation lourde, violente.

Cette lampe, comme une multitude d'halogènes regroupés en un seul faisceau vers lequel les marins tournent inlassablement le regard.

La Petite s'était glissée tout au fond du poulailler, dans ce sombre endroit de nids où pondaient les poules. Elle m'a fait signe. J'ai poussé la barrière et je l'ai suivie. Ça sentait la plume. Dans la pénombre, mes doigts frôlaient la paille, la fiente, sur les barreaux en bois des perchoirs.

La Cigogne fouillait au fond des caisses, ramenait des œufs qui me semblaient blancs.

Elle déposait les œufs dans son panier.

Je la regardais faire. Cigogne, ce nom étrange qu'elle portait et personne ne pouvait me dire qui le lui avait donné. Qui le lui avait collé au point qu'ils en avaient tous oublié son vrai nom. Et qu'au plus profond d'elle, depuis ce jour, il lui était impossible de se nommer autrement.

Lili disait d'elle qu'elle était un chiffon. Elle disait aussi que sourire, c'était ce que la Petite faisait de mieux. Ça et les barres bien appuyées sur les pages de son cahier.

On est ressorties. Ce passage presque violent, de la nuit à la lumière.

Lambert était côté route, appuyé à la barrière. Il a appelé la Petite.

— Je t'en achète six !

Elle a tendu la main et elle a échangé les œufs contre les pièces.

Lambert s'est tourné vers moi. Il m'a montré les œufs.

— On va se faire une omelette ?

Les omelettes, je n'aimais pas ça.

Il a fait quelques pas. Je me suis souvenue d'une chanson de Mouloudji, je l'ai fredonnée, doucement, *Un jour, tu verras, on se rencontrera, quelque part n'importe où...*

J'aimais bien écouter Mouloudji, avant, avec toi.

La vieille Nan remontait la rue, le même trottoir, devant nous. Ce n'était pas son heure mais depuis quelque temps, on la voyait partout, le front bas, elle parlait seule. La Mère la guettait de derrière la fenêtre, son ombre voûtée sur le déambulateur. Quand Nan est arrivée à la terrasse, la Mère est sortie. Elles se sont regardées, deux vieilles comme deux haines. Elles ne se sont rien dit. La Mère a fait entendre un long chuintement et Nan a craché.

Avec Lambert, on s'est regardés, on a longé le mur. On est entrés chez lui. Des escargots petits comme des têtes d'épingles étaient collés par dizaines contre les pierres autour de la porte.

La clé était dans la serrure.

La cuisine, basse de plafond avec des poutres sombres et une table de ferme au milieu. Il a posé les œufs sur la table.

Il a fouillé dans les placards.

Il a fini par en sortir une poêle. Une bouteille d'huile prise dans un carton posé sur un meuble bas à côté de l'évier. Quelques courses qu'il était allé faire à Beaumont.

Il m'a dit que la maison avait été louée les deux mois de l'été dernier et aussi pour les vacances de la Toussaint.

Il a cassé un œuf, un coup sec sur le rebord de l'évier.

— En 2000, j'ai même réussi à la louer l'année entière, à un écrivain parisien.

Des braises chaudes vibraient encore dans le foyer de la cheminée. Du bois à côté, dans une caisse. J'ai remis quelques bûches, un peu de papier, les flammes ont repris. Une grosse poutre sombre servait de linteau juste au-dessus. Des restes de peinture rouge étaient pris dans le bois. Une date gravée, 1823, l'année des vingt-sept naufrages. Beaucoup de toits dans le village avaient été faits avec le bois des navires qui s'étaient échoués cette année-là.

Je me suis approchée de la fenêtre. Des araignées aux longues pattes très fines avaient tissé leurs toiles dans l'encadrement de bois. Des abeilles à l'abdomen lourd s'étaient prises dans ces toiles. Mortes depuis longtemps, elles s'étaient desséchées.

J'ai levé les yeux. La vieille Nan était à la route. Les mains accrochées à la grille, elle regardait la maison. Un moment après, elle a disparu.

J'ai posé deux assiettes sur la table.

— Monsieur Anselme dit que ce vaisselier provient du naufrage d'un bateau.

Lambert a fait oui avec la tête.

— J'en ai entendu parler. Celui d'un Sir quelconque...

— Sir John Kepper.

Il a arrêté le feu sous la poêle.

— Il faudrait du pain mais on n'en a pas. On n'a pas de vin non plus !

Il a jeté un coup d'œil dehors, la terrasse chez Lili.

— Vous pourriez traverser et aller demander deux verres en face...

— Je pourrais oui...

— Mais vous ne le ferez pas ?

J'ai secoué la tête.

— Non, je ne le ferai pas.

Ça l'a fait rire.

Il a laissé glisser les œufs dans les assiettes. Il a fouillé dans son carton à la recherche de quelque chose qui pouvait remplacer le pain, il en a sorti un paquet de biscuits. Il m'a regardée, interrogatif. C'étaient des Figolus.

On a préféré manger les œufs tout seuls et tant pis pour le pain.

Il m'a montré, autour de lui.

Deux petits cygnes en porcelaine rouge, posés sur la table. Les dos formaient un creux qui contenait du sel.

— Il y a des choses qui ont disparu... les assiettes du vaisselier, et ces choses qui ont disparu ont été remplacées par d'autres. Mais ces deux cygnes, ils étaient déjà là du temps de mes parents.

On a mangé les œufs en regardant les porcelaines.

— La prochaine fois, je vous ferai des ormeaux, ça sera meilleur.

Il m'a raconté qu'avec ses parents ils habitaient Paris. Ils avaient une 4L, quand ils venaient ici, son père accrochait les valises sur le toit. Ils s'arrêtaient toujours à Jumièges, hiver comme été, ils se promenaient une heure dans les ruines et ils repartaient. L'hiver, le site était fermé, ils se promenaient quand même.

— J'aimais bien les vacances ici. On arrivait, on ouvrait les volets et on descendait voir la mer.

Il souriait à ces images.

— C'étaient des vacances interminables, surtout celles d'été, on était là pour deux mois, on ne pensait jamais à la fin... jusqu'au jour où on voyait ma mère ressortir les valises et alors là, quelque chose de lourd s'abattait sur nous. On devait tout ranger, enlever les draps des lits et mon père refermait les volets. Sur le retour, on ne chantait pas et on évitait Jumièges.

Il m'a montré un carton posé par terre, contre le mur.

— Regardez ce que j'ai trouvé !

C'étaient des dessins.

— Ma mère nous en faisait faire quand il pleuvait.
Il pleuvait souvent, ça a fait beaucoup de dessins.

Il s'est tu un long moment et il a dit, Je me souviens
d'elle quand elle était penchée à la table et qu'elle dessinait.

Je suis allée chercher le carton, c'est en revenant
vers la table que j'ai vu le visage de Nan derrière la
fenêtre. Elle était revenue.

J'ai posé le carton sur la table et j'ai sorti quelques
dessins. Lambert avait raison, il y en avait beaucoup.

— Je les ai trouvés comme ça, dans ce carton, au
fond de l'armoire.

Il a montré l'armoire derrière lui.

La plupart étaient des dessins d'enfants mais certains avaient été faits par un adulte.

— La mère de Lili raconte qu'elle a vu de la lumière
derrière les fenêtres certaines nuits.

— Possible... Le cantonnier surveillait mais il ne
pouvait pas tout faire. Une famille de loirs a niché
dans la pièce à côté... Vous, là où vous habitez, c'est
presque dans la mer ?

Comment lui dire ? La Griffue, c'est comme une
île, mais en plus violent, parce que encore reliée à la
terre et incapable d'être ce qu'elle est vraiment.

— Oui, presque... j'ai répondu.

J'ai regardé d'autres dessins. Je lui ai montré, en
bas de certains, on lisait son prénom.

Il a hoché la tête.

— Les rideaux à fleurs à l'étage, c'est chez vous ?

— Ils étaient déjà là avant...

Les dessins que je regardais, je les posais sur la
table. J'en reprenais d'autres. Le temps avait terni le
papier mais les couleurs étaient toujours là.

— Pourquoi ils sont enterrés ici, vos parents ? Vous
habitiez Paris.

Il a secoué la tête.

— C'est une de mes tantes qui s'est occupée de tout ça. Je crois qu'elle a pensé qu'ils auraient voulu rester là où était Paul.

Je l'ai regardé, un dessin à la main.

Qui l'avait aidé à grandir ? Après combien de cris, de larmes avait-il pu s'éloigner de la douleur et rendre sa vie enfin supportable ? Je l'ai regardé encore, et il y a eu cette intime seconde où il a cessé d'être un inconnu. J'ai eu peur de ça. Une peur violente. J'ai pensé le fuir.

— La nuit dernière, le ciel était tellement noir, les étoiles semblaient buter contre ma fenêtre. En tendant la main, j'aurais pu les toucher.

J'ai pensé à toi.

J'ai croisé ses yeux.

Je ne me suis pas détournée.

La plupart des dessins étaient de lui mais sur d'autres feuilles, on voyait des crayonnages désordonnés comme seuls en tracent les très jeunes enfants.

Chaque dessin était daté.

— Vous ne voulez toujours pas m'accompagner chez le vieux Théo ?

— C'est une obsession ?

Il a souri.

— Théo n'est pas facile, on n'entre pas chez lui comme ça.

— Vous y êtes bien entrée vous ?

— Je m'occupe des oiseaux.

— Et alors ?

— Il s'en occupait aussi avant, ça nous a fait un sujet autour duquel discuter.

Il a pris mon assiette, l'a posée sur la sienne.

— C'est pas le même, mais moi aussi j'ai un sujet autour duquel on pourrait discuter.

— Allez-y tout seul.

Il a porté les assiettes dans l'évier.

— Sans doute que je vais le faire. Je veux qu'il me dise qu'il a éteint le phare.

— Ça sert à quoi de savoir ?

Il est resté appuyé contre l'évier. Les bras croisés.

— Vous le protégez ?

— C'est pas ça...

Il a souri doucement.

— J'ai un problème aussi avec Max.

Il a prononcé ces mots sur le même ton tranquille.

— Personne n'a de problèmes avec Max...

Il a hoché la tête.

— Moi, si.

— C'est à cause de vos renoncules ? Max a toujours pris des fleurs et il en prendra encore. Tout le monde le sait ici, on ne va pas en faire une histoire.

— C'est pas pour les renoncules...

— C'est pour quoi ?

Il est revenu vers la table, il s'est allumé une cigarette.

— Le médaillon de mon frère qui était sur la tombe... il a disparu.

Il a jeté l'allumette dans les flammes. Je ne pouvais pas le laisser croire ça.

— Max prend les fleurs, il ne prend rien d'autre !

Il a hésité un moment, et il a dit, J'aimerais juste retrouver cette photo...

Son visage, à cet instant, j'aurais voulu le voir dans la lumière.

J'ai dit, Votre visage...

Il a passé la main pour chasser les ombres. Sa main sur sa bouche aux lèvres lentes.

Sans doute Lambert avait-il vu le visage de Nan collé à la vitre. Je l'ai vu se crisper.

— Excusez-moi...

Il est sorti. Il est revenu un moment après, il tenait Nan par le bras. Il a tiré une chaise et il l'a fait s'asseoir.

— Je prépare du café, ça vous va ?

C'est ce qu'il a dit. Nan a souri. Elle a ramené ses mains, l'une dans l'autre, dans son giron, et elle est restée assise, les yeux collés à Lambert. Ses mouvements, c'est eux qu'elle suivait. C'était étonnant de la voir faire cela.

Elle semblait calme aussi.

— Buvez pendant que c'est chaud, il a posé une tasse devant elle.

Elle a regardé la tasse, le café qui fumait.

Il s'est assis en face.

— Je ne suis pas l'homme que vous recherchez...

Il lui a expliqué longuement qui il était et pourquoi il était là.

Nan était attentive à lui, à ses lèvres, au son de sa voix mais elle ne l'écoutait pas. Il a dû s'en rendre compte parce qu'il a arrêté de parler.

Dans le silence, Nan a souri.

— Michel... elle a dit.

Il a regardé autour de lui, désorienté. Il s'est tourné vers moi.

— Dites-lui, vous !

— Qu'est-ce que vous voulez que je lui dise ?... Que vous n'êtes pas celui qu'elle cherche ? Vous voyez bien qu'elle ne veut pas l'entendre...

— Attendez ! Ce gars, il était sur le bateau ?

— Je n'en sais rien...

Je l'ai regardé.

— Peut-être qu'il y était, peut-être aussi que c'est quelqu'un d'autre...

Lambert a secoué la tête.

— Mais je ne suis pas celui qu'elle cherche... On ne peut pas lui laisser croire ça.

Il s'est tourné à nouveau vers Nan et il lui a dit cela. Nan frottait ses mains l'une contre l'autre. Elle semblait très agitée soudain. Elle ne pouvait pas entendre ce qu'il disait, elle ne voulait pas, alors, comme il continuait à répéter qu'il n'était pas Michel, elle a plaqué ses mains sur ses oreilles et elle a serré très fort.

C'est devenu tendu dans la pièce, autour d'elle, une confusion terrible dans son regard, j'ai cru qu'elle allait crier.

Lui aussi s'en est rendu compte. Il a approché sa main de son bras, il ne l'a pas touchée. Elle a regardé cette main, ce geste.

Elle s'est levée et elle s'est avancée vers la porte. Avant de l'ouvrir, elle s'est retournée et elle a regardé Lambert. C'est comme si elle venait de comprendre quelque chose, le sens peut-être qu'elle pouvait donner à ce geste. Elle a souri et son sourire m'a fait frissonner.

Après, elle est partie.

Avec Lambert, on s'est regardés. On a voulu boire notre café mais il avait refroidi.

— On s'en fait un autre ?

J'ai fait oui avec la tête.

Il a vidé les tasses dans l'évier. Cette visite de Nan l'avait troublé. Il ne voulait pas le montrer mais ses gestes, plus nerveux, le trahissaient.

— Je ne peux pas lui en vouloir... Quand des gens disparaissent, ceux qui les aimaient croient longtemps qu'ils ont réussi à ne pas mourir. Je ne sais pas si ça aide.

Il est revenu avec deux tasses pleines. Il les a posées sur la table.

— Il faudrait que la mer rende ses cadavres. Qu'on puisse les toucher, les voir ! Ça vous écœure ce que je dis ?

— Non.

Il a repris sa place en face de moi. J'ai eu envie de lui expliquer.

— Lui, c'est peut-être autre chose...

Il m'a regardée.

— Vous pensez à quoi ?

— Quelqu'un qu'elle a connu et qui serait parti. Et dont elle attend le retour.

J'ai levé les yeux.

— Quelqu'un de vivant... Un garçon que Max appelle Tom Pouce.

Il a réfléchi à cela.

L'instant d'après, une voiture s'est garée devant la maison, trois personnes en sont descendues. C'était le notaire de Beaumont qui amenait des visiteurs.

Avec Lambert, on s'est retrouvés en fin de journée, au bord des rochers devant la grande croix du Vendémiaire. Il se promenait. J'étais là.

Max était parti très loin, sur la digue, je suivais des yeux sa silhouette haute et chancelante qui s'éloignait en titubant en direction du sémaphore.

Lambert s'est avancé. Je lui ai montré Morgane, étendue au soleil, en contrebas. Max l'avait regardée, sans doute longtemps, trop longtemps et quand la regarder n'était plus supportable, il était obligé de faire cela.

Obligé de fuir.

Il allait se terrer après le sémaphore, dans des creux de terre qui ressemblaient à des grottes.

Lambert a collé ses yeux à mes jumelles. Il regardait Max. Il regardait la mer aussi, du côté des îles.

On a parlé d'ici.

— Et votre maison, elle est vendue ? je lui ai demandé à cause des visiteurs du matin.

— Je sais pas...

Il a répondu sur un ton indifférent.

— En ce moment, vous, vous avez un truc précis à faire ?

J'avais.

J'étais même en retard. C'est ce que je lui ai dit.

Il y avait des oiseaux qui migraient avant, et qui ne migraient plus. D'autres, qui suivaient leur route en se contentant de survoler la Hague et qui s'arrêtaient à présent. On voulait comprendre pourquoi il y avait de tels changements. J'avais fait des repérages. Ce n'était pas suffisant. Il fallait que j'en fasse encore et que je note tout ça au propre. J'avais trois jours de retard. Après, on allait baguer.

Lambert m'écoutait en fixant le phare avec les jumelles. Il le détaillait avec infiniment d'attention.

— Je voulais dire, on aurait pu aller dîner ensemble... Il y a un restaurant à Jobourg, les Bruyères, il paraît qu'on y mange bien.

Je l'ai regardé.

— Il va pleuvoir, j'ai dit en montrant le ciel.

Il a tourné les jumelles du côté du sémaphore. Max était loin, presque invisible sur le chemin.

Il a souri.

— Ma mère aussi elle disait ça, il va pleuvoir, quand elle ne voulait pas aller là où allait mon père. Je ne sais pas si elle croyait vraiment à cette idée de pluie ou si c'était seulement qu'elle avait besoin de se retrouver seule.

Il m'a rendu les jumelles.

On a commencé à marcher.

— Depuis que je suis ici, je me souviens davantage d'elle. Quand mon petit frère est né... Elle disait qu'il était plus fragile que les autres. Je ne sais pas si c'était vrai.

— Théo a un chat comme ça.

— Comment ça ?

— Plus fragile que les autres. Il dit que celui-là, il faut l'aimer davantage.

Il a fait oui avec la tête.

— Il me semble que ma mère aimait Paul de cette façon-là... comme si elle sentait qu'il n'allait pas grandir. C'est idiot ce que je vous dis...

— Vous pensez qu'elle l'aimait plus que vous ?

Il a réfléchi.

— J'étais déjà grand quand il est né.

Il a enlevé son blouson. Il a fait cela comme ça, d'un coup, sans me prévenir. L'air était vif. Il a respiré plusieurs fois, de longues inspirations.

— On habitait un quartier tranquille à Paris. Il y avait un magasin de jouets pas loin de chez nous, le Pain d'épice, ça s'appelait. Ma mère travaillait là-bas. C'était un très vieux magasin… dans un passage couvert, passage Jouffroy… Beaucoup de jouets que nous avions venaient de ce magasin. Le soir, avec mon père, on venait attendre ma mère. Il y avait un endroit où on entrait pour manger des gâteaux… Une sorte de salon… Je me souviens des femmes, de leurs odeurs…

Il est resté à regarder la mer, le blouson sur l'épaule.

— Quand mon frère est né, ma mère a arrêté de travailler mais on a continué à aller se promener là-bas. Je me demande si ce magasin existe encore…

Il a parlé des mains de sa mère.

J'ai regardé les siennes. Il en aurait fallu dix de ses mains à lui, pour en faire une seule des tiennes. Je les avais aimées, tes mains, avant même de les connaître. Il m'avait suffi de lui voir. Jusqu'à la fin, jusqu'au bout, les dernières fois, quand tu n'avais plus la force de m'aimer. Plus l'envie. J'attendais que tu dormes. Je tournais autour de ton lit. C'était un besoin animal. La paume de tes mains plaquée contre mon visage, je respirais dedans. Ta peau était devenue sèche. Salée. Elle sentait le médicament. Je fermais les yeux. Je m'entendais gémir. Je respirais encore. J'aurais voulu mourir étouffée et qu'on m'enterre avec toi.

Lambert m'a tirée par le bras. Il me regardait bizarrement. Qu'est-ce que j'avais dit ? Qu'est-ce qu'il avait compris ?

Il souriait doucement.

Il a sorti son paquet de cigarettes.

On est allés jusqu'aux pierres de la digue.

Après, le soleil s'est caché et il a commencé à faire froid. Morgane est remontée de la plage. Arrivée à la croix, elle nous a vus, elle nous a fait un grand signe, de loin, mais elle n'est pas venue vers nous.

— Celui qui vous a coiffée... Vous avez des trous... là et puis là...

Il a dit ça sans me regarder. Après, on est partis chacun de notre côté.

On n'est pas allés au restaurant ce soir-là.

Je suis restée un moment, seule, sur la plage. J'ai trouvé une bille de verre entre les rochers. Je l'ai glissée dans ma poche.

Le lendemain, quand j'ai rencontré la petite Cigogne, je la lui ai donnée.

Elle a regardé mon visage à travers la bille, et puis la cour, les arbres, elle a regardé le chien.

Elle a passé la matinée à jouer avec et quand je l'ai revue l'après-midi, elle m'a dit qu'elle l'avait perdue.

Elle se souvenait très bien du moment où elle l'avait et du moment après quand elle ne l'avait plus. C'était une jolie bille pourtant. Elle n'en avait jamais eu des comme ça. On l'a cherchée partout, dans la cour, dans ses bottes.

On a renversé le cageot de coquillages pour voir si la bille n'était pas tombée au fond. On a trouvé des coquilles d'escargots, des carapaces de scarabées. On a écouté battre la mer dans les coquillages. On a chanté un peu et on a oublié la bille.

Je ne sais pas pourquoi j'ai parlé de cette bille à Théo mais quand il m'a entendue, son regard s'est allumé.

— Suivez-moi.

Il m'a entraînée dans le couloir. Il a commencé à grimper les marches de cet escalier fragile sur lequel était déposée une succession de bassines. Il montait doucement, une main accrochée à la rampe. Au premier palier, il s'est arrêté pour reprendre son souffle.

— De là-haut, vous pourrez voir la mer...

La petite chatte blanche nous précédait de quelques marches. On est arrivés sous les toits, dans une sorte de vaste grenier encombré de vieux meubles et de caisses.

— Faites attention...

Les poutres étaient basses. Le plancher en piteux état. Dans l'angle de toit, sous la lucarne, il y avait un petit tas d'os blancs que Théo a repoussé du pied.

— C'est les chouettes, il a dit, elles nichent, on ne peut pas les empêcher.

Les os étaient blancs, tellement fins, on aurait dit des aiguilles. À côté des os, il y avait un crâne. Rat ? Mulot ? Un petit escabeau en bois était ouvert sous la lucarne.

— D'ici, par temps clair, on voit tout de la mer... On voit le phare aussi.

Il est monté sur l'escabeau et il a soulevé la fenêtre. Il est resté un moment là-haut, la tête au vent, les yeux dans le ciel. Ses jambes tremblaient à cause de l'effort que ça lui demandait de se tenir ainsi immobile.

J'ai regardé autour de moi. Objets oubliés, perdus, chaises inconfortables, ombrelles d'un autre temps... Il y avait, là autour, toute une accumulation de choses étrangères les unes aux autres, et pourtant reliées dans une sorte de connivence sensible. Qu'y avait-il à l'intérieur de toutes ces caisses ? Quels secrets ? Quels mystères ? Rien que des vieux chiffons peut-être. L'encombrement des greniers ressemble parfois à celui des mémoires.

— À vous maintenant...

Théo est descendu et j'ai pris sa place, les mains dans les tuiles, la tête dans le toit.

Je voyais les prés et puis la mer, la mer partout, massive, puissante. Avec ce ciel bas, elle avait pris sa teinte de métal. Fécamp était juste là, derrière ce bras de mer. En face, l'Angleterre... Les maisons de la Roche, sur la gauche. Parmi tous les toits, celui du Refuge, plus long que les autres. Les tuiles claires à côté, la maison de Nan. Je regardais. Le vent me desséchait les yeux. La Hague n'est pas une terre comme les autres. Peu habitée, hostile aux hommes. J'apprenais d'elle chaque jour, comme j'avais appris de toi. Avec la même urgence.

J'ai fini par refermer la lucarne. Théo m'attendait, assis sur une caisse.

Il m'a regardée approcher.

— Au début, je passais des heures ici. J'en oubliais de manger. Debout, derrière cette lucarne, comme dans mon phare.

Il s'est levé.

— C'est une maladie la mer, vous savez...

Ses pantoufles frottaient sur le plancher.

Il a ouvert le battant d'une armoire et puis un tiroir duquel il a sorti un petit écrin de cuir.

— Ce coffret vient de Hollande, il appartenait au capitaine d'un bateau, son nom est inscrit là, regardez, Sir John Kepper... Son bateau a coulé.

Le couvercle était maintenu sur les côtés par deux petits fermoirs en argent. Il les a détachés. Les billes étaient à l'intérieur, dans des niches de velours. L'une des niches était vide.

— La bille que vous avez trouvée pourrait être celle qui manque...

Il a posé le coffret sur la caisse.

— Si vous l'avez trouvée une première fois, vous la trouverez encore.

Il a présenté une agate à la lumière.

— Parfois, les objets survivent et ce sont les hommes qui meurent.

— Sir John Kepper ? Ce n'est pas lui qui hante la maison en face de chez Lili ?

— Des foutaises tout ça ! Les bateaux coulent, les capitaines avec...

— Lili dit que...

— Au diable ce qu'elle dit !

Il a remis l'agate à sa place, a sorti une autre bille qu'il a fait rouler dans sa paume. C'était une bille en bois, très légère. Il y avait aussi des billes en os et d'autres en porcelaine.

Un second plateau était dissimulé sous le premier.

— Celles-ci sont en marbre, les deux que vous voyez là sont en terre cuite et celle-ci, la plus précieuse, c'est une véritable agate de Venise.

Il l'a posée dans ma main. La bille était douce, presque chaude. La lumière de l'époque avait été prise dans le vernis.

— C'est un antiquaire de Cherbourg qui m'a expliqué tout cela. Il voulait acheter le coffret. Je ne me suis jamais résolu à le vendre, à cause peut-être de cette bille manquante...

Il a remis le coffret à sa place.

— Si vous retrouvez cette bille, le coffret sera à vous.

Il a refermé la porte de la grande armoire.

— Vous savez où il se trouve. Si je ne suis plus là, il vous suffira de venir le chercher... Maintenant, descendons, il fait froid ici.

La petite chatte blanche est sortie, un peu penaude, de derrière un vieux landau. Des fils d'araignées pendaient à ses moustaches. Elle est descendue avec nous. Elle sautait d'une marche à l'autre. Quand elle nous distançait trop, elle s'arrêtait pour attendre Théo.

Il a posé sa main sur la rampe. La dernière marche.

— Vous avez croisé Florelle l'autre jour, ici, alors que vous partiez... Il pleuvait.

Il a repris sa canne et il s'est avancé dans le couloir. Il a poussé la porte qui donnait dans la cuisine. Il s'est laissé tomber sur sa chaise. Cette longue marche l'avait fatigué.

Il a trié dans les boîtes de médicaments qui étaient sur la table. A choisi un flacon transparent qui contenait des petites gélules bleues.

— C'est elle que j'aurais dû épouser. Pourquoi on ne fait pas ce qu'on doit hein ? De quoi on a peur ? J'avais dix ans, je l'aimais déjà.

Il a avalé une gélule avec un peu d'eau et il a quitté sa chaise pour aller s'asseoir dans le fauteuil.

— Vous savez comment ils l'appelaient ici ? La Survivante ! Tout ça parce qu'elle n'était pas morte avec les autres.

La petite chatte est venue se rouler contre lui. Les autres chats la regardaient, les yeux clos, indifférents à cette attention qu'elle avait en plus.

Il a grimacé.

— Ils l'ont obligée à grandir dans l'ombre de tous ses morts. À dix ans, elle passait déjà sur la route pour aller balayer la tombe. Elle était de toutes les messes, de toutes les prières. Je ne l'ai jamais vue autrement que dans ses robes noires.

Il m'a parlé d'elle, longtemps.

Nan avait eu le même destin que les vestales, condamnée par la communauté à être gardienne de ses morts ! Les vestales étaient chastes. Nan l'avait-elle été ? J'ai regardé les mains de Théo. Ses mains de vieux qui avaient été des mains d'homme. Pouvait-on aimer sans caresser ? Sans qu'il y ait ce désir.

— De la lucarne, je voyais le toit de sa maison, je voyais sa cour. La lumière, le soir, je savais si elle veillait encore.

J'ai hoché la tête.

— Vous aimiez Nan et vous en avez épousé une autre.

Il a souri.

— La Mère était enceinte.

Il a levé les yeux sur moi.

— Je ne l'aimais pas. Je n'ai pas aimé Lili non plus.

Il a dit cela sans violence mais sa voix s'est cassée, comme si elle s'était entravée dans un reste de colère.

— Cent fois j'ai pensé les quitter. Il aurait fallu quitter la Hague aussi, le phare. J'ai été lâche... Vous pensez ça, n'est-ce pas ?... J'ai été lâche, et maintenant je vais crever.

Sa main tremblait sur l'accoudoir. Il la regardait comme si elle ne lui appartenait plus.

— Nan ne s'est jamais mariée ?

— Jamais...

Il a soulevé la petite chatte et il l'a posée par terre. Il a disparu dans la pièce à côté. La chatte l'a suivi des yeux. Elle s'est avancée d'un pas prudent jusqu'au poêle. Il y avait là-dessous, entre les pieds de fonte, un vieux pull de laine. La petite chatte s'en est approchée, elle a respiré l'odeur. Elle a fini par se coucher dessus, les pattes avant repliées sous le torse. Quand Théo est revenu, elle était comme ça, les yeux clos, profitant de la chaleur du poêle.

Théo a repris sa place en face de moi. Il rapportait un album qu'il a posé sur la table et dont il a tourné les premières pages. Il a pointé son doigt sur une photo.

— C'est Florelle, devant le Refuge...

On voyait le bâtiment dont les fenêtres grandes ouvertes laissaient entrer le soleil. Sur le devant de la porte, quatre enfants se tenaient par la main. Une jeune femme était debout, près d'eux. Elle ne regardait pas l'objectif mais elle regardait les enfants.

Elle était jeune, trente ans, belle mais le regard grave. Nan était-elle belle à ce point, parce que Théo l'aimait ? Un peu en retrait, sur le côté, une autre femme en blouse tenait une bassine dans les bras.

— C'est Ursula, elle faisait la cuisine au Refuge.

Une ombre sur le sol, celle de l'arbre de la cour. Au-dessus de la porte, dans la niche creusée, la Vierge de pierre semblait veiller.

Théo a tourné d'autres pages. Il m'a montré d'autres photos de Nan. Il m'a parlé de la vie dans le Refuge, du froid qu'il y faisait l'hiver. Une seule pièce était chauffée, la grande pièce commune, pour le reste les enfants regagnaient les lits en serrant contre leur ventre une pierre entourée d'un torchon qu'ils avaient mise à chauffer dans le feu.

Il avait une très belle photo de cette pièce commune avec les enfants aux tables et Nan parmi eux.

Théo m'a dit que le Refuge était fermé depuis bientôt vingt ans, mais quand je lui ai demandé pourquoi il avait fermé, il m'a regardée, il n'a pas répondu.

Quand je suis partie, il regardait encore la photo.

Je suis allée remplir mes grilles chez Lili. Ce n'était pas très long à faire mais c'était ennuyeux. D'habitude, je faisais plutôt ça les jours de pluie. J'étais déjà en retard, je ne pouvais plus attendre. J'ai pris ma place, comme d'habitude, et j'ai tout de suite vu qu'il manquait une photo contre le mur du fond. C'était celle où on voyait Lili avec ses parents et l'enfant qu'elle avait appelé Michel. Elle n'avait pas remplacé la photo par une autre, et il restait l'emplacement de tapisserie plus clair. Le gris sale autour. La marque des quatre punaises.

Lili a suivi mon regard. Elle n'a rien dit. Je ne lui ai rien demandé.

La Petite était là, elle jouait à souffler sur la vitre, un souffle chaud, et dans la buée, elle traçait ce nom qui était elle, la Cigogne, et au-dessous encore, une barre, une autre barre et puis un rond, une barre encore collée à ce rond, et ce nom aussi c'était le sien, le premier, celui qu'on lui avait donné quand elle était née, Ila.

Le nom a disparu. Elle a soufflé encore et, à la place des lettres, elle a dessiné des soleils.

Monsieur Anselme m'avait expliqué qu'Ila était le nom d'une vierge guerrière, fille du dieu Odin, l'un des dieux les plus célèbres de la mythologie nordique.

La Petite aimait quand on lui racontait l'histoire de son nom.

Elle est venue se planter en face de moi. Comment étais-je à son âge ? Étais-je aussi silencieuse ?

— Deux corbeaux vivaient perchés sur les épaules du dieu Odin, j'ai dit en la tirant à moi. Sur cette épaule-là, il y avait le corbeau de la mémoire et...

J'ai touché son épaule gauche.

— ... sur celle-ci, il y avait le corbeau de la pensée.

La Petite a frissonné.

J'ai réuni mes mains pour mimer le vol de l'oiseau.

— Les corbeaux s'envolaient chaque matin pour visiter le monde. Le soir, quand ils rentraient, ils racontaient au dieu Odin tout ce qu'ils avaient vu et entendu.

La Cigogne suivait des yeux mes mains qui volaient au-dessus d'elle. Elle attendait, à la fois heureuse et impatiente, que je raconte la suite, jusqu'à cette dernière phrase, la toute dernière de l'histoire, quand je lui disais que la fille de ce dieu portait son nom.

Pour ménager son attente, j'ai laissé planer un long silence.

— La fille de ce dieu s'appelait Ila.

Elle a souri, avec, dans ses yeux, cette image d'elle, fille d'un dieu. Elle a soufflé sur la vitre et j'ai écrit pour elle le nom d'Odin.

Elle a regardé le nom. Avec son doigt, elle a repassé sur les lettres.

— Au fait, tu ne devrais pas être à l'école toi !

Elle a fait non avec la tête.

— C'est samedi... elle a dit.

— Il y a beaucoup de samedis dans ta semaine...

L'étrange visage... Ses joues étaient rondes et douces. Sa bouche d'écorchée me la rendait encore plus belle comme la rendait belle aussi cette odeur de terre imprégnée à sa peau.

Sans doute pressentait-elle qu'aucun jour de sa vie n'aurait jamais la puissance de faire d'elle la fille d'un dieu. Et pourtant. Qu'y avait-il en elle ? Quels trésors dans son destin ?

J'ai glissé une pièce dans sa main.

— Va te chercher des bonbons.

Elle est allée s'accrocher au zinc et j'ai continué à remplir mes grilles.

Lambert a traversé la route. Quand elle l'a vu, la Petite s'est approchée de la fenêtre. Elle a écrasé sa main, son visage. Il l'a vue à son tour. Il a posé son doigt de l'autre côté de la vitre.

Il a soufflé et il a écrit son prénom dans la buée, Lambert, mais il l'a écrit à l'envers pour que la Petite puisse le lire.

Elle a soufflé à son tour. Elle a réfléchi et elle a écrit, Cigogne.

Lambert a fait non avec la tête. Il a écrit, Ila. Elle a montré la chienne et elle a écrit, Petite Douce. Il a levé les yeux sur moi, il a hoché la tête, et il a écrit, Ténébreuse.

Lili a fini par gueuler parce qu'au final, c'est elle qui allait devoir laver les vitres.

Monsieur Anselme est arrivé alors qu'elle gueulait encore. Lambert est entré avec lui. Il s'est excusé pour la vitre. Il a commandé un verre de vin et des cacahuètes. Lili lui a montré l'appareil.

— Pour les cacahuètes, c'est libre service.

Il a tiré une soucoupe. Il a posé le verre sur la table et il s'est assis en face de moi, à côté de monsieur Anselme. Il a poussé la soucoupe au milieu de la table.

Il a regardé mes grilles.

— Quoi de neuf sur vos falaises ?

— J'ai trouvé des œufs, trois œufs blancs striés de veines bleues… C'était hier, un peu avant d'arriver au Nez de Jobourg. J'ai vu aussi un oiseau superbe que je ne connais pas. Je l'ai dessiné. J'ai dessiné aussi une planche rien que pour ces trois œufs.

Il a hoché la tête.

— Cette grille, c'est quoi ? il a dit en montrant un relevé.

— C'est pour les cormorans, un rapport entre leurs temps de pêche et leurs moments de repos.

Des après-midi entiers rivée au chronomètre.

J'ai pris un peu de sel dans le fond de la soucoupe. Derrière le comptoir, Lili nous regardait. Je ne sais pas si elle nous écoutait.

Quand Morgane est arrivée, on était encore penchés sur les graphiques. Elle a traversé la salle et elle est allée se coller au flipper sans dire bonjour à personne. Le flipper était en panne. Elle a mis de la musique et elle a dansé devant le juke-box.

Lambert la regardait. Monsieur Anselme aussi. Lili a apporté le thé de monsieur Anselme. Elle l'a posé sur la table.

Il a dit, Je me souviens de votre mère, il m'est arrivé parfois d'échanger quelques mots avec elle, ici, au bord de cette route et aussi sur le quai quand elle regardait partir votre père.

Il a bu une gorgée de thé.

Il a parlé du pouvoir des hommes.

De celui des femmes.

Lambert s'est tourné vers moi. Ses yeux avaient des reflets clairs, semblables à des petites étoiles écrasées.

— Et vous, vous pensez quoi ?

— Je crois que... c'est le pouvoir qu'elles ont d'enfanter qui les rend plus fortes.

Il a bu une gorgée de vin.

— Vous avez eu une bonne note au bac de philo ?

— Je crois...

— Vous croyez ou vous êtes sûre ?

— Je suis sûre.

— Moi, j'ai rien eu... Même pas zéro... J'étais hors sujet.

Il a souri.

Son père était déjà mort depuis longtemps quand il a passé son bac. J'ai pensé à ça et je me suis sentie rougir. Quand je rougis, je prends des plaques sur le cou. Je sens la brûlure. Ça me fait rougir davantage.

Il a posé ses doigts sur le rebord de son verre. Il souriait encore, mais à peine.

— Mon père, je ne sais pas s'il lui arrivait d'être hors sujet... Sans doute oui, sûrement... Comme tout le monde.

— Il faisait quoi, votre père ? j'ai demandé.

— Prof de philo.

Il a vidé les cacahuètes dans le creux de sa main.

— Toujours dans ses livres. Je me souviens très peu de lui.

Morgane est venue se joindre à nous.

— J'interromps une conversation !

Lambert a hoché la tête et monsieur Anselme s'est poussé pour lui faire une place.

— Tout va bien, j'ai répondu.

Elle a fouillé dans le tiroir de la table, en a sorti une mallette en bois avec un jeu de petits chevaux en plastique qu'elle a poussé devant Lambert.

— Sauf si vous préférez le jeu de l'oie ?

On s'est regardés. On ne préférait rien. Elle a commencé une réussite sans plus faire attention à nous, quatre rangées de sept, elle retournait les cartes les unes après les autres. La première partie, elle l'a perdue.

Monsieur Anselme la couvait des yeux. Il a commandé quatre verres de vin pour pouvoir rester et la regarder encore.

Lambert a bloqué du doigt les gouttes de buée froide qui coulaient le long de son verre. Morgane lui a jeté un coup d'œil.

— Finalement, tu n'es pas si mal ici ?

Il n'a pas répondu.

— On serait quatre on pourrait se faire un tarot... elle a continué. Tu sais jouer !

— Des souvenirs de lycée...

Elle a redistribué ses cartes. Elle lui a demandé si ça ne l'embêtait pas qu'elle le tutoie, et il a dit non, qu'il s'en fichait.

Elle continuait de lui parler tout en jouant.

— Lambert... Il n'y en avait pas un dans la Bible qui s'appelait comme ça avant... *L'enfant partit devant et le chien suivit derrière*... Lambert d'Assise ?

Lambert a souri.

— C'est François, saint François d'Assise.

— Saint François, oui, peut-être...

— Pas peut-être, sûr.

Il a placé les deux petits chevaux sur le plateau du jeu et il a lancé le dé.

— T'es prof ? elle a demandé.

— Y a pas besoin d'être prof pour savoir ça.

Elle a fait une grimace un peu boudeuse.

Il a avancé son cheval et il m'a tendu le dé. J'ai lancé. Le dé s'est calé contre le cendrier. Nombre imprécis, entre le un et le six.

J'ai rejoué.

— Si le dé fait six, on recommence et on n'a pas le droit d'arrêter un dé qui roule, a dit Morgane sans lever la tête.

Monsieur Anselme s'est levé. On jouait entre nous. Il n'avait plus sa place. Il nous a salués.

— Chélone, vous comprenez...

Il n'avait pas bu son vin.

Morgane a haussé les épaules. Elle a fait deux paquets de cartes, elle les a placés face à face, et elle a fait défiler les cartes pour qu'elles s'insèrent les unes entre les autres. Elle a reformé le paquet en tapant la tranche sur la table.

— Alors, ça vous tente un tarot ! Raphaël joue bien. Raphaël, c'est mon frère, elle a précisé en se retournant vers Lambert. C'est un très grand sculpteur !

Elle a rangé les cartes dans le tiroir. Elle s'est levée et elle a enfilé sa veste.

— On y va ?

Morgane a ouvert la portière, elle a bondi sur le siège avant de l'Audi. Elle a plongé la tête dans la boîte à gants, elle a fouillé dans les CD, Lavilliers, les Beatles, Julos Beaucarne...

— Beaucarne, c'est qui ?

Elle a enfoncé le CD. Aux premières notes, elle a fait une grimace. Elle nous a mis Lavilliers, à fond. Le soir tombait. C'était un soir de lune. Les rayons, sur la mer. À minuit, on y verrait comme en plein jour. On dit que les nuits de lune travaillent les corps des femmes. Qu'elles les ouvrent. Les vident du dedans. J'avais connu ça, avec toi. Je les ai regardés. J'aurais dû les laisser partir tous les deux. Qu'ils vivent leur lune. J'ai levé les yeux. J'ai croisé les siens, un instant, dans le rétroviseur.

Sur le siège arrière, il y avait son blouson. J'ai glissé ma main sur le col. Je ne sais pas s'il a vu ce geste.

Il fallait peu de temps pour rejoindre le port. Il a roulé doucement. Morgane n'a pas attendu qu'il soit garé pour descendre. Déjà, elle courait. Elle voulait avertir Raphaël.

Il s'est mis à pleuvoir.

La lumière des phares éclairait les zébrures de la pluie. Il y avait de la lumière dans la cuisine de Raphaël. Dans le pré derrière l'auberge, des vaches s'apprêtaient à passer la nuit dehors. J'ai dit quelque chose là-dessus, je ne sais plus quoi.

Lambert a arrêté le CD, il l'a rangé dans le boîtier.

— On y va ?

— On y va, j'ai répondu.

Une pipistrelle qui semblait éperdue est venue buter contre la voiture sans que je comprenne pourquoi.

On a passé une partie de la nuit à jouer au tarot dans la cuisine de Raphaël. On a mangé des sandwichs. On a bu du vin.

On a fumé aussi.

Au matin, Lambert est parti.

Morgane a dit qu'avant de s'en aller, il est entré dans l'atelier de Raphaël, qu'il est resté longtemps à l'intérieur, tout seul. Quand il en est ressorti, il n'a rien dit. Il a bu un dernier café et il est rentré chez lui.

Le lendemain, j'ai pris la voiture de Raphaël et je suis allée à Cherbourg. J'ai acheté deux kilos de peinture verte dans une droguerie. Ils ont dû mélanger trois autres verts pour obtenir le vert que je voulais, un vert Hopper. Je leur ai montré la carte postale. J'ai acheté aussi une bouteille de white-spirit pour nettoyer les pinceaux.

J'ai retiré de l'argent dans un distributeur et j'ai fait des courses au supermarché.

De retour, j'ai commencé à peindre à partir de l'angle droit de la fenêtre.

J'ai recouvert tout un côté du mur. Pour peindre en hauteur, j'ai dû monter sur une chaise.

J'ai fait cela, monter, descendre, monter encore et bouger la chaise un grand nombre de fois.

Pendant que je passais la peinture, des gouttes sont tombées sur les journaux. Quand je suis redescendue de la chaise, j'ai marché dans les gouttes. Après, j'ai vu qu'il y avait des traces sur les marches.

Du vert Hopper en empreintes.

J'ai posé le pinceau sur les journaux. La couleur a séché. J'ai gardé le papier. J'ai dit que j'allais continuer à peindre les autres murs.

Le soir, c'était l'anniversaire de Max. Lili l'avait dit, dès six heures, la porte sera ouverte à tout le monde et il y aura de la musique. Quand je suis arrivée, des disques tournaient déjà sur le phono, des 45 tours, Claude François, Stone et Charden, Sheila.

Lili avait fait des gâteaux. Des sandwichs étaient posés sur les tables. Elle avait mis des nappes à fleurs avec des bouquets dessus, des bougies piquées dans des cendriers. Max portait un costume cravate qui avait appartenu au mari de Lili. Le costume était trop grand pour lui, il était un peu perdu dedans. Il s'en fichait. Il nous a regardés entrer, tous, les uns après les autres, le facteur, le curé, les voisins, il ne voulait rater personne. Morgane était là. Même les jeunes du quartier. On s'était tous cotisés et Lili avait acheté un transistor pour qu'il puisse écouter la musique sur son bateau.

Monsieur Anselme avait mis son costume en lin. Lambert était près de la porte. Il ne savait pas pour l'anniversaire de Max. Il s'est excusé, il a voulu partir mais Morgane lui a pris la main.

Le petit galet rouge que j'avais trouvé sur la grève était au fond de ma poche. Je l'ai fait tourner entre mes doigts.

— Belle soirée n'est-ce pas ?...

Monsieur Anselme a fait un petit salut de la main en direction de Lili.

— Comment s'est finie votre petite soirée ? il a demandé en voyant que Lambert était là.

— On est allés jouer au tarot chez Raphaël.

Il a hoché la tête.

Des blagues ont fusé et après les blagues, on a tous levé notre verre à la santé de Max. Monsieur Anselme s'est appuyé contre moi.

— Savez-vous que j'ai fait une proposition à Morgane ?... Elle ne vous a rien dit ?

— Qu'aurait-elle dû me dire ?

Il continuait d'observer les gens dans la salle.

— Je pensais qu'elle vous en aurait parlé... Je veux l'épouser.

— Vous n'êtes pas sérieux ?

Il la dévorait des yeux.

— Pourquoi pas ?

— Elle n'a pas trente ans !

— Elle les aura en juillet.

J'ai jeté un coup d'œil à Morgane. Elle parlait toujours avec Lambert.

Elle portait des bas résille roses dont les talons renforcés dépassaient de sa chaussure. Sur la cheville, le fil tiré d'une faufilure remontait derrière la cuisse et disparaissait sous le tissu noir de la jupe.

Monsieur Anselme s'est penché vers moi.

— Cette faufilure, vous avez vu ? Imaginez qu'elle dise oui...

Une voisine venue pour aider distribuait du vin pétillant qu'elle appelait exagérément champagne. J'en ai pris une coupe.

Il ne pouvait pas avoir demandé cela à Morgane.

— Ça fait cent vingt-neuf jours exactement, soit un peu plus de trois mille heures, trois mille quatre-vingt-seize exactement.

Il a jeté un coup d'œil à sa montre.

— Un peu moins puisqu'il était dix-sept heures... Pourquoi me regardez-vous ainsi ?

— Pour rien.

Morgane parlait toujours avec Lambert.

Il a vidé sa coupe.

— Étonnant le goût ! il a dit en grimaçant derrière sa main.

Quelqu'un a monté le son. Du fond de son fauteuil, la Mère s'est mise à battre des mains. Ça faisait combien de temps qu'elle ne s'était pas amusée ? Elle essayait de chanter, elle en bavochait un peu, la mâchoire de guingois. Presque méconnaissable, elle était.

Monsieur Anselme s'est retourné pour poser son verre sur la table derrière lui.

— J'ai ouï dire que quand Lili est née, Théo était de garde au phare. Il aurait terminé sa quinzaine comme si de rien n'était. Certains disent que pour la naissance d'un veau, il serait revenu mais pas pour sa gosse.

Il a adressé un sourire à la femme du facteur, il souriait à toutes les femmes.

— Ce Lambert, ne l'aimez pas trop vite... Le désir, voyez-vous, ce besoin que nous avons de l'assouvir, et le regret qu'il le soit...

Il m'a regardée, interrogateur.

— Que lui trouvez-vous ? Il est commun...

Ça m'a fait rire, ce ton presque jaloux.

L'instant d'après, une rumeur a parcouru la salle et tout le monde a applaudi. C'était le cadeau de Max, la petite Cigogne le portait mais le paquet était bien trop grand pour elle et elle disparaissait derrière. Max a rougi, il dansait d'un pied sur l'autre en regardant autour de lui, il aurait voulu embrasser tout le monde, il a fini par prendre la Petite dans ses bras et il l'a serrée très fort.

— C'est le grand serrement émotionnel... il a fini par avouer en se frottant les yeux.

— Tu peux l'ouvrir, elle a dit Lili, en poussant le paquet devant lui.

— Il paraît que sa mère a accouché dans un pré. Avec une vache. C'était une nuit de pleine lune. La vache faisait son veau.

Monsieur Anselme a dit ça en regardant Max.

— Elle l'a fait comme ça, ses yeux de femme plantés dans ceux de la bête. Le vétérinaire qui est venu pour aider la vache a aussi aidé sa mère. Les deux en même temps. Il est passé d'un ventre à l'autre. Il paraît qu'à un moment, il ne savait plus dans quel ventre il fouillait.

J'ai haussé les épaules. Dans son fauteuil, la Mère se remplissait de tout ce qu'on posait devant elle.

Max a déchiré le papier et il a sorti le transistor. Les jeunes ont sifflé. Lili a ouvert d'autres bouteilles. Monsieur Anselme continuait de parler.

— Max est né en premier. Après, le vétérinaire est retourné entre les pattes de la vache et il a fait naître le veau.

Morgane est venue vers Max. Elle a approché sa main de son visage.

— C'est ton cadeau, elle a dit.

Max a souri.

Une caresse.

Il a fermé les yeux.

— Je t'apporterai des fleurs, il a dit soudain.

On l'a vu frémir comme s'il avait espoir. Il a approché sa main des seins. Tout le monde attendait. Lili s'est avancée et elle l'a écarté.

— C'est ton anniversaire, pas le sien.

Max a secoué la tête. Les fleurs, il voulait y aller tout de suite. Il l'a dit, Le cimetière, c'est juste à côté !

— Ça peut attendre demain, elle a dit Lili en lui montrant la nuit de l'autre côté de la fenêtre.

Max a refermé la bouche.

Demain, c'était loin.

Lili l'a tiré par la manche et elle l'a ramené devant le transistor. Le facteur avait trouvé les ondes. Ça grésillait encore mais on a fini par entendre des chansons. Morgane est retournée se coller au mur.

Des voisins sont partis.

Monsieur Anselme m'a parlé d'un arbre qui poussait sur le sentier après le sémaphore. Il voulait qu'on aille le voir ensemble. C'était un arbre qui poussait face à la mer, et que Prévert avait aimé. Prévert lui avait téléphoné quelques semaines avant de mourir, pour savoir si l'arbre allait encore faire ses fleurs. Sa respiration était déjà horrible à entendre. Il est mort au printemps de cette année-là et l'arbre a fait ses fleurs et il en fait toujours.

Le gâteau est arrivé, un trois étages recouvert de crème rose. Des bougies étaient plantées dans la crème. Le prénom de Max tracé au chocolat. Quand elle a vu ça, la Mère s'est levée, elle s'est embrochée derrière son déambulateur. Elle s'est avancée en fixant le gâteau. C'est pas tous les jours qu'elle pouvait se remplir. Max a soufflé les bougies et tout le monde a applaudi. On n'entendait plus la radio mais la Petite continuait de danser.

Lili a fait les parts.

Lambert est parti.

La Mère était presque contre le gâteau. La bouche ouverte. Ses dents, à l'intérieur, elles se décrochaient. Elle tendait la main.

Lili a haussé les épaules, Demain, c'est bouillon de poireaux ! elle a dit.

Tout le monde a ri.

Et soudain, la porte s'est ouverte. Dans ce rire. En même temps. Les deux mêlés, les rires et le bruit de la porte. Les têtes se sont tournées et tous ceux qui parlaient se sont tus. Ceux qui riaient. Parce que Nan était là. Dans sa robe noire. Elle avait dénoué ses cheveux comme si c'était un jour de tempête.

Elle n'a rien dit.

Elle s'est avancée. Le visage un peu figé. Ses cheveux blancs qui tombaient autour d'elle. Quelqu'un a arrêté la musique.

Monsieur Anselme m'a prise doucement par le coude.

— Nous allons enfin avoir un peu d'animation...

Elle tenait un petit paquet à la main.

— C'est pour toi, elle a dit en s'approchant de Max.

Le paquet était enveloppé de papier bleu.

Max a souri. Il nous a regardés, tous, et il nous a montré le paquet.

Il a pris Nan contre lui, ses grands bras refermés, il l'a embrassée. Ensuite seulement, il a ouvert le paquet.

À l'intérieur, il y avait un bonnet en laine avec le nom de Max brodé en lettres rouges et une ancre de bateau.

— Un bonnet de pêcheur, il a dit en montrant l'ancre tricotée.

Il était heureux. Il riait. Il a mis le bonnet sur sa tête et il est allé voir son visage dans le miroir.

— C'est un très beau cadeau.

Il a ouvert grand les yeux et il a cherché autour de lui une assiette pour mettre une part de gâteau. Un verre de vin aussi. Il fallait tout donner à Nan, donner à Nan autant qu'aux autres. Plus peut-être. Pendant qu'il remplissait l'assiette, la Mère s'est avancée. Les deux femmes se sont regardées.

Monsieur Anselme s'est penché à mon oreille sans les lâcher des yeux.

— Des deux, entre la légitime et la maîtresse, laquelle auriez-vous préféré être ?

— À votre avis ?

Il a réfléchi en continuant d'observer les vieilles.

— À vrai dire, je ne vous vois pas en légitime. Je ne vous vois pas non plus en maîtresse... Ces normes établies vous sont sans doute aussi inhospitalières qu'à moi.

Il a posé sa main sur mon bras.

— Nous sommes contraints de nager en eaux troubles...

Les vieilles se faisaient face. On aurait dit deux monstres sortis de l'eau et échoués là, prêts à se battre. Deux folles portées par la haine. Autour, c'était le silence. Plus personne ne bougeait.

— Quand tu seras crevée, j'irai danser, elle a fini par lâcher la Mère, entre ses dents.

Elles étaient trop vieilles pour les coups. Pas trop vieilles pour être mauvaises.

Nan a haussé les épaules. Elle s'est détournée, lentement.

— Tu ne pourras pas...

Un sourire flottait sur ses lèvres. Elle a regardé la Mère.

— Tu ne pourras pas parce que tu vas crever avant moi.

L'ombre de son sourire. Ou de quelque chose qui avait été son sourire.

Elle est sortie.

Sa silhouette, un instant, sur la terrasse.

Lili a repris l'assiette des mains de Max. Elle a enlevé son bonnet aussi.

— T'es pas sur ton bateau ! elle a dit.

Quelqu'un a fait repartir la musique.

— À l'amitié ! elle a gueulé Lili, en levant son verre très haut.

Les verres se sont remplis. D'autres se sont vidés.

— Monsieur Anselme... j'ai dit. Votre main sur mon bras... Vous me faites mal.

Il a enlevé sa main.

— Oh oui, pardonnez-moi...

La Mère dodelinait de la tête. Le facteur l'a aidée à s'asseoir. Il lui a apporté la grosse fleur en pâte d'amande qui était posée à la cime du gâteau. Elle l'a regardée. Elle tremblait, les yeux encore dans le chaos. Le visage plus pâle que d'ordinaire.

Max a réclamé le grand silence pour remercier tout le monde.

C'est ce qu'il a dit, Je proclame un merci généreux à tous.

Il a expliqué que son bateau était bientôt fini et qu'il allait partir pour pêcher le requin-taupe. Tout le monde était tourné du côté de Max. Je me suis approchée de la Mère. Je me suis assise à côté d'elle. Je lui ai pris la main. Elle était froide, assez répugnante.

Au contact, la Mère a levé la tête. Ses yeux étaient injectés de sang, la pupille en feu. Comme si tout le vivant s'était ramassé là, dans ce si frêle espace.

— C'est une voleuse... c'est pour ça qu'elle est venue dans la maison.

J'ai lâché sa main mais elle l'a reprise, avec violence. Elle a montré la maison en face, de l'autre côté de la route.

La Mère, sa tête penchée sur moi.

— Elle est venue là, la nuit... Elle a volé tous les jouets.

— Vous parlez de Nan ?

— Mais personne ne sait ce qu'elle a fait ! Personne... Les jouets, dans ses bras, je l'ai vue les emporter, comme ça elle les tenait.

Elle a fait le geste des bras repliés.

Un sifflement désagréable sortait de sa poitrine.

— Qu'est-ce qu'elle voulait en faire ? j'ai demandé.

— Elle a volé dans la maison des morts, après l'accident, quand le bateau s'est retourné. Elle est venue ici.

Sa voix était devenue un murmure rauque. Elle parlait vite, je ne comprenais pas tout ce qu'elle disait. Si Nan était venue chercher les jouets, c'était peut-être pour les donner aux enfants du Refuge.

Je l'ai dit à la Mère.

Elle a froncé les sourcils. Elle grattait dans le bois de la table, avec son ongle, elle faisait non avec la tête.

— C'est autre chose...

Elle a passé sa main sur son front, plusieurs fois, comme si elle cherchait à se souvenir de cette chose qu'elle voulait retrouver. Cette chose lui échappait. Sans cesse. Dès qu'elle semblait sur le point de la retrouver, l'image se dérobait. Elle s'est énervée là-dessus un moment.

Lili s'en est rendu compte. Elle est venue vers nous.

— Il se passe quoi ?

Elle a regardé le visage de sa mère. Ce regard presque vide. Elle balbutiait des choses incohérentes. Elle cherchait à s'y accrocher et à retrouver le souvenir de cette chose qu'il fallait qu'elle retrouve et qu'elle avait oubliée. Je ne sais pas ce que Lili en a compris mais au regard qu'elle a posé sur moi, j'ai senti son reproche. Je me suis excusée. Je suis retournée près de monsieur Anselme.

— Un problème ? il a demandé.

J'ai dit, Non, rien, tout va bien.

Derrière moi, Max continuait son discours. Ses mots me parvenaient, de loin. Je repensais à ce que m'avait dit la Mère.

Max disait que pour la couleur de la cabine, il hésitait encore entre le bleu et le blanc mais que le bateau avait déjà un nom, *La Marie-Salope*. C'était son nom de baptême. Max a dit que c'était un beau nom et qu'il ne voulait pas en changer. Il a dit aussi qu'il nous donnerait une dent à chacun, une dent du premier requin qu'il tuerait.

Il a promis.

Quand je suis partie, Lili était toujours près de sa mère. J'ai tourné la tête et j'ai vu qu'elle me regardait.

Les petits ânes revenaient toujours avec les beaux jours. Personne ne savait dire quand ni par quel chemin, mais on savait qu'ils allaient revenir.

Nan les attendait. Là, comme tous les après-midi, assise sur une pierre qui bordait les quatre chemins. Ses cheveux étaient noués en une lourde tresse retenue à son extrémité par un ruban de velours noir. On aurait dit que cette pierre sur laquelle elle s'était assise faisait partie d'elle. Qu'elle était son socle.

Quand je suis arrivée, la petite Cigogne était près d'elle, elle jouait quelques notes sur un tambour en carton. Le tambour était déchiré. Elle jouait quand même. C'était la première fois que je la voyais faire cela.

Les ânes sont arrivés par un sentier à l'intérieur des terres. Certains ont dit qu'ils avaient longé la côte après la pointe du Rozel, on les aurait vus traverser le village de Sotteville et on les avait retrouvés bien après, au-dessus des grandes dunes de Biville. Ils avaient passé plusieurs jours dans les marais et maintenant ils étaient là.

La vieille Nan les a sentis. Avant de les voir. L'odeur dans l'air, leurs poils, cette sueur. Elle a entendu le martèlement de la terre comme une rumeur lointaine et la rumeur s'est rapprochée.

Elle s'est levée. Elle s'est avancée sur la route. Quelques pas. La Cigogne a abandonné son tambour sur l'herbe du talus. Elle est remontée en courant tout au bout du grand pré.

Les ânes étaient là. L'âne de tête, et puis les autres, qui suivaient. D'autres enfants sont arrivés et, avec eux, des gens du village. Ils ont apporté de l'eau dans des seaux. De la farine et du foin.

Il y avait un cheval avec les ânes. Il boitait. Une blessure à la patte arrière.

Quand il est arrivé à sa hauteur, Nan a glissé ses mains dans l'épaisseur rêche de la crinière. Le cheval était très beau. Je me suis demandé comment il avait pu faire tout ce chemin sans que personne l'attrape.

Nan a dit que parfois, les chevaux éprouvaient ce besoin de voyage. Elle m'a regardée.

— Ce cheval appartient peut-être aux fées...

Avait-elle vraiment commis ce vol dont la Mère l'accusait ? Et quelle importance cela pouvait-il avoir ?

Querelles de vieilles, de village. De femmes qui ont aimé le même homme.

Elle glissait ses doigts entre les crins épais.

— Les fées sont tellement petites, pour chevaucher elles s'accrochent à la crinière et elles se font des étriers en nouant plusieurs crins ensemble.

Elle a pris ma main pour que je touche à mon tour.

— On ne voit jamais les fées le jour, seulement la nuit.

— Où sont-elles le jour ? j'ai demandé.

Elle a souri.

— On ne sait pas...

Elle a caressé l'encolure. Elle a pris la tête du cheval entre ses mains et elle a gratté les croûtes de larmes sèches qui s'étaient collées dans le coin de ses yeux.

J'avais lu des histoires sur les fées dans une revue trouvée à la Griffue. Il était dit que des fées prenaient des bébés dans leur berceau et les échangeaient contre un des leurs.

J'ai demandé à Nan si c'était vrai.

Elle a hoché la tête.

— Personne ne sait pourquoi elles font cela mais ces choses-là arrivent.

Elle a souri, d'un sourire infiniment doux.

— Les enfants des fées sont particuliers, ils ont besoin de beaucoup de nourriture mais leur corps ne grandit pas. On les appelle des fêtets.

Elle s'est tournée à nouveau vers moi.

— Ça porte malheur de faire grandir un fêtet dans sa maison, c'est pour ça que ceux qui en ont ne les montrent pas.

— Ils en font quoi ?

— Ils les cachent. J'ai connu quelqu'un qui a tué son fêtet...

Elle a dit ça brusquement et puis elle s'est éloignée. Le cheval fixait la mer. Je suis restée près de lui. Son poitrail était parcouru de longs frissons. Sans doute avait-il de la fièvre. Deux larmes de fatigue ont coulé de ses yeux.

— Ce sont des perles de lune.

J'ai senti le souffle de Lambert contre ma nuque. J'ai reconnu son corps sans le voir.

— Des perles de lune... C'est comme ça qu'on appelle les larmes des chevaux.

Son odeur de cuir s'est mêlée à celle des bêtes. Je ne me suis pas retournée.

Nan l'a vu.

Elle est revenue lentement vers lui.

Elle lui a souri. C'était très particulier, ce moment où tous les ânes étaient autour de nous avec les enfants qui les nourrissaient, et la lande, à perte de vue, les bruyères et la mer.

Nan était tout près de Lambert.

— Tu te rappelles, quand tu étais petit, on venait les attendre.

244

Ça a été une phrase terrible, j'ai vu son visage se crisper.

Nan a soupiré doucement.

— C'est bien que tu sois revenu.

Elle a dit cette autre phrase sur le même ton tranquille.

Lambert a fait non avec la tête, des mouvements lents, mais il ne s'est pas écarté.

— Je ne suis pas celui que vous cherchez.

C'est ce qu'il a dit.

Après un long moment, il s'est tourné vers elle.

— Qui est-ce, celui que vous cherchez ?

Elle n'a pas répondu. Elle chantonnait, une mélodie douce, sans paroles.

Il m'a regardée et il l'a regardée elle, à nouveau. Il lui a touché le bras pour qu'elle arrête cette chanson.

— Je suis qui, pour vous ?

Nan lui a souri.

— Tu es Michel.

Il a hoché la tête.

— Mais qui est Michel ?

Les yeux de Nan ont glissé sur son visage. Un moment perdus.

Dans l'herbe du talus, était posé le petit tambour sur lequel la Cigogne jouait quand je suis arrivée. Elle l'avait abandonné là, avec les deux baguettes de bois. Lambert l'a vu. Il s'est avancé, il l'a ramassé.

C'était un petit jouet en carton dont les couleurs avaient été délavées par le temps. Un clown au nez bleu était peint sur la peau tendue. La peinture était, par endroits, écaillée. Il restait des traces de couleur.

Lambert a glissé un doigt sur la peau du tambour.

— Ce clown bleu...

Il a tourné et retourné le tambour entre ses mains.

— Quelque chose ne va pas ? j'ai demandé.

Il tournait le tambour, lentement, presque prudemment.

— Ce magasin de jouets où ma mère travaillait…
Le passage couvert à Paris…

Il cherchait quelque chose. Il a regardé sous le tambour et puis sur les côtés, entre les baguettes de bois qui servaient d'armature à la caisse. Soudain, il s'est arrêté et il a posé son doigt entre un losange de baguettes. Dans cet espace large comme deux timbres, était collée une étiquette vieillie.

Il m'a montré.

J'ai lu, *Pain d'épice, magasin de jouets, passage Jouffroy, Paris.*

— C'est ce magasin dont je vous parlais…

Soudain, le souvenir a surgi. J'ai vu ce moment, dans ses yeux, et j'ai su qu'il venait de retrouver son passé.

— Ce tambour était celui de Paul !

Il le serrait contre lui. Sa main frottait le carton. Il en respirait l'odeur. Cet objet, plus que tout paysage, plus que la maison même, semblait lui rendre son enfance. Quelles images ? Quels souvenirs ? Il était bouleversé.

— Ça va ? j'ai demandé.

— Ça va, il m'a répondu.

Il a souri, doucement, à peine, comme s'il n'osait pas.

Nan était près des ânes. Elle les caressait. De temps en temps, elle se retournait et elle souriait à Lambert.

Lui regardait ailleurs, dans cet espace de vide au-dessus de la mer, cet endroit qui n'était pas le ciel mais qui n'était pas non plus l'eau.

Il est resté assis sur le talus, à regarder les ânes, le tambour tenu sur ses genoux.

Est-ce qu'il se demandait comment le jouet s'était retrouvé là ?

Je suis rentrée.

J'avais froid. Il me fallait un café. J'ai croisé Morgane dans le jardin, elle sortait comme j'entrais, une serviette enroulée autour des épaules. Elle allait se baigner, pas n'importe où, devant le phare. Parfois, elle faisait cela. Elle disait que ce n'était pas plus dangereux de se baigner là qu'ailleurs. Que ce n'était pas plus froid non plus et puis elle ne connaissait pas d'ailleurs.

— Tu le dis pas à Raphaël, c'est tout !

Elle a étalé sa serviette au soleil. Elle portait son maillot de bain noir. Elle a marché jusqu'aux vagues, et puis les pieds dans les premières vagues, elle a pris de l'eau dans sa main et elle a mouillé sa nuque. Les gouttes coulaient dans son dos, comme des rivières noires. Elle a fait ça plusieurs fois et puis elle s'est avancée encore et elle a plongé. Elle a nagé plusieurs brassées violentes dans cette eau froide. Elle nageait vite, bien. Elle a continué droit devant elle, comme si elle avait décidé de partir par la mer. Je me suis assise sur les rochers, à côté de sa serviette. Je l'ai attendue.

Dans le sable mouillé, avec mon doigt, j'ai dessiné un tambour. Au-dessus, j'ai tracé la forme d'un soleil. J'aurais aimé savoir s'il y avait d'autres jouets, quelque part, chez Nan ou dans le Refuge, des jouets qui avaient appartenu à Paul ou à Lambert. J'ai repensé à Lambert, à son regard tellement particulier quand il avait compris que le tambour était celui de son frère.

J'ai arrêté de penser parce que Max m'a rejointe. Il avait peur pour Morgane et cette peur le rendait violent. Incapable de s'asseoir, il marchait en frappant le sol avec ses pieds. Il lui en voulait. Il a fini par écraser mon dessin. Ce n'était pourtant pas la première fois qu'il voyait Morgane nager vers les courants.

Morgane a fini par sortir de l'eau. Elle saignait, une petite écorchure au genou qu'elle s'était faite contre les rochers, et il y avait cet autre sang qui coulait d'elle, à l'intérieur de sa cuisse. Max fixait cette trace rouge, le chemin sinueux sur le blanc laiteux de la peau.

Morgane est venue s'asseoir près de moi. Le froid lui avait coupé le souffle, elle avait du mal à respirer.

— Je connais ce fond de mer par cœur... Je pourrais nager avec un bandeau sur les yeux s'il le fallait.

Sa peau était bleue d'avoir eu à ce point froid. Elle m'a montré ses mains.

— Je touche les courants. Je sens le moment où je les frôle. On dirait un grand mur de glace en travers de la mer.

Ses lèvres aussi étaient bleues. Elle ne faisait pas attention à Max. Du haut de la digue, des pêcheurs la regardaient. Elle le savait. Elle s'en fichait. Elle connaissait la mer autant qu'eux. Mieux qu'eux. Elle la connaissait de l'intérieur.

— Qu'est-ce qui se passe si tu traverses le mur ?

Elle n'a pas répondu.

Elle a souri et elle a laissé sa tête rouler entre ses bras. Son corps tremblait sous la serviette. Elle regardait la mer, le menton dans les mains.

— J'ai vécu sept ans avec un garçon. C'était bien... Je me souviens un jour, il a écrit son nom dans mon dos, entre mes omoplates. Son nom avec sa langue.

Elle a laissé glisser sa serviette comme si la trace pouvait y être encore.

Elle voulait me montrer.

— Touche mon dos...

J'ai touché.

— Son désir me manque.

— Pourquoi vous vous êtes quittés ?

— Pour rien... Un jour, on s'est regardés, on ne s'aimait plus.

Elle s'est redressée et elle a commencé à démêler ses cheveux avec ses doigts.

— Sept ans, c'est déjà bien... elle a dit.

Ses cheveux étaient trempés. Ils gouttaient dans son dos. Elle s'est retournée.

— Le sept, tu as remarqué, on le retrouve partout ! Les sept péchés capitaux, les Sept Merveilles du monde, les sept nains de Blanche-Neige...

— Le jeu des sept familles !

— Il faut tourner sept fois la langue dans sa bouche avant de parler.

Elle a réfléchi un moment, les yeux dans le ciel.

— Les sept ans de malheur ! Les sept vies du chat !

— Les bottes de sept lieues...

— Les sept jours de la semaine !

— Les sept vertus. Les Sept Laux !

— C'est quoi les Sept Laux ?

— Une station de ski.

Elle a pris du sable dans sa main et elle a frotté le dessous de ses pieds. Elle a dit que c'était bon pour sa peau.

Elle m'a montré le sable.

— Tu me frottes dans le dos ?

Elle se tenait penchée, la tête entre les mains.

— Et toi, avec tes mecs, ça dure combien de temps en moyenne ? elle a demandé en riant.

— Le dernier, trois ans...

Elle a réfléchi.

— Il n'y a pas grand-chose avec le trois...

— Les trois petits cochons ?... j'ai dit.

— Ouais, les trois petits cochons... Les trois femmes de Barbe-Rousse aussi.

— Il avait trois femmes, Barbe-Rousse ?

— Je crois... Je ne sais plus. Peut-être qu'il en avait sept...

Elle a éclaté de rire. J'ai ri avec elle. Après, on a cherché encore mais avec le trois, on n'a plus rien trouvé.

Elle a tourné la tête de l'autre côté.

— Et pourquoi ça c'est fini, lui et toi ? Vous ne vous aimiez plus ?

J'ai regardé la mer.

Si, on s'aimait encore.

On a retrouvé le cheval dans le jardin. Sa blessure était à vif, personne ne pouvait dire ce qu'il avait fait. Il arrivait que des chiens sauvages s'attaquent aux chevaux. Il arrivait aussi que les chevaux se prennent les pattes dans les fils de fer et qu'ils se blessent profondément en voulant se délivrer.

Morgane a marché avec lui dans la mer. Elle le guidait en le tenant par la crinière. La blessure était plongée dans l'eau. Elle est allée d'un bout à l'autre de la plage et quand elle est arrivée tout au bout, elle a fait demi-tour et elle est revenue.

Je l'attendais.

— Ce mec... celui avec qui tu es restée trois ans, c'est toi ou lui qui est parti ? elle m'a demandé, comme si elle avait pensé à ça pendant toute la promenade.

— Lui.

— Tu racontes ?

— Non.

— Pourquoi ?

Je me suis baissée pour regarder la plaie. Le sel avait rongé les contours et l'intérieur de la blessure.

— Tu crois que quand sa patte sera guérie, tu pourras nager avec lui ? j'ai demandé pour ne pas répondre à sa question.

Elle a caressé la cuisse du plat de sa main, le muscle large, celui d'un jeune animal qui a marché longtemps.

— Je ne sais pas...

Elle s'est détournée de lui. Elle a regardé la mer.

— Peut-être que quand il ira mieux, je ne serai plus là.

— Plus là ? Pourquoi, tu comptes partir ?

— Peut-être...

— Mais tu irais où ? Avec qui ? Et pour faire quoi ?

Elle m'a regardée.

— Un jour ou l'autre, il faudra bien que je m'en aille...

— Et Raphaël, il va partir avec toi ?

Elle a baissé les yeux.

La nuit suivante, le cheval est resté dans le pré devant la maison. Le pré était sans barrière. Il aurait pu partir s'il avait voulu.

Il ne l'a pas fait.

Quand la pluie est tombée, il est sorti du pré et il est venu se mettre sous l'abri du bateau. Morgane l'a nourri de farine et de foin.

Elle a pansé la blessure avec des bandages qu'elle avait faits en découpant dans des vieux draps que lui avait donnés Lili.

Elle disait que quand la blessure serait guérie, il repartirait, c'est pour ça, elle ne voulait pas lui donner de nom.

Des dizaines d'oies sauvages s'étaient arrêtées en fin de matinée, sur les pointes Rocheuses. C'étaient des oies magnifiques, au plumage cendré.

Je les ai dessinées.

Les cous de certaines, rapprochés. Lovés. Elles savaient que je les observais.

J'ai dessiné aussi quelques hirondelles de mer et un duo de martinets.

Lambert est venu me retrouver. Je l'ai vu arriver de loin. Il a hésité, il a montré le rocher à côté du mien et il a demandé si ça me dérangeait qu'il se mette là, que lui aussi avait envie de regarder les oies. Je lui ai dit qu'il ne me dérangeait pas.

Il s'est assis, il a regardé les oies et il a voulu voir les dessins.

— C'est pour mettre avec vos grilles ?

— Non...

Je lui ai expliqué pour les planches.

— Je recouvre les dessins d'aquarelle. Ensuite, je les montre à Théo, s'ils sont bons, je les envoie à Caen. Quelqu'un d'autre s'occupe des textes, un autre des cartes... Théo dit que les planches qui sont terminées sont de bonne qualité. Ça devrait faire un très beau livre.

Il a hoché la tête.

— Théo sait tout.

— Théo sait beaucoup de choses sur les oiseaux.

Un sourire a glissé sur ses lèvres. Il a pris mon carnet, il a tourné les pages. Il s'est arrêté sur certains dessins. Le grain du papier était épais, il le frottait avec son pouce.

— Je croyais qu'un dessin, ça ne pouvait pas être bon ni mauvais... Une instit qui me disait ça.

— Sur ce genre de dessins, ça peut. La couleur des plumes, la forme des becs... Il y a des nuances très précises à respecter, des formes. Je me laisse parfois trop aller au plaisir du dessin...

— Heureusement que Théo est là.

Il a dit cela sur un ton très ironique et je me suis sentie rougir. Inutilement. L'attaque ne me concernait pas.

— Il va vous en falloir combien de dessins pour la faire, votre encyclopédie ?

— Beaucoup...

Je lui ai montré le ciel.

— Vous n'imaginez pas le nombre d'espèces d'oiseaux qu'il y a, entre ceux qui vivent ici sans jamais en partir et ceux qui migrent, qui s'arrêtent seulement pour se reproduire ou pour passer l'hiver, et ceux qui devaient repartir et qui ne repartent pas...

Il a hoché la tête.

— Je n'imagine pas, non... Et vous, pourquoi vous êtes venue là ? Vous faites comme eux, vous migrez ?

— On peut dire ça. J'en avais surtout marre de parler toute la journée. J'ai appris que le Centre ornithologique de Caen cherchait quelqu'un, j'ai posé ma candidature et...

Il a tourné d'autres pages, s'est arrêté sur le dessin d'un jeune couple de cormorans que j'avais observé il y a quelques jours, en face du phare. Leur plumage était magnifique et cette façon qu'ils avaient de ne pas se quitter. Il a regardé le dessin. Il est passé à un autre. J'aurais voulu parler d'autre chose que des oiseaux. Lui demander s'il avait récupéré le tambour.

— Vous dessinez toujours les deux, le mâle et la femelle ?

— Quand c'est possible oui... Je dessine les œufs aussi, les nids.

— Et ça, c'est quoi ?

Il m'a montré, à la fin du carnet, le dessin d'un crapaud.

— Vous allez le mettre dans l'encyclopédie des oiseaux lui aussi ?

— Non, mais ce crapaud est particulier. Il masse le ventre de sa femelle pour la faire pondre et après, il prend les œufs sur son dos et c'est lui qui s'en occupe. Je l'ai trouvé assez sympa.

— Si ce que vous trouvez sympa, vous le dessinez, j'ai mes chances alors...

Il a refermé le carnet et il l'a gardé un moment entre ses mains.

Il en frottait la couverture de cuir en regardant la mer.

Un vol de mouettes est passé au-dessus de nous en poursuivant en direction du port. On attendait la pluie pour la soirée.

— Vous, vous êtes ici aujourd'hui, et quand vous aurez fini vos dessins, vous irez ailleurs ?... Moi, j'ai une maison dans le Morvan, des murs en pierre larges comme ça. Quand je pars, c'est toujours là-bas que je reviens. Je pars pas souvent, j'aime pas ça.

Il a tourné son visage vers moi. Il est resté un moment à me dévisager.

— Ça vous arrive quand même de vous attacher ?

M'attacher ? Je ne voulais pas. Pas trop vite. J'ai dit ça doucement, entre mes dents, Je ne veux pas m'attacher. C'est devenu une maladie. Petite, j'étais déjà agoraphobe, j'aimais bien, pour le nom, je disais ça aux copines, Agora, ça sonne, vous ne trouvez pas ? Après, j'ai été allergique aux chats. Il paraît qu'à force de les aimer, l'allergie disparaît. C'est la force de l'habitude. Maintenant, c'est la peur de l'attache-ment, je ne sais pas si ça porte un nom.

Le principe de réalité, tu m'as parlé de ça avant de partir. Tu as dit, Je veux l'affronter avec toi, sans dou-leur. La douleur, tu n'as connu que ça, les deux der-niers mois. Replié dans ton lit, tu ne savais même plus que ça s'appelait de la douleur.

Lambert a lancé un bâton loin devant lui.

— Et ça arrive souvent que des oiseaux qui pen-saient migrer changent d'avis ?

— Ça arrive...

Il a allumé une cigarette, le visage penché sur ses mains.

— Il faudrait qu'on se tutoie hein, ce serait plus simple ? il a demandé en soufflant la fumée.

— Plus simple ?

J'ai secoué la tête.

— Non, on ne se tutoie pas.

Il est resté un moment silencieux. Les oies se sont envolées, ensemble, en un très beau vol groupé. Elles ont disparu à l'intérieur des terres.

On est restés assis, comme si les oies étaient encore là.

— Tout à l'heure, vous avez dit, J'ai posé ma can-didature et... Vous n'avez pas fini votre phrase.

— Rien... j'ai été acceptée, je suis partie.

Tu es parti aussi. Je ne lui ai pas dit ça.

— Il faut toujours finir ses phrases... À l'école, quand je disais aux filles que j'étais sans parents, elles avaient pitié. Il y en a qui prenaient même ça pour de l'amour. Vous, ça ne vous fait pas ça ?

— Ça quoi ?

— Des poussées de pitié ?

— Non, ça me fait pas...

Il a haussé les sourcils.

— Je m'en doutais.

Il a lancé d'autres bâtons qui sont allés flotter sur l'eau. À quelques mètres de nous, un bécasseau marchait sur la grève, les pattes enfoncées dans la vase.

Il cherchait les puces de sable.

Un courlis cendré sur les rochers.

L'ombre noire d'un eider.

— Et le tambour, vous savez comment il est arrivé sur le talus ?

— Non, je ne sais pas.

Il a souri.

Il m'a dit qu'une petite fille était partie avec, en suivant les ânes, qu'elle tapait dessus avec les baguettes et qu'il avait entendu le son pendant un long moment.

— Max est venu m'aider à couper les ronces. Il offre des fleurs à Morgane et il en offre à Lili. Et à vous, il vous en offre ?

— À moi, non...

— Pourquoi ?

— Je ne sais pas... Il n'est pas amoureux de moi.

— Il n'est pas amoureux de Lili non plus...

Il a soufflé la fumée de sa cigarette.

— Alors, ce tambour, qui est-ce qui l'a pris ?

— C'est Nan, j'ai répondu, elle est entrée dans votre maison, elle l'a volé.

Je lui ai répété tout ce que m'avait dit la Mère, au plus juste de ses mots et sans rien ajouter. Il m'a écoutée. Après, il a tiré une dernière bouffée sur sa cigarette et il s'est retourné pour regarder la maison de Théo.

On s'est levés des rochers et on est revenus sur la route.

— Vous n'êtes toujours pas allé le voir ? j'ai demandé parce qu'il regardait du côté de la maison de Théo.

— Non... Mais je vais y aller.

Il a fait quelques pas.

— Je sais qu'il est responsable, même si parfois j'aimerais croire que c'est la mer. La mer seule qui les a pris. Ça aurait plus de gueule, vous ne croyez pas ? Alors que ce vieux fou...

Il a enfoncé ses mains au fond de ses poches. Quelques jours de Hague avaient suffi à buriner son visage.

— C'est comme un homme qui prend la montagne, s'il est tué par elle, c'est quand même mieux que s'il est victime d'un coéquipier qui le lâche dans une passe un peu délicate...

— C'est pour ça que vous n'allez pas chez Théo ? Vous avez peur que la passe soit délicate ?

Il a ricané.

Il m'a regardée.

— Je suis venu voir Théo, il y a longtemps... Je voulais parler avec lui, je voulais le tuer aussi. La maison est isolée, personne ne m'aurait vu, un meurtre parfait, on aurait dit un meurtre de rôdeur.

— Il n'y a pas de meurtre parfait.

— Il y en a, croyez-moi, et celui-là l'aurait été.

— On vous aurait arrêté, on vous aurait mis en prison.

— J'étais encore mineur.

— Pourquoi vous ne l'avez pas fait alors ?

— Parce que ça s'est calmé... cette colère... cette colère effroyable... Il faut la haine pour tuer, ou alors être fou... Vous ne pouvez pas comprendre...

J'ai serré les poings. Comprendre quoi ? Qu'un jour on se réveille et qu'on ne pleure plus ? Combien de nuits j'ai passées, les dents dans l'oreiller, je voulais retrouver les larmes, la douleur, je voulais continuer à geindre. Je préférais ça. J'ai eu envie de mourir, après, quand la douleur m'a envahi le corps, j'étais devenue un manque, un amas de nuits blanches, voilà ce que j'étais, un estomac qui se vomit, j'ai cru en crever, mais quand la douleur s'est estompée, j'ai connu autre chose. Et c'était pas mieux.

C'était le vide.

Lambert regardait toujours du côté de Théo. Se sentait-il coupable d'être vivant ? De ne pas être parti avec eux ? Il m'a dit qu'il était revenu ici, par le train, il y a longtemps. Seul. Il voulait revoir la mer, cet endroit où étaient morts ses parents.

— Le jour où vous êtes revenu, vous avez parlé à Théo ?

— Je suis passé devant sa maison. Il était dans la cour. Il m'a regardé. Il ne pouvait pas savoir qui j'étais. Il y avait un petit garçon avec lui, il promenait un veau au bout d'une corde... Le veau n'était pas plus grand que lui. Il s'est avancé vers moi et Théo l'a rappelé. Il est venu voir ce que je voulais. Quand je lui ai dit qui j'étais, il n'a pas voulu me parler. Il a dit qu'il n'avait rien à me dire, que c'était un accident. Que des accidents en mer, il y en avait. J'avais entendu un pompier dire qu'il avait éteint la lanterne. Je lui ai demandé si c'était possible. Il n'a pas voulu en parler. Je suis reparti le soir.

— Pourquoi il aurait fait ça ?

— J'en sais rien.

— Vous avez des preuves ?

Il a secoué la tête. Il a dit qu'il fallait se méfier des preuves et que l'intime conviction, c'était pas fait pour les chiens.

On est revenus sur le quai. Max était près de son bateau. Quand il nous a vus, il a couru vers nous, il a attrapé la main de Lambert et il l'a serrée très fort. Cette main et puis la mienne.

— On s'est déjà vus ce matin... j'ai dit.

Il le savait. Il s'en fichait. Il nous a entraînés vers son bateau. Les travaux étaient presque finis. Il a dit, Dans quelques jours... Sans pouvoir finir sa phrase. Les mouettes gueulaient, au-dessus, ça bruissait des ailes, les claquements des becs, les corps qui se frôlaient. C'est la remontée de mer qui voulait ça. Les oiseaux qui attendaient le retour des pêcheurs.

Max, ça l'énervait tous ces cris.

— Boum ! il a dit en levant la tête.

— Quoi, Boum ! a demandé Lambert.

Max a disparu dans la cabine et il en est ressorti avec un fusil qu'il a chargé tout en marchant. Il a visé dans le tas et il a tiré.

Une mouette est tombée. Les autres sont parties. Il est revenu tranquillement vers nous, sa longue silhouette qui se balançait avec, au bout de son bras, le fusil.

— C'est ça, Boum ! il a dit.

Avec Lambert, on s'est regardés.

— C'est la délivrance de l'infernal, a ajouté Max en plissant des yeux.

On a fait oui avec la tête.

On est allés s'asseoir à la terrasse, une table au soleil, et on a commandé deux verres de vin.

Lambert avait parlé d'un enfant dans la cour chez Théo. Un enfant qui se promenait avec un veau.

Se pouvait-il qu'il soit celui que j'avais vu sur la photo chez Lili ?

Si c'était lui, était-il aussi ce Michel que Nan recherchait ?

— Ce garçon qui promenait son veau, il était comment ?

Lambert m'a regardée, étonné par la question.

— Je ne sais pas... C'était un gamin. Pourquoi vous me demandez ça ?

— Vous ne vous rappelez de rien ?

— Je l'ai à peine regardé. J'étais là pour Théo.

— Et pourtant, vous vous souvenez de lui. Parce qu'il promenait ce veau ?

Il a réfléchi. Le soleil le faisait grimacer, comme ce jour quand je l'avais vu pour la première fois dans le vent de la tempête.

— Je ne savais pas que Lili avait un petit frère, c'est ça qui m'a étonné... il a fini par dire.

Il est resté un long moment sans rien dire et il a fini par s'ébrouer comme s'il n'arrivait pas à changer de pensées.

— Et votre falaise aux cormorans, vous ne pourriez pas me la montrer à la place ?

— À la place de quoi ?

Il s'est levé.

— À la place de rien.

C'est pour ça qu'on est partis aux falaises. On a laissé la voiture sur le parking d'Écalgrain et on a continué à pied. On avait décidé d'aller manger à la Bruyère après.

Lambert marchait à bonne allure, le pied bien à plat. En habitué.

Arrivés à la grande falaise, on a quitté le sentier et on a pris entre les fougères, des passages étroits

261

bordés de ronces. Des buissons ras sur quelques mètres et les ronces ont laissé place à une petite herbe brûlée par les vents. Un à-pic vertigineux. La mer était tout en bas.

J'étais souvent venue là, pour oublier.

On s'est arrêtés tout en haut de la falaise, presque au bord, deux solitudes face à la mer, revenus aux origines du monde. La mer reculait, elle revenait, des arbres poussaient et les enfants naissaient et ils mouraient.

D'autres enfants les remplaçaient.

Et la mer, toujours.

Un mouvement qui se passait de mots. Qui s'imposait. Depuis des mois, je me fondais dans ce paysage avec la lenteur d'une bête qui hiberne. Je dormais. Je mangeais. Je marchais. Je pleurais. C'était peut-être pour ça que ma présence ici était possible. Qu'elle était acceptable. À cause de mon silence.

— C'est ça, la falaise des cormorans, j'ai dit.

Il s'est avancé.

Je l'ai laissé. Il fallait être seul, la première fois, pour voir cela.

Il est resté debout, les bras le long du corps, il prenait le vent de face. Sans bouger. À quoi pensait-il ? Quels comptes venait-il réclamer ?

Je me suis assise sur un rocher, un peu en retrait. J'aurais voulu avoir cette photo de l'enfant dans la cour pour la lui montrer. Lui demander s'il le reconnaissait. Mais Lili avait enlevé la photo.

Lambert s'est retourné. Il m'a regardée. J'ai effleuré de ma main le muret de pierres, les feuilles des fougères dont les spores granuleuses ont crissé sous mes ongles. On trouvait ici, le long de ces murs, une étrange petite plante rase qu'on appelle la mal-herbe. La légende veut que celui qui marche sur la mal-herbe s'égare dans la lande, il erre le restant de sa vie, incapable de retrouver son chemin.

Tu as été ma mal-herbe.

— Les nids de cormorans sont contre la falaise, j'ai dit en lui montrant l'endroit.

Je lui ai passé les jumelles.

Les nids étaient posés sur les rochers. En suspens. Confondues dans les ronces, des chèvres sauvages broutaient, le ventre dans les fougères.

Il y avait beaucoup de couples de cormorans. J'en avais compté une dizaine sur cette falaise et deux autres dans les rochers un peu plus loin. Quarante-deux en tout avec ceux que j'avais trouvés à l'anse des Moulinets. Quarante-deux, c'était beaucoup mais il y en avait plus avant.

Cette falaise était un site de ponte important. Les pêcheurs venaient là, avec leurs barques, ils posaient des filets, les oiseaux se prenaient dedans. On retrouvait les corps qui flottaient.

Les vagues se cassaient juste au-dessous. Leur cognée faisait trembler la falaise.

— Le silence ne vous gêne pas ?

Il a demandé ça sans se retourner. Parce que je ne disais rien depuis un moment, et que, sans doute, il m'avait à nouveau parlé.

J'ai fait non avec la tête.

Je me suis souvenue de lui, cette première fois où je l'avais vu. Il venait d'arriver. Des gens sont passés ici, certains auraient aimé rester mais la Hague les a vomis. D'autres, la Hague les a pris. Des années après ils sont toujours là, sans qu'ils puissent expliquer pourquoi.

Le silence fait partie de la lande.

Je faisais partie d'elle. Elle m'avait pansée.

Soignée de toi.

Combien de fois j'étais venue hurler ici, sur ce bord de falaise ? Qu'est-ce que Lambert avait compris de mon silence ? Son regard m'a scrutée, il s'est imposé, avec force. Un contact brutal. Je n'ai pas bougé.

Ça cognait dessous. C'était la mer qui remontait. Ses coups faisaient vibrer l'intérieur de la falaise. Étrange palpitation.

— Si vous vous plaquez le ventre contre la terre, vous sentirez battre la mer.

— Vous voulez que je me couche là ?

— Je ne veux rien.

Il a souri.

Il s'est étendu.

— Je n'entends pas.

— C'est organique, vous devriez entendre.

Il est resté sans rien dire.

Je me suis levée. Je suis allée au bord de la falaise. La mer recouvrait les rochers. Elle soulevait les algues. Allais-je pouvoir rester encore longtemps ici ? Morgane voulait partir.

Sur l'un des rochers, deux cormorans battaient des ailes au soleil. Leur plumage était d'un vert huileux, presque noir. Ces deux oiseaux vivaient en couple depuis quelques semaines. Ils n'avaient pas encore d'œufs à surveiller, ils pêchaient ensemble.

Je me suis retournée. Lambert était toujours étendu.

— Vous êtes contracté... Les contractions, ça fait écran.

— Je ne suis pas contracté...

Il s'est redressé. Un perce-oreille s'était accroché au col de son blouson.

— Il paraît que les mâles cormorans aiment leur femelle pour la vie, j'ai dit.

Il a enlevé la terre qui s'était collée à ses genoux.

— Ils vivent moins longtemps que les hommes, c'est plus facile pour eux. Vous passez votre temps ici ?

— Ici et un peu plus loin.

— Et on vous paye pour ça ?

Ça m'a fait rire.

— On me paye et on me loge.

Il a hoché la tête. Le perce-oreille était toujours sur son col. Des bergers étaient devenus fous à cause de ça, un perce-oreille entré dans leur crâne alors qu'ils dormaient à l'ombre d'un arbre.

— Une fois qu'ils sont à l'intérieur, ils grignotent la cervelle et ils ressortent de l'autre côté...

— De quoi vous parlez ?

Je lui ai montré le perce-oreille.

— Il y a un hôpital à Cherbourg qui s'occupe très bien d'eux... Qu'est-ce que vous avez pensé, ce jour-là, quand vous avez revu Théo dans la cour ?

— J'ai pensé le frapper. Et puis j'ai pensé à ma mère... Je me suis dit qu'elle serait triste si je faisais ça, et après, je me suis souvenu que ma mère était morte.

Une ombre noire a plongé à quelques mètres de nous, elle a filé sous la surface de l'eau, rapide, précise. C'était un cormoran. Le corps noir confondu dans les reflets gris des vagues, les milliards de petites lumières incandescentes. En général, ils restaient une minute sous l'eau. Le plus dur, c'était de les repérer quand ils remontaient.

— Vous ne m'écoutez pas...

— Je vous écoute... Vous avez pensé à votre mère et vous vous êtes souvenu que votre mère était morte.

Je l'ai regardé. Ses yeux gris étaient devenus plus sombres.

Il avait mal.

J'avais mal aussi.

— On prend tous des camions dans la gueule... j'ai dit. J'en ai pris, vous en avez pris. On en prend tous. Les cormorans aussi, ils en prennent...

— Il y a des camions plus gros que les autres.

Je l'ai regardé. Ce front bombé, presque têtu.

— Un camion c'est un camion, j'ai dit.

J'ai happé l'air. Les chiens suent avec la langue. Et les chats, comment ils font les chats ?

Je lui ai demandé, Vous savez comment ça sue, un chat ?

Il ne savait pas. Moi non plus. Un jour, j'ai compté plus de trois cents plongées de suite pour le même oiseau. Une plongée longue d'une minute trente.

Je lui ai dit ça. J'étais fatiguée.

Ça devenait tendu entre nous. Trop compliqué.

Il regardait du côté du phare.

— Rien n'a changé, les maisons sont les mêmes, la lande... Les fils ressemblent aux pères, tout est pareil et pourtant... Théo, je voudrais le haïr, je n'y arrive plus.

— C'est ça qui vous fait si mal ?

Ne plus souffrir de cette manière intolérable. Cette injustice de vivre quand les autres sont morts, et de survivre justement.

Survivre encore. Envers et contre tout.

Envers et contre la mort.

Et se surprendre, un jour, à rire.

Une mouette est passée et l'ombre de l'oiseau a glissé sur son visage.

— Avant, je gueulais...

J'ai baissé les yeux.

J'avais gueulé aussi.

Je me suis détournée de lui. Au jeu des petits chevaux, si tu fais six, tu rejoues, si le dé tombe par terre, on dit qu'il se casse et il faut relancer. J'ai pensé à ça. Et si le dé tombe sur la tranche, on dit qu'il est cassé et pour ça aussi il faut rejouer.

Dans la vie, on ne rejoue pas.

Avant, c'étaient des poèmes que je me récitais. Aragon, je connais par cœur, des pages entières de Rilke.

— Cette nuit-là, il a éteint le phare. C'est le pourquoi qui me manque.

Il est revenu là-dessus. Comme pris dans son tunnel. Il butait. Je me suis souvenue de cette pipistrelle qui était venue se jeter contre les murs sans que je comprenne pourquoi. Prise dans quelle tourmente ? Cette jument devenue folle et qui butait elle aussi.

Je butais comme elle. J'avais peur d'aimer. Ta mort m'avait laissé ça.

— Il n'y a pas toujours de pourquoi... j'ai dit.

— Et les pourquoi sont parfois décevants, je sais, on me l'a dit, mille fois...

Il a tiré une longue bouffée sur sa cigarette, la cendre rouge est venue s'éteindre contre le filtre.

— Mon père connaissait les passes, il connaissait son voilier. Il aimait naviguer la nuit, il n'aurait pas pris de risques, surtout pas avec Paul.

Il a dit cela, Pas avec Paul.

Il s'est avancé sur le sentier, les mains au fond des poches. Il ressassait le souvenir. Traquait le détail. Le sentier était étroit. À cet endroit, les fougères s'effaçaient, laissaient place à des petits arbres rabougris dont les branches noires étaient torturées par le sel.

— Quand ils sont partis, on est restés sur le quai avec Lili. On les a suivis des yeux. Ils allaient à Aurigny. Aurigny, c'est juste là... Je me souviens, ma mère s'est penchée, elle a fait de grands signes avec son chapeau... C'était un chapeau de toile avec un ruban rouge. C'est la dernière image que j'ai d'elle, cette main et ce chapeau.

Il s'est arrêté et il a regardé la mer, les contours noyés de brume, l'île d'Aurigny tout près.

— On a passé la journée avec Lili, dans les rochers. Sa mère nous avait préparé des gâteaux.

On a retrouvé le sentier et on est revenus sur nos pas. Il marchait devant moi. Soudain, il s'est arrêté, presque brutalement. Je ne sais pas pourquoi il a fait ça.

Je suis venue cogner contre son dos.

— Ne vous arrêtez pas comme ça, j'ai murmuré, la main contre le blouson, le froid du cuir sous ma paume.

J'ai respiré l'odeur du blouson, cette présence d'homme. C'était violent. J'aurais pu nouer mes bras autour de lui, rester collée à son dos, lui donner ma peau comme réponse possible à toutes ses interrogations.

Je n'étais pas une réponse possible.

Je me suis détachée doucement.

J'ai retiré ma main du cuir.

J'ai aspiré l'air.

Il a parlé, sans se retourner.

— Vous savez pourquoi on fait ça ?... Aspirer l'air comme vous venez de le faire ?

Je ne savais pas.

— C'est les cellules, il a dit, elles doivent se recharger en oxygène. On fait souvent ça après une émotion.

Il s'est retourné. Il m'a regardée. À quoi je pouvais ressembler à ce moment-là ? Quel visage ?

Il a posé sa main sur ma joue et j'ai eu envie de le mordre.

Lambert m'a déposée sur la place. Il attendait des visiteurs pour sa maison. La boulangère avait profité de cette journée de soleil pour passer avec son camion et vendre des croissants de printemps. Une façon de fêter l'arrivée des beaux jours.

Elle était garée devant l'église.

C'étaient des croissants particuliers, au goût d'orange. Monsieur Anselme ne les aimait pas, il disait que ces croissants de printemps étaient sûrement délicieux mais qu'ils n'avaient pas le goût que l'on était en droit d'attendre quand on demandait un croissant.

J'en ai acheté plusieurs. Un besoin de sucre. Je voulais en apporter aussi à Morgane et à Raphaël. J'en ai mangé un en chemin.

Devant le portail de la vieille Nan, il y avait une bassine en fer avec des morceaux de pain dur dedans, des épluchures, des fanes de carottes. C'était pour les ânes. Beaucoup d'autres bassines traînaient comme ça dans le village. Quand je suis passée, Nan était devant sa porte. Elle aurait pu s'enfuir, se cacher. Elle avait défait ses cheveux et elle les brossait au soleil.

Je lui ai montré le sac, les croissants. Elle m'a fait signe que je pouvais entrer.

Le banc sur lequel elle était assise était fait d'une planche posée sur deux pierres.

Elle a regardé le sac.

— Ce sont des croissants de printemps, j'ai dit en l'ouvrant devant elle.

Elle a posé sa brosse et elle a glissé sa main dans le sac.

Elle a commencé à manger en fixant la terre entre ses pieds. Quand elle a eu fini, elle a levé les yeux sur moi et elle a dit que ce croissant était très bon.

Elle en a pris un autre.

J'ai jeté un coup d'œil au Refuge. Toutes les fenêtres étaient fermées. Je l'ai trouvé moins triste à présent qu'il y avait du soleil.

— Théo m'a montré une photo sur laquelle on vous voit, près de l'arbre, avec des enfants...

Elle a secoué la tête.

— Vous étiez jeune... Il y avait Ursula aussi.

Elle a souri.

Je l'ai regardée, et, à ce visage barré de rides s'est superposé l'autre visage infiniment lisse et doux que j'avais vu sur la photo.

La femme que Théo avait aimée.

J'ai levé les yeux.

La petite Vierge en pierre était toujours là, dans le creux de mur au-dessus de la porte.

— C'est possible d'entrer ?

Nan a sorti un mouchoir de sa poche, elle s'est essuyé les mains, longuement.

— Il n'y a plus rien là-dedans, que des rats crevés et des souvenirs.

— J'aime bien les souvenirs.

— Théo m'a dit que cette photo avait été prise au tout début, alors que vous veniez juste d'ouvrir le Refuge.

— C'étaient des granges avant. Des écuries. Mes parents y gardaient leurs bêtes... Les murs, les pièces, il a fallu tout nettoyer, vider le fenil pour faire les chambres.

Elle a frotté sa robe pour en chasser les miettes. Certaines sont restées dans les plis.

— Vous vous souvenez du premier enfant qui est arrivé ?

Elle a hoché la tête.

— Je me souviens de tous les enfants... Le premier, on me l'a amené, sa mère n'en voulait plus... Cinq ans, il avait. J'ai jamais entendu gémir un gosse comme ça. Il est resté six mois et puis une famille l'a adopté, un couple de Nantes. Ils sont venus le chercher en voiture... Il m'écrivait toutes les années, à Noël, il semblait aller bien, et puis un Noël, j'ai plus reçu de lettres, il s'était pendu.

Elle a tiré un autre croissant du sac.

— Pourquoi vous voulez entrer là-dedans ?

— Pour voir...

— Y a rien à voir. Ça fait vingt ans que c'est fermé... La nuit, il y a des fouines qui courent. Ça doit puer.

— J'aime les odeurs.

Elle a haussé les sourcils.

— Des odeurs comme celles-là...

Elle est restée un moment sans rien dire. J'ai cru qu'il fallait que je parte. Je l'ai regardée. J'aurais voulu qu'elle me dise qui était Michel, je n'ai pas osé lui demander. Est-ce qu'elle m'aurait répondu ?

Soudain, elle a levé sa main et elle l'a tendue en direction du Refuge.

— Il y a un passage tout au fond, la dernière fenêtre avant la grange, pour entrer vous n'aurez qu'à pousser le battant.

Elle m'a retenue par le bras.

— S'il y a des bêtes, faudra pas vous plaindre...

— Je ne me plaindrai pas.

J'ai traversé la cour jusqu'à l'endroit dont elle m'avait parlé. Le battant était usé. Je n'ai eu qu'à le pousser. J'ai enjambé la fenêtre. Je suis tombée dans une pièce vide et sombre. J'ai dû attendre un moment que mes yeux s'habituent et j'ai vu que cette pièce communiquait avec une autre.

Dans l'autre pièce, il y avait des tables. Nan avait raison, ça puait, des odeurs de rats morts et d'excréments secs. Je me suis avancée vers les tables. Dans le bois, il y avait des marques de couteau. Des barres aussi, contre le mur, par paquets de cinq, biffées comme dans les prisons.

Des mouches étaient venues crever là, sous la fenêtre, par centaines, privées de lumière, elles avaient dû buter et mourir.

Un peu de lumière filtrait par les ouvertures des volets. Tout au fond du bâtiment, un escalier en pierre montait à l'étage. Les marches étaient recouvertes de poussière. Des plaques de plâtre qui s'étaient détachées du plafond jonchaient le sol à certains endroits. L'escalier débouchait tout en haut, sur un long couloir sombre. Il y avait des pièces de part et d'autre. Les anciens fenils dont m'avait parlé Nan. J'ai poussé une porte. La pièce était encombrée par quelques lits en fer. Sur l'un des lits, étaient posées de vieilles couvertures de laine brune. Je me suis approchée de la fenêtre. Par l'interstice, j'ai vu la cour, l'arbre, la vieille Nan assise sur son banc. La mer au loin. Les prés. Il y avait eu de la vie ici, des enfants, il restait du silence.

On dit de l'eau qu'elle se souvient. Qu'en est-il des murs ?

J'ai regagné la porte.

Avant de sortir, j'ai tourné la tête, le regard attiré par une tache plus claire. C'était un lit encore recouvert d'un drap. Le drap n'était plus blanc mais il était clair. Je ne l'avais pas vu en entrant. Un jouet était là, par terre, tombé près du lit. Je me suis baissée.

C'était un petit ours aux poils ras monté sur quatre roues, le pelage tellement usé que, par endroits, il ne restait que le tissu lui-même râpé. L'essieu rouillé des roues. Une oreille avait été déchirée par des dents, enfant ou rat ? Un peu de crin s'en échappait. Il n'y avait rien d'autre dans la pièce, seuls les petits lits et ce jouet. Combien d'enfants s'étaient succédé dans cette chambre, les entrants envieux sans doute de ceux qui partaient ? Qu'étaient-ils tous devenus ?

J'ai reposé le jouet sur le lit. Je n'avais pas à le garder et pourtant je n'arrivais pas à le laisser. Je l'ai repris. Je l'ai retourné. Les roues étaient fichées dans un plateau de bois. Je suis retournée près de la fenêtre. La peinture était partie. Là où elle tenait encore, elle s'était écaillée. Sous le plateau, entre les roues, il y avait une étiquette. L'étiquette était collée, en partie déchirée, mais lisible, j'ai approché le jouet de la lumière. C'était la même étiquette que celle collée sur le tambour, *Pain d'épice, magasin de jouets, passage Jouffroy, Paris.*

Je suis repassée chez Lambert. Je voulais lui parler du petit ours. Lui dire que je ne l'avais pas pris mais qu'il était là-bas, dans l'une des pièces du haut. Je n'avais pas pu cela, être voleuse à mon tour.

Je me suis avancée dans le jardin. La clé était sur la porte. Je voulais revoir les dessins. Tous ces dessins des jours de pluie que j'avais survolés si rapidement le jour où nous avions mangé les œufs. Il y en a un que je devais retrouver.

Il faisait sombre à l'intérieur. J'ai éclairé. Les dessins étaient toujours dans le carton, le carton au bout de la table. Il y avait aussi un bol, quelques livres. Un pull sur une chaise. Lambert avait fait du feu. Il restait des braises encore rouges. J'ai jeté du bois sur les braises, une feuille de journal roulée en boule. Il a suffi d'une allumette.

Le dessin que je recherchais était quelque part parmi les autres. Un dessin au crayon gris à peine rehaussé de couleur que j'avais vu ce jour-là, vu à peine mais suffisamment pour que je m'en souvienne, celui d'un petit ours monté sur quatre roulettes et dont la bride de cuir était coloriée de rouge.

J'ai cherché et j'ai fini par le retrouver.

C'était bien le petit ours que j'avais vu au Refuge, il était dessiné sur une feuille de papier à grain épais. Le trait était sûr. Ce n'était pas un dessin d'enfant, de la mère de Lambert sans doute.

À côté du dessin, il y avait quelques traits violents, une sorte de gribouillage incohérent

J'ai regardé la table. J'ai essayé d'imaginer la mère et l'enfant, penchés l'un contre l'autre, le bruit du crayon, de la gomme, et l'enfant qui regarde, tente à son tour un dessin malhabile alors que sur la table, devant eux, trône en puissance le petit ours bourré de crin.

Tout en bas de la feuille, comme sur la plupart des autres dessins, il y avait une date, 28 août 67. Ils sont encore ensemble, une mère et son fils. Ils dessinent.

Deux mois à vivre, à peine. Ils ne le savent pas.

Le temps de quelques dessins encore. De quelques jours de pluie. Je suis restée un long moment à regarder ce dessin. Cette histoire effleurait la mienne, en faisait vibrer tout le sensible. J'ai fini par remettre les dessins à leur place, comme je les avais trouvés, les uns sur les autres dans le carton. J'ai regardé autour de moi. Sur la table, le cendrier débordait de mégots. Une allumette oubliée.

Le pull de Lambert sur la chaise. Je l'ai pris contre moi. Le visage enfoui dans l'odeur. À la recherche d'une autre odeur, d'une peau, la tienne.

Le temps s'était mis au presque été, avec des après-midi doux où l'on pouvait rester à flâner dehors. Le cheval allait mieux. Max travaillait toujours sur son bateau. On aurait dit qu'il n'était plus aussi pressé de le finir. Il continuait à capturer ses papillons et il les enfermait dans la cage en attendant de pouvoir les lâcher autour de Morgane. Comment allait-il choisir ce jour ?

Morgane avait passé sa journée à confectionner ses couronnes. Elle en avait marre. Marre aussi de faire le service à l'auberge.

Elle s'était engueulée avec Raphaël.

— C'est quoi tes désirs, toi ? elle m'a demandé en se poussant un peu pour que je m'assoie à côté d'elle sur le banc.

— Mes désirs... Je ne sais pas... C'est pas les mêmes tous les jours.

Elle a hoché la tête.

— Et aujourd'hui, c'est quoi tes désirs aujourd'hui !

J'ai repensé à toi. Ça m'est revenu, brusquement, le désir, la dernière fois. Je me souviens aussi des murs blancs. De la voix de l'infirmière, Il va mieux aujourd'hui. Parce que tu t'étais levé. Tes mains, posées sur le plat de la table. Tout va bien, tu as murmuré. Ton regard était calme. J'ai pris ta main et j'ai léché la peau à l'intérieur, juste ça. L'infirmière nous a vus, elle a souri.

J'aurais fait l'amour avec ton corps mort quand ils t'ont emporté.

— Le mec avant, pourquoi ça a foiré toi et lui ?

— Ça n'a pas foiré.

— Il s'est passé quoi alors ?

— Rien... c'est juste une histoire.

— Je peux avoir le titre ! Le titre, c'est pas l'histoire !

— Plus tard...

— J'aime pas plus tard. Tu as vu, c'est de la dentelle noire de chez Chanterelle...

Elle m'a montré le liseré sombre des dessous qu'elle portait sous sa jupe.

Raphaël est venu nous rejoindre. Il s'est collé le dos au mur. Dans sa vareuse bleue, il ressemblait à un gitan. Il regardait Morgane. Je ne sais pas pourquoi ils s'étaient engueulés.

Elle était à cran depuis quelque temps.

— Arrête de faire ça !

— Faire quoi ?

— Tes jupes, quand il y a Max ! Je te l'ai déjà dit mille fois.

Morgane a haussé les épaules.

Le soleil brillait encore mais sur la mer, le ciel était noir. Quelques bandes larges qui se préparaient. Il n'y avait pas de vent, seule cette tension dans l'air. Les nuages sont passés devant le soleil. Morgane a râlé. Raphaël est retourné à l'intérieur de la maison.

On est restées encore un peu.

— Il te baisait bien, le type avec qui tu es restée trois ans ?

— Bien, oui.

Elle a hoché la tête. Je me suis détournée.

— C'est comment, bien ? elle a demandé.

Je n'ai pas pu répondre.

Je suis remontée dans ma chambre. J'ai regardé dehors.

Entre les nuages, dans les endroits de déchirure. Cette partie de ciel et de lumière où certains disaient qu'il ne fallait jamais regarder de crainte d'apercevoir le visage de la Vierge. On raconte que des femmes qui avaient vu ce visage étaient devenues des errantes. Condamnées à rejoindre les marais, elles n'en étaient jamais revenues. Raphaël les avait sculptées.

Avec l'orage, l'électricité avait encore été coupée. Raphaël travaillait à la lumière des candélabres, tout un carton de bougies épaisses qu'il avait trouvées dans l'une des chambres du premier.

Les flammes éclairaient les murs, les statues de terre. Je le voyais par la fissure. Je voyais aussi mon reflet dans le miroir.

J'ai évité de croiser mes yeux.

Je suis redescendue voir Raphaël. La porte de l'atelier était ouverte. Un petit funambule d'argile trônait sur les marches de bois.

Il travaillait sur un autre qui était posé sur un socle, recouvert d'un tissu mouillé.

J'aimais le regarder travailler. Son doigt mouillé dans l'argile.

— Tu chiales ? il a demandé.

— Non.

— C'est quoi si c'est pas de la chiale !

— C'est la pluie, Raphaël, toute cette pluie sur les vitres... Ou les bougies peut-être... La fumée, ça pique les yeux.

Il s'est essuyé les mains sur un bout de chiffon. Il a ramassé sa veste et il a fouillé dans ses poches. Il a sorti une petite boîte en fer. À l'intérieur, il y avait des pastilles noires, on aurait dit des grains de café. Il m'a tendu une pastille.

— Tiens, prends ça.

— C'est quoi !

— Du Temesta.

— Je connais le Temesta, c'en est pas.

— T'as qu'à te dire que c'en est. Ou du Valium. Tu veux qu'on dise que c'est du Valium ?

Il a glissé la pastille dans ma bouche. La pastille était dure. Ses doigts étaient secs.

Dehors, c'était la nuit. Dans le silence qui a suivi, j'ai entendu retentir la sirène d'un bateau.

— Croque pas, il a dit en remettant la boîte dans sa poche.

— Il se passe quoi si je croque ?

— Tu croques pas, il a répété.

Au contact de ma salive, la pastille est devenue molle. Elle a dégagé une forte odeur de sève. Prévert, c'étaient des boules de hasch qu'il prenait, et il buvait une tasse de café par-dessus. Très fort le café. Il laissait passer un moment et il reprenait la moitié d'une boulette avec une demi-tasse de café en plus. C'est monsieur Anselme qui m'avait raconté ça.

— Tes morts... j'ai dit.

— Quels morts ?

— Ceux-là !

J'ai montré ses sculptures.

— C'est pas des morts, il a répondu.

— Cet homme cloué à son pieu de bois, il me fait peur.

— C'est un Éphémère.

Il a ramassé les outils qui traînaient par terre.

— Il est où Lambert ?

— Je ne sais pas...

Il s'est tourné vers moi.

— C'est un mec bien, il a dit.

— Je ne veux plus rien porter, j'ai fini par répondre.

— Qui te parle de porter ?

— Dès que tu aimes, tu portes !

— Des conneries ! Quand tu aimes, tu aimes !

— Rilke a dit que...

— On s'en fout de ce qu'a dit Rilke !

Morgane est entrée.

— Plus de télé ! elle a dit.

Elle nous a vus.

— Je dérange ?

Parce qu'on était l'un près de l'autre. Elle a souri doucement.

Elle portait un pull à rayures qu'elle s'était tricoté durant l'hiver avec des aiguilles en plastique. Le pull était très grand. Elle le portait avec des bas jaunes. Elle s'est affalée dans le fauteuil. Les jambes, remontées sous elle. Elle s'est penchée sur ses bas pour gratter la terre qui s'était collée à sa cheville. Ses ongles rouges dans les mailles.

Elle a levé les yeux sur moi.

— Lambert et toi, vous étiez ensemble aux falaises... Je vous ai vus. Il t'a dit ce qu'il faisait là ?

— Il vend sa maison.

Elle a continué à gratter la terre dans les mailles.

— Ce n'est pas simplement un mec qui vend sa maison, elle a dit en crachant sur son bas. Il n'y a pas que ça.

Raphaël est revenu vers la table. Il a enlevé le tissu humide qui protégeait la petite sculpture d'argile.

— Rilke a dit un drôle de truc là-dessus...

— C'est qui ça Rilke ? elle a demandé.

Raphaël s'est marré.

Morgane s'est tournée vers moi.

— Tu m'expliques ?

— C'est un poète, il a écrit de très belles choses sur la vie, le désir, l'amour...

— C'est quoi les belles choses ?

— Des choses... Il dit aussi que c'est impossible de vivre sous le poids d'une autre vie.

Morgane a remis son bas en place.

— Eh bien, c'est pas gagné si on part comme ça !

Avant de m'endormir, je me suis repassé nos nuits, toutes nos nuits en boucle.

Au matin, les ânes étaient regroupés dans le pré le long du petit chemin qui mène à la Roche. Dans la presque nuit, ils étaient comme des ombres. Le cheval était avec eux, pas parmi eux mais dans le même pré.

Un vent léger apportait des odeurs de terre et de mousse. Les ruelles du village étaient désertes. C'était marée basse. J'avais laissé la lumière de ma chambre éclairée.

Avec la nuit, j'en voyais la découpe jaune.

L'Audi est arrivée par le chemin du village. Elle a ralenti. Elle m'a dépassée et elle s'est arrêtée quelques mètres plus loin.

La vitre s'est baissée.

— Vous montez ?

Des gouttes de rosée brillaient sur le toit. J'ai posé la main, ça a laissé la trace. Mes cinq doigts dans l'humidité.

Je suis montée.

Lambert fixait la route, la nuit de l'autre côté du pare-brise. Il ne m'a pas regardée.

Il puait l'alcool.

— Vous êtes venue chez moi ?

— Oui. Je voulais voir les dessins... Je n'ai touché à rien.

Il a coupé le moteur.

— Les dessins...

Il a ricané.

— Dans ce cas...

— J'ai trouvé un autre jouet chez Nan avec la même étiquette que celle qui était collée sur le tambour... Un petit ours sur roulettes... J'ai trouvé le dessin.

Il a ricané à nouveau.

— Vous vous amusez bien ! Et ça prouve quoi ?

Il avait raison, ça ne prouvait rien, simplement que Nan était entrée chez lui pour prendre ces jouets et que la mère de Lili n'était pas si folle.

Il s'est calé contre l'appui-tête.

— Vous savez ce que j'ai fait, moi, pendant que vous jouiez avec vos peluches ?... Je suis allé voir le vieux.

Il a montré, dans la nuit, l'endroit de colline où se trouvait la maison de Théo.

— Au fusil, il m'a reçu. Il n'a pas voulu que j'entre.

— Le whisky, c'était avant d'y aller ou après ?

Il a rigolé.

— Après.

Il fixait l'endroit de la colline.

— Je l'ai un peu secoué... Pas fort, mais il a continué à me dire qu'il n'avait pas éteint ce putain de phare !

— Secoué comment ?

— Pas aussi fort que j'aurais voulu, quand je suis parti il tenait encore debout.

— Et s'il disait la vérité ?

— La vérité ! Il pue le mensonge quand il parle de cette nuit-là... Il le sue. C'est une odeur que je connais.

— L'odeur du mensonge ?

Il s'est tourné vers moi, il a eu un mauvais rire.

— J'étais flic avant.

Il s'est collé la nuque à l'appui-tête.

— Je sais, ça fait toujours ça... Il vaudrait mieux que je dise n'importe quoi d'autre, croque-mort, percepteur ! Même tueur en cavale, ça passerait mieux.

Il s'est penché sur moi. Son visage était à quelques centimètres du mien.

Il m'a tirée à lui, m'a bloqué la tête, le visage entre ses mains, comme un étau. Il m'a obligée à le regarder.

À le regarder seulement.

Et puis il a ouvert la portière, côté passager.

Je suis montée voir Théo. Il y avait eu une bataille de chats dans la cour. Quand je suis arrivée, ça feulait encore. J'ai vu les yeux jaunes qui se défiaient dans la nuit.

Il était tard. Ce n'étaient pas mes heures.

— Je passais... j'ai dit.

Théo a regardé sa montre.

— Vous passiez...

Il a arrêté la télé.

— C'est le jour des visites aujourd'hui.

Il a marché jusqu'à la fenêtre. Les deux mâles qui s'étaient battus étaient là. L'un des deux était une bête grise, courte sur pattes. L'autre, celui qui semblait le plus sauvage, avait eu un morceau d'oreille arraché. La femelle pour laquelle ils s'étaient battus était couchée de tout son long sur le haut de l'armoire. Indifférente.

Théo s'est détourné.

— Il s'inquiétait ?

— Oui, un peu.

Il a ouvert la bouteille de vin qui était sur la table. Il a rempli son verre. Il a entouré son verre de ses mains et il a regardé le vin à l'intérieur.

— Il dit que vous avez éteint le phare la nuit du naufrage.

— Je sais ce qu'il dit !

Il a grogné une suite de mots inaudibles. Une ampoule nue pendait du plafond. Accrochée à un fil, elle éclairait la table sans rien éclairer de son visage. De la poussière s'était collée autour du fil et aussi autour du verre de l'ampoule.

— Vous êtes de son côté...

— Je ne suis du côté de personne...

Il s'est frotté le visage, plusieurs fois, avec ses mains.

— Il a déboulé là, comme un fou furieux... À me poser les mêmes questions, toujours ! Qu'est-ce qu'il veut que je lui réponde ? Le phare était allumé, je lui ai dit ça, la vérité, il m'a pris au col...

— Il dit que vous l'avez visé au fusil.

— Il faut bien se défendre...

Le fusil était là, dans l'angle, glissé à sa place entre le mur et le buffet.

Les mains de Théo étaient dans la lumière, réunies l'une contre l'autre.

— Ce qui lui est arrivé est un grand malheur, mais des malheurs, il y en a eu d'autres... Qu'est-ce que vous voulez que je lui dise de plus ? C'est jamais bon de brasser dans le passé.

Un chat jaune est venu miauler derrière la fenêtre. C'était un chat aux yeux étranges. Théo s'est levé, il a ouvert le battant et le chat a sauté à l'intérieur.

Théo est resté debout.

— Les nuits dans le phare, personne ne peut comprendre... Je me souviens d'un jeune gars qu'ils avaient mis avec moi. Il n'avait pas demandé à venir, c'était juste qu'il fallait quelqu'un et c'est tombé sur lui... C'était un petit gars, il avait peur de la mer. Il est resté des jours, terré comme une bête entre le lit et le mur. Même pas sur le lit... Recroquevillé par terre, avec la sueur qui lui gelait le dos... Pâle comme la mort. C'était qu'un môme. J'ai cru que la peur allait passer. J'ai pris ses quarts. Je ne dormais pas. Lui non plus. Quand j'ai vu que la peur passait pas, j'ai alerté la côte. Ils ne sont pas venus le chercher. Le gamin s'est jeté dans la mer le jour de Noël, un moment où je ne le surveillais pas.

Ses mains se sont refermées l'une sur l'autre. Les nœuds plus sombres de ses veines. Leurs ombres sur le bois de la table.

— Il y en a plein, des histoires de phare, des histoires de gars... Je pourrais vous en raconter. Deux copains qui sont morts à cause d'une tempête trop longue, morts de faim. Ils avaient fait bouillir leurs semelles pour survivre à une relève qui n'est jamais passée.

La petite chatte blanche s'est frottée à lui. D'un bond, elle a sauté sur ses genoux.

— Juste après la guerre, il y a eu un gars, il avait pris les gaz à Verdun, il ne lui restait qu'un morceau de poumon. Tout ce qui lui manquait, il l'avait déjà craché là-haut, dans les tranchées... Il a fini de cracher ce qui lui restait là-bas, toutes ces marches à monter.

Ce soir-là, pour la première fois, il m'a parlé du phare, de cette vie intime, insoupçonnable. Il m'a parlé des femmes qui se faisaient amener avec les vivres et que les pêcheurs récupéraient au matin.

Il a souri.

La nuit était déjà bien avancée, il parlait encore.

Nan avait-elle traversé pour le rejoindre ? Au milieu de la mer, loin des hommes, leur amour.

Il a dit qu'il y avait un chat là-bas. Qu'il y avait toujours des chats dans les phares. Il se souvenait très bien de la première femelle. Elle avait fait des petits, une portée de cinq. Dans le lit, on aurait dit des rats.

À la fin, quand il m'a raccompagnée à la porte, il a dit, Votre Lambert, il lui faut un coupable alors il s'acharne. Le mieux pour lui, c'est qu'il s'en aille de là.

Il était tard quand je suis rentrée à la Griffue.

J'étais fatiguée.

J'avais eu froid sur le chemin du retour, même en marchant vite, les bras repliés. Je suis restée un moment, assise par terre, le dos au radiateur. Les genoux contre moi. Mes deux bras autour. Je sentais la chaleur qui traversait les mailles de mon pull.

J'ai fermé les yeux.

Un jour, tu m'as dit, Il va falloir m'oublier... et tu m'as fait l'amour avec ta voix. Non, tu m'as d'abord fait l'amour avec ta voix et après, tu as dit, Il va falloir m'oublier. Il faut commencer maintenant, pendant que je suis encore vivant, c'est ce que tu as dit encore.

Que ce serait plus facile après.

Je me suis retrouvée dehors.

Tu étais dedans. Derrière tes murs. J'ai hurlé. Dans ma chambre, cette nuit-là, j'ai mordu ma main au sang, je voulais étouffer le cri. Une nuit de plus. Une nuit sans toi.

J'ai dormi là, roulée en boule contre le radiateur, les mains sur le ventre. Je me suis réveillée tôt.

Il pleuvait.

J'ai travaillé mes planches, des dessins de pipistrelles, les macreuses, l'aquarelle du grand hibou, dix fois que je la recommençais.

J'ai travaillé comme une acharnée. Le format des feuilles, toujours le même. J'ai bu des litres de café.

À midi, Morgane est venue taper à ma porte. Je n'ai pas répondu. Je ne voulais voir personne. J'ai gueulé ça. Elle n'a pas insisté.

Elle est redescendue.

J'ai entendu, après, quand elle a parlé de moi avec Raphaël.

En fin de journée, je suis sortie. Je suis remontée chez Lili. Il ne pleuvait plus mais il était trop tard pour aller aux falaises. J'avais encore froid. J'ai eu besoin de voir des visages. D'entendre des voix.

Lambert était là, à la même table que monsieur Anselme. Morgane aussi. Quand elle m'a vue, elle a détourné la tête. Il y avait des gars au comptoir, quelques pêcheurs.

J'ai enlevé ma veste.

Je me suis assise à leur table.

Monsieur Anselme était en train de demander à Lambert s'il savait supposer. Je connaissais. C'était une tirade absurde tirée des « Aventures de Tabouret » de Prévert.

J'ai posé ma veste sur le dossier. Monsieur Anselme a pris ma main et il a baisé le bout de mes doigts. Il a regardé mon visage, le front soucieux. Je m'étais maquillée pourtant, un fond de poudre couleur sable et du brillant sur les lèvres.

Il s'est tourné à nouveau vers Lambert.

— Alors, vous ne m'avez toujours pas répondu, savez-vous supposer ?

— Oui, non... peut-être...

J'ai craqué une allumette. Je l'ai tenue entre mes doigts, le plus longtemps possible, jusqu'à ce que la flamme me lèche la peau. J'ai soufflé.

287

— Dites-lui que vous savez supposer, il continuera tout seul...

Lambert a eu l'air perplexe.

— Je sais supposer oui...

Monsieur Anselme n'en voulait pas davantage. Il s'est frotté les mains, heureux.

Leurs voix me parvenaient de loin.

Je les écoutais en continuant de griller des allumettes.

— Eh bien, supposez que je sois dans la rue au lieu d'être ici, et suivez mon raisonnement. Vous me suivez ?

— Je vous suis.

— Je suis donc dans la rue, assis sur un banc, une femme passe, je me lève et je la suis. Vous me suivez toujours ?

— Oui.

— Bien ! Je suis donc un homme qui suit une femme. Si je suis une femme, je ne suis pas un homme, puisque c'est une femme que je suis.

Ça m'a fait sourire, je connaissais ça par cœur. Depuis que je connaissais monsieur Anselme. J'ai craqué une autre allumette.

Lambert s'est tourné vers moi.

— C'est toujours du Prévert ? il a demandé.

— Toujours !

Je l'ai regardé.

— Vous étiez flic avant et vous ne l'êtes plus ?

— Non.

— Pourquoi ?

— Pourquoi j'étais flic avant ou pourquoi je ne le suis plus ?

— Les deux.

— J'ai fait ça pendant trente ans. J'ai appris à courir vite ! À faire avouer aussi. Et puis un matin, j'en ai eu marre... J'étais un bon flic pourtant.

Il m'a regardée avec un sourire un peu moqueur.

— Ça vous plaît pas que je sois flic, hein ?

— J'ai pas dit ça.

— Vous ne l'avez pas dit mais ça vous plaît pas.

Il s'est penché. J'avais le souvenir de ses mains en étau sur mon visage.

— Le seul que j'ai pas réussi à faire parler, c'est le vieux Théo... mais je n'ai pas dit que je renonçais. Pourquoi vous me regardez comme ça ?

— Les aveux forcés, c'est pas toujours des aveux.

Il a hoché la tête.

Monsieur Anselme racontait une promenade en voiture qu'il avait faite avec Prévert.

— Un jour, on est allés chercher des fanes de carottes aux halles de Cherbourg. Des fanes pour son cochon d'Inde... Tous les quatre, Prévert, Trauner, mon père et moi. C'était l'hiver. Il y avait de la neige...

— Ça fait pas un peu loin Cherbourg pour quelques fanes ? a demandé Morgane en levant le nez de ses mots croisés.

Monsieur Anselme a souri.

Lambert s'est tourné vers moi.

— J'ai repensé à votre histoire de cormorans, il a dit à voix basse. Le fait qu'il y en ait moins qu'avant... L'usine de retraitement n'est pas très loin, ça pourrait avoir un rapport ?

— Ça pourrait oui, mais il y a des mesures. Les rejets sont en baisse.

— Si les rejets sont en baisse, il devrait y avoir plus d'oiseaux ?

J'ai bu mon chocolat.

Monsieur Anselme a jeté un coup d'œil à la pendule. C'était son heure. Il s'est levé. Il a laissé trois euros sur la table. Trois euros pour le café, c'était toujours comme ça. À ce tarif, c'est plus cher qu'à Paris ! elle disait Lili.

Il a enfilé son manteau par-dessus la veste.

Morgane est allée se coller au flipper et on s'est retrouvés tout seuls.

— Vous allez mieux ? j'ai demandé en faisant allusion à l'alcool qu'il avait ingurgité la veille.

Les poches mauves sous ses yeux.

Il a secoué la tête.

— Non. Vous êtes allée le voir ?

— Oui.

— Et alors ?

— Alors, rien... Il va bien.

— Qu'est-ce qu'il vous a dit ?

— Qu'est-ce que vous voulez qu'il me dise ?... La même chose qu'à vous, rien de plus.

— Et vous l'avez cru ?

— Je ne sais pas...

J'ai levé les yeux sur lui. Il me regardait aussi. J'ai pensé à cet homme que Nan recherchait. Je ne sais pas ce qui m'intéressait dans cette histoire. Je la traquais, un peu obsessionnelle.

Lili avait enlevé la photo comme si elle avait peur de quelque chose.

— Cet enfant qui promenait son veau... Vous m'avez dit que Théo l'avait appelé, vous ne vous souvenez pas de son nom ?

Il m'a regardée, éberlué.

— C'était il y a quarante ans !

— Oui, bien sûr... Mais il y avait une photo là, derrière vous, cet emplacement plus clair.

Il s'est retourné.

— On voyait Lili avec ses parents et un petit garçon. Il s'appelait Michel, c'était un enfant du Refuge. Je crois que c'est lui que Nan attend.

— Et alors ?

— Alors rien...

— C'est peut-être leur enfant, celui de Nan et de Théo ?

J'ai fait non avec la tête.

— Nan n'a pas d'enfant.

Il m'a écoutée. Sans rire. Sans même sourire. Je lui ai parlé des lettres.

— Des enveloppes écrites à la plume, il y en a beaucoup... Elles sont toutes écrites par quelqu'un qui
s'appelle Michel Lepage.

Il se tenait la tête dans les mains.

— Vous pensez quoi exactement ?

Je l'ai regardé au fond des yeux.

— Je pense que l'enfant sur la photo et celui que
vous avez vu est le même. Je crois aussi que Théo sait
où est cet homme que Nan recherche. Ils s'écrivent
depuis plus de vingt ans.

La femelle pour laquelle se battaient les deux mâles est morte. Théo l'a retrouvée, raide, dans le fossé en bas de chez lui. Quand je suis arrivée, il était près d'elle. L'animal avait le flanc creux, déjà évidé par la mort qui la plombait. Un petit bout de langue rose sortait d'entre ses dents.

Théo a soulevé la bête.

— Du poison ! Il y en a qui font ça.

La gueule était ouverte. Un peu de bave transformée en une croûte jaune au coin des lèvres. L'œil fixait un coin de cour.

Théo a emporté la bête derrière la maison, au fond du pré, là où il avait enterré tous les autres chats. Un endroit à couvert sous les grands arbres. Un lieu de mousses et de fougères.

Les deux mâles le suivaient. Ils marchaient, côte à côte. Presque flanc contre flanc.

J'ai suivi derrière eux.

Théo a posé la chatte dans l'herbe et il a remonté ses manches.

— Depuis que j'en enterre...

Il a creusé. Sous l'herbe, la terre était sombre, presque noire. Meuble. Une terre humide.

Les deux mâles étaient assis, l'un à côté de l'autre, bien droits et à égale distance de la femelle. Ils suivaient des yeux les mouvements de la pioche, le petit tas de terre qui grossissait devant les pieds du vieux.

Quand le trou a été suffisamment profond, Théo les a regardés. Il a dit quelques mots dans un patois rauque, il a ramassé la femelle et il l'a jetée au fond du trou. Il a comblé avec la terre. Un petit monticule qu'il a tassé avec la pioche. De tout le temps qu'il a fait ça, les deux mâles n'ont pas bougé. Ils sont restés à côté du trou.

Avec Théo, on est revenus vers la maison. Dans la cuisine. Il a bourré le poêle avec des bûches de bois qui étaient posées à côté. Ses gestes étaient lents.

Un bloc de papier à lettres était ouvert sur la table, un stylo posé par-dessus. La page, en partie recouverte d'une écriture fine.

À côté, une lettre à laquelle Théo répondait. Cette lettre était ouverte, l'enveloppe à côté.

Théo est revenu vers la table. Il a poussé la lettre au bout de la table et on a parlé des chats.

On a bu du vin.

Je lui ai demandé s'il se souvenait de quelqu'un qui s'appelait Tom Pouce.

— Un ami de Max, ils allaient à l'école ensemble.

Il a secoué la tête. Il a dit qu'il ne se souvenait pas. Il mentait.

On a parlé d'autres choses.

Quand je suis ressortie, les deux chats étaient encore près du trou. Ils n'ont pas tourné la tête même quand Théo les a appelés pour leur montrer les gamelles.

Monsieur Anselme m'écoutait, les deux coudes sur la table, la tête entre les mains.

— Et qu'avez-vous fait ensuite ?

— Je suis allée aux falaises.

Il m'a souri.

— Dieu doit être étonné de vous retrouver si souvent là-bas.

Il s'est penché, il a tiré le rideau et il a regardé dehors. Un ciel clair, sans nuages, il a dit que ce serait un bon jour pour aller au sémaphore. Il a dit cela, Et si nous allions voir l'arbre de Prévert ?

— C'est un arbre tellement particulier ! Jacques l'aimait beaucoup. Il serait heureux de savoir que quelqu'un continue à lui rendre visite.

J'étais d'accord.

On est sortis. Il m'a prise par le bras.

Au bord du chemin, trois fillettes improvisaient une ronde. Elles avaient mis leurs poupées au centre de la ronde. Elles tournaient, par petits pas chassés, dans un sens et puis dans l'autre.

On s'est arrêtés pour les regarder.

— Prévert aimait beaucoup les enfants. Moi, je les trouve un peu trop bruyants...

Les fillettes continuaient de tourner.

— *Tournez, tournez petites filles*
tournez autour des fabriques
bientôt vous serez dedans

Vous vivrez malheureuses
Et vous aurez beaucoup d'enfants.
C'était du Prévert.

On a traversé la route.

Les volets de la maison de Lambert étaient ouverts. L'Audi garée un peu plus bas. Monsieur Anselme a suivi mon regard.

— Ce Lambert, c'est un homme étrange n'est-ce pas ? Il devait partir et il ne part pas. Lili refuse d'en parler. Que pensez-vous de lui ?

— Je ne le connais presque pas...

Il a pressé sa main sur mon bras.

— C'est très bien. Ce n'est jamais bon de trop se connaître.

On a continué à marcher.

— Mon voisin d'Omonville, qui connaît bien le notaire de Beaumont, dit qu'il demande une très coquette somme de sa maison. Au demeurant, cela se comprend, l'habitation est à deux pas de la mer et même si le toit est à refaire, les gens de Paris sont prêts à payer n'importe quoi pour ce genre de lieu. Que fait-il dans la vie ?

— Je n'en sais rien.

Monsieur Anselme s'est arrêté.

Il m'a regardée, il a eu un moment d'hésitation et il a repris sa marche, à côté de moi.

— On vous a vue sur les chemins avec lui, on m'a dit que vous étiez aux falaises ensemble. Vous fait-il rire au moins ?

Il a lancé la pointe de sa canne loin devant lui.

— Parce qu'un homme qui ne fait pas rire une femme... Et cette partie de petits chevaux, comment s'est-elle terminée ? Vous a-t-il laissée gagner ?

— On n'a pas fini la partie.

Il a réfléchi à ce que je venais de dire.

— Parfois, voyez-vous, je saisis avec infiniment de difficulté le décalage de sensibilité entre nos deux générations.

On a pris sur la droite, la route qui menait au sémaphore. Il n'y avait plus de maisons, simplement les
prés. Quelques vaches profitaient du soleil, le regard
tourné vers la mer. La brise se faisait sentir, plus forte
au fur et à mesure que l'on se rapprochait de la mer.

— Cet homme est ennuyeux et pourtant il vous
plaît…

— Je n'ai pas dit qu'il me plaisait.

Il m'a serré le bras.

— Non, effectivement, vous ne l'avez pas dit, mais
le fait est là.

Arrivés au sémaphore, on a pris un petit sentier de
terre qui longeait la côte.

— Au demeurant, ne vous en voulez pas, en
matière d'attirance on ne choisit pas. Regardez !
Nous sommes arrivés ! Cet arbre est l'arbre de
Prévert.

Il m'a montré, là, un petit arbre triste, qui poussait
tellement rabougri qu'il semblait dépourvu de tronc.

Monsieur Anselme était fier.

— Alors, comment le trouvez-vous ? N'est-il pas
beau ?

Je me suis avancée.

L'arbre avait grandi penché. Les feuilles côté mer
semblaient avoir été sacrifiées pour que puissent
vivre les autres, celles qui s'accrochaient péniblement
aux branches, côté terre.

— Vous avez raison, j'ai murmuré, en matière
d'attirance, on ne choisit pas.

Il m'a prise par la main et il m'a fait toucher le
tronc. L'arbre était famélique. Il m'a montré les
feuilles, les bourgeons.

Il a plaqué ses mains contre l'écorce.

— Des arbres meurent, d'autres poussent, certains
restent.

Il écoutait battre le cœur de l'arbre.

On a fini par s'asseoir sur une pierre, le dos au
tronc. On était au soleil, avec la mer devant. Un

lézard se chauffait sur une pierre. Tout près de lui, un petit papillon bleu butinait dans une touffe de fleurs. Sa trompe sombre s'enfonçait entre les pétales comme une lame. Le lézard le regardait. Les fleurs étaient d'un jaune très pâle.

Monsieur Anselme regardait tour à tour le lézard et le papillon.

— Je dînais dernièrement chez Ursula Dimetri... C'est une très proche et vieille amie qui habite une charmante maison sur les hauteurs en continuant après l'anse Saint-Martin.

— C'est elle qui faisait la cuisine au Refuge ?

— Vous la connaissez ?

— J'ai vu une photo chez Théo.

Il a hoché la tête.

— De fil en aiguille, vous savez ce que sont les conversations, nous en sommes venus à parler de vous. Ursula dit qu'elle vous a aperçue dans la cour, chez Nan, près du banc...

Il a inspiré l'air de la mer, plusieurs fois, profondément.

— Bien que Nan ne soit pas son vrai nom... Elle s'appelle Florelle, mais vous devez savoir cela aussi. Peu importe. Nous bavardions donc en toute amitié quand, d'une chose à l'autre, nous en sommes venus à parler aussi de cette vieille personne.

Le lézard s'était approché du papillon. À mouvements lents, il soulevait une patte et puis une autre, sa couleur confondue avec celle de la roche. Il gardait les yeux fixés sur sa proie.

La suite était prévisible.

Je ne lâchais pas le papillon des yeux.

Monsieur Anselme a soupiré.

— Il suffirait d'un geste de notre part, n'est-ce pas... Un simple geste pour que ce pauvre papillon s'envole et que sa vie soit sauvée.

Il a cueilli une petite fleur parmi celles qui poussaient au pied de l'arbre.

La nature n'a pas d'état d'âme, c'est une grande différence entre elle et nous. C'est ce que j'ai pensé. Monsieur Anselme a tourné la fleur entre ses doigts.

— L'homme fait des choses et souvent, après, il les regrette. Cette fleur par exemple, je n'aurais pas dû la couper... Il n'existe aucun pot pour des fleurs de cette taille... et même avec un pot, on ne met pas une fleur toute seule.

Il regardait la fleur. L'instant d'après, le lézard a bondi. Il a attrapé le papillon, la gueule grande ouverte, il l'a mâché. Les ailes bleues hors de la bouche, elles bougeaient encore.

On a regardé le lézard jusqu'à ce qu'il ait tout avalé.

— Vous me parliez de Nan...

— Nan, oui, effectivement...

Il a posé la fleur là où, un instant auparavant, se trouvait le papillon.

— Il m'a été rapporté... mais ce ne sont peut-être là que des ragots... enfin tout de même, il y a toujours un fond de vrai dans ces histoires qu'on vous raconte.

Il regardait à l'intérieur de ses mains, comme s'il cherchait dans leur creux la manière la plus juste de me raconter ce qu'il avait à dire.

— L'orphelinat de Cherbourg confiait à Nan des enfants dont elle s'occupait pour des temps plus ou moins longs, des orphelins ou quelques enfants que les parents ne voulaient plus... Vous savez cela ?

— Je sais oui.

— Vous devez savoir également que ces enfants restaient au Refuge le temps qu'on leur trouve une famille, ça pouvait aller de quelques semaines à quelques mois.

Il a écrasé un peu de terre entre ses doigts. C'était une terre grasse, blanche, imprégnée de sel.

— Que faisiez-vous ce jour-là, sur le banc, avec elle ?

Sa question m'a étonnée.

— Je passais...

— Vous lui avez apporté des croissants ?

— Je les avais avec moi...

Il a souri.

— Des croissants de printemps ! Et que vouliez-vous qu'elle vous raconte pour la régaler ainsi ?

Je n'ai pas aimé sa question, ce qu'elle insinuait. Je me suis relevée, brusquement, mais il m'a saisi la main.

— Quelle impatience !... Vous ne souffrez donc aucune remarque ? C'est le propre des solitaires, méfiez-vous, cela peut être un travers aussi.

Il a gardé ma main dans la sienne, m'obligeant à me rasseoir.

— Regardez plutôt ce lézard...

Sur le rocher, la bête continuait de mâcher, les yeux dans le vague. Un petit bout d'aile bleue était toujours coincé entre ses mâchoires.

Les lézards digèrent-ils les ailes des papillons ? Peut-être qu'ils les recrachent ? Celui-là semblait vouloir les avaler.

Je me suis demandé s'il y avait du sang dans les ailes des papillons.

Monsieur Anselme a attendu que je sois assise pour continuer.

— Ursula dit que Nan garde dans sa maison les photos de tous les enfants qu'elle a recueillis au Refuge. Tous les après-midi, quand le temps le permettait, elle allait se promener sur la plage avec quelques-uns de ces pauvres hères accrochés à ses robes...

J'ai oublié ma colère.

Je l'ai écouté.

Il a lâché ma main, il savait que je ne partirais plus. Tant qu'il parlerait.

— Ursula m'a raconté qu'un jour, un nouveau pensionnaire est arrivé, un petit être maigre comme une moitié d'oiseau. Il avait été retrouvé à Rouen, un endroit qui, selon elle, avait servi de charnier pendant les grandes épidémies de la peste noire. Sa mère était venue accoucher là, à même le sol, et elle l'avait abandonné... Il avait trois ans quand il est arrivé au Refuge. Trop petit, pas vraiment beau, personne n'en voulait. Ursula dit que Nan s'est attachée à lui un peu plus qu'aux autres. Elle dit aussi qu'il arrivait à cet enfant de s'enfuir mais qu'on le retrouvait toujours au même endroit, tout seul, assis sur un rocher au bord de la mer. Quand on lui demandait à quoi il pensait, il répondait qu'il ne savait pas.

Monsieur Anselme a parlé un moment encore de cet enfant au caractère doux, qui revenait toujours sans opposer de résistance.

Et qui repartait cependant.

La mer remontait. Devant nous, les vagues léchaient la grève.

— Le plus étonnant dans cette histoire, c'est que Nan a adopté cet enfant.

Je me suis tournée vers lui.

— Nan a un enfant ?

— Comme je vous le dis. Elle l'a envoyé à l'école, ici et puis après à Cherbourg. Au dire d'Ursula, c'était un très bon élève.

— Mais... où est-il ?

— J'ai posé la même question à Ursula, et elle m'a répondu qu'elle ne le savait pas.

Avec la montée de la mer, le vent s'est fait plus froid. Une brise humide est venue balayer le bord de côte, d'est en ouest. Monsieur Anselme a jeté un coup d'œil à sa montre. Il a rajusté son écharpe et il s'est levé.

Je l'ai suivi.

— Qu'est-il arrivé à cet enfant ?

— Il a grandi et un jour, il est parti sans que personne sache pourquoi. Il a été vu pour la dernière fois sur la route après Beaumont, une valise à la main. Personne ne sait où il est allé. Il avait dix-sept ans.

— Il est parti comme ça ?

— Oui.

— Il savait que Nan n'était pas sa vraie mère ?

— Bien sûr qu'il le savait.

Il a frotté son pantalon et il a réajusté les plis de sa veste. Je ne comprenais pas. Pourquoi fait-on toujours tant de mal à ceux qui nous aiment le plus ?

Monsieur Anselme s'est baissé pour frotter le sable qui collait à ses chaussures. Quand il s'est relevé, il m'a regardée et il a dit, Il s'appelait Michel. Il a dit cela comme on termine une conversation. D'un ton tranquille, presque badin. Michel...

Il m'a attendue quelques mètres plus haut, sur le chemin.

— Qu'y a-t-il ? Vous avez un air bizarre ?

— Au café, il y avait une photo de cet enfant dont vous venez de me parler. Il était à la ferme.

Monsieur Anselme a hoché la tête.

— L'enfant de Nan chez Théo, ça n'a rien d'étonnant. Après tout, le Refuge et la ferme ne sont pas très éloignés... et puis les enfants sont toujours attirés par les bêtes, les orphelins sans doute un peu plus que les autres. Rentrons à présent voulez-vous, le temps se gâte.

J'ai marché à côté de lui.

— Ce garçon est parti et vous dites qu'il n'est jamais revenu ?

— Ce n'est pas moi qui le dis, c'est Ursula. Elle dit aussi que le Refuge a fermé quelques mois après le départ de ce garçon. Il paraît que Nan a beaucoup changé, d'une femme gaie et joyeuse, elle est devenue... celle que nous connaissons.

Le vent se faisait plus mordant. On a hâté le pas.

Tout le long du chemin, on a parlé de cet enfant, en inventant pour lui mille destins. Sa mère l'avait abandonné dans des chiffons encore pleins de sang. Était-il parti pour la retrouver ?

Aux premières maisons, monsieur Anselme m'a pris le bras.

— À ce propos, le jour où vous avez partagé vos croissants avec Nan, vous êtes entrée dans le Refuge. Que pensiez-vous y trouver ?

— Rien... Les bâtisses fermées m'attirent. J'aime en visiter l'intérieur.

Il a penché la tête sur le côté.

— Tout de même...

J'ai retrouvé Max sur le pont de son bateau, il était en train de nourrir les papillons en faisant passer entre les barreaux des fleurs enduites de miel. Les papillons commençaient à crever. Ça le rendait triste. Il en capturait d'autres. Avec ce roulement, il en avait toujours une vingtaine dans sa cage.

Durant la nuit, les ânes étaient venus tourner dans la cour, ils avaient laissé l'empreinte de leurs sabots devant la porte. Ils avaient bu dans les seaux, mangé le pain dur et la farine que Morgane laissait pour le cheval.

Lambert était assis au soleil, le dos contre la digue. Je n'ai pas été étonnée de le voir là. Sa maison n'était toujours pas vendue. Il ne semblait pas pressé de partir. Je savais que l'on pouvait rester très longtemps comme ça, les yeux dans la mer, sans voir personne. Sans parler. Sans même penser. Au bout de ce temps, la mer déversait en nous quelque chose qui nous rendait plus fort. Comme si elle nous faisait devenir une partie d'elle. Beaucoup de ceux qui vivaient cela ne repartaient pas.

Je ne sais pas si Lambert allait partir.

Je ne sais pas si j'avais envie qu'il reste.

Je l'ai laissé. Depuis deux semaines, j'observais trois œufs de cormorans que les parents couvaient tour à tour. Ils allaient éclore, c'était une question d'heures. Deux jours tout au plus. Il arrivait que des oisillons ne soient pas assez rapides pour briser leur coquille, ils crevaient à l'intérieur. J'avais déjà vu cela, quelques rares fois, cette loi impitoyable à laquelle les parents semblaient pourtant indifférents.

Quand je suis arrivée, le mâle pêchait dans les rochers. La femelle était sur le nid. J'ai attendu.

J'ai vu le passage de quelques fous de Bassan qui venaient d'Aurigny.

Les employés du Centre ornithologique avaient garé leur 4 x 4 sur le bord du chemin. Je savais qu'ils seraient là. Ils venaient prélever des nids. L'un d'eux descendait en rappel le long de la falaise. Il a pris deux nids et trois œufs. On entendait les cris des oiseaux, des claquements de becs violents qui résonnaient contre la falaise.

Beaucoup d'œufs crevaient sans que l'on comprenne pourquoi. Au Centre, ils disaient qu'il y avait des parasites à l'intérieur. Ils voulaient vérifier le taux de radiation. Les prélèvements de l'an dernier n'avaient rien donné.

— Des randonneurs passent, j'ai dit.

— Il y a des barrières.

— Les barrières n'empêchent pas.

J'avais la réputation d'être taciturne. Au Centre, ils s'en foutaient, ils disaient que je bossais bien et que je n'étais pas payée pour faire des discours.

Le responsable a noté le problème des randonneurs sur son carnet. Il a dit qu'il allait envoyer un garde pour la saison d'été.

— Et Théo, comment il va ? il m'a demandé.

— Bien...

— Toujours avec ses chats ?

— Toujours.

Le vent tournait, il ramenait les nuages. La pluie était prévue pour le soir mais elle allait arriver plus tôt. Avec le vent, elle serait là avant moins d'une heure.

— On te ramène ? il a demandé en montrant le ciel.

304

Au-dessus de la mer, on avait toute la gamme des gris, jusqu'à la masse plus noire de l'orage amassée au large.

J'ai pensé aux œufs. Les coquilles s'étaient fendues. Il était possible que les oiseaux naissent sous cette pluie.

On est montés dans la voiture. Les premières gouttes ont éclaté sur le pare-brise. Le responsable conduisait d'une main. Il m'aimait bien. Il était toujours patient avec moi. Il m'a dit qu'ils cherchaient quelqu'un à Caen pour travailler sur les données. Il m'a expliqué tout ça en fixant la route. C'était un job sûr, intéressant.

— Tu ne peux pas rester tout le temps là...

Il m'a regardée.

Il n'avait pas d'alliance mais la trace d'un anneau blanc sur le bronzage.

Lambert non plus n'avait pas d'alliance.

Lui n'avait pas de trace.

Un premier coup de tonnerre a claqué sur la mer. Une onde rouge est venue glisser sur la crête des vagues.

— Si c'est une question de logement, il y a un studio libre dans le Centre de Caen.

— Je préfère ici.

Il a haussé les épaules.

— C'est comme tu veux.

On est arrivés aux premières maisons. Il s'est tourné à nouveau vers moi.

— Une équipe va venir en bateau un des jours prochains. Ils vont compter les nids en passant par la mer. Après, ils ajusteront avec tes chiffres.

Une autre goutte, suivie d'une autre. Les essuie-glaces ont commencé à battre.

— On te lâche où ?

— En bas.

Il n'a plus rien dit jusqu'à la Griffue. Il n'a pas arrêté le moteur mais il a sorti un carnet de sa poche et il a noté son numéro de téléphone dessus. Il a déchiré la page.

— Tu m'appelles quand tu veux.

Il m'a souri.

— Si tu changes d'avis pour Caen...

— Je changerai pas.

Il a hoché la tête.

— On ne sait jamais...

Cinq minutes après, j'ai poussé la porte, il pleuvait à verse.

Les murs de ma chambre bougeaient, on aurait dit du tangage comme à Venise ou sur le pont des mauvais bateaux. Ça passait et ça revenait.

— C'est le mal de mer, a dit Raphaël quand il m'a vue redescendre.

Il s'est marré.

Il a sorti de son placard une vieille pipe en bois qu'il a bourrée d'herbes. Il a craqué une allumette. L'herbe a pris feu. Ça a brûlé un moment et puis le feu s'est éteint. Les brins se sont recroquevillés dans le fourreau.

Il m'a montré le divan. Je me suis allongée. J'ai trouvé des miettes de pain sur la couverture. Un reste de Vandame dans son papier d'emballage.

— Tire là-dessus, ça ira mieux.

Le fourreau était chaud. Ça sentait la vanille brûlée.

— Je vais peut-être aller à Caen, j'ai dit.

Il a fait un mouvement du menton.

— Fume, on discute après.

J'ai aspiré une bouffée, une autre. Je n'étais pas habituée à ce tabac. Ça m'a fait tousser. Raphaël a remis ses allumettes dans sa poche.

— Tu irais faire quoi à Caen ?

— Je bosserais. Y a un type, je crois qu'il est amoureux de moi. Je pourrais l'aimer...

Il a haussé les sourcils, l'air de celui qui n'y croit pas.

— Un jour ou deux oui... et après ?

— Après, je ne sais pas.

Ça tanguait toujours.

Je l'ai regardé. Ses doigts étaient secs, blanchis par l'argile. La lumière de l'halogène projetait nos ombres contre le mur.

— Tu as travaillé toute la nuit... Je t'ai entendu, tu marchais.

— Je peux pas dormir, autant que je bosse.

— Pourquoi tu peux pas dormir ?

— Tu dors, toi ?

J'ai fermé les yeux.

Il m'a laissée tranquille un moment et puis il est venu s'asseoir près de moi.

— Tu penses à quoi ?

— J'avais une maison avant, là où je suis née... une maison dans un vrai village...

— Et il lui est arrivé quoi à ta maison ?

— Rien... Tous les automnes, ils organisent une course de voitures dans la colline. Ça fait un boucan d'enfer. Ils détruisent aussi les vieux murs, ils construisent des ronds, ils disent que c'est pour le commerce...

Raphaël a hoché la tête.

— Le bon goût, ça ne s'improvise pas.

J'ai souri.

Il a posé un doigt sur mes lèvres.

— Tu te tais maintenant.

Il aurait pu glisser sa main sur mon ventre s'il avait voulu, je ne me serais pas débattue.

— Je ne me serais pas débattue, tu sais.

— Pourquoi tu dis ça ?

— Pour rien...

Je n'étais plus femme. Pas mère. Je ne me souvenais pas d'avoir été fille. Encore moins sœur. Incapable d'être épouse. Incapable d'appartenir. De dépendre d'un homme ou d'une histoire. Des hommes m'avaient aimée, j'avais toujours aimé ceux qui ne m'aimaient pas.

Jusqu'à toi.

— Je t'aime, Raphaël...

— Moi aussi je t'aime, Princesse...

— Mais on ne couchera jamais ensemble toi et moi ?

Il m'a regardée, amusé.

— Jamais, Princesse.

J'ai tiré une autre bouffée. Il a mis la musique. Au bout d'un moment, j'ai eu l'impression qu'il neigeait dans ma tête. Qu'il neigeait et que le soleil venait briller à travers les flocons. Un soleil par flocon. Il y avait longtemps que je n'avais pas vu la neige. J'ai aimé ça.

— Du sommet du nez des Voidries, par temps clair, on peut voir les îles Anglo-Normandes...

— Tais-toi...

Il a pris une couverture dans le placard et il est venu la poser sur moi.

J'avais des soleils de neige qui continuaient de briller derrière mes paupières.

— Quand il va y avoir de la neige, ça sera beau... je me suis entendue murmurer.

Lili disait que les ânes allaient rester là tout l'été et qu'un jour, ils repartiraient. Qu'ils feraient ça sans prévenir.

Des ânes, comme des oiseaux.

Comme cet enfant que Nan avait aimé et qui était parti.

C'était une nuit de pleine lune. Je n'arrivais pas à dormir. Je suis sortie. La mer était éclairée comme en plein jour. J'ai marché sur la plage.

Je saignais. Depuis quelque temps, je ne saignais plus. Depuis des mois. Et maintenant, je saignais. Étrangement, ce sang qui s'écoulait de moi m'apaisait. Je me suis assise sur un rocher. Je l'ai regardé s'écouler dans le sable. S'épandre.

Ce sang qui revenait, c'était l'oubli de toi, je n'étais pas sûre d'en vouloir.

Ton visage, ton odeur, tout est passé à l'intérieur de moi, de ta peau à mes pores. Quand je sue, c'est encore avec ta sueur. Quand je pleure. Et quand je désire ?

Je me suis déshabillée et je me suis glissée dans l'eau. Avec la nuit, elle était noire. La lune, les reflets. Une eau froide.

Personne ne pouvait savoir que j'étais là.

Que quelqu'un était là.

Même les bateaux qui passaient avec toutes leurs lumières. J'ai nagé. Une vague d'eau salée est entrée

dans ma bouche. Je l'ai crachée. J'aurais pu l'avaler.
En avaler encore jusqu'à te rejoindre. On ne
m'aurait pas retrouvée. Ou alors dans très longtemps, un corps méconnaissable, une poignée d'os.
Quelques vêtements.

Le silence de la Griffue. Depuis plusieurs jours,
même la radio, je ne captais pas.

Ça faisait des jours que la femelle était morte et les deux mâles restaient au bord du trou. Théo disait qu'ils dormaient là-bas et qu'il n'y en avait pas un qui voulait céder sa place à l'autre.

Il les appelait. Il leur apportait de la nourriture pour qu'ils ne crèvent pas.

Il posait l'assiette entre eux et la femelle. Les chats ne touchaient pas à la nourriture. Ils ne la reniflaient même pas. Des jours.

— Même ce temps du deuil, ils se le disputent.

— Il faudrait aller les chercher...

— Ça ne servirait à rien.

— On pourrait les enfermer ? j'ai dit. Quelque temps... Les mettre l'un sans l'autre. À Venise, on enferme les chats dans les caves pour qu'ils tuent les rats.

Théo s'est détourné.

— On n'est pas à Venise ici...

Il s'est avancé vers la maison. Il a contourné les gamelles des feulants. Sa jambe tremblait. C'était comme ça depuis qu'il était tombé, le corps plus fragile.

— Je vous ai apporté du pain, du lait et du jambon. De la soupe aussi. Lili dit qu'il vous faudra la faire réchauffer sur le gaz.

Il s'est agrippé à la rambarde de fer et il a monté les marches. Il s'est arrêté sur le palier pour souffler et regarder le ciel.

Une nuit qui tombait bien avant l'heure.

Il a regardé du côté du phare. Un long moment. J'ai regardé avec lui.

— Est-ce que vous l'avez éteint ? j'ai demandé, et j'ai vu sa main se crisper sur la rambarde.

Il s'est détourné lentement. Le visage dans l'ombre.

Il m'a montré la cour, le portail, Je ne vous retiens pas. Il a poussé la porte et il a disparu dans la maison. Je suis entrée derrière lui, j'ai posé le sac sur la table.

Si je partais, je ne reviendrais pas.

Il avait le dos tourné. Il vérifiait le feu dans le poêle. Je me suis assise à la table.

— Le nombre de nids baisse sur Jobourg, j'ai dit.

Il a soulevé la plaque de fonte et il a laissé tomber une bûche. Il a bourré l'espace restant avec du papier journal, il a craqué une allumette. Il a attendu que le feu prenne.

— Moins de nids et moins de poussins dans les nids… Ils vont se reproduire ailleurs, il a dit en grattant dans le feu avec une longue tige de fer.

Une autre équipe avait repéré des cormorans dans la rade de Cherbourg. Ils étaient venus de la Hague et ils avaient trouvé refuge dans les éboulis des forts, à l'abri des courants.

Je lui ai parlé de ça, avec des détails.

Quand j'ai eu fini, il s'est tourné vers moi.

— Comment vous pouvez être sûre que ce sont les cormorans de la Hague !

— On est sûrs de rien… Sauf pour ceux qui sont bagués. Mais ils ne le sont pas tous.

— Il faudrait le faire…

— C'est prévu.

Le feu avait pris.

Il a remis la plaque en place et il a écarté les chats qui s'étaient regroupés autour de lui. Il a rempli leurs gamelles. Ensuite, il a enlevé sa veste et l'a suspendue au portemanteau. Il a enfilé sa robe de chambre par-dessus ses vêtements, la laine était usée, il a noué les pans avec une ceinture.

Quand il marchait, j'entendais frotter ses semelles sur le plancher.

— La dernière fois, vous m'avez parlé des zones de pêche...

— Pour ça non plus il n'y a rien de précis... Les cormorans pêchent n'importe où, là où ça leur chante, en fonction du vent ou de leur idée.

— Vous avez pu les suivre ?

— À Jobourg, c'est impossible, il y a trop de courants, on ne sait jamais où ils remontent. Mais à Écalgrain, oui.

Théo a hoché la tête.

— Quoi d'autre ?

— Ils ont du travail pour moi à Caen.

Il est allé se frotter les mains au-dessus du poêle. La pièce n'était pas froide mais l'air était humide. Il fallait respirer ça, toujours.

Le sac était sur la table. Il ne l'avait pas touché. À peine regardé.

— Il faudrait mettre le jambon au frigo, j'ai dit.

Il a haussé les épaules.

Il s'est avancé vers la fenêtre.

— Vous avez vu, quelqu'un rôde.

Il s'est écarté pour me laisser voir. Je n'ai rien vu d'autre que les ombres des feulants.

— Ce n'est pas la première fois. Déjà hier et les soirs d'avant.

Il a repris sa place à la table.

— Il croit que je ne le vois pas.

Il a levé la tête et nos yeux se sont croisés. Il y a eu ces quelques secondes où j'ai pensé au phare cette nuit-là, et où il y a pensé aussi.

— Théo...

Je n'ai pas eu besoin de reposer la question. Il avait compris. Ses lèvres se sont refermées. Je crois qu'il a voulu sourire. Il a eu ce moment d'hésitation, entre rire et grimace, il a fini par grogner.

— Allez-vous-en...

D'une voix très basse, et il l'a répété.

Je me suis levée. J'ai repoussé la chaise.

Je me suis avancée vers la porte.

J'avais la main sur le loquet. Il était glacé ou c'était ma peau.

J'ai entendu sa voix.

— Il m'arrivait la nuit d'être réveillé par le choc lourd des oiseaux qui s'écrasaient contre la vitre du phare.

Ses mots, pris dans cette voix de fond de gorge.

— Des oiseaux magnifiques... Ils se jetaient en aveugle dans la lumière.

Je me suis retournée.

Théo était assis. Il me regardait.

Après ce temps très long, il a dit, Éteindre le phare, vous l'auriez fait vous aussi.

Il a dit cela et il a montré la chaise en face de lui. Je suis revenue m'asseoir.

Aucun des chats ne bougeait. Il régnait un curieux silence dans la pièce. Comme après un grand cri. L'attente de l'écho.

Théo a vidé son verre. Il a gratté le dessus de la table avec la pointe de son couteau.

— Je me souviens du jour où j'ai fait ça pour la première fois.

Il a souri doucement.

— J'ai éteint quelques minutes... Après, j'ai pris l'habitude. Je faisais ça quand j'étais seul... Dès que je rallumais, il s'en écrasait d'autres.

La pointe du couteau laissait des marques dans le bois de la table. J'entendais le bruit de la lame qui s'enfonçait.

— Je ne voyais pas les oiseaux que je sauvais, seulement ceux qui s'écrasaient...

Il a levé les yeux sur moi.

— C'était du double vitrage. J'avais les images, les corps, les plumes, le sang. J'avais tout ça, mais pas le son.

Il a tenté un autre sourire.

— On se serait cru dans un film muet. Les oiseaux étaient attirés par la lumière, aveuglés par elle. Ils volaient avec la mort au bout. Ils surgissaient de la nuit, ils battaient des ailes, cherchaient un espace. Les plus chanceux se brisaient contre la vitre sans rien comprendre.

Théo s'est tu. Il s'est levé pour remplir son verre à l'évier.

Il a vérifié le feu. J'entendais le tic-tac de la pendule.

— Je me souviens du premier oiseau qui s'est écrasé ce soir-là... Le soir du naufrage. C'était une oie, elle volait avec d'autres.

Il ne me regardait plus mais il fixait le mur, derrière moi, un point juste au-dessus de mon épaule.

— J'ai éteint. Pas longtemps...

Il a bougé la tête comme s'il voulait se décrocher de l'emprise de cette image. Souvenir tenace. Ses yeux restaient rivés au mur.

— C'est tellement long, le temps en mer...

Il a dit cela et il a passé sa main sur son visage, ces traces nouvelles que l'aveu avait creusées.

— Maintenant, les oiseaux continuent de s'écraser mais plus personne n'est là-bas pour les voir.

Il a bu une gorgée d'eau.

— Les passes sont étroites... Par endroits, les rochers affleurent... Il faut connaître. Cette nuit-là, le temps n'était pas si mauvais que ça. Je ne pouvais pas savoir qu'il y aurait ce voilier.

Il a regardé du côté de la porte comme si quelqu'un était là.

Il n'y avait personne, seuls les souvenirs.

— C'est le capitaine Gweener qui a dirigé les recherches. Ils ont retrouvé le corps d'un homme quelques heures après. La femme a été ramenée le lendemain, les courants l'avaient déposée sur la plage.

Il faisait tourner son verre entre ses mains. Je voyais la mer dans ses yeux, le voilier, je voyais tout ce qu'il avait vu, ça débordait de lui.

Un aveu, à voix basse.

— C'est à Lambert que vous auriez dû dire ça. C'était à lui, cette vérité, son dû.

Il a grimacé. La petite chatte blanche a traversé la pièce de sa démarche chaloupée et elle est allée se coucher sur le pull, entre les pieds du poêle.

Il a attendu qu'elle soit installée, les pattes avant ramenées sous elle.

— J'ai continué à garder le phare pendant un an encore. Je n'ai plus jamais éteint la lanterne. La nuit, quand les oiseaux s'écrasaient, je les regardais. Je n'ai jamais baissé les yeux. Jamais détourné la tête. Je me forçais à voir, jusqu'au bout, les corps qui éclataient. J'avais l'impression de payer. Il s'en est écrasé beaucoup cette dernière année.

— Pourquoi vous n'avez pas dit la vérité ?

Il a ricané.

— Par lâcheté sans doute.

— Lambert a pensé venir vous tuer.

— Je l'ai attendu longtemps. Un jour, il est venu, c'était quelques années après l'accident, il m'a parlé à la barrière, j'ai cru qu'il allait revenir la nuit suivante et qu'il me tuerait. J'ai veillé très tard ce soir-là.

— Vous vous seriez défendu ?

Il a fait non avec la tête.

— J'avais laissé la porte ouverte. La Mère était au-dessus, avec Lili, elles dormaient. Je l'ai attendu.

Il a regardé ses mains un long moment et il n'a plus rien dit.

Dix fois, je suis passée devant la maison. Il y avait de la lumière dans la cuisine. Je n'osais pas entrer, peut-être à cause de la nuit. Ou de ce que j'avais à lui dire. Il était ici et il était si tard.

J'ai poussé la barrière et j'ai regardé par la fenêtre. Je l'ai vu, devant la cheminée. Assis. Il regardait le feu. Il portait un gros pull de laine clair, on aurait dit un pull de montagne.

Il regardait juste le feu. Et moi, je le regardais lui, et j'ai compris que je ne pourrais pas faire autrement qu'entrer.

Que je devais faire cela.

Que j'aurais aimé qu'il le fasse pour moi.

J'ai poussé la porte.

Il a à peine tourné les yeux. Seule la lumière des flammes éclairait la pièce. Je voyais ses mains dans les reflets, son visage. Un sourire est passé sur ses lèvres, et je n'aurais su dire si c'était de la joie ou de la tristesse, sans doute un mélange des deux, mais c'était peut-être aussi autre chose de plus indéfinissable.

J'ai refermé la porte derrière moi.

Il faisait chaud dans la pièce.

J'ai enlevé ma veste. J'ai pris une chaise et je suis venue m'asseoir près de lui.

Il y avait une bouteille d'alcool sur le sol, près de ses pieds. Il s'est baissé, il a rempli son verre et il me l'a tendu.

J'ai pris le verre dans ma main.

Il savait que je venais de là-bas. Le rôdeur aperçu par Théo, c'était lui.

J'ai bu, une gorgée violente qui m'a soulevé l'estomac. Les yeux brûlés, noyés de larmes. J'ai attendu que ça passe. J'ai fixé les flammes. Il n'était pas pressé, moi non plus. J'ai avalé une autre gorgée. Mes yeux étaient habitués, l'alcool m'a fait du bien.

Je lui ai répété tout ce que Théo m'avait dit, tout, la nuit, la mer, la lumière, je lui ai parlé de la mort des oiseaux.

J'ai raconté les autres nuits. Les oiseaux, jaillis de la nuit, issus d'elle.

Il a pris le verre d'entre mes mains. Il l'a rempli. On a bu encore.

C'était un alcool fort, je me suis sentie suer. Ses mâchoires à lui, serrées.

Je m'en suis tenue à ce que Théo m'avait dit. À cela seulement.

— La nuit du naufrage, il a vu arriver un vol d'oiseaux, des migrateurs, un vol magnifique. Ils ont commencé à s'écraser, par dizaines.

Je lui ai parlé de la lumière du phare qui se reflétait dans les yeux des oiseaux, de cette pitié immense qui le submergeait, lui, parce qu'il les voyait s'approcher avec tellement de confiance.

— Il dit qu'il n'aurait dû y avoir personne cette nuit-là sur la mer. Il dit aussi que c'était impossible pour lui de voir mourir tous ces oiseaux.

— Et une famille entière qui meurt, ça lui fait quoi ?

Je n'ai pas répondu. J'ai attendu qu'il se calme et j'ai raconté encore. Je ne sais pas combien de temps ça a duré. Longtemps. Par moments, je me taisais, je regardais les flammes.

— Il s'en est écrasé dix, quinze, ce soir-là.

Lambert s'est levé. Il a marché derrière moi, quelque part dans la pièce.

— Théo était derrière la vitre, il sentait les chocs. Quand il ouvrait les yeux, il voyait le sang.

J'ai entendu le bruit du verre qui s'est brisé violemment contre le mur. Je l'ai regardé. Sa main, contre sa cuisse, elle tremblait.

— À quel moment il s'est dit, Je vais éteindre le phare et tant pis s'il y a des bateaux ?

— Je ne sais pas s'il a dit cela.

J'ai remis du bois dans le feu. Je suis restée un moment, à genoux, à fixer les flammes.

— Théo a compris que quelque chose s'était passé quand il a entendu les sirènes. Il a vu les lumières sur le quai, les portes grandes ouvertes et le canot qui sortait. Quand le canot est arrivé sur le lieu du naufrage, il n'y avait plus personne dans le voilier. Ils ont fouillé la mer. C'était la nuit. Ils avaient des lampes mais les vagues étaient fortes.

— Ils n'ont pas assez cherché…

— Théo dit qu'ils ne pouvaient pas chercher davantage.

Lambert a fait non avec la tête.

J'ai fini mon verre.

Cette vérité, c'était quelque chose qu'il avait voulu entendre. Il s'est passé un autre long moment. J'avais tout dit. Raconter davantage, ç'aurait été tricher avec la mémoire, accuser ou pardonner. Je ne voulais pas.

Inventer du souvenir non plus.

C'était son histoire.

— Et mon frère, la mer l'a gardé. Elle a pris sa part, c'est comme ça qu'ils disent ici !

— C'est comme ça oui…

— Et ça ne vous gêne pas ?

Il a marché jusqu'à la porte. Il est sorti. J'ai cru qu'il allait partir mais il est resté dehors, dans le jardin. Il faisait froid. Il faisait nuit. Ses mains étaient accrochées à ses bras comme des liens. La porte était restée grande ouverte. Les insectes du soir butinaient dans la rosée. Je les entendais.

Lambert s'est allumé une cigarette.

— C'était le matin, ils sont venus là... Je dormais. Ma mère m'avait dit ça avant de partir, Si on rentre tard, couche-toi...

Il s'est tourné vers moi.

— Quand ils sont morts, je dormais.

J'ai rien vu de son visage, seulement ses yeux.

— Je me suis réveillé, j'ai entendu parler dans la cuisine, j'ai cru que c'était mon père. Je suis descendu. Deux pompiers, avec le maire, ils étaient là... Je les ai regardés. Je crois que j'ai compris tout de suite. J'ai fait demi-tour, je voulais retourner me coucher, retrouver mes draps, ne pas entendre ce qu'ils avaient à me dire...

Il a baissé la tête et il a fixé l'endroit de terre entre ses pieds.

— J'ai eu honte, honte de ne pas être parti avec eux. De ne pas être mort moi aussi.

Il a relevé la tête.

— Le jour de l'enterrement, il y avait tout le village. On est allés jeter des fleurs sur la mer. Lili pleurait. Tout le monde pleurait. C'est à la fin, j'ai entendu un gars dire que le phare s'était peut-être encore éteint.

Il m'a souri.

Il m'a passé sa cigarette, on l'a fumée et on en a allumé une autre.

— Paul, c'est la mer qui l'a gardé. Il n'a pas de terre, pas d'endroit... C'est plus difficile à accepter.

Il s'est détourné, brusquement, comme s'il voulait prendre le ciel à témoin.

— Ça fait quarante ans que j'en veux à la mer, que j'en veux à ce vieux fou ! Quarante ans !

Il est entré dans la maison. Il en est ressorti avec son blouson. Les clés de la voiture à la main.

— Je veux l'entendre me dire tout ça !

Il est parti.

Je suis retournée dans la maison, j'ai jeté des bûches dans le feu, j'ai tiré un fauteuil, les jambes étendues, et j'ai attendu qu'il revienne.

Je me suis réveillée, le feu était éteint. Il faisait nuit. Lambert n'était toujours pas revenu. Je n'avais pas idée de l'heure qu'il pouvait être, minuit sans doute, un peu plus peut-être. Je me suis fait du café, j'ai attendu encore et je suis redescendue à la Griffue.

De ma chambre, j'ai regardé par la fenêtre, côté terre. La colline, dans la nuit. Le ciel était noir.

Il n'y avait plus de lumière dans la maison de Théo.

Le lendemain, je me suis réveillée bien plus tard que d'habitude. J'avais eu du mal à m'endormir. Je voyais les vagues, la mer, ça me cognait dans les yeux et puis je me demandais ce que Lambert avait fait chez Théo. Plusieurs fois, j'ai pensé sortir du lit pour aller voir. J'ai fini par sombrer, au petit matin. Un sommeil sans rêves.

Au matin, mon visage dans le miroir, on aurait dit une tête d'assommée.

J'ai bu un café, très chaud et très fort.

Théo m'attendait au portail. Il ne m'a pas parlé de Lambert. Pas un mot sur sa visite. Il ne m'a pas parlé des oiseaux ni des falaises.

J'ai cru que Lambert n'était pas venu. Qu'il était resté sur le chemin, dans sa voiture, à regarder l'ombre de Théo dans la cuisine. Resté là jusqu'à ce que la lumière s'éteigne. Il avait dû partir après.

J'ai cru cela et j'ai regardé Théo.

Quelque chose n'était pas comme d'habitude. Ses yeux me fuyaient.

— On dit que Florelle ne va pas bien en ce moment.

C'est ce qu'il a dit, ces mots-là exactement.

— On dit qu'elle court de nouveau sur la grève, qu'elle profère ses discours.

Ses mains tremblaient.

— J'aimerais la voir. Vous pourrez lui dire ça, en passant, que je veux la voir ?

— Je lui dirai.

Il n'a rien dit d'autre.

— Tout va bien, Théo ? j'ai demandé.

Il a eu un étrange sourire. Il s'est détourné sans répondre, il a monté les marches du perron et il a disparu à l'intérieur de la maison.

Nan était assise sur une chaise, derrière la fenêtre, elle brodait dans le tissu sombre d'un linceul. Je n'ai eu qu'à pousser la porte.

Raphaël l'avait sculptée comme ça, en couturière des morts, une silhouette de femme penchée sous une chevelure de folle.

C'était la première fois que j'entrais dans sa maison. Cette pièce dans laquelle elle vivait jouxtait les grandes salles désertes du Refuge. Je suis restée à la porte.

— Nan ?...

Elle a levé la tête de son ouvrage. Dans son giron étaient posées une grosse paire de ciseaux, une boule de tissu piquée d'une multitude d'aiguilles aux têtes de couleur.

— C'est Théo, il veut vous voir, j'ai dit.

Elle a fait entendre un grognement bas, comme un animal qu'on dérange, et elle a repris son travail. Je me suis avancée. L'aiguille perçait le tissu, j'entendais le bruit du fil qui se tendait et la respiration tranquille de la vieille. Le froissement du linceul quand elle a ramené les pans sur ses cuisses.

Elle brodait à petits points serrés. Une boîte en fer était posée sur le rebord de la fenêtre, elle contenait des bobines de couleur. Le tissu du linceul brillait à la lumière.

Nan traçait les lettres d'un nom.

— C'est le mien, mon manteau de mort, elle a dit en montrant le linceul.

Sur le gris du tissu, le nom brodé, Florelle.

Elle n'avait pas brodé Nan.

Nan, c'était le nom que lui donnaient les vivants.

Le tissu était froid.

— Gris-bleu, la couleur de la mer les jours où la mer prend les hommes.

Elle a plongé ses yeux dans les miens, son regard était inconfortable, il m'a traversée sans me voir.

— Qu'est-ce qu'il veut, Théo ?

— Je n'en sais rien... Vous voir.

Je me suis reculée.

Un tableau était accroché au-dessus de la cheminée. Dans les tons bleu-vert, trop naïf, il représentait le Refuge l'été. Sur une étagère, il y avait une grosse pendule et des photos d'enfants, par dizaines. Certaines étaient simplement posées en équilibre contre le mur. Certaines, plus grandes que d'autres, et d'autres, derrière, que l'on ne voyait pas.

— Ce sont tous les enfants du Refuge ?

Elle n'a pas répondu. Les photos étaient sales, recouvertes d'empreintes de doigts et de traces de suie aussi.

— C'est vous qui les avez prises ?

— C'est moi.

Elle a rassemblé le linceul et l'a posé sur le dossier de la chaise. Elle s'est levée et elle s'est approchée des photos.

— Il y en a qui m'écrivent encore, aux anniversaires, à Noël... Ceux qui tournent mal ne m'écrivent pas.

Elle a pris une photo entre ses mains, celle d'un enfant seul, debout dans la cour, les bras légèrement écartés du corps. Il portait un short bouffant.

— Lui, c'était un gamin de forains. Il riait tout le temps. Son père avait un ours, il le baladait dans les villages, comme ça, au bout d'une corde. Ils avaient installé leur roulotte dans un pré au-dessus de Jobourg. Ils sont restés quelques jours. Ils sont repartis en oubliant le gamin. Quand ils s'en sont rendu compte, c'était trop tard, ils étaient loin. Ils l'ont récupéré l'année d'après.

Elle a trié dans les autres photos.

— Je me souviens de tous les visages...

Elle m'a montré une autre photo aux contours dentelés.

— Celui-là, il est resté six ans avec nous. On a essayé de le placer, personne n'en voulait ! Un visage d'ange pourtant... Une terreur à l'intérieur. À la fin, avec Ursula on disait, Il finira par tuer quelqu'un ! Il a mis quinze ans mais il l'a fait.

Elle a tiré une autre photo, une fillette avec un ourson qu'elle traînait par la patte. Le front bas, elle regardait par en dessous.

— Celle-là était une malheureuse... Toujours mouillée, la pluie, les larmes, la pisse... Et crasseuse avec ça ! Elle infestait la chambrée avec ses poux, on la tondait pourtant.

Elle a reposé la photo.

— Une désolation, cette gosse...

Elle a tourné la tête et elle m'a regardée, un regard droit, très franc.

— Pourquoi il ne vient pas Théo ?

— Le docteur ne veut pas qu'il sorte.

Elle a eu un drôle de rire.

— Depuis quand Théo écoute les docteurs ?

Elle s'est détournée des photos.

Une armoire était poussée contre le mur. Deux grandes portes en noyer.

Elle a tourné la clé, a ouvert l'un des battants.

— J'ai cousu le nom de tous ces enfants dans mes robes.

Elle m'a montré. Il y avait là, pendues sur des cintres, une cinquantaine de robes lourdes et noires, toutes semblables. C'était avec ces robes qu'elle allait braver les tempêtes. Elle a passé sa main. Elle a décroché une robe, l'a portée sur la table, à la lumière.

Elle a pris ma main, j'ai senti dans l'épaisseur du tissu le bombé du fil, les lettres écrites en gris sur le fond noir de la robe.

Des noms. Des mots.

Elle avait les yeux à quelques centimètres des lettres. Il y avait des phrases. Le tissu sentait le renfermé. Elle a sorti d'autres robes.

Dans l'armoire, les cintres vides se balançaient. C'était sa vie de survivante qu'elle avait écrite.

— J'ai tout écrit de l'histoire.

Je ne sais pas de quelle histoire elle parlait. Était-ce de son amour avec Théo ou l'histoire de ces enfants ? J'ai compté plus de cinquante photos mais certaines étaient cachées derrière d'autres et d'autres tellement petites, on les voyait à peine. Et puis sur certaines photos, il y avait plusieurs enfants.

— Et cet enfant que vous aimiez tellement...

Elle a froncé les sourcils.

— Michel ?

— Michel oui...

Elle a souri et elle a cherché dans les robes. Le geste fébrile. Elle m'a montré, dans le tissu, l'écriture de fil, *Aujourd'hui, Michel a huit ans*. Il y avait d'autres choses écrites. Elle les a lues. *Michel a eu de la fièvre toute la nuit. Il a fallu faire venir le docteur*. Des choses dans d'autres robes, *Michel est entré au lycée*, les mots cousus en grands points irréguliers, *Deux ans que Michel est parti*.

Nan a relevé la tête.

— Michel est revenu ?

— Je n'ai pas dit ça.

D'un geste brusque, elle a ramassé les robes et elle les a jetées dans l'armoire. Elle les a poussées avec ses mains, sans les ranger et elle a refermé la porte. Elle est revenue vers les photos. Elle a fouillé dedans.

Ses mains étaient agitées, son visage nerveux. Certaines photos sont tombées. En tombant, la vitre d'un cadre s'est brisée. Elle a fini par trouver ce qu'elle cherchait, la photo d'un enfant qu'elle a plaquée contre elle, les deux mains croisées par-dessus.

— Michel...

Elle a répété le nom et elle s'est mise à rire.

— La mer me l'a donné ! c'est ce qu'elle a dit.

La photo, en partie cachée par ses mains. Le bas seul était visible. Les jambes de l'enfant, les pieds pris dans une paire de bottes à lacets à côté desquelles était posé un petit train en bois que l'on devinait relié à la main par une corde.

Nan berçait la photo. Elle continuait de rire. J'ai essayé de lui parler mais elle ne m'a pas entendue. J'ai ramassé les photos qui étaient tombées. Les morceaux de verre du cadre. J'ai cherché une poubelle pour jeter les éclats. Je n'en ai pas trouvé. J'ai gardé le verre dans ma main et j'ai remis le cadre à sa place.

— Je vais vous laisser... j'ai dit.

Ce cadre sans vitre. C'était un médaillon. J'ai regardé la photo, le petit polo à bateaux... Le sourire de cet enfant. J'avais déjà vu ce visage quelque part. Il m'a fallu un peu de temps. Le visage, le polo, ce sourire d'ange...

Le médaillon était celui que Lambert avait posé sur la tombe. Il avait disparu. Lambert croyait que c'était Max qui l'avait pris.

Qu'est-ce que cette photo faisait ici ?

Nan était toujours les deux mains croisées sur son cœur, avec la photo qu'elle berçait.

Elle avait déjà volé les jouets. Pourquoi voler une photo d'enfant alors qu'elle en avait déjà tant d'autres ?

Elle est allée jusqu'à la fenêtre.

D'elle, je voyais le dos, la tresse lourde. Les mains que je devinais repliées. Elle chantonnait comme si elle était seule.

— Vous n'oublierez pas de passer voir Théo ?

Elle n'a pas répondu.

Je l'ai regardée encore une fois avant de sortir. J'ai glissé le petit médaillon dans ma poche et j'ai refermé la porte derrière moi.

Les ânes s'étaient regroupés un peu plus bas, dans une ruelle près du lavoir. Ils mangeaient ce que des enfants avaient déposé pour eux devant une porte.

On dit ici que celui qui entrave un âne meurt de solitude.

J'ai continué sur le sentier qui bordait la mer. Les éclats de verre dans la main. La photo dans ma poche. Je connaissais ce sentier par cœur. Sous mes pieds, les affleurements parfois traîtres d'une roche, le glissement d'une terre trop grasse, la douceur des tapis de mousse. J'avais la mer dans les yeux. Cet éblouissement de lumière. Je me suis assise sur un rocher. J'ai sorti la photo de ma poche. L'enfant avait les yeux grands ouverts.

En volant cette photo, Nan avait-elle voulu ajouter un visage de plus à sa déjà longue collection ? Faire entrer ainsi un autre enfant dans une maison qui n'en accueillait plus, comme si l'histoire du Refuge devait continuer encore ? Était-ce cela ?

J'ai glissé la photo dans ma poche, sans trop savoir si je devais la donner à Lambert ou la reposer sur la tombe sans rien en dire.

J'ai continué sur le sentier jusqu'à la plage d'Écalgrain. Un serpent était venu crever entre deux pierres. Une longue colonne de fourmis rouges l'évidait patiemment.

Une aigrette a plongé devant moi, elle a fendu l'eau et elle est ressortie un moment après avec, dans le bec, un petit poisson couleur argent.

Morgane était sur la plage, avec un garçon. Ils marchaient ensemble, l'un contre l'autre. Ils se trébuchaient dessus à force de se tenir.

Morgane portait son pull de laine rose. Je ne sais pas qui était le garçon. Je ne l'avais jamais vu avant. Ils se sont embrassés.

Je les ai regardés dans mes jumelles. Un baiser, à pleine bouche et sans retenue, et déjà leurs mains qui se cherchaient, avides, elles réclamaient davantage. Ils étaient debout, face à la mer. Ils sont tombés à genoux. Ils ont continué à s'embrasser. À peine cachés.

Max était là lui aussi, tapi dans l'ombre. Là, comme s'il lui était impossible d'être ailleurs. Des mots sortaient de lui.

— Je suis toujours là où il y a Morgane.

À peine s'il bougeait les lèvres. Il s'est gratté les joues avec les ongles. Le crissement désagréable.

— Le dedans de ses cuisses, c'est comme du velours, on dirait de la neige quand la neige vient juste de tomber.

Il a fait de grands pas en direction du chemin, j'ai cru qu'il allait partir.

Il est revenu.

— Morgane sent la craie. Quand elle se lave, l'eau glisse dans son dos, ça fait des traces de soleil comme la bave des escargots sur le dos des rochers.

Il a dit cela très vite, comme pour s'en débarrasser. Lui aussi, à genoux, il a creusé dans la terre rouge, une terre humide qu'il a ramenée avec ses longs doigts. Il a frotté ses lèvres avec cette terre. Il gémissait.

J'aurais voulu faire comme lui, être capable de cela. J'ai serré mes mains, et j'ai senti les éclats de verre sous ma paume.

— Faut te lever…

Mes mains saignaient.

Ses yeux.

— Un jour, j'arracherai les hommes du ventre de Morgane… Morgane sera à moi. Un jour… Il ne faut pas longtemps.

Il s'est levé. Il a reculé. Il ne comprenait pas.

— Un jour, quand elle verra, elle sera bien obligée…

J'ai jeté les éclats de verre dans le trou qu'il avait creusé.

— Il faut partir, j'ai dit.

Je lui ai touché la main.

— C'est un temps à bars…

Il m'a regardée et il a regardé le ciel. Sa lèvre lourde.

— C'est un temps à rien, il a dit.

Il a regardé encore du côté des rochers, là où Morgane avait disparu.

— Allez viens, Max, on s'en va.

Il avait raison, ce n'était pas un temps à bars. C'était un temps à rien. Je l'ai laissé à son bateau et je suis remontée au village. Lambert n'était pas chez lui. La maison était fermée, les volets clos.

Était-il allé chez Théo ?

Le panneau *À vendre* était toujours accroché à la barrière.

Le ciel était blanc, avec des traînées plus sombres au-dessus de la mer. Des traînées qui devenaient de plus en plus noires. Ça allait finir par être un temps à pluie.

Le lendemain, Max a libéré les papillons. Tous les papillons qu'il gardait pour Morgane.

Il est monté tout en haut d'un pré qui dominait la mer.

Il a ouvert la cage.

Il a relâché les papillons.

Le lendemain, je devais retrouver les gars du Centre sur les falaises. Quand je suis arrivée, ils avaient déjà commencé à prélever les œufs. Ils en avaient pris plusieurs, dans des nids différents, et ils mettaient des leurres à la place. J'étais là pour noter le comportement des oiseaux et je chronométrais leurs mouvements. Les oiseaux gueulaient, tous, ceux à qui on prenait les œufs et aussi les autres. Dessous, la mer remontait, des gros rouleaux d'écume blanche. Les mouettes volaient en rasant la falaise. Les mains des hommes, à portée des nids, ça les rendait furieuses. Deux cormorans à qui on avait pris un œuf s'étaient envolés. J'ai chronométré seize minutes avant que le premier ne revienne. Il a repris sa place. L'œuf avait été remplacé par un leurre. Il ne s'est rendu compte de rien. J'ai compté neuf minutes encore avant qu'il ne se remette à couver.

Le second est revenu trois minutes après le premier.

J'ai rempli mes grilles. Le vent soufflait. J'avais des pinces spéciales pour retenir les feuilles.

Vingt-cinq minutes encore et un autre oiseau est arrivé. L'œil fou. Le bec ouvert. Il a commencé à marcher sur son nid, sur les bords et puis à l'intérieur, il a tout saccagé. Les œufs qui étaient encore dans le nid sont tombés sur la plage.

Après seulement, l'oiseau s'est calmé, il s'est posté sur un rocher tout près et il a entrepris de lisser ses plumes.

Les gars du Centre avaient terminé. Ils sont partis. Je suis restée encore un peu. J'ai attendu que le calme revienne sur la falaise.

Un moineau albinos est venu se poser près de moi. Je lui ai donné quelques miettes de biscuit. C'était le premier albinos que je voyais. J'aurais dû le dessiner. Je n'ai pas eu envie.

Lambert n'était toujours pas revenu. Ça faisait plusieurs jours maintenant que la maison était fermée. J'étais passée devant, le matin et aussi en revenant des falaises.

Morgane ne savait pas où il était. Monsieur Anselme non plus. Même Lili ne savait rien. Quand je lui ai posé la question, elle a haussé les épaules.

J'ai décidé d'aller voir Théo.

J'ai fait le détour en redescendant à la Griffue.

Il était en train de lire le journal. Quand je suis entrée, il ne s'est pas levé mais il a pointé son doigt sur un article.

Cette nuit, un chien sauvage avait attaqué l'une des chèvres... Il l'avait traînée dans une guérite de douaniers. Les gardes-côtes avaient trouvé la bête au bord du sentier, la tête qui dépassait.

Il a tapé de la main sur le journal.

— Fichu chien !

J'ai enlevé ma veste.

La pièce était petite, le poêle bourré à fond, il faisait toujours trop chaud ici.

Théo a parlé encore de la chèvre et de toutes celles qui s'étaient fait bouffer dans la lande. Il parlait de ça pour ne pas avoir à parler de Lambert. Cette visite qu'il avait dû lui faire. J'ai regardé autour de moi comme si je pouvais trouver une trace de son pas-

334

sage. Théo continuait de parler. Je suis sûre qu'il pensait à Lambert lui aussi.

À un moment, il a refermé le journal, les deux mains croisées par-dessus. La tête baissée.

— Lambert est venu vous voir l'autre soir, n'est-ce pas ?...

Il a hoché la tête.

— Que s'est-il passé ?

— Qu'est-ce que vous voulez qu'il se passe ? Il a voulu que je lui parle de cette nuit, je lui ai dit ce que je vous avais dit, rien de plus.

Théo a grogné quelques mots entre ses dents. Il a plié le journal en deux et puis en quatre, en lissant les plis.

— Il est venu, on a parlé, il est parti.

— Il est parti où ?

— Ce que j'en sais moi ! Je vous avais demandé de passer chez Florelle, est-ce que vous l'avez fait ?

J'ai hésité avant de lui répondre.

— Je lui ai dit que vous vouliez la voir mais je ne sais pas si elle va venir.

— Comment l'avez-vous trouvée ?

— Quand je suis arrivée, elle était en train de coudre.

— Et quand vous êtes partie ?

J'ai regardé Théo.

— Elle avait pris une photo contre elle, et elle la berçait. C'était la photo de Michel.

Il n'a pas cillé. Il s'est contenté de garder un moment le silence, et il a hoché la tête.

— Je regrette que les choses se soient passées ainsi... Pour sauver quelques oiseaux, la mort de ces personnes... J'aurais voulu qu'il croie que c'était la mer, la mer seulement qui était responsable, ç'aurait été plus facile pour lui.

Il avait changé de conversation, revenant à Lambert comme pour échapper à d'autres mots encore plus difficiles.

— Plus facile qu'il en veuille à la mer ? j'ai demandé.

— Oui... On pardonne plus à la mer qu'aux hommes... Je lui ai tout dit de cette nuit... C'est ce qu'il voulait. À un moment, il est sorti s'asseoir sur les marches, au milieu des gamelles. J'ai cru qu'il était parti. Il fumait. Après, il est revenu. Il a voulu que je lui raconte encore, depuis le début, tout... Il a posé les mêmes questions.

Il a levé la main, fataliste.

— Je ne sais pas où il est allé.

Il a tenté un sourire. Il était fatigué. Le visage assombri de quelqu'un qui a mal dormi ou pas assez. Était-ce le remords ? Sans doute ma présence ajoutait encore à sa fatigue.

Lambert avait eu besoin d'entendre la vérité. Est-ce aussi pour cela que Théo avait accepté de raconter ? Pour ne pas mourir avec ce misérable secret ? J'ai voulu lui demander s'il savait pourquoi Nan avait volé la photo sur la tombe des Perack. J'ai pensé aussi que cela ne devait pas avoir tant d'importance.

Le chat s'est mis à ronronner.

Théo s'est levé. Il s'est approché du bureau, il a soulevé des papiers, les a reposés, il cherchait quelque chose dans cet inextricable fouillis.

— Il arrivait que Florelle vienne passer la nuit avec moi, au phare...

C'est ce qu'il a dit. Superposées les unes sur les autres, des caisses en bois servaient de rayonnage. À l'intérieur, quelques livres dont la couverture bleue rappelait d'anciens livres d'école. Tout en haut des caisses, des bibelots poussiéreux, une vieille radio TSF.

Une autre radio plus moderne était posée sur le rebord de la fenêtre.

— C'est un pêcheur qui la faisait passer. Il nous aimait bien... Il fallait que la mer soit calme et qu'il parte de nuit. Il reprenait Florelle le matin, quand il rentrait.

Il a trouvé ce qu'il cherchait.

Il a dit, Ces nuits-là, Ursula dormait au Refuge.

Il a dit cela.

Et il a posé une feuille sur la table. Un format A4. Plié.

— Vous lui donnerez...

Il est sorti de la pièce. Je l'ai entendu qui s'éloignait dans le couloir et puis plus rien. Je ne sais pas où il est allé. Peut-être qu'il était monté dans le grenier, derrière cette lucarne d'où il voyait la mer, le phare et la maison de Nan.

J'ai ouvert le papier. C'était un document tapé à la machine, avec le tampon de la capitainerie dans le coin supérieur gauche.

J'ai lu.

Compte rendu du naufrage de la Sphyrène *dans le secteur du cap de la Hague, en date du 19 octobre 1967.*
Lieu du sinistre : le Raz Blanchard
Nature du bâtiment : voilier
Nationalité : française
Occupants : trois
Personnes sauvées : zéro

Établi par le capitaine Christian Gweener.

Le 19 octobre 1967 à 23 h 07, le sémaphore de la Hague reçoit un SOS provenant d'un voilier qui vient de percuter un rocher dans le gros du Raz. On nous signale trois occupants à bord. Le vent est de secteur ouest. À 23 h 30, le canot de sauvetage prend la mer. La visibilité est faible. La mer forte avec un courant de jusant contraire.

À 23 h 40, nous entrons dans la zone de recherche, à trois milles au nord-est de la Hague. À 23 h 55, nous apercevons le voilier la Sphyrène. Le foc et la grand-voile sont déchirés. C'est avec difficulté que nous approchons. Il n'y a personne à bord. Le vent est d'ouest de force 7, en rafales. Le voilier dérive rapidement, poussé par le vent et la marée. Nous concentrons nos recherches dans la zone et puis plus à l'ouest. À 0 h 30, le corps d'un occupant du voilier est retrouvé. Il s'agit d'un homme d'une quarantaine d'années, sans vie. Le canot pneumatique le ramène sur Goury. Nous restons sur zone pour tenter de retrouver les deux autres membres de l'équipage. La mer est toujours agitée avec un vent fort et une visibilité médiocre. Après de longues heures de recherches infructueuses, nous décidons de rentrer. Nous parvenons à remorquer le voilier mais, à mi-course, le voilier prend l'eau et il s'enfonce de plus en plus. Nous sommes obligés de couper la corde de remorquage. Un quart d'heure après, le voilier disparaît dans les eaux. À 4 h 10, nous rentrons, épuisés par cette longue nuit de veille.

Le canot est remonté dans son abri à 4 h 30.

Un deuxième corps sans vie, celui d'une femme, est retrouvé le lendemain sur la plage dite d'Écalgrain.

À ce jour, le corps du troisième occupant n'a pas été retrouvé.

Raphaël avait commencé une sculpture d'un être qui ressemblait à la Cigogne.

— Tu en penses quoi ? il a dit en m'entraînant dans l'atelier.

Le corps était chétif, les jambes démesurément hautes. La Cigogne dans sa cape. Raphaël avait forcé avec les pouces pour creuser le ventre, en faire un vide. Tout le reste, la tête, les bras, s'effaçait devant la force de ce ventre.

Il s'est assis sur le divan, les genoux ramenés devant lui.

— Tu ne dis rien ?

— Non.

Il a souri.

— C'est que ce n'est pas si mauvais que ça alors...

Il s'est collé une cigarette entre les lèvres. Tout ce qui lui servait pour bâtir ses sculptures traînait sur le sol, bois, grillage... Il ne jetait rien, il aimait ce désordre, il disait que ces restes de bois étaient les traces de son travail.

— Je l'appellerai *La Crève-la-Faim* !

Je me suis calée à côté de lui. Il m'a regardée.

— Quand je te vois comme ça, avec tes yeux, je me dis qu'il faudrait que je te sculpte. On dirait que tu es arrivée ici à la nage !

— En radeau, j'ai précisé, avec deux rames.

J'avais les cervicales qui brûlaient.

— Les rames, ça fait la différence, surtout si t'en as deux, j'ai dit en me passant la main sur la nuque.

— Il se passe quoi si t'en as qu'une ?

— Tu tournes en rond, Raph, tu tournes en rond.

Il s'est frotté les mains l'une contre l'autre et il a plaqué ses mains contre ma nuque.

— T'es à peine tendue, il a dit.

Il a massé, un va-et-vient régulier. J'ai essayé de résister et puis j'ai fermé les yeux. J'ai pensé à toi. Ton sourire m'est revenu. Tu m'avais dit, On se quittera un jour impair, pour rire, tu avais dit ça...

— Tes muscles, on dirait des câbles.

— Tais-toi...

— T'as eu un accident ?

— Si on veut.

— C'est quoi, si on veut ?

— Deux mois à errer chez les dingues.

— Côté soignant ?

— Non, côté patient.

Il s'est arrêté de masser.

— Tu déconnes ?

— Non.

— Les dingues, les vrais ?

— Les vrais oui...

— Avec la camisole ?

— Chimique, la camisole. Continue...

J'avais un nerf qui se coinçait quelque part, ça me bloquait la nuque. La douleur courait le long de mon bras, jusqu'au bout des doigts, je sentais la barre de feu. La nuit, ça me réveillait.

— Et on te filait des doses gratis pour que tu planes ?

— Des doses gratis... De sacrées doses même...

— Le rapport avec tes cervicales ?

— Je ne sais pas mais c'est depuis.

Il a continué à masser, sans rien dire.

— Tu fais ça bien... j'ai dit.

Ça l'a fait rire. Il a remis mon col en place. Il s'est allongé, les deux mains sous la tête. Il me regardait. Il a sorti l'une de ses mains.

— Tu viens ?

Il a insisté d'un mouvement de tête.

— Allez...

Je me suis étendue, cinq centimètres entre son corps et le mien. Son bras s'est refermé.

— Relax...

Il n'y avait plus d'espace. J'avais la tête dans son cou. J'entendais battre son cœur. Ou peut-être que c'était le mien.

— Raphaël ?

— Mmm ?

— T'es pas amoureux hein ?

Je l'ai senti qui souriait.

— Non. Et toi ?

— Moi non plus.

Il a posé ses lèvres sur mon front.

— Alors ça va. T'as pas de raison de te biler.

Monsieur Anselme s'était absenté quelques jours pour aller à Paris. Quand je suis arrivée chez Lili, il m'attendait avec un livre sur Prévert.

— À manipuler avec infiniment de précautions...

J'ai feuilleté quelques pages. J'avais la tête ailleurs. Il m'a montré les lettres, les photos, un dessin de Picasso dédicacé à Prévert, une carte postale de Miró, Prévert avec Janine, Prévert avec André Breton, Prévert à Saint-Paul-de-Vence.

Il m'ennuyait. C'était la première fois que je ressentais cela aussi fort. Je me suis vue, à cette table, avec cet homme vieillissant, obsessionnel.

— La première fois que je l'ai rencontré, c'était à la Colombe d'or... Le même jour, il a plongé tout habillé dans une sorte de bassin qui était sur la terrasse.

— Une vasque, monsieur Anselme... D'habitude, vous dites une vasque...

Je m'en suis voulu d'être désagréable. J'ai détourné la tête. La maison de Lambert était toujours fermée. Sa voiture n'était plus devant la maison. Elle n'était plus le long du quai. Le jardin avait été débarrassé de ses ronces mais Max disait que sur l'arrière, il y avait encore tout à faire.

Le panneau À vendre était toujours accroché à la barrière.

— Une vasque oui, vous avez raison... Il faudra venir me voir à Omonville. Je vous montrerai la maison du Val, cette maison où Prévert a choisi de finir sa vie. L'endroit vous plaira, j'en suis sûr !

Il s'est tourné vers Lili, il a commandé deux alcools d'une bouteille sans étiquette. Il a fait tourner son verre entre ses mains. C'était un alcool transparent au bon goût de prune. Il a avalé une gorgée.

— Le breuvage est raide, il a dit en soufflant de surprise, mais parfois nous en avons besoin.

Il m'a regardée.

— Je vous ennuie ?... Ma fille aussi me dit cela, parfois, que je suis ennuyeux.

Il a refermé le livre et il l'a mis sur le côté de la table.

— Qu'est-ce qui vous tourmente ainsi aujourd'hui ?

— Vous saviez que Théo avait aimé Nan ?

Il m'a regardée, un peu surpris par la question.

— Bien sûr que je le savais. Tout le monde le sait ici...

— Et qu'elle le rejoignait parfois quand il était dans le phare ?

Il m'a montré Lili et la Mère.

— Ces choses-là se sont dites mais... ce n'est peut-être pas le meilleur endroit pour en parler.

Il a pressé ses mains l'une contre l'autre, ses lèvres contre ses doigts. Son sourire, amusé. Il s'est penché vers moi.

— Vous savez, les sentiments amoureux... Qu'est-ce qui fait que l'on s'éprend, comme ça, au premier regard, sans jamais s'être vus avant ? Il y a des rencontres qui se font et d'autres, toutes les autres qui nous échappent, nous sommes tellement inattentifs... Parfois, nous croisons quelqu'un, il suffit de quelques mots échangés, et nous savons que nous avons à vivre quelque chose d'essentiel ensemble. Mais il suffit d'un rien pour que ces choses-là ne se passent pas et que chacun poursuive sa route de son côté. Alors, si ces deux-là se sont aimés...

Il a dit cela à voix très basse, en jetant un rapide coup d'œil du côté de Lili.

— Théo reçoit des lettres, j'ai dit.

— Quel genre de lettres ?

— Je ne sais pas... Il y en a beaucoup... Des enveloppes toutes recouvertes de la même écriture et écrites à l'encre violette.

— Et que contiennent-elles ?

— Je ne sais pas. Je ne les ai pas lues... Elles viennent d'un monastère près de Grenoble.

— Théo aurait de la famille chez les moines ? Je n'ai jamais entendu dire ça.

Il a repris sa place, le dos calé contre le dossier de la chaise.

— Nous pourrions demander à Lili mais une voix me souffle que l'interroger sur son père n'est pas le plus judicieux.

Il a réfléchi un instant.

— Vous avez vos entrées chez Théo ? Le plus simple, c'est de lui demander. Ou alors, vous subtilisez délicatement l'une de ces lettres, vous la lisez et vous la reposez à sa place.

— Je ne peux pas faire ça.

— Dans ce cas, parlons d'autre chose... Promettez-moi de venir me voir à Omonville. On pourrait convenir de demain ? Non, demain c'est vendredi, je reçois mes enfants... Ils ont besoin d'air pur. Quoique, le vendredi, ils arrivent un peu tard en soirée. Si vous venez en début d'après-midi, la chose peut être possible... Ou alors lundi, lundi ils seront partis.

— Monsieur Anselme ?

— Oui ?

Je l'ai regardé.

— Vous m'avez dit que Nan avait adopté un enfant n'est-ce pas, qu'il s'appelait Michel ?

— C'est exact.

— Quel était son nom de famille ?

Il a écarquillé les yeux.

— Je ne sais pas cela ! Je ne suis d'ailleurs pas sûr que quelqu'un me l'ait dit un jour.

Il a réfléchi quelques instants.

— Si cela vous intéresse vraiment, je pourrais le demander à Ursula.

— Est-ce que Lepage, ça vous dit quelque chose ?

— Lepage ?… Non, je ne crois pas.

— Et Tom Pouce ?

— Tom Pouce ! Diantre, mais dans quel univers m'emmenez-vous ? Pardonnez-moi… Non, Tom Pouce ne me dit rien… Peut-être pourriez-vous m'éclairer ?

Je lui ai dit, Demain, on visite la maison de Prévert et vous me trouvez le nom de famille de ce gamin.

Je suis allée à Omonville en passant par le sentier du bord de mer. Monsieur Anselme m'avait décrit sa maison, le jardin, la petite barrière en bois sur le devant. Je n'ai eu aucun mal à la reconnaître. Quand je suis arrivée, il était juché tout en haut d'un escabeau, il coupait les roses fanées d'un grand rosier qui s'accrochait à la façade.

— C'est un « Pierre de Ronsard » ! il a dit en descendant de son escabeau.

Il a ôté son tablier.

— Vous êtes venue à pied ?

— Oui.

Il s'est frotté les mains.

— Je vous ai préparé de l'orangeade, une recette de ma grand-mère ! il a dit en se précipitant à l'intérieur de la maison.

Il en est ressorti avec une carafe. On a bu un verre en parlant du jardin. Des massifs d'iris fleurissaient à profusion le long du mur. Des marguerites. Un grand jasmin.

Il a troqué ses sabots de jardinage contre une paire d'escarpins crème, une petite pochette de soie qu'il a fait bouffer dans la poche de son veston.

— On y va ?

Il marchait à mon bras, fier, comme si nous étions vus, observés, épiés.

346

— Il y a des ombres partout, derrière chaque porte, chaque rideau, ne me dites pas que vous ne les avez pas remarquées ?... Vous par exemple, tout ce que l'on dit sur vous, vous n'imaginez pas... Le fait qu'on vous ait vue déjeuner l'autre jour à l'auberge avec ce Lambert... Il suffit d'une personne ! Je ne sais pas ce que vous lui trouvez d'ailleurs, il est mal habillé, mal peigné et ce blouson qu'il porte est plutôt informe ! De plus, sa démarche est des plus communes.

Il s'est tourné vers moi.

— À ce propos, est-il réapparu ?

— Non, toujours pas.

Le cimetière où était enterré Prévert était tout près. On avait prévu de s'y arrêter et de poursuivre ensuite jusqu'à la maison du Val.

Monsieur Anselme souriait.

— C'est vraiment très bien que vous soyez là...

Il faisait des projets pour une autre sortie. Il voulait que nous allions à Cherbourg pour acheter des tartes aux pommes.

— 5, place de la Fontaine ! Prévert faisait la route exprès, tous les mercredis ! Sa casquette à carreaux sur la tête. La patronne ne savait pas qui il était. Quand il est mort, elle l'a reconnu à la télé. Aux informations du soir. C'est mon petit client du mercredi ! elle a dit.

Il s'est tourné vers moi.

— Nous irons, n'est-ce pas ?

— Je ne sais pas.

Ça ne l'a pas empêché de sourire.

— Si vous ne venez pas, j'irai seul et je ramène les tartes.

C'était une belle journée de soleil. Les gens étaient dans les jardins, sur le pas des portes. Le linge séchait sur les fils.

J'avais la tête ailleurs, il a dû s'en rendre compte parce qu'à un moment il m'a demandé de lui parler de ce qui me préoccupait.

Je lui ai tout raconté, la photo chez Lili, le médaillon retrouvé chez Nan, la vérité sur le naufrage. Il m'a écoutée, attentif.

— Et ça fait trois jours que Lambert a disparu, depuis sa dispute avec Théo.

Il a réfléchi à cela.

— On m'a dit qu'il avait pris pension chez l'Irlandaise à la Rogue ?

— Oui... mais je ne sais pas s'il y est encore.

— Il doit bien y avoir un téléphone là-bas... Pourquoi n'appelez-vous pas ?

Il a dit, La mort des Perack serait donc l'imprévisible conséquence d'un geste d'amour, la passion d'un gardien de phare pour ses oiseaux.

Il a répété cela, L'imprévisible conséquence.

Pour Michel, en revanche, il ne savait rien. Il fallait qu'il parle à Ursula.

On est entrés dans le cimetière. La tombe de Prévert était près de la grille, une pierre haute sur laquelle étaient déposés des petits cailloux de plage. Les cailloux formaient une pyramide fragile qui s'affaissait, entraînée par son propre poids. Monsieur Anselme a caressé la pierre.

— Quand ils sont morts, n'est-ce pas, c'est le seul moment où ces grands hommes nous appartiennent un peu. On peut s'inviter chez eux sans grandes formalités inutiles.

Il a déposé la rose qu'il avait prélevée sur son « Pierre de Ronsard ».

— C'est lui qui a choisi cet endroit, près des poubelles, il le savait, il s'en fichait.

Deux tombes, à côté, celles de Janine et de Minette. Et derrière, dans l'ombre d'un mur, celle de son ami Trauner.

— Il est mort en avril, le lundi de Pâques. Deux jours avant, les journalistes ont commencé à camper devant sa maison. Janine a beaucoup pleuré. Elle a jeté son bouquet sur le cercueil. Le bouquet était si joli ! On a tous jeté des fleurs.

Du lierre avait pris racine dans la terre. J'ai fouillé dans mes poches. J'ai sorti un petit caillou lisse et rouge que j'ai posé avec les autres.

Monsieur Anselme m'a pris le bras. Son pas, à côté du mien. On a continué sur le chemin. Des grandes fleurs poussaient dans les ronces, des fuchsias géants qui étalaient leurs fleurs jusque dans les buissons. Ces fleurs cherchaient la lumière. Celles qui ne pouvaient pas percer les buissons rampaient sur la terre.

— C'est parce qu'il a été abandonné que vous vous intéressez à cet enfant ? Ou parce qu'il a été adopté par Nan ?... Ne répondez pas, résumons plutôt... Vous avez vu cet enfant sur une photo chez Lili, une photo que Lili a fait disparaître. Ce même enfant que Lambert a vu dans la cour chez Théo en train de promener un jeune veau. Est-ce cela ?

— C'est ça. Mais ce n'est pas sûr qu'il s'agisse du même enfant...

— Pas sûr, mais vous pensez qu'il s'agit du même. Et cet enfant que Nan a adopté est parti. Et vous, vous voudriez savoir pourquoi.

Un enfant né sous un porche, dans un endroit qui servait de charnier pendant les épidémies de peste. Comment supporter et survivre à cela ?

— Je crois que la personne qui écrit les lettres à Théo, c'est cet enfant-là.

Il s'est frotté les mains.

— Si nous arrivons à prouver que le nom de famille de cet enfant est Lepage, alors nous pourrons en conclure que la personne qui écrit à Théo et l'enfant adopté par Nan sont une seule et même personne.

— Oui.

La maison de Prévert était là, au milieu des arbres, une maison entourée par un jardin. On s'est appuyés à la barrière. La végétation était très luxuriante, les rosiers, les tournesols en fleur, des plantes aux fcuillcs géantes et aux noms impossibles à prononcer. Un petit ruisseau traversait le jardin et passait sous le petit pont devant l'entrée.

— Les plantes que vous voyez là, derrière les hauts plumeaux, ce sont des gyneriums... Et là, ce sont des gunneras.

Une allée de dalles menait à la maison. On a longé le mur tout en regardant le jardin. Monsieur Anselme réfléchissait.

Il m'a regardée, brusquement.

— Si c'est la même personne, reste encore à savoir pourquoi Théo ne dit pas à Nan où se trouve celui qu'elle cherche.

Il a réfléchi encore tout en regardant la maison.

— Que Lili ait arraché la photo, cela se comprend... Si c'était l'enfant adopté de Nan... Mais vous avez raison, il y a quand même quelque chose d'étrange dans cette histoire...

J'avais toujours le médaillon dans ma poche. Je le lui ai montré.

— C'est Paul Perack, le frère de Lambert. Nan a volé sa photo...

— Ainsi, c'est lui... Pauvre enfant... Vous dites que Nan a volé cette photo ?

Il me l'a rendue.

— La mort vous fait-elle peur ?

— Pas la mort... Mais l'idée de vieillir... Devenir laide et sale et de ne plus pouvoir marcher toute seule, ça, oui, ça me fait peur.

J'ai remis la photo dans ma poche. Je voulais la rendre à Lambert dès que possible, ainsi que le compte rendu du naufrage.

— On peut vieillir vous savez, vieillir au point que même les chiens ne supportent plus vos caresses.

Monsieur Anselme a hoché la tête.

— Envisagée ainsi, effectivement...

J'ai retrouvé l'écharpe de Lambert sur le banc dans son jardin. Il avait dû la poser là. L'oublier. Elle avait glissé entre le pied et le mur. La laine avait pris l'humidité. Elle sentait la terre. Elle sentait l'eau et le soleil.

Elle sentait l'homme et sa sueur. Quelques cheveux étaient pris dans la laine. J'ai reposé l'écharpe sur le banc.

Je suis passée derrière la maison. Max avait raison, le jardin était envahi, il y avait tout à faire.

Deux jours ont passé. L'écharpe était toujours sur le banc. Le troisième jour, le vent l'a soulevée et l'a plaquée contre le mur. Le soleil l'a séchée. Je l'ai ramassée. Je l'ai nouée autour de mon cou.

La nuit suivante, il a plu.

Je me souviens de cette nuit. De cette première nuit où j'ai cessé de penser à toi.

Parce qu'il y avait lui.

Cette première nuit où j'ai rêvé de lui. Où je me suis perdue, dans un rêve, avec un autre.

Tu m'avais dit, Oublie-moi. Tu m'avais fait jurer ça, d'aimer à nouveau. Ma bouche, à l'intérieur de la tienne, Il va falloir oublier, tu as dit cela, oublier ou m'oublier je ne sais plus, sans détacher tes lèvres des miennes, tu as déversé ça en moi, Il va falloir que tu vives sans moi, jure-le-moi...

J'ai juré.

Les doigts en croix. Dans ton dos. Tu étais encore debout. Tellement grand. J'ai posé ma main sur ton épaule.

Comment je peux aimer après toi ?

Au matin, la plage s'est recouverte d'algues sombres.

— C'est qui ce type ? j'ai demandé à Lili en parlant d'un drôle de gars qui m'avait bousculée sur la terrasse avant d'entrer.

— Un fils de pute, elle a répondu en continuant de ranger ses bouteilles sur les étagères.

Elle a posé ses deux mains à plat sur le comptoir.

— Je rigole pas, c'est vraiment un fils de pute.

Je n'ai pas pu en apprendre davantage.

C'était un dimanche. Les jeunes étaient regroupés sur la terrasse. Ils voulaient que Lili achète un baby-foot. Il n'y avait pas de place ou alors il aurait fallu supprimer des tables. Ou le juke-box. Ou gagner sur la cuisine, mais la cuisine, c'était le privé de Lili, elle ne voulait pas qu'on y touche.

— Allez à la messe, ça vous occupera ! elle leur a dit quand elle les a vus à ce point désœuvrés. Ou faites du social !

Les jeunes, ça les a fait rire. Ils ont fini par s'en aller.

Lili s'est tournée vers moi, pour me prendre à témoin.

— Les vieux ici, il y en a, ils ne demandent que ça, qu'on vienne les voir un peu.

J'ai regardé dehors.

— Il n'est toujours pas revenu ? j'ai demandé en montrant la maison de Lambert.

Lili a levé la tête.

— Pas vu.

— Il ne t'a rien dit ?

— Qu'est-ce que tu veux qu'il me dise ?

J'ai lâché le rideau.

— Tu sais où il est allé ?

— Je sais ce que je vois, elle a dit, et je vois que les volets sont fermés. Pour le reste, il fait sa vie.

J'ai vu qu'elle avait punaisé une autre photo pour remplacer celle où on la voyait avec le petit Michel.

— Tu l'as mise où la photo qui était là, avant ?

Elle a jeté un coup d'œil au mur.

— Dans une boîte, avec les autres, pourquoi ?

— J'aimerais bien la revoir...

Elle a haussé les épaules.

— Il faudra que je la cherche.

Je n'ai pas insisté.

Au ton qu'elle avait pris, j'étais sûre qu'elle ne le ferait pas.

— Il est bizarre Théo, en ce moment... j'ai dit.

— Il a toujours été bizarre !

— Je crois qu'il ne va pas très bien.

Elle a plongé les mains dans l'évier. Les verres propres, elle les posait à l'envers sur un torchon. L'un d'eux s'est fendu en butant contre le bord de l'évier. Elle a gueulé. Ce n'était pourtant pas la première fois qu'elle cassait un verre.

— Vous avez tous décidé de me faire chier aujourd'hui ?

Elle est restée un moment à râler derrière le comptoir.

— Tu me fais quoi là ! elle a demandé brusquement, en me regardant.

— Rien...

— Tes yeux, c'est pas rien !...

J'ai baissé la tête.

— C'est à cause de mon père, tu me reproches quelque chose, que je ne m'en occupe pas assez ?

— C'est pas ce que je veux dire...

— Alors, tu dis pas, tu dis rien ! Tu bois ton café, tu remplis tes cases et tu t'en vas !

J'ai plié le journal. J'ai rangé mes affaires.

— Tu vas pleurer quand il sera mort.

— Je pleurerai pas. Pas une larme t'entends !

Elle s'est redressée, la pelle à la main.

— Il m'en a fait baver et à elle aussi, tu peux pas imaginer !

— C'était il y a longtemps.

— Que ce soit il y a longtemps ne change rien.

Elle s'est tournée vers sa mère.

— Elle a tout accepté... Tout ! Pour pas qu'il parte ! Et moi j'ai grandi avec un père qui s'en allait le soir pour coucher avec une autre. Tu veux que je te raconte comment ils se passaient, mes Noël ? Tout le monde le sait ici. Ma mère, elle a tellement pleuré qu'elle a pleuré pour sa vie et pour la mienne avec. Ce qui me rend folle, c'est qu'elle est prête à y retourner.

— Elle a quand même fini par partir, j'ai dit.

— Elle a quand même fini oui, mais elle a mis le temps.

Dans le fond de son fauteuil, la Mère a gémi.

— Pourquoi vous criez ?...

— On crie pas !

— Vous parlez du vieux... Il a fait quoi le vieux ?

— Il a rien fait, elle a dit Lili.

La Mère a secoué la tête. Les larmes sont montées. Ça lui décharnait le visage de toujours pleurer, ça lui gonflait la peau, des bourrelets mauves se formaient sous les yeux.

Je l'ai regardée. Sous la lampe, tellement immobile, elle avait l'air d'une morte qui respire.

Les jeunes étaient encore dehors, à faire tourner leurs moteurs de mobylettes. Ils attendaient d'avoir l'âge de la voiture pour aller plus loin, à Cherbourg ou à Valognes.

C'était toujours comme ça les dimanches, les mobylettes qui faisaient gueuler les voisins, les mêmes qui gueulaient contre les vieux qui sortaient pisser. Ceux qui gueulaient pour tout d'ailleurs. Le lendemain, c'était lycée, les jeunes partaient, de la semaine c'était sans moteur.

Raphaël s'était enfermé dans l'atelier avec la pierre rouge devant la porte. Il travaillait en écoutant la Callas.

C'était juste la fin de l'après-midi. Il faisait encore jour. Je me suis couchée. J'ai remonté la couverture sur mes yeux, je ne voulais plus voir la lumière. J'ai roulé l'oreiller contre mon ventre. La musique traversait le plancher, ça m'a bercée.

J'ai dormi.

Quand je me suis réveillée, il faisait nuit. L'atelier était encore éclairé. La lumière passait par les fissures, dessinait des rayons très fins sur le plafond.

Je me suis collée à la fenêtre. La mer était calme.

Il était encore très tôt le matin. Le chien de la Cigogne attendait sur la pierre d'entrée, devant la maison. L'étable donnait sur la rue. J'ai entendu les vaches. J'ai poussé la porte. Les têtes se sont tournées. Il faisait sombre, presque nuit. Ça sentait la paille et le lait qui gouttait des pis. Des chaînes lourdes entravaient les vaches par le cou. Des chaînes qui raclaient contre les murs. J'ai glissé ma main sur les ventres doux, les encolures chaudes. Il y avait du foin dans les crèches, de la farine dans les seaux.

Le père de la Cigogne était là, debout, près des veaux. Entre ombre et lumière. Plus près de la lumière. Une fourche à la main. Il était sans doute déjà là quand je suis entrée. Il me regardait. Un sourire un peu brutal.

Il a piqué la fourche dans une botte.

— Faut pas traîner dans les étables, il a dit.

Il a répété ça d'une voix plus sourde.

— Faut pas.

J'ai pris la voiture de Raphaël et je suis allée chez l'Irlandaise. J'avais la photo de Paul, le compte rendu du naufrage. Je me suis garée dans la cour, devant la porte. Je suis entrée dans le couloir. J'ai trouvé Betty comme la première fois, couchée dans son divan, devant la télé.

Elle ne s'est pas levée.

Elle m'a dit que Lambert était parti. Que ça faisait déjà plusieurs jours. Qu'il était rentré tard dans la nuit de mardi. Il avait pris ses affaires et il avait taillé la route.

— Il ne vous a pas dit où il allait ?

— Non... et je lui ai pas demandé.

— Il était comment ?

— Comment ça, il était comment ?... Pas plus souriant que d'habitude, pas plus causant non plus. Semblable à lui-même, c'est pas comme ça que vous dites en français ?

— Si, c'est comme ça... Si vous le revoyez, vous pouvez lui dire que j'ai... une photo à lui remettre ?

— Je lui dirai.

Elle s'est retournée vers la télé, a fixé sur l'écran le générique d'un film qui commençait. Elle n'a plus fait attention à moi.

J'aurais pu m'asseoir. Regarder le film avec elle.

J'ai continué jusqu'à Cherbourg.

La gare. J'ai tourné autour. Les trains qui arrivaient ici n'allaient plus nulle part. Des terminus, avec des rails qui butent pas loin de la mer. J'ai pensé prendre un billet, aller ailleurs. D'ici, tous les ailleurs sont possibles. Même partir sans billet. Si j'étais contrôlée, j'allais payer un supplément. Je m'en moquais.

Une femme attendait, vautrée sur un banc, des sacs regroupés autour d'elle.

Il y avait du vent. Des nuages qui s'entassaient. Je suis ressortie. J'ai trouvé une ruelle triste dans un quartier obscur. Un café. Le patron m'a montré l'affiche au-dessus du comptoir.

— On ne fume pas !

J'ai fumé quand même. Il n'a pas voulu faire d'histoires et puis il n'y avait personne, rien que lui et moi. Un match à la télé.

Les toilettes, une porte au fond de la salle. Un trou dans la porte. En plaquant l'œil du dehors, on pouvait voir ce qui se passait à l'intérieur. Et le contraire aussi, du dedans, voir dehors.

— C'est vous qui avez fait le trou ?

— Quel trou ?

Je lui ai montré. Il a haussé les épaules. Il a continué à nettoyer ses tables en suivant le match.

En sortant, je suis passée à la pâtisserie, 5, place de la Fontaine, et j'ai acheté les tartes aux pommes dont m'avait parlé monsieur Anselme.

J'ai retrouvé Morgane dans la cuisine, en train de terminer une couronne de mariée. C'était un magnifique diadème qu'elle avait monté avec des perles en forme de faux diamants.

C'était beau. Ça brillait.

Le rat dormait roulé en boule dans le carton, au milieu des perles. Je lui ai touché le ventre. Il s'est roulé sur le dos, les pattes écartées, je l'ai caressé davantage.

Morgane a levé les yeux sur moi.

— Il n'est toujours pas revenu ?

— Non.

— Il aurait pu dire au revoir.

— Il aurait pu, oui.

Elle a repris son travail.

— Moi, je suis sûre qu'il va revenir.

On a parlé de lui, de l'amour, du désir. On a parlé de lui encore et des hommes que Morgane avait aimés. Raphaël nous a entendues. Il est venu boire une bière debout devant la fenêtre.

— Tu viens d'où, Princesse ?

Je lui ai montré la boîte de gâteaux, les tartes à l'intérieur.

Il s'est approché de la table.

— Lambert est parti, a dit Morgane, le nez dans ses perles.

Il m'a regardée, les sourcils froncés. Il a pris ma main et il a respiré à l'intérieur.

— Tu pues l'homme pourtant...

Morgane a noué le fil de sa couronne, elle a vérifié l'ensemble et elle a posé la couronne sur sa tête.

Elle était magnifique.

Elle a poussé le carton au bout de la table.

— Tu racontes ?

— Il n'y a rien à raconter...

— C'était qui ?

— Je ne sais pas, un gars dans un café.

— Tu couches comme ça toi !

— J'ai pas couché...

Raphaël s'est assis près de Morgane. Je les ai regardés. Leurs mains, leurs peaux... Ils étaient frère et sœur et ils s'aimaient. Je ne savais pas comment. Je ne savais pas s'ils se touchaient. J'avais vu souvent la main de Raphaël s'attarder sur la nuque de sa sœur. Cette façon troublante qu'ils avaient de se sourire, de se regarder.

— C'est qui le mec qui t'a mise dans cet état ?

— Y a pas de mec.

— C'est ça !

J'ai détourné la tête.

— Y a pas de mec, je te dis.

Elle a haussé les sourcils.

— Baise, ça ira mieux après.

— Je ne veux pas aller mieux.

Elle m'a tendu sa cigarette.

— Tire une taffe alors !

J'ai regardé dehors.

De la fenêtre, on voyait la mer.

On a mangé les tartes.

Raphaël a appelé Max. Il lui a dit qu'il y avait des tartes mais il était en train de scier des planches pour son bateau. Il n'a pas voulu venir. La Cigogne était près de lui, les deux pieds enfoncés dans des sacoches. Ces sacoches, c'était Max qui les lui avait données, quand il avait changé celles de son vieux vélo. Elle non plus n'a pas voulu venir.

On a mis deux tartes de côté.

Morgane a sorti le rat et elle a refermé le carton. On a encore parlé de Lambert.

Morgane s'est demandé ce qu'il allait faire de tout cet argent quand il aurait vendu sa maison.

On a parlé de la mort de ses parents et de la disparition de son frère.

La Petite est venue nous rejoindre. Elle s'est assise sur une chaise et elle a commencé à soulever un morceau de croûte sèche qui se détachait de son genou. Elle se penchait.

— Ça va te faire une cicatrice… j'ai fini par dire.

Elle s'en foutait. Elle a tiré doucement jusqu'à arracher la croûte.

Max est arrivé un moment après.

— Je suis lapidé ! il a dit.

— T'entends quoi par là, Max ?

Il a mordu dans sa part de tarte.

— J'entends rien.

— Lapidé… Ça veut dire quand on jette des pierres à quelqu'un.

— Moi, je suis lapidé autrement… Sans les pierres.

— Sans les pierres !

— Oui… Lapidé… Énervé quoi !

— Eh bien tu dis énervé, c'est plus simple.

La Petite le fixait. Seul Max l'intéressait. Les gestes qu'il faisait. Ce qu'il construisait, ce bateau merveilleux.

— Énervé, c'est moins fort dans l'échelle… il a dit.

J'ai souri.

— Tu as raison… Tu es lapidé… Après tout, pourquoi pas…

Et quand je lui ai demandé pourquoi il était lapidé à ce point-là, il ne savait plus. Il a dit qu'il avait oublié.

Le soir, une brume blanche s'est accrochée aux mâts des bateaux. Sur le port, les murmures fantômes des chaînes qui retenaient les coques.

Une barque noire glissait sur l'eau, elle s'est éloignée en direction de la passe. Un homme se tenait debout, à l'avant. Un pêcheur de nuit. Il portait un grand vêtement noir qui faisait penser à une cape. La barque semblait glisser sur l'eau.

J'ai entendu le clapotement de la rame. J'ai pensé à ceux que la mer prenait et qu'elle ne rendait pas. Les corps qui restaient prisonniers de l'eau.

Ballottés, soulevés. Les cauchemars interminables. J'ai pensé au petit frère de Lambert.

La Hague est une terre de légendes, un lieu de croyances. On dit que certains disparus reviennent la nuit, incapables de se détacher de cette terre. De s'en séparer.

J'ai longé le quai. Les mouettes s'étaient regroupées sur la digue. Certaines dormaient déjà, le bec replié sous l'aile. La brume absorbait le bruit de mes pas, celui de ma propre respiration. Le clocher de l'église au loin.

Les nuits de pleine lune, il paraît qu'on peut voir un homme qui parcourt la lande monté sur un grand cheval. Les femmes rêvent de le rencontrer. Elles sortent la nuit, s'éloignent des maisons. Elles s'enfoncent en suivant l'un des petits sentiers très étroits qui se perdent dans la lande. Elles rentrent au matin, personne ne peut dire ce qu'elles ont fait.

Un cri tranchant soudain, et puis rien. Le silence, à nouveau. Un lapin a détalé devant moi, sur le chemin. J'ai marché. Marché encore, cette nuit-là comme les premières nuits, quand je voulais te distancer. J'ai marché, marché jusqu'à épuiser mon corps. Même quand il a été épuisé, j'ai marché encore.

J'ai fait cela.

Cette nuit-là, encore.

J'ai mal dormi, empêtrée dans mes draps. Ou dans mes rêves.

Je me suis débattue.

Le lendemain, j'ai trouvé Raphaël assis sur le banc du couloir. Le dos au mur. Il y avait des mégots par terre et d'autres qu'il avait écrasés contre le banc.

— Tu vas tout faire cramer, j'ai dit.

Il a levé la tête. Il avait bu. Ou fumé. Ou les deux ensemble. À moins que ce ne soit l'extrême fatigue qui l'envahissait après les heures de travail.

J'ai ramassé les mégots, je les ai jetés dehors.

— Il fait froid, tu ne devrais pas rester là...

Il n'a pas répondu.

Il m'a montré l'atelier, la porte grande ouverte.

— Va voir...

Je suis entrée. C'est l'odeur qui m'a surprise, des relents de fauve, l'impression de pénétrer dans une caverne.

Des feuilles de dessin jonchaient le sol, de la porte, on les aurait dites blanches, quand je me suis approchée, le blanc s'est assombri et j'ai vu qu'elles étaient toutes recouvertes de dessins. Il y en avait partout. Je me suis avancée encore. Certains dessins étaient cachés par d'autres. Je les ai déplacés. Il y en avait sur les tables, sur les marches aussi, certains que Raphaël avait faits à genoux, un vieillard assis sur un socle, abandonné dans une torpeur proche de la mort. Âmes à demi nues, vêtues de haillons, prêtes à être submergées et pourtant sauvées. Comme épargnées. Tout était dans les tons noirs, gris, une impression de dilué. Par endroits, la poussière avait collé au fusain, on voyait les traces.

Je suis passée d'un dessin à l'autre.

Partout, les mêmes épaules frêles. Les membres disloqués. Quelques rares paysages.

J'ai compté plus de cent dessins.

— Cent dix-sept exactement...

Raphaël se tenait au mur, dans l'entrebâillement de la porte, plaqué là, le regard égaré.

— Pourquoi tu en as fait autant !...

— Je ne sais pas. C'est comme ça.

Il a levé une main qui semblait lourde. On aurait dit que ses yeux saignaient.

— Hermann va venir les chercher, il va aussi prendre les sculptures qui sont là...

J'ai fait glisser quelques dessins, je les ai portés à la lumière. Il lui avait suffi de quelques jours, de quelques nuits pour faire cela, mais ce qu'il donnait à voir, personne ne pourrait le supporter.

— Personne ne te le pardonnera.

— Il y en a qui comprendront !

— Oui bien sûr, il y en a...

Autour, l'étrange foule de plâtre continuait de bruisser, des mendiants aux ombres noires, des femmes dont les ventres creux se répandaient en des chairs à vif, les membres tordus, les corps imparfaits, disproportionnés.

Un carnage, c'est le mot qui m'est venu. Je le lui ai dit, C'est un véritable carnage, et il a souri.

Il a trié dans les dessins, ceux qu'il allait donner à Hermann et les autres, les plus insoutenables qu'il a mis de côté.

Quand Morgane est venue nous rejoindre, elle l'a vu, comme ça, tellement épuisé. Elle a approché son visage du sien. Elle le regardait, tellement proche. Elle semblait respirer dans son souffle.

Avoir peur pour lui.

Tellement fière aussi.

Elle lui a murmuré quelque chose et elle s'est détachée de lui, elle est venue vers moi.

Elle m'a entraînée près du poêle, pour que je m'assoie près d'elle sur le vieux divan.

Elle semblait triste. Quelque chose avait changé en elle ces derniers jours.

— Qu'est-ce qui ne va pas ? j'ai demandé.

Elle a hésité. Elle a ramené ses jambes sous elle, sans répondre. Raphaël continuait de trier ses dessins.

Morgane a laissé aller sa tête contre mon épaule. Elle regardait son frère.

— C'est quoi, Lambert et toi ?

— C'est rien. On s'est rencontrés...

— C'est pas rien, elle a dit.

— Il aurait fallu que ce soit ailleurs, plus tard, un autre endroit...

Elle a dit qu'elle aimerait rencontrer quelqu'un, pas une rencontre de hasard, mais quelqu'un d'absolument nécessaire à sa vie.

Une rencontre qui la bouleverserait, elle, tout entière.

Je lui ai parlé de toi.

À voix très basse, presque un murmure.

Les mots. Il a fallu du temps.

À un moment, Raphaël a levé les yeux, il nous a regardées.

Quand j'ai eu fini de raconter, Morgane a pris ma main et elle l'a posée contre son visage.

— Il faut que tu baises maintenant... Que tu baises sans amour, mais que tu baises.

Elle m'a murmuré cela, à mon oreille, sans lâcher Raphaël des yeux. J'ai senti la chaleur de son souffle sur ma peau.

Dehors, c'était le moment de l'étale. La mer au plus calme. Le moment immobile, quand la grève se montre à nu. Des senteurs de vase remontaient d'entre les rochers, une puanteur aigre. Sur le sable humide, il y avait des traces de pattes. Des algues qui pourrissaient.

C'est en remontant chez Lili que j'ai vu l'Audi, elle était garée devant la maison. La barrière entrouverte.

Je suis passée une fois devant et je suis revenue. J'ai hésité et j'ai poussé la barrière. Lambert était devant la cheminée, du bois dans les mains, en train d'allumer le feu. Il a tourné la tête. Il n'a rien dit. Il n'a pas souri.

Il a posé le bois dans les flammes et il s'est relevé. On s'est regardés.

Je lui en voulais. D'être parti comme ça. De ne rien avoir dit.

— Vous êtes revenu…

C'est ce que j'ai dit. D'une voix étranglée. Comme avalée.

Il s'est avancé.

— Pardonnez-moi.

J'aurais voulu pouvoir le frapper. Avec mes poings. Être violente contre lui. Je me suis détournée. J'étouffais. J'ai regardé du côté de la porte.

Il a répété cela, Pardonnez-moi, et j'ai fait non avec la tête.

366

Je ne pouvais pas.

— Pardonnez-moi...

Il a répété ça pour la troisième fois. Il m'a prise contre lui, sa main en étau derrière ma tête. Il m'a forcée à le regarder. Ça a duré un court instant et puis il a bougé sa main, juste un mouvement de ses doigts, il les a noués autour de l'écharpe.

— C'est à moi ça...

Je me suis détachée de lui. Avec infiniment de lenteur. Un bras, un autre, le torse et puis moi tout entière. J'ai dénoué l'écharpe.

— Ce n'est pas ce que vous croyez.

Il a souri.

— Je ne crois rien.

Il est retourné près du feu et il a remis une bûche de bois sur celle qui brûlait déjà.

Il a sorti son paquet de cigarettes de sa poche. Il a déchiré le papier. Il a allumé sa cigarette.

— J'ai voulu partir. Je suis allé jusqu'à Saint-Lô. J'ai marché.

C'est ce qu'il a dit.

Marcher, je savais ce que c'était. On ne marche pas pendant huit jours.

— Qu'est ce qu'il y a, à Saint-Lô ?

— Il n'y a rien, justement. Après, je suis retourné chez moi.

Il a tiré une bouffée sur sa cigarette.

— J'avais besoin de penser à tout ça.

Il s'est assis devant le feu. Les mains tendues vers les flammes.

Je suis allée m'asseoir à côté de lui. Je regardais les flammes, comme lui. Je sentais encore la force de sa main sur ma nuque. J'ai eu envie de lui demander pourquoi il était revenu.

— Il s'est passé quoi avec Théo ?

— Rien... On a parlé.

— Vous avez parlé... Et vous êtes parti juste après, en pleine nuit.

En pleine nuit oui.

Il s'est frotté les mains devant le feu. Il avait les yeux dans les flammes avec quelque chose de très particulier dans la voix.

— Je me souviens quand ma mère m'a demandé si je voulais avoir un petit frère. On était là, devant cette cheminée, assis comme ça... J'avais treize ans, mes habitudes. J'ai répondu oui, pour lui faire plaisir...

Il s'est tu.

J'ai glissé ma main dans ma poche. J'ai sorti la photo de son frère. Je la lui ai tendue.

Il a pris la photo entre ses mains.

— Vous l'avez retrouvée... Elle était où ?

— Chez Nan... Avec d'autres photos d'enfants. Il ne faut pas lui en vouloir.

— Je ne lui en veux pas... Vous savez pourquoi elle a fait ça ?

J'ai dit que je ne savais pas.

Il a continué à regarder la photo.

— Il prenait mes doigts comme ça, et il jouait avec. J'aimais bien ses cheveux.

Je l'ai écouté me parler de son frère, mon visage dans son écharpe. La buée qui sortait de ma bouche se collait aux fils de laine. La laine devenue humide. J'en respirais l'odeur.

— Dans mes rêves, je me suis tellement noyé, je me noie encore...

Il a tenté un sourire et puis son visage s'est fermé. Il est resté un très long moment, la photo entre les mains, penché sur elle.

Je lui ai donné le compte rendu du naufrage, cette feuille A4 soigneusement pliée. Il a lu. Quand il a eu terminé, il a replié la feuille, il l'a glissée avec la photo.

— Vous savez pourquoi je suis revenu ?

Il tournait la photo et la feuille entre ses mains.

— Il y a un truc qui ne colle pas... Je ne sais pas quoi, mais il y a un truc...

Il a détourné la tête, le regard soudain infranchissable. Comme si d'être là lui faisait peur. Ce qu'il avait à faire encore. À apprendre peut-être.

— J'ai été flic pour débusquer ce genre de truc.

Il n'a rien dit de plus.

Je suis restée un moment encore et je me suis levée. Avant de sortir, je me suis retournée.

Il regardait toujours le feu.

Je l'ai regardé encore, par la fenêtre. Il n'avait pas bougé. Le même front soucieux.

Je suis redescendue à la Griffue. Il m'avait prise contre lui. Un instant. Une exigence de peau. Cette force dans ses mains. On étreint des pierres quand on n'a plus rien, j'avais connu ça.

Je n'ai pas voulu penser à lui.

Je suis entrée dans la cour. Le fondeur était là, avec sa camionnette. Ça m'a fait du bien de voir quelqu'un. Il livrait deux sculptures coulées en bronze, le *Penseur assis* et *L'Errante du bidonville*. Ils ont installé les sculptures dans l'atelier.

Hermann était là lui aussi. Venu exprès. C'était la première fois que je le rencontrais. Les bronzes étaient superbes. Il tournait autour. Ce n'étaient pas les premières sculptures que Raphaël coulait, mais c'étaient les plus grandes.

Hermann a dit qu'il reviendrait chercher les sculptures en fin de semaine. Il a emporté les dessins.

Je me suis approchée du visage décharné de *L'Errante*, comme d'une sœur de misère, son sexe ouvert, sa déchirure. Cette impudeur... Comment Raphaël osait-il ? Je ne sais pas où il puisait cette force, de quelle part obscure lui venait ce besoin de creuser toujours plus profond. Sans concession. J'aurais voulu être capable de vivre comme il sculptait. Au sang et à la chair.

Oser ce que j'étais.

Ils sont tous partis, le fondeur, Hermann. Je suis restée seule dans l'atelier, j'ai posé mes mains sur les mains de bronze, *L'Errante*, dont les joues creuses et les lèvres vides me rappelaient le vide de mon propre ventre.

De mes nuits.

Sans toi.

Mes nuits vides.

Cette femme avait porté son enfant mort dans les bras. Elle avait marché avec lui. Elle l'avait nourri jusqu'à ce que quelqu'un le lui arrache. Un lambeau. Un bras. Comme on t'avait arraché à moi. Que me restait-il de toi ? À la fin, je n'arrivais plus à pleurer. Ils m'ont fait dormir. Des heures. Des jours. Un matin, ils ont ouvert la porte. Il y avait du soleil. Ils ont dit que j'allais mieux.

Je t'ai réclamé. À genoux dans les églises, moi qui ne croyais en rien. Ils ont dû m'enfermer encore. Jusqu'à ce que tu deviennes un silence. Une ombre éternelle sous ma peau.

J'ai relevé la tête, doucement. Devant moi, *L'Errante* semblait me sourire. Sans doute les reflets de la lumière dans les plis du visage. Où est-elle partie après qu'on lui a arraché son enfant ? A-t-elle pu aimer à nouveau ?

Les larmes ont coulé sur mes joues. Je ne savais pas que je pleurais.

Je pleurais pourtant, des larmes tellement salées qu'elles m'ont donné envie de vomir.

Max se reposait assis au soleil, le dos contre une croix. Avec son doigt, il suivait les ombres des oiseaux sur la pierre. Il m'a regardée approcher.

— Il faut que les racines connaissent la bonne respiration, il a dit en me montrant la terre qu'il avait brassée au pied des fleurs.

La terre des morts. Combien de nuits à me réveiller avec son goût dans la bouche ? Où étaient mes amis ? Mon téléphone quelque part, au fond d'un sac, débranché depuis des mois. Il faudrait que j'en appelle certains.

Max m'a tirée par la manche.

— Raphaël dit qu'un jour, il n'y aura plus de soleil, on se lèvera, ce sera le matin et puis ce sera midi, et il fera nuit.

Il a craché.

— Il dit que les fleurs vont mourir.

Il a sorti un morceau de pain dans le fond de sa poche, il a commencé à le ronger.

— Tu crois qu'un jour, quand mon bateau ira sur la mer, Morgane vivra d'amour pour moi ?

Il me fixait, la tête penchée, le regard un peu torve.

— Raphaël dit que la chose n'est pas possible mais Raphaël n'est pas Morgane et il n'a pas tous les savoirs.

Il a attendu que je réponde. Il grattait toujours des dents contre la croûte dure du pain. Il était capable de gratter comme ça longtemps.

— Je n'ai pas tous les savoirs non plus, Max... mais je crois que cette chose-là que tu veux n'est pas possible.

Il a hoché la tête. Un court instant, ses yeux sont devenus blancs, comme retournés à l'intérieur de son crâne. Je sais qu'il prenait des médicaments pour lutter contre ses absences.

J'ai posé ma main sur son bras.

— Max ?...

Il lui a fallu du temps, quelques longues secondes, avant qu'il ne revienne à lui. Il s'est frotté les yeux, il a mis toutes ses affaires dans son sac, et il m'a entraînée à l'intérieur de l'église. Il voulait me montrer deux gravures, celle du bateau *Vendémiaire* et celle du sous-marin qui l'avait coulé. Ça faisait déjà plusieurs jours qu'il m'en parlait. Un accident survenu en 1912. La croix du Vendémiaire qui se trouvait à côté de la Griffue était un hommage aux marins qui étaient morts ce jour-là. Max connaissait l'histoire par cœur.

Nan est arrivée, on était encore à l'intérieur. On l'a vue en sortant, elle était à genoux sur la grande tombe carrée. Elle enlevait les fleurs fanées dans les pots de bégonias. Elle faisait ça tous les jours, depuis qu'elle avait sept ans. Elle avait grandi, vieilli, courbée sur des morts. Où était cet enfant qu'elle avait recueilli ?

Max la regardait lui aussi.

À quoi pensait-il ?

Que savait-il de cet enfant qui l'avait abandonnée ?

J'ai ramassé quelques graviers et je les ai fait passer d'une main à l'autre.

— Tu te souviens du jour où tu m'as parlé de ton ami...

Il a souri et il fait oui, un grand hochement de tête.

— Est-ce que tu te souviens du jour où il est parti ?

— Oui… Max était très triste.

— Et lui, il était triste ?

— Je ne sais pas. Il s'en allait.

— Est-ce qu'il t'a dit pourquoi il s'en allait ?

— Non. Il s'en allait…

Nan continuait de frotter la dalle, elle ne faisait pas attention à nous.

— Ton ami, est-ce qu'il avait d'autres amis ?

— Non, il était l'ami de Max.

Il a froncé les sourcils comme si quelque chose lui revenait soudain.

— Un jour, il a pleuré. Après, il est parti.

Je l'ai regardé.

— Pourquoi a-t-il pleuré ?

Il continuait de suivre des yeux chacun des gestes de Nan, la lenteur de ses pas.

— Qui a fait pleurer ton ami ? j'ai demandé.

— Lili.

— Lili ? Tu sais pourquoi ?

Il a fait non avec la tête.

Il a pointé son doigt sur Nan.

— Elle a fait le détachement des cheveux, c'est pourtant pas un jour de naufrage.

J'ai regardé et j'ai vu que les cheveux de Nan volaient derrière elle comme les jours de grande tempête.

C'est en ressortant du cimetière que je les ai aperçus, Lambert et Lili, ils étaient dans la cour arrière du bistrot.

Je ne sais pas ce qu'ils se sont dit. On aurait dit qu'ils se disputaient. Ils sont restés un moment encore, dehors, et après, Lambert est parti.

Monsieur Anselme s'est arrêté à ma hauteur. Il a baissé la vitre.

— J'ai très peu de temps mais je voulais vous dire… Mon amie Ursula vient prendre le thé à la maison ce samedi. Si vous voulez vous joindre à nous ? Ursula est une excellente pâtissière, elle apporte toujours de très bons gâteaux.

Il m'a souri d'un regard entendu.

— On pourrait se retrouver en début d'après-midi ?… Elle vous parlerait du Refuge. Alors, qu'en pensez-vous ?

J'ai dit que j'étais d'accord. S'il faisait beau, je viendrais à pied par le bord de mer.

Il a roulé sur quelques mètres et il s'est arrêté à nouveau.

— À ce propos, qu'est-ce qui vous intéresse tant dans l'histoire de ce Refuge ? Ce n'est qu'une vieille bâtisse ! Et ces enfants, en quoi leur destin…

J'ai tenté un sourire que j'aurais voulu aussi lumineux que le sien.

— Je suis comme eux… née sous X.

J'aurais voulu le ton plus léger, presque affectueux. C'est tombé plombé. Je me suis sentie rougir.

La main de monsieur Anselme s'est posée sur mon bras.

— Vous n'avez pas à…

Que voulait-il dire ? Que je n'avais pas à avoir honte ? Bien sûr que non. Qui aurait honte de ça ?

La Mère a passé son visage entre les lanières du rideau de plastique. Elle m'a regardée entrer en jouant des doigts entre les lanières. Les lanières étaient collantes. Imprégnées de toutes ces choses qui s'échappaient de la cuisine sous forme de vapeur.

Elle a fait quelques pas et elle s'est approchée de moi, la paupière lourde.

Elle tenait son sac à la main.

Je me suis assise à la table.

Elle a pris la chaise en face. Elle se tenait, les yeux baissés, en se frottant doucement les mains l'une contre l'autre. Elle attendait. Sans rien dire.

Lili n'était pas là, dans la cour encore. Au fond du jardin. Après sa dispute avec Lambert, ce besoin d'aller marcher.

— Vous voulez quoi ? j'ai demandé à la Mère.

Elle n'a pas répondu.

Je lui ai parlé de la ferme. De Théo, quelques phrases, et puis de la cour, de la maison. Elle s'est redressée doucement. Attentive à tous mes mots. Elle ne faisait aucun bruit, même avec ses dents. Je lui ai décrit les moments autour de la table, et le pas de Théo quand il m'accompagnait jusqu'au sentier. Je ne lui ai rien dit de la lucarne ni du détour pour passer devant chez Nan.

Elle a ouvert son sac et elle a sorti sa photo de mariée. Elle me l'a montrée comme si c'était la première fois.

Et je l'ai regardée comme si elle ne me l'avait jamais montrée.

Elle larmoyait un peu. Des larmes épaisses qui débordaient à peine. Ses yeux, à la fin, ça faisait comme des grands lacs.

Je trouvais ça beau.

Elle a sorti une autre photo et elle l'a poussée devant moi. C'était celle que Lili avait enlevée.

J'ai eu le temps de jeter un coup d'œil, l'enfant un peu en retrait, le petit Michel, et on a entendu la porte de la cuisine s'ouvrir et se refermer brutalement.

Quelques bruits de chaise. La Mère a rempoché la photo. Lili était revenue. Je la voyais de dos, entre les lanières du rideau, un peu plus voûtée qu'à son habitude.

C'était rare de la voir comme ça.

Après, elle nous a vues.

— Qu'est-ce que vous complotez toutes les deux ?
elle a demandé en passant derrière le comptoir.

On n'a pas répondu.

La Mère a repris sa place.

Lili a récupéré le courrier et elle l'a jeté sur la table,
à côté des catalogues. Elle verrait ça plus tard. Elle a
frotté ses verres. Des verres pourtant déjà propres.
Elle a frotté aussi le zinc.

Elle attendait les clients. Elle aurait aimé que ce
soit plein.

Elle l'a dit, Qu'est-ce qu'ils font, ils viennent pas
aujourd'hui ?

Un collectionneur de Dinard est passé à l'atelier, il a acheté deux bronzes à Raphaël, le *Christ en croix* et aussi un *Mendiant*. Il a dit qu'il allait mettre *Le Mendiant* dans son jardin.

Raphaël avait déjà vendu des bronzes, mais des pièces de cette grandeur-là, c'était la première fois. Et puis deux d'un coup !

Avec l'argent, il allait faire couler d'autres sculptures. Plus tard, dès qu'il le pourrait, il ferait couler les *Les Suppliantes*.

Les *Suppliantes*, c'était son rêve. Elles trônaient depuis des mois dans l'atelier, trois femmes reliées entre elles par les ventres, les mains levées, ouvertes, tout le haut du corps déployé. Leurs visages ascétiques semblaient évidés de l'intérieur. Elles imploraient. Raphaël les avait entravées, les pieds nus enfoncés dans le socle comme s'il avait choisi de les retenir encore pour une obscure raison.

La main de Raphaël a glissé sur le plâtre.

— Il ne me reste plus qu'à les signer.

Il a pris un clou dans sa poche. Il a trouvé un endroit discret, dans le bas du socle.

Il a craché sur la pointe du clou et il a creusé la première lettre, le R de Raphaël. R. Delmate. Il a soufflé dans la poussière. L'empreinte s'est creusée encore.

C'était la première fois que je le voyais signer. Il m'a expliqué que certains artistes signaient directement dans le bronze, qu'ils faisaient cela à la foreuse, avec des outils qui ressemblaient à des outils de dentiste. Lui n'aimait pas cela.

Je l'ai regardé faire jusqu'à la dernière lettre de son nom.

— Ça te fait quoi de graver ton nom sur ton travail ? j'ai demandé quand il a eu fini.

— Je m'en fous de mon nom !

Il a daté, le mois, l'année. Il a frotté l'endroit avec la main.

— Il faut le faire. J'essaye d'être le plus discret possible.

Il s'est relevé.

— Si je vends *La Vertu*, je fais couler *La Couturière des morts*.

Il a penché la tête.

Sa voiture était dans la cour, le coffre grand ouvert avec des couvertures et des plaques de carton. Il a appelé Max et ensemble, ils ont chargé les plâtres.

Après, Max est retourné sur son bateau. Il passait une dernière couche sur la coque, une peinture d'un vert très sombre, presque noir.

— Tu devrais mettre un masque... j'ai dit.

Tout le monde le lui disait.

Raphaël aussi.

Il n'en mettait pas.

En fin d'après-midi, on a vu arriver Max dans la cuisine, il se tenait le crâne entre les mains. Il s'est assis à la table. Morgane a fait fondre deux cachets dans un verre d'eau.

— On te le dit de mettre un masque...

Elle a brassé avec une cuillère, le tourbillon d'eau a entraîné les particules.

— Avale ! elle a dit, parce qu'il la regardait, qu'il ne buvait pas et que les poussières d'aspirine retombaient déjà au fond du verre.

Elle a dû brasser à nouveau.

— Cette fois, tu avales...

Le lendemain, Max a fini de peindre la coque. Il lui restait encore à passer du vernis sur la porte de la cabine et à repeindre les lettres de *La Marie-Salope*. Quand il aurait fini tout ça, il pourrait prendre la mer.

Il en pleurait presque de bonheur. Il avait fait vérifier le moteur et toute l'installation du bateau. Un papier officiel attestait que *La Marie-Salope* pouvait vraiment sortir en mer et braver les courants.

Il avait le papier sur lui, toujours.

Pour la couleur qu'il devait utiliser pour repeindre le nom, il hésitait encore. Il voulait une couleur qui aille avec la mer.

Il m'a demandé de quelle couleur était la mer et je lui ai dit que la mer, parfois, était bleue. Que très souvent, elle était brune. Mais qu'il lui arrivait aussi d'être noir ou métal, ou alors de prendre la couleur du ciel et alors on ne savait plus vraiment quelle était sa couleur.

Max a décidé de peindre les lettres en vert, parce que le vert se mariait avec toutes les couleurs dont j'avais parlé, même avec les couleurs indéfinissables du ciel.

Il nous a demandé notre avis. Raphaël lui a donné un tube et un pinceau et Max a repassé les lettres sans trembler.

C'était ce jour-là aussi, ou le lendemain peut-être, que la Cigogne a eu huit ans. Raphaël lui a offert une grande boîte à l'intérieur de laquelle il y avait des crayons, des feutres et des bâtons de pastel. Quand elle a vu ça, elle est restée assise, la boîte ouverte sur les genoux, sans rien toucher.

Au bout d'un moment, elle a ouvert un premier feutre, elle a respiré l'odeur de la mine. Elle a fait quelques essais de couleur sur le bois lisse du banc, quelques traits aussi sur le dos de sa main. Elle a fait ça et puis elle a renversé la boîte, elle a tout mis dans ses poches, les crayons, la gomme, les craies. Elle a pris contre elle le cahier qu'il y avait à l'intérieur, le petit carnet aussi, elle a embrassé Raphaël et elle est partie sans dire où elle allait.

Le lendemain, la Petite était de nouveau là, dans le couloir. Sortie de je ne sais où, et vêtue de ce vêtement trop grand pour elle mais dont les poches contenaient son trésor.

Les cheveux emmêlés, un bras le long du corps, elle a commencé à dessiner contre le mur. Une traînée noire qui courait comme un fil d'Ariane, un tremblé sombre que la Petite a tracé et qui contournait le loquet, sortait pour zébrer, dehors, le blanc du volet. Et puis le noir est devenu brun quand la Petite a changé de pastel. Les petits papiers qui entouraient les bâtons de couleur restaient dans les ronces, accrochés aux épines.

L'empreinte de ses chaussures dans la terre meuble.

De petites herbes luisantes poussaient le long du mur, des plantes en forme de cœur dont les feuilles sécrétaient une fine couche de poison. Tout autour, sous les feuilles, il y avait des cadavres, mouches, abeilles, papillons. Par dizaines ils étaient là, repliés, là où la mort les avait surpris. Certains déjà décomposés. Personne n'avait jamais pu me dire le nom de cette plante mais je savais qu'elle puisait dans l'humus de ses cadavres l'énergie nécessaire pour forcir ses racines.

La Cigogne avait dessiné aussi sur la coque du bateau, des fleurs en forme de cœur et des soleils. Je me suis demandé ce que Max allait dire quand il allait voir le dessin.

Je me suis demandé aussi ce qui allait se passer pour ce dessin quand le bateau allait prendre la mer. La Petite avait abandonné les feutres autour du bateau, les crayons aux mines écrasées, quelques capuchons.

Savait-elle que ces plantes en forme de cœur sécrétaient de la mort pour pouvoir vivre ?

La boîte vide de la Cigogne est restée sur le banc. Le présentoir en plastique. Le creux des encoches.

Et puis un matin, tout a disparu.

Le samedi, je suis allée à Omonville. Il pleuvait. J'avais garé la voiture de Raphaël sur le parking, à côté de l'église. Monsieur Anselme m'attendait avec Ursula, tous les deux assis sous la verrière.

Il était heureux de me voir. Il m'a pris la main.

— On vous espérait.

Ursula avait les cheveux très courts, extraordinairement noirs. Les yeux pétillants. Elle m'a prise contre elle avec infiniment d'affection.

Elle m'a fait asseoir près d'elle.

Monsieur Anselme a versé de l'orangeade dans les verres et il a coupé trois parts dans le gâteau. Des figues étaient prises dans la pâte, elles semblaient confites.

— Vous aimez ?

Les grains doux ont craqué sous mes dents. J'ai souri. C'était délicieux. On a mangé tranquillement en parlant du jardin et de la vie si paisible à Omonville, un climat tellement particulier qu'aucune fleur ne semblait jamais y geler. Ce village semblait une oasis de paix, suffisamment éloignée des fureurs de la mer, et suffisamment près pour en recevoir son énergie.

Ursula restait discrète.

Monsieur Anselme souriait.

Ursula a dit quelques mots sur le passé, ici, à Omonville, et aussi au Refuge. Elle a parlé de la façon dont les enfants vivaient.

— Vous savez, c'était une époque particulière, les choses étaient plus simples qu'aujourd'hui.

Elle portait une grosse bague à l'un des doigts, une pierre énorme, qu'elle tournait tout en parlant.

Elle nous a regardés, monsieur Anselme et moi.

— J'ai jamais vu quelqu'un aimer les enfants comme Nan les aimait. On l'a beaucoup critiquée, mais le Refuge, c'est elle qui l'a fait. Elle s'est battue. Les gosses qui arrivaient étaient tous plus miséreux les uns que les autres. Avec le peu de moyens qu'elle avait, elle leur faisait un nid.

— Et Théo ?

— Théo, il venait, il venait pas... Il avait le phare à garder. Et puis la Mère, elle était pas commode. Elle n'aimait pas qu'il vienne au Refuge.

— Faut la comprendre, j'ai dit.

— Pourquoi ? C'est de la foutue morale de messe ça, des bons sentiments pour pas cher ! Il y a eu des racontars fumiers sur Nan. Il y en a encore. Faut pas les écouter. Ils auraient fait du bon boulot tous les deux, si on les avait laissés tranquilles.

Elle a dit ça violemment. Après, elle n'a plus parlé de Théo.

C'est moi qui ai insisté.

— Pourquoi il n'a pas tout plaqué s'il l'aimait tant ?

Elle a ri doucement.

— On leur aurait rendu la vie impossible, voilà pourquoi ! La Mère est née au pays, sa famille implantée là depuis des générations. Nan, elle porte la croix des siens, elle coud les linceuls. Elle est entre les deux mondes, certains disent même qu'elle a le mauvais œil...

Ursula a passé sa main dans ses cheveux.

Monsieur Anselme ne disait rien. La chaise un peu en recul de la table, il écoutait.

— Nan savait qu'elle n'aurait pas d'enfants, alors, quand Michel est arrivé, comment vous dire... C'était une larve ce gosse, impossible à requinquer ! On avait bcau lui donner à manger et le meilleur... Dès qu'on lui lâchait la main, il fonçait à la mer. Allez comprendre ! À la fin, on le laissait faire. Je le retrouvais toujours au même endroit, assis sur un rocher. Je ne sais pas s'il était triste que je vienne le rechercher. Pas sûre non plus de ce qu'il aurait fait si je n'étais pas venue.

Elle a froissé quelques mèches de ses cheveux entre ses doigts.

— Une année, il y a eu de la neige, du givre contre les vitres. Les plus petits pissaient au lit, ça gelait dans les draps.

Elle a parlé de cet hiver terrible, de la nourriture qui venait à manquer, les soupes chaudes, les pièces froides. De cette odeur de chou cuit qui traînait partout dans les couloirs, comme imprégnée dans les murs.

— Vous vous souvenez quand Michel est arrivé ?

Elle a secoué la tête.

— Non... Je venais d'accoucher de ma cadette. Quand j'ai repris le travail, il était là depuis une semaine déjà, peut-être deux.

Elle réfléchissait. Elle retrouvait des images au fur et à mesure qu'elle racontait.

— La première fois que je l'ai vu, il était dans la cour, assis au soleil. On ne savait rien de lui, juste qu'il avait été retrouvé à Rouen, sur son tas de chiffons. Même pas de nom...

Elle a bu une gorgée d'orangeade et elle a reposé son verre.

Je l'ai regardée.

— On dit que Nan a volé des jouets dans la maison des Perack...

Elle a ricané mais sans chercher à mentir. Elle aurait pu se taire aussi.

Au lieu de ça, elle m'a regardée, les yeux très francs.

— Et alors ? Il y a du mal à ça ? Ils allaient servir à qui, ces jouets, hein ? Il fallait bien que ces enfants jouent.

— Pourquoi elle les a pris la nuit ?

— Tout se fait de nuit ici, c'est comme ça. Vous êtes entrée dans le Refuge ?

— Oui.

Elle nous a regardés, monsieur Anselme et moi.

— Cet enfant, pourquoi vous le recherchez ?

— Je ne le recherche pas...

J'en avais connu des refuges moi aussi, tous semblables à celui-là, avec d'autres odeurs, celles du linge humide, des couches sales. Cette promiscuité étouffante qui m'avait rendue à ce point solitaire.

— C'est juste que je suis née comme ça moi aussi...

J'ai dit cela, Comme ça, sans parents, sans personne. Elle m'a regardée. J'ai essayé de sourire. Elle a hoché la tête. Il y a eu un silence. Elle comprenait. C'est ce qu'elle a fini par dire, Je comprends.

Elle a raconté encore.

— Nan lui avait arrangé une chambre à côté de la sienne, dans sa maison, mais il a toujours préféré dormir avec les autres. Ça lui arrivait de se lever dans la nuit, les pieds nus, et de rejoindre la chambrée.

Monsieur Anselme a rempli à nouveau les verres.

J'écoutais Ursula. J'aimais la façon précise qu'elle avait de raconter comme si elle voulait donner à voir. La silhouette fragile de l'enfant longeant les murs du couloir, ses pieds dans la poussière, les yeux tristes de Nan, le matin, quand elle trouvait le lit vide. Cette porte qu'il devait pousser.

— Max était son ami, n'est-ce pas ?

Ursula a hoché la tête.

— Oui... Surtout quand ils étaient petits, mais même après, quand Michel est allé au lycée, ils sont toujours restés en contact.

— Et vous ne savez pas où il est allé quand il est parti ?

— Non... C'était quelques semaines après ses dix-sept ans.

Elle a fait tourner sa bague autour de son doigt.

— Il est sans doute allé à Rouen... Et puis après, ailleurs. Il devait chercher sa famille, en tout cas c'est ce qu'on a pensé. Il n'avait pas beaucoup d'endroits où chercher.

Elle a appuyé ses mains l'une contre l'autre.

— Je lui en ai voulu... Pas d'être parti, non, ça je pouvais le comprendre, mais de nous avoir laissées comme ça, sans nouvelles.

Sa voix a tremblé. On sentait poindre l'émotion.

— Ça fait bien vingt ans maintenant... Nan a gardé ses vêtements dans une petite boîte, ceux qu'il portait quand on l'a retrouvé... La dernière fois que je suis allée chez elle, elle me les a encore montrés.

Elle m'a regardée un long moment.

Elle a dit, Ces enfants-là sont plus difficiles à comprendre que les autres, ils arrivent comme ils s'en vont, on sait pas pourquoi ni d'où ils viennent. Il faut juste les recevoir.

Ces enfants-là ont-ils plus peur que les autres ? J'avais la gorge serrée. Je n'arrivais plus à parler. Monsieur Anselme a posé sa main sur le bras de son amie.

— Et Théo, comment s'entendait-il avec cet enfant ?

— Bien. Très bien même. Même adopté, c'était l'enfant de Nan... Il y avait quelque chose de très fort entre eux. Quand Théo n'était pas au phare, Michel passait ses journées avec lui, à la ferme. Il n'avait pas le droit d'entrer dans la maison mais dans les écuries, il pouvait.

Elle a tourné la tête et elle a regardé dehors, les yeux un moment perdus dans les fleurs qui poussaient en massifs le long de la verrière.

— On dira ce qu'on voudra, mais c'est avec Nan qu'il aurait dû avoir des enfants.

Elle s'est à nouveau tournée vers nous.

— Après, quand Michel est parti, tout a changé. Nan ne s'intéressait plus aux enfants. Elle les a laissé placer, tous, les uns après les autres. Ces lits qui se vidaient, c'était un déchirement... Un matin, le dernier est parti et elle a fermé les volets du Refuge.

— Et vous ?

— Moi...

Il s'était mis à pleuvoir, des gouttes serrées sur le toit de la verrière. Ursula a regardé sa montre. Il était déjà tard. On avait parlé longtemps.

On s'est levés tous les trois ensemble.

Sa voiture était garée tout près. Je l'ai raccompagnée. Alors qu'elle était assise au volant, je lui ai demandé si elle se souvenait du nom de cet enfant.

Elle m'a regardée, elle n'a pas eu besoin de réfléchir, sans doute elle savait cela, que je lui poserais cette question. Elle y était préparée.

— Il s'appelait Lepage, Michel Lepage.

J'ai regardé la voiture s'éloigner.

La pluie me tombait dans le dos.

Il me semblait que tout allait bien.

Ainsi, je n'avais pas questionné pour rien. Ce Michel qui écrivait à Théo était bien l'enfant que Nan avait recueilli. Un enfant qui avait grandi. Quel âge pouvait-il avoir à présent ? Quarante ans ?...

Max avait été l'un des refuges de Michel.

Comme tu avais été le mien. Tout ce temps que je t'avais connu. Aimé.

J'ai regardé battre les essuie-glaces. Et puis j'ai regardé la mer, derrière le pare-brise, quand la pluie a cessé de tomber. Je suis restée là.

Les lettres que j'avais vues chez Théo étaient écrites par cet enfant devenu grand. Un monastère, comme refuge suprême ?

L'enfant qui avait grandi était-il devenu moine ? Il écrivait à Théo et pourtant Nan ne semblait pas savoir où il était.

Je suis revenue au village.

La route était coupée. Des affiches étaient scotchées un peu partout, sur les portes, des lettres remplies de couleurs pour dire qu'il y avait une fête le soir. J'ai laissé la voiture de Raphaël le long de la route, près du lavoir.

Des jours que le mouton attendait la mort, dans un petit enclos, le regard plongé dans la terre. J'étais là quand ils l'ont remonté sur la place. J'ai vu les enfants se coller aux murs. Les chiens ont gueulé.

Ils l'ont tué. Une heure après, sa peau séchait sur la barrière et le soir, Max a fait tourner la broche. Il avait passé la semaine à nettoyer les vitraux mais on ne les voyait pas à cause de la nuit. Il aurait fallu éclairer les lumières à l'intérieur de l'église.

Un petit groupe de musiciens s'était installé sur une estrade. Les enfants dansaient. Quelques couples. La Cigogne était à l'écart, avec deux autres filles, elles se montraient ce qu'elles avaient dans leurs poches. Je me suis promenée entre tous ces gens que je ne connaissais pas. Je les frôlais. Ils se parlaient. Leur histoire était commune.

J'ai pensé redescendre à la Griffue.

Lambert est sorti de sa maison. Il a longé la piste et il a disparu un moment derrière les danseurs. Il est passé une première fois, près de moi, presque à me toucher. Il regardait ailleurs. Il ne m'a pas vue.

J'aurais pu faire un geste, il se serait retourné. Peut-être. Je me suis collée encore plus au mur. Je fais partie de ces gens qu'on ne voit pas. Pas assez belle. Pas assez laide aussi sans doute. Un entre-deux. Déjà adolescente, dans les surprises-parties, c'est les autres qui dansaient.

Il est passé une deuxième fois.

J'ai acheté un ticket de tombola. Une gaufre au sucre. J'ai glissé le ticket dans ma poche. Et puis il est arrivé. Sur le côté.

— Vous êtes là depuis longtemps ?

J'ai dit non, que je venais d'arriver. Il m'a dit qu'il avait changé la vitre du cadre et qu'il avait remis la photo sur la tombe.

Il est allé s'acheter une gaufre parce que la mienne lui faisait envie. Morgane était là, sur la piste, elle dansait avec un garçon. Elle portait un débardeur noir, les épaules à nu malgré le froid, et le rat blotti contre sa nuque.

Je les ai regardés.

Lambert les regardait aussi.

— Les gens qui se désirent sont toujours plus beaux. Ça donnerait envie de désirer rien que pour être beaux comme eux.

C'est ce qu'il a dit. Il continuait de manger sa gaufre. À un moment, il m'a demandé si je voulais danser avec lui, il n'y avait presque personne sur la piste, j'ai dit non, que je n'aimais pas ça, il a dit que lui non plus n'aimait pas mais que c'était quand même un bal.

Il a fini sa gaufre, il m'a pris le bras et il m'a entraînée sur la piste. Il m'a prise contre lui. C'était un slow.

— Lili savait... c'est ce qu'il a murmuré à mon oreille.

— Elle savait quoi ?

— Son père, qu'il avait éteint le phare.

Je sentais ses mains dans mon dos. Je ne savais pas où poser les miennes.

— Décontractez-vous, tout le monde nous regarde.

Il a dit ça sans lâcher des yeux la piste. Il dansait bien, je suis sûre qu'il avait menti quand il m'avait dit qu'il n'aimait pas ça. D'autres couples nous ont rejoints.

— C'est pour ça que vous vous êtes disputés ? j'ai demandé.

— Vous nous avez vus ?

— De la rue oui...

Morgane a arrêté de danser et elle a disparu dans une ruelle avec le garçon. Elle m'a fait un petit signe.

Devant nous, partout, les filles étaient belles. Elles avaient accroché des fleurs de crépon dans leurs cheveux.

— Vous connaissez l'histoire des deux poissons rouges qui tournent ensemble dans leur bocal ?

J'ai fait non avec la tête.

— Eh bien ils tournent, ils tournent... et au bout d'un moment il y en a un qui s'arrête et qui demande à l'autre, Tu fais quoi toi dimanche ?

Ça l'a fait rire.

Sur le moment, j'ai trouvé ça idiot mais après, j'ai ri aussi. J'étais toujours dans ses bras. Autour de nous, les garçons cherchaient les filles et les filles attendaient les garçons. Des gosses de seize ans qui se serraient contre des gamines de quinze et qui juraient de s'aimer pour la vie. Ils se juraient ça les yeux fermés.

Je les enviais.

La musique s'est arrêtée.

On a quitté la piste. Lambert s'est allumé une cigarette.

Morgane avait disparu avec le garçon accroché à elle.

— Je vais rentrer, j'ai dit.

Il m'a retenue par le bras.

— Je vous ai dit qu'il y avait un truc qui ne collait pas... La dernière fois que j'ai dansé là, j'avais treize ans, c'était l'été.

— C'est ça qui ne colle pas ?

— C'est pas ça, non. Mais cet été-là, ma mère portait une robe blanche et mon père la faisait danser. Je me souviens de la robe que portait ma mère mais pas de son visage. J'ai oublié sa voix… Parfois, la nuit, il m'arrive de rêver d'elle et je la revois. Je la revois comme elle était avant, comme si la mort n'existait pas.

Je suis restée à côté de lui. Il fumait en regardant un couple qui s'embrassait.

— Là où je bossais avant, il y avait une fille, elle disait toujours oui quand on lui demandait un baiser. C'était bien.

Il a dit ça.

Après avoir parlé de sa mère.

La musique s'est arrêtée à nouveau et tout s'est figé, soudain, sur la piste. Quelqu'un a demandé le silence à cause du tirage des lots qui allait commencer. C'est le curé qui a gagné la peau du mouton, il est monté sur l'estrade pour la chercher. Il a dit qu'il allait la mettre au pied de son lit. C'était le premier lot.

Il y a eu d'autres lots après celui-là.

J'ai gagné un gilet tricoté main. Je ne suis pas allée le chercher. Je tenais le ticket froissé entre mes doigts. Ils ont répété plusieurs fois le numéro, dans le micro, en regardant bien les gens dans la foule. Après, ils sont passés au lot suivant. Le gilet est resté sur l'estrade. J'ai écarté les doigts et le ticket a glissé par terre.

Lambert s'est penché vers moi.

— Nicole, elle s'appelait la fille qui m'embrassait. C'est pas très joli comme prénom, Nicole, hein ?… Elle non plus elle n'était pas très jolie, c'est pour ça, le prénom lui allait bien.

Il a dit ça et il a mis son pied sur le ticket.

La musique a repris. Des enfants sont passés devant nous, ils couraient. Il y avait du monde, trop de monde soudain.

Il m'a montré sa maison.

— De la lucarne, là-haut, on voit la mer.

C'est ce qu'il a dit. De la lucarne, là-haut.

On s'est regardés. En cinq minutes, on s'est retrouvés dans le jardin, on s'est engouffrés dans la maison. On n'a même pas éclairé.

La porte qui montait à l'étage a grincé. Lambert est passé devant. Je l'ai suivi. On n'y voyait rien. On cognait des pieds contre les marches. Ça nous faisait rire.

On riait doucement.

C'était amusant de monter comme ça, sans rien voir. Les bruits du dehors traversaient les murs, des pétards qu'on aurait dits tirés dans la cour, juste là, sous les fenêtres.

On est entrés dans une pièce. Il a buté contre quelque chose, il a juré. Il avançait, une main en avant, et il a poussé le volet de bois qui protégeait la lucarne. La lumière du dehors a éclairé son visage. J'ai dit, Chez Théo, il y a une lucarne comme celle-là. L'air était humide. On s'est penchés et on a regardé la rue, juste en dessous, les danseurs, les musiciens, et puis la mer au loin.

La lumière du phare.

De nouveau les danseurs.

On était bien. En hauteur. La tentation était grande de penser qu'ici l'on pouvait être meilleur ou plus libre qu'ailleurs. Plus fort aussi.

— Vous savez, cet homme que Nan prend pour vous...

— Plus tard...

— Non, maintenant.

Il s'est reculé. Il m'a regardée.

— Maintenant ?... D'accord.

Il est allé s'asseoir au fond de la pièce. J'ai entendu grincer un sommier. Je suis restée près de la lucarne.

— Cet homme, je sais où il est.

Je lui ai parlé de ma rencontre avec Ursula. Du Refuge, des lettres que Théo recevait du monastère. De cet enfant qui était parti sans que personne puisse dire pourquoi.

Je parlais sans le voir. À un moment, j'ai vu l'éclat rouge d'une flamme quand il a allumé une cigarette, et puis l'éclat s'est éteint.

J'ai attendu qu'il me dise quelque chose mais il n'a rien dit.

Je me suis tue à mon tour.

Il s'est levé, il a refermé le volet. J'ai entendu le bruit, le petit crochet de fer et le froissement de son blouson.

On s'est retrouvés dans la nuit. Nos yeux se sont habitués. On se voyait un peu, le contour de nos visages.

Il est resté comme ça, un moment, immobile près de moi, et il a dit, Je pense que cette histoire ne nous regarde peut-être pas.

Il n'a rien dit d'autre. On est redescendus.

Il m'a accompagnée jusqu'à la porte.

Il n'y avait plus de musique. Plus de danseurs. Les gens descendaient tous en direction du port, pour voir le feu d'artifice qu'ils allaient tirer sur la mer. On est restés là, sur le pas de la porte, à regarder les gens passer.

— Vous ne venez pas…

Il a fait non avec la tête.

Il allait dormir ici, dans l'une des chambres, des draps neufs qu'il avait achetés à Cherbourg.

Quand je suis arrivée à la barrière, il m'a rappelée.

— Cette photo dont vous m'avez parlé, celle qui était punaisée dans la salle, vous m'avez dit que Lili devait vous la retrouver ?

— Oui.

— Mais elle ne l'a pas fait ?

Je l'ai regardé.

— Non… j'ai répondu.

J'ai fait trois pas.

— Elle est dans le sac de la Mère.

— Vous n'avez pas essayé de la récupérer ?

— Non. Pourquoi, j'aurais dû le faire ?

Il a hoché la tête et je suis partie en direction du port.

Je suivais les gens qui marchaient sur la route. La plupart étaient là en famille, avec des enfants. Petite foule bruyante, heureuse.

Je me suis arrêtée devant la ferme pour ne pas être mêlée à eux. Une brebis malade était étendue devant la porte de l'étable. Le père de la Cigogne l'avait écartée des autres. Depuis deux jours, elle était attachée par une corde à un clou. Presque dehors. Les chats lui tournaient autour.

La truie ne s'en approchait pas. Elle sentait la mort. Elle n'aimait pas ça.

À minuit, ils ont tiré le feu d'artifice. Des jeunes gens montés dans des barques ont jeté des fleurs sur l'eau. Les vagues soulevaient les fleurs. Des projecteurs les éclairaient. Il faisait doux. Je ne sais pas si j'étais bien.

Je crois qu'il me manquait d'être avec quelqu'un. J'ai tourné un peu sur le quai.

Je suis remontée dans ma chambre. Tard dans la nuit, j'ai entendu l'accordéon, la musique du bal sur la place, qui avait repris, et je me suis dit que Lambert ne devait pas pouvoir dormir.

La Hague, quelques heures avant la pluie. Un temps d'orage. Ma peau devine l'odeur du soufre. Elle a toujours su. Elle sent venir la foudre des heures avant que les éclairs n'éclatent.

Il en est ainsi des peaux.

De certaines peaux.

Je me suis levée tard. Trop bien dans les draps. Incapable de m'arracher.

Max était sous l'abri, avec son bateau. Il allait prendre la mer, c'est ce qu'il disait, Une question de jours.

— Tu m'emmèneras jusqu'au phare ? je lui ai demandé en me penchant à la fenêtre.

Il a levé la tête.

— Les courants ont la dangerosité des lames. Personne n'y va.

— Il y a bien des gens qui traversaient avant ?

Il s'est gratté le menton et il a regardé le phare. Les courants étaient noirs, on les aurait dits vomis par la nuit.

— Faut demander à Raphaël.

Quand je l'ai rejoint, il avait le front bas. Il rangeait ses outils.

— Je demande toujours tout à Raphaël.

Je n'ai pas insisté.

Je suis allée sur la grève. Un petit oiseau à bec jaune picorait les puces de sable.

L'empreinte solitaire de mes semelles.
Mon ombre dérisoire sur la route.

Morgane est venue à ma rencontre.

— Pourquoi tu ne repars pas ? elle a fini par lâcher.

J'ai hésité avant de répondre.

— Je suis bien ici… Ces quelques kilomètres carrés me suffisent.

Je mentais. Ils ne me suffisaient pas. Ils ne me suffisaient plus.

— Et toi ?

— Je ne partirai jamais sans Raphaël.

— Ce garçon avec qui je t'ai vue à la fête ?…

— C'est rien. Il est de Beaumont.

On est revenues le long du quai. La mer remontait. On entendait clapoter l'eau.

— Le gars qui me fait travailler dit que plus tard, si je veux, je pourrai acheter une mobylette et venir vendre des robes dans sa boutique à Cherbourg.

— T'as pas ton permis ?

— Non, mais je sais conduire.

Je l'ai regardée. Le vent ramenait ses cheveux sur son visage. Une petite bulle de salive était retenue dans le pli de sa lèvre. Elle était belle. Je n'éprouvais aucune jalousie. En d'autres temps sans doute, sa jeunesse m'aurait été insupportable.

— Tu me regardes ?

— Tu es belle.

— Je vieillis, elle a dit en faisant la grimace.

— Tu parles !

— Je vais avoir trente ans, tu te rends compte !

Ça m'a fait rire. Elle a penché la tête.

— Il faudrait que je maigrisse un peu quand même… Tu ne penses pas ?

— Je ne sais pas…

— Moi non plus, c'est pour ça, tant que je ne sais pas.

— Il va pleuvoir, j'ai dit.

Elle a regardé du côté du phare. On est passées dans le jardin et on est entrées dans la maison.

Elle a sorti le rat de sa poche et elle l'a posé sur le divan. Elle s'est approchée de la fenêtre.

— Il ne pleut pas...

— C'est que le ciel est tellement gris.

— Gris, ce n'est pas de la pluie.

Elle s'est assise à la table, elle a vérifié sa dernière couronne en rectifiant ce qui n'allait pas. Elle n'avait pas envie de travailler. Elle l'a dit, J'en ai marre de faire ça !

Elle est allée se coller contre la fenêtre.

Le rat a grimpé sur la table, il s'est couché dans la boîte. J'ai pris une perle. Il a avancé les dents.

— Il pleut maintenant, elle a dit.

Elle s'est tournée vers moi.

— Tu étais avec lui hier...

— Oui.

Elle a repris sa couronne.

— Vous avez fait quoi ?

— Rien.

Elle a coupé un fil avec les dents. Elle a enfilé plusieurs perles à la suite, en nouant des fils entre eux. Des mèches de cheveux balayaient son visage. Elle les ramenait en arrière mais les mèches étaient rebelles, elles retombaient. J'aimais la regarder, ses mains autour des perles.

Elle a fini par reposer le diadème. Elle a baissé les yeux, elle a regardé ses mains. Ses ongles aux peaux rongées.

— Parfois, je me dis qu'il faudrait que je parte d'ici.

Ses yeux se sont remplis de larmes. Un instant noyés, et puis les larmes ont débordé. Elle les a écrasées d'un revers de manche. C'était arrivé si soudainement. Il y a eu des larmes aussi sur la table.

Elle a voulu tout effacer par un sourire. Elle a écarté les mains.

— Je ne sais rien faire sans lui.

Qu'est-ce que je pouvais lui répondre ? J'ai voulu poser ma main sur la sienne. Elle l'a retirée. Elle ne voulait pas que je la touche. On croit tous ça, que l'on ne saura plus rien faire sans l'autre. Et puis l'autre s'en va et on découvre qu'on sait faire des tas de choses qu'on n'imaginait pas. Des choses différentes, et ça ne sera jamais plus comme avant. J'ai essayé de lui expliquer tout ça.

Qu'on peut continuer quand même.

Elle reniflait.

Je lui ai parlé de toi.

Comme une épine enfoncée dans le fond de ma chair. Parfois, je t'oublie. Et puis il suffit d'un geste, d'un mauvais mouvement, et la douleur revient, tellement vive.

Parfois aussi, la douleur n'est pas là et c'est moi qui la recherche. Je la trouve, je te réveille.

La douleur familière.

On se console aussi avec des larmes.

Morgane a séché les siennes. Elle s'est efforcée de sourire.

La porte s'est ouverte, c'était la petite Cigogne. Elle avait pris la pluie. Elle avait trouvé le pull de Raphaël dans le couloir et elle l'avait enfilé. Un pull bien trop grand pour elle. Il lui tombait sur les mollets. Sa tête était cachée dans le col. Elle s'est avancée vers nous en se dandinant d'un pied sur l'autre, les bras écartés. J'entendais sa respiration à travers les mailles.

Morgane a sorti un paquet de biscuits du placard. Elle a appelé Raphaël. Il n'a pas voulu parler de son travail. Il n'a rien voulu nous dire de ce qu'il faisait. Il travaillait.

Il a posé sa main sur la tête de la Cigogne, Qu'est-ce que tu fais dans mon pull, toi ?

Il nous a dit qu'un journaliste envoyé par *Beaux-Arts* devait passer dans deux jours pour voir son travail.

L'après-midi, ils ont mis le bateau de Max à l'eau. D'abord sur les rails et ensuite, ils l'ont fait glisser doucement.

Quand il a touché l'eau, le bateau a tangué. On a eu peur.

Et puis il a flotté.

Un bateau que l'on remet à l'eau, ce n'est pas tous les jours, alors les gens du village sont descendus pour voir. Il y avait d'autres personnes aussi, que l'on ne connaissait pas.

Le patron de l'auberge avait fait griller des petites crevettes. Lili a apporté des sandwichs. Elle a servi du mousseux dans des verres en plastique. Elle avait changé la couleur de ses cheveux, un rouge un peu trop rouge, il lui restait des traces sur la nuque.

Tous, debout sur le quai, on a trinqué au bon vent de *La Marie-Salope*.

Morgane a pris une photo de Max avec les pêcheurs et une autre photo de lui, debout sur le pont du bateau. La peinture flambant neuve éclatait au soleil.

Lambert était là lui aussi.

Il cherchait une poubelle, un sac, quelque chose pour jeter son verre. Il n'a rien trouvé. Il a gardé son verre dans sa main.

Il est venu vers moi.

On ne s'est pas regardés. On regardait le bateau.

On regardait Max, la mer. La digue, comme un rempart face aux tempêtes. La Mère était là elle aussi, descendue en voiture, appuyée, chancelante. Elle hésitait entre s'asseoir et se tenir. Elle ouvrait grand les yeux, c'est pas tous les jours qu'elle pouvait voir la mer.

Lili distribuait du vin chaud. Des morceaux d'orange flottaient à la surface. Des rondelles de citron. Elle a rempli nos verres, le mien et après, celui de Lambert.

Lambert l'a retenue par le bras.

— Il y avait une photo chez toi, contre le mur.

Elle a levé la tête.

— De quoi tu parles ?

— Il paraît que tu l'as enlevée. J'aimerais bien la voir.

Lili l'a regardé brusquement, presque brutalement. Et puis elle m'a regardée, moi.

J'ai détourné la tête. J'ai baissé les yeux.

La Mère était à côté. On aurait dit qu'elle souriait, mais c'était la lumière.

Avec Lambert, on est allés boire notre vin près des bateaux.

Max a remercié tout le monde pour *la mansuétude*, et pour d'autres choses encore.

On a fini par trouver une poubelle et on a jeté nos verres.

Avant de me quitter, Lambert a dit, Je crois que j'ai quelqu'un pour la maison.

Le soir, j'ai passé ce qui me restait de vert Hopper sur la porte de ma chambre. J'ai laissé la fenêtre ouverte pour faire partir l'odeur.

Je suis sortie.

Il n'y avait personne sur le chemin. Juste un oiseau sentinelle qui observait la lande.

Je me suis assise jusqu'à ce que l'espace m'avale. Fasse de moi un être minéral en contemplation devant le monde.

Le journaliste qui voulait écrire un article sur Raphaël est arrivé le lendemain, à dix heures. Il avait apporté plusieurs exemplaires de *Beaux-Arts* pour lui montrer.

Raphaël a préparé du café. Il a mis des biscuits sur la table. Il a voulu qu'on reste là, avec Morgane. On a feuilleté les magazines. Le rat était dans sa boîte. Le journaliste a demandé à Raphaël si c'était important pour lui de travailler dans un endroit tel que la Hague. Raphaël a dit qu'il ne savait pas. Que sans doute il pourrait travailler ailleurs mais qu'il aimait être là.

Il a servi le café. Il a donné des miettes de biscuit au rat. Il a dit que s'il ne sculptait pas, il s'ennuierait terriblement et qu'il lui faudrait sans doute faire autre chose. Du jardinage ou aller à la pêche. Ou alors faire comme Morgane, des couronnes pour les morts.

Le journaliste a hoché la tête. Il a posé d'autres questions et Raphaël a répondu. Quand il ne savait pas, il disait, Je ne sais pas.

Le journaliste n'insistait pas. Il a bu son café. Avec Morgane, on a eu le temps de feuilleter tous les magazines.

Après, le journaliste a jeté un coup d'œil à sa montre. Il voulait visiter l'atelier, faire quelques photos.

Raphaël s'est tassé sur sa chaise. C'était un moment difficile pour lui, ce moment où il devait montrer.

— On va y aller, il a dit d'une voix terne.

Il a repris du café.

Et puis il s'est levé.

Il est passé dans le couloir. La pierre était devant la porte. Il n'a pas expliqué pourquoi elle était là.

Il a ouvert et il est resté sur le côté. Le journaliste s'est arrêté.

C'était toujours comme ça, ceux qui entraient dans l'atelier ne pouvaient rien dire.

J'ai été comme ça moi aussi, la première fois. Immobile, avec cette envie de fuir.

Raphaël a fait un geste de la main, tout était là, l'essentiel de ce qu'il pouvait dire.

Le journaliste s'est enfoncé entre les sculptures. Avec la lumière qui tombait des fenêtres, les patines paraissaient plus rouges. Elles vibraient. L'homme frôlait les ventres, sans oser les toucher. Les membres cassés qui traînaient dans les cartons, les têtes aux bouches comme des cris.

Raphaël l'a laissé faire. Il est allé s'asseoir à sa table.

Les bronzes prenaient la lumière, ils l'absorbaient. Et cette lumière prise devenait une autre lumière. Il s'est passé un temps très long. L'homme a fini par sortir son appareil et il a fait quelques photos des bronzes, *Le Silence*, *Les Suppliantes*, *Les Femmes assises*, quelques sculptures sans titre.

Il a pris une photo de la signature dans le socle.

Il est revenu vers Raphaël.

— Je voudrais faire une photo de vos mains.

Un gros plan, avec un bout du grillage que Raphaël triturait entre ses doigts.

Il a fait aussi deux portraits de lui.

— Je vais vous faire avoir une double page.

Raphaël n'a pas répondu.

Avant de sortir, le journaliste s'est retourné.

— C'est bien, une double page dans *Beaux-Arts* vous savez...

La brebis malade est morte. Quand je suis passée, elle était encore là, mais elle n'avait plus son collier d'attache. Sa tête avait roulé sur le côté. Elle avait le ventre ouvert et trois chats affamés lui déchiraient l'intérieur. Ses yeux grands ouverts semblaient encore regarder du côté des parcs.

Un premier frisson de l'averse sur la mer étale et il a plu. La Cigogne est remontée sur le chemin avec son chien et tout le troupeau. Dans la presque nuit, sur la route. Le faible faisceau de lumière de sa lampe trouait la pluie. On aurait dit une lumière de luciole.

La truie attendait le troupeau à l'abri sous le grand marronnier de la cour.

Lili disait que des hommes s'étaient pendus aux branches de cet arbre. Les femmes ne s'en approchaient pas. Les jours de vent, on pouvait entendre des plaintes mais personne ne pouvait dire si elles venaient de l'arbre ou d'ailleurs.

Je me suis arrêtée chez Théo. J'ai dû frapper plusieurs fois avant qu'il ne réponde.

Il m'a à peine regardée.

— C'est votre jambe ? Vous souffrez ?

Il a fait non avec la main.

Je lui ai parlé des oiseaux, je lui ai dit que j'avais vu un faucon crécerelle et un pipit farlouse. Je lui ai montré les dessins que j'avais faits dans mon carnet. Je lui ai décrit l'endroit.

— Les druides ont dressé des menhirs sur cet endroit dont vous me parlez. Ils ont aussi immolé des enfants.

Il a dit ça d'une voix sourde.

Il s'est redressé. La petite chatte blanche était sur le lit. Elle s'est étirée.

— Je vous fatigue ? j'ai demandé parce que je voyais bien qu'il n'était pas comme d'habitude.

Il a hoché la tête. Il a dit, Je crois que je suis fatigué depuis très longtemps.

La nuit suivante, j'ai rêvé de chaînes, de portes. J'ai entendu des bruits de clés. C'était le vent, dehors, les amarres des bateaux qui grinçaient.

Je me suis réveillée en sueur.

L'enveloppe est arrivée la semaine suivante. Une grande enveloppe brune que le facteur a déposée sur la table. Raphaël nous a appelées.

C'était une enveloppe lourde, oblitérée avec trois timbres, un hommage à Vauban. Le magazine était à l'intérieur, la couverture plastifiée, une photo de la fondation Maeght.

Morgane trépignait.

— Bon, tu l'ouvres ou pas !

Il a feuilleté le magazine en partant de la fin, puis il est revenu au début.

Il n'y avait rien.

Morgane était furieuse.

— Pourquoi il t'aurait envoyé le magazine si tu n'étais pas dedans ?

Elle lui a arraché le magazine des mains.

— Il a dit une double page ! Ça doit se voir, une double page !

Elle aussi, elle est partie de la fin. Elle a feuilleté, mais plus lentement. Le rat était sorti de son carton et il se tenait devant elle, dressé sur ses pattes.

Morgane fouillait tout, jusqu'aux plus petits articles en bas de page.

— Putain, mais c'est quoi ce qu'il nous a fait !

Elle s'apprêtait à tout reprendre depuis le début quand soudain, elle s'est arrêtée, bouche ouverte, c'était là, un grand titre, *Un sculpteur aux portes de l'enfer.* Suivaient l'article, les photos, et ça continuait encore sur la page d'après.

On s'est regardés. Ce n'était pas une mais deux doubles pages. C'était incroyable ! On s'est collés, épaule contre épaule, avec le magazine grand ouvert entre nous. Les photos d'abord et on a lu l'article.

Les premiers mots, le travail de Raphaël, *l'obsessionnel tourment de cet homme qui creuse son sillon, avec force et talent.*

Morgane a claqué des mains sur la table. Elle a pris son frère contre elle, elle l'a embrassé.

Elle tremblait.

Elle a continué de lire, à haute voix.

— ... *Partout, c'est le même message, l'authentique testament.*

Elle a répété cela, *l'authentique testament* !

Raphaël a relevé un peu la tête.

Morgane riait.

— Un magazine comme ça, ça se vend à combien d'exemplaires ?

On ne savait pas.

Elle a continué à lire.

Il y avait quelques mots à la fin, sur « *La Courtirière des morts* », *l'apothéose dans ce vieux visage qui résume à lui seul toute l'infinie compassion que l'artiste porte à la misère de ses contemporains.*

— C'est bien, Raphaël, hein, c'est bien ?

Raphaël a fait oui avec la tête. Il a ébauché un sourire.

— Tu vas être obligé de faire installer le téléphone maintenant ! j'ai dit en riant.

J'étais heureuse pour lui.

On a relu l'article. Le rat courait entre nos verres. On était en train de rire quand Lambert a poussé la porte. Il nous a regardés.

— J'ai vu de la lumière... il a dit.

Morgane a brandi le magazine, Viens voir !

On s'est poussés. On l'a laissé lire. Ses yeux parcouraient le papier. Il a tout lu, attentivement. Il a
pris le temps. Quand il a eu fini, il a refermé le magazine, il a levé les yeux sur Raphaël.

— Il va falloir faire mettre le téléphone maintenant.

On a tous éclaté de rire et Morgane lui a expliqué
pourquoi.

Nan est morte le lendemain. On a retrouvé son corps, au matin, sur la plage. Un ramasseur de coques. Il a dit avoir vu une ombre tapie sur la plage. Il s'est avancé. Il a pensé que c'était un phoque échoué là, il en descendait parfois en cette saison, des bêtes venues d'Écosse ou des côtes d'Irlande.

Ce n'était pas un phoque. C'était une femme. Les gendarmes ont dit que Nan était partie en barque jusqu'à l'îlot Bas. Qu'elle avait dû ramer, comme elle l'avait fait tant de fois. Ce chemin de la grève à l'îlot. Pauvre folle... Une fois de trop. Elle allait parfois là-bas, c'est contre cet îlot qu'étaient morts les siens. Elle avait ce besoin de ramer au-dessus des eaux.

Quelle idée ! Avant, elle était jeune, elle pouvait ! Au café, chez Lili, partout, dans les rues, derrière les rideaux, tout le monde ne parlait que de ça. Une mort, dans un village de si peu d'âmes.

Assise à sa table, la Mère écoutait. Elle n'avait pas encore compris. Personne ne lui avait expliqué.

Elle avait juste senti.

— Qui c'est qui est mort ? elle a demandé, la main sur le plat de la table.

Pas assez fort pour être entendue.

— Y a quoi ? elle a demandé parce qu'elle sentait bien que des choses s'étaient passées.

Des choses contraires à l'habitude.

Les veines sur ses tempes étaient recouvertes d'une peau presque mauve. Le cœur battait dessous. Était-ce la haine qui donnait cette couleur presque brutale à son sang ? Ou le plaisir de comprendre que c'était l'autre, celle dont tout le monde parlait, la morte.

— Elle a fini par crever ! a lâché Lili.

La Mère lui a attrapé la robe. Elle voulait qu'elle répète. J'ai entendu crisser ses ongles sur le tissu, du mauvais nylon.

Lili s'est reculée, délivrée de la main.

— C'est pas ça que tu voulais ?

— Qui c'est qu'y a crevé ?

Le gémissement de la Mère quand elle a demandé ça. Cet effroi dans les yeux.

— La vieille ! Tu devrais être contente ?

La Mère est passée du gémir aux larmes.

— Le vieux… elle a mâchonné.

— Quoi le vieux ? C'est pas lui qui est mort ! La vieille, je te dis !

L'un ou l'autre, la mort, quand elle frappe, ça fait frémir.

La Mère pleurait sa peur.

— Faut savoir ce que tu veux ! a dit Lili.

Elle lui a apporté un verre d'eau avec des cachets. Elle a posé tout ça sur la table. Elle a attendu à côté, les bras croisés. La Mère a avancé la main, ça tremblait, les doigts n'étaient pas sûrs, elle a quand même réussi à faire glisser les cachets dans le creux, elle les a avalés.

Théo connaissait la respiration de la mer. Il a dit,
Je me suis réveillé et j'ai su que la mer venait de prendre quelqu'un.

Que c'était elle, Florelle.

Il a dit qu'il avait su bien avant qu'il y ait les voitures sur la grève, celle du docteur, des gendarmes et
puis d'autres voitures encore et celles des voisins.

La barque a été retrouvée quelques heures plus
tard, ramenée par les vagues elle aussi. Comme si la
mer avait décidé d'en finir avec toute cette histoire.

Les gendarmes ont calculé le moment où le corps
avait dû être noyé. Ils ont dit le corps, pas la vieille
Nan, ni Florelle.

Ils ont dit, Il devait être minuit, peut-être un peu
plus. Théo a dit, C'était un peu avant dix heures. Il
n'a rien dit d'autre.

Il s'est détourné.

J'ai entendu gueuler un oiseau dans un arbre derrière moi. La présence des ânes au loin. J'ai marché
dans leurs traces. Mes semelles dans la boue.

La marque des sabots.

Des odeurs encore, indéfinissables.

Des femmes du village s'étaient regroupées sur le
banc devant la maison de Nan. Ce banc où elle avait
goûté aux croissants. Je me suis avancée. Les femmes

ne m'ont rien dit, à peine un hochement de tête, je suis passée à côté d'elles.

J'ai poussé la porte.

C'est ainsi, ici, on fait les adieux aux morts. On entre chez eux, la porte est ouverte. Ils sont là. Sur la table, il y a le sucre, les tasses. Ils nous attendent pour une dernière conversation.

Chez Nan, ça sentait le renfermé des maisons que l'on n'aère plus depuis longtemps, par peur du froid ou du mauvais passant ou pour d'autres obscures raisons. Nan était étendue sur son lit, vêtue d'une robe noire.

Les femmes s'étaient occupées de son corps. Cette toilette de l'intime, elles l'avaient lavée, peignée et revêtue de la dernière robe.

Elles avaient fait du café aussi, qu'elles avaient laissé au chaud, dans la cafetière, pour les visites. Du réchauffé indéfinissable. Les tasses à côté, à l'envers, sur un torchon à carreaux.

J'ai regardé Nan. Le visage déjà trahi. Quel besoin elle avait eu de ramer jusque là-bas !

J'ai frôlé du bout des doigts le tissu de la robe. L'histoire racontée et écrite à petits points serrés. Le noir du fil à peine plus brillant que le noir de l'étoffe. Des broderies indéchiffrables. Une vieille qui coud, c'est ce que j'avais pensé souvent en la voyant penchée derrière sa fenêtre. Une vieille qui ravaude. Une folle.

Entre ses mains repliées sur son ventre, était coincé le crucifix de bois avec lequel je l'avais vue tant de fois exhorter la mer à lui rendre ses morts.

La mer ne lui avait rien rendu, au contraire, elle l'avait prise, elle aussi.

Ses cheveux étaient brossés avec soin, ils semblaient être plus blancs encore comme si la mer avait pris cela aussi, leur éclatante lumière. On dit que les cheveux continuent à pousser bien après la mort.

Le linceul était sur la chaise. Sur le rebord intérieur de la fenêtre, tout était comme Nan l'avait
laissé, la boîte à couture, son châle sur le dossier, une
grosse paire de ciseaux. Les pantoufles près de
l'entrée. La brosse sur la table. Un vieux parapluie.
Les photos, sur l'étagère au-dessus de la cheminée.
Le pain, un torchon pendu au clou, une assiette dans
l'évier. Un couteau, un verre. Tout semblait figé.
Quelqu'un serait-il chargé d'ouvrir les commodes, les
placards, et de faire disparaître tout ce qui était
amassé là ? Laquelle de ces femmes ?

À moins que tout soit laissé en l'état, momifié par
le temps, enfoui sous la poussière.

La tête morte reposait sur l'oreiller blanc.
L'empreinte en creux quand Nan ne serait plus là.
Combien de temps pour que l'empreinte s'efface ?
Combien de jours ?

Les objets nous survivent. Ils attendent qu'une
main les prenne, les emporte, pour vivre à nouveau.

Ursula est arrivée, j'étais encore dans la maison.
Elle a échangé quelques mots, dehors, avec les
vieilles.

Elle n'a pas été étonnée de me trouver là.

Faut pas moisir si longtemps toute seule avec
une morte, elle a seulement dit en s'approchant du
lit, non, faut pas.

— Je moisis pas...

Ça l'a fait rire.

Un rire au chevet d'une morte.

— Vos yeux, c'est une remâche de tourmente, c'est
pas bon.

Elle m'a tirée par le bras et elle m'a emmenée à la
cuisine.

— Les vieilles ont dit que ça fait presque une heure
que vous êtes là.

Elle a plaqué deux tasses sur la table.

— On va prendre un café et après, vous vous en
irez.

Elle a rempli les tasses.

Un peu de café a coulé sur la nappe.

J'ai bu. À la deuxième gorgée, le café m'a retourné l'estomac. L'odeur aussi, nauséeuse, imprécise, celle du café et l'autre, celle qui remontait du corps de la morte. L'odeur qu'il fallait respirer.

Ursula m'a pris la main.

— Ça va ?

J'ai fait oui avec la tête.

Sur la table, il y avait une corbeille avec des pommes. Un journal ouvert.

Ursula regardait autour d'elle.

— Il y a très longtemps que je n'étais pas entrée ici.

Elle s'est avancée vers Nan.

— On ne prend plus la barque à ton âge, tôt ou tard, il fallait que ça finisse ainsi.

Elle s'est détournée. Elle avait des larmes dans les yeux. Son regard a glissé sur moi, sur la pièce.

Elle a montré les photos.

— Tous ces gamins, il faudrait pouvoir les retrouver. Leur dire...

Du doigt, elle a frôlé quelques-uns des visages.

— Beaucoup ne viendraient pas, mais je suis sûre que certains feraient le chemin.

Elle a choisi quelques photos au hasard, cherchant à retrouver leurs noms.

— À peine débarqués, elle les campait là, dehors, devant la porte, elle leur tirait le portrait. Elle disait que la lumière leur faisait de beaux visages. Elle punaisait les photos à côté de leur lit. Les petits, ils aimaient bien ça, la photo près du lit. C'étaient tous des orphelins, des sans-mère, alors un visage, même le leur, ça les faisait moins seuls.

Il s'est passé une minute ou deux d'un temps où elle n'a rien dit.

— Quand ils s'en allaient, elle gardait les photos.

Elle a regardé d'autres images, passant de l'une à l'autre.

— C'était lui, le petit Michel...

Elle m'a passé la photo. C'était celle que Nan avait pressée contre elle avec tant de force le jour où j'étais venue lui dire que Théo l'attendait. J'ai reconnu les petites bottes à lacets, le train accroché à une ficelle.

L'enfant aux boucles blondes. Le regard clair. Un goût de café acide m'est remonté d'un coup dans la gorge. J'ai eu envie de vomir.

Je me suis avancée vers la fenêtre. La main sur la gorge. J'ai ouvert le battant. J'ai respiré, au bord de vomir. Respiré seulement.

Ursula s'est inquiétée.

— Quelque chose ne va pas ?

J'ai dit que tout allait bien. Les deux mains en appui. J'avais des sueurs froides. J'ai fermé les yeux et j'ai attendu que ça passe.

J'avais toujours la photo dans la main.

Cet enfant, c'était le même visage, les mêmes boucles, le même regard et le même polo avec les trois petits bateaux. J'ai retourné la photo, une date était inscrite derrière, novembre 67.

Les parents de Lambert étaient morts en octobre de cette année-là.

Je me suis calée contre le mur. Cet enfant, c'était Paul, le petit frère de Lambert. J'ai regardé Ursula. Elle était près de la morte. Penchée. Elle lui avait pris la main, elle semblait lui parler.

J'ai attendu.

Quand elle s'est relevée, je lui ai montré la photo.

— Vous êtes sûre que cet enfant est Michel ?

Elle m'a regardée.

Elle a hoché la tête et elle a dit qu'elle était sûre.

— Pourquoi me demandez-vous ça ?

— Pour rien...

J'ai glissé la photo dans ma poche et je suis sortie. Les vieilles m'ont regardée passer.

Dehors, sur le fil, des draps battaient au vent.

Il fallait que je voie Lambert mais quand je suis remontée au village, la maison était fermée. Il n'était pas chez lui.

Je suis allée l'attendre au café. Son frère était peut-être vivant. C'est Nan qui l'avait élevé, elle l'avait fait grandir. Comment je pouvais lui dire ça ? De la fenêtre, je voyais son portail.

La Petite était là, elle traçait ses lettres. Lili balayait sous les tables. Le balai butait. La Mère au fond de son fauteuil, la tête un peu agitée, perdue maintenant que Nan était morte. Nan, l'autre, la rivale.

Elle le savait, mais qu'avait-elle compris ? Nan était-elle morte par accident ou s'était-elle laissé emporter ? Tout le monde disait qu'elle avait l'habitude de partir en barque. J'ai sorti la photo de ma poche. Et si je me trompais ? J'ai commencé à douter. L'enfant portait le même petit polo à bateaux, mais il y a des coïncidences parfois. Et cette ressemblance tellement troublante.

La Petite appuyait trop fort. Les lettres se gravaient en empreintes sur la page suivante. Quand elle se trompait, elle effaçait. Trop fort aussi, la gomme trouait la feuille. Elle ramassait dans le creux de sa main les petits bouts qui s'effilochaient et elle les mettait dans sa poche.

— Pourquoi tu gommes aussi ce qui est juste ?

J'ai effleuré du doigt l'endroit de page gommé. Elle a froncé les sourcils.

— Apprendre à gommer, c'est important, j'ai dit.

J'ai jeté un coup d'œil dans la rue. J'ai rapproché ma chaise. Je lui ai montré.

La Mère a commencé à appeler Théo. Elle gueulait. Lili disait que c'était son dentier qui faisait ça, qu'elle gueulait moins fort quand elle ne l'avait pas.

— Tu dois gommer seulement ce qui est faux, j'ai tenté d'expliquer à la Petite, elle ne m'écoutait pas.

Après, Max est arrivé, il apportait un lapin. Du braconnage.

C'était pour Lili.

Des années qu'il pratiquait. Avec l'argent qu'elle lui donnait, il achetait des bidons d'essence pour remplir le réservoir de son bateau. Il achetait aussi du fil pour ses lignes et des boîtes d'hameçons. Il gardait tout son argent dans une petite caisse en fer quelque part au fond d'un placard chez Lili.

— T'as pas vu Lambert ? j'ai demandé.

Il a hoché la tête.

— Il est à Aurigny.

— Qu'est-ce qu'il fait là-bas ?

Il a haussé les épaules, l'air de dire qu'il n'en savait rien.

Il s'est approché de la Petite, il s'est penché pour voir ce qu'elle avait écrit, ce cahier aux tracés mystérieux.

Il la regardait toujours écrire avec infiniment d'envie.

— Je vais faire le trou pour l'enfouissement du corps, il a dit.

Il n'a pas parlé fort. Il ne voulait pas que la Mère l'entende.

La Petite continuait ses lettres.

Max a jeté un dernier coup d'œil au cahier et il est allé chercher son coffre. Il s'est assis, tout seul à une table. Lire, écrire, il ne savait pas, mais compter, il pouvait. Il a fait ses calculs la langue entre les dents, au crayon gris, trois centimètres à peine le crayon, il le tenait du bout des doigts.

Lili s'est approchée de moi.

— T'as une sale tête toi, aujourd'hui...

Elle avait du sang sur les mains, le sang du lapin.

— Tu devrais sortir, aller à Cherbourg...

Elle est passée derrière le comptoir pour se laver de ce sang.

— Il y a des cinémas à Cherbourg, des endroits où on peut danser... Moi, j'irais bien faire la fête si j'avais pas ce foutu bistrot.

— Et Morgane, elle ne pourrait pas le garder ?

— Morgane ? Tu lui laisses le bistrot une heure, ça va, mais plus, elle te le transforme en lupanar !

Lili avait préparé un faitout de daube pour midi. Elle le disait, La daube, il lui faut du temps, presque une matinée à cuisson lente.

Dans la salle, ça sentait la carotte, la viande, la sauce.

Elle a rempli une boîte en plastique pour Théo.

— Tu peux lui porter ?

Elle n'a pas parlé de Nan. Elle n'en a pas dit un mot. Et pourtant Nan était là, partout dans chaque pensée.

Elle a posé le sac sur la table et elle est venue se caler à la fenêtre.

La pancarte *À vendre* n'était plus à la barrière. De ça non plus elle ne parlait pas.

— Je suis allée à Cherbourg, j'ai pris une merde de goéland. J'ai dû rentrer m'acheter un corsage au Prisunic. Il était trop petit, je m'en suis arrangée... On m'a vendu ça dix euros ! Dix euros pour un corsage en synthétique. La vendeuse s'est foutue de moi...

Le facteur est entré. Il portait des bottes basses qui se refermaient avec des lacets. Il a laissé des traces de boue sur le parquet. Lili a râlé. Elle est retournée derrière le comptoir, elle a mouillé une serpillière et elle a effacé les traces.

Monsieur Anselme est arrivé tout de suite après.

— Je vous cherchais, il a dit quand il m'a vue.

Il s'est essuyé les pieds longuement sur le paillasson. Il a tiré la chaise.

— Nan est morte...

Il a dit ça, à peine assis. Il a enlevé son écharpe.

— Ursula m'a téléphoné pour m'avertir. Elle m'a aussi dit qu'elle vous avait vue là-bas, près de la morte, et que vous sembliez... comment a-t-elle dit... évaporée, c'est cela le mot qu'elle a employé.

On a parlé de Nan.

Lili continuait de frotter le sol. Monsieur Anselme lui jetait des coups d'œil rapides, il cherchait à attirer son attention pour pouvoir commander.

— Je suis passé chez vous... Votre ami, le sculpteur, il ne va pas bien en ce moment. Il n'a pas voulu que je monte frapper à votre porte. Il avait mis une espèce de caillou en travers du chemin...

Il s'est retourné à nouveau mais Lili ne faisait toujours pas attention à lui.

— Il a dit que la seule présence de ce caillou devait m'empêcher de passer. Il m'a toisé comme un gueux.

— Les gueux ne toisent pas.

— Détrompez-vous, certains le font !

Il m'a regardée.

— Il y a autre chose ? Que se passe-t-il ?...

Il a posé sa main sur la mienne.

— Vous semblez... ailleurs. Ce ne peut pas être la mort d'une vieille dame qui vous rend à ce point triste ?

Je n'étais pas triste, je commençais simplement à comprendre que le frère de Lambert n'avait pas disparu en mer.

Théo était-il dans le secret ?

Monsieur Anselme s'est tourné, il a enfin réussi à accrocher le regard de Lili.

Il a demandé un petit blanc, bien frais.

Lili a jeté la serpillière près de la table. Le tissu mouillé a claqué comme une gifle. Monsieur Anselme s'est penché vers moi, à voix basse, par-dessus la table, C'est une impression ou c'est un peu tendu ici ?...

On a parlé encore de Nan.

Je ne lui ai pas confié ce qu'il me semblait avoir compris. Et puis, avais-je bien compris ?

Monsieur Anselme attendait toujours son verre quand Théo a poussé la porte.

De le voir là, ça a fait un silence très inhabituel. Lili lui a préparé un café comme d'habitude. Elle ne lui a rien demandé. Pas un mot sur Nan.

Il semblait fatigué. Vieilli.

Lili a mis la tasse dans la soucoupe, la soucoupe sur le zinc.

La Mère a senti le vieux. Elle a levé la tête. Quand elle a compris qu'il était bien là, elle a saisi le sac. Théo n'a pas fait attention à elle. Il a bu son café. Le temps qu'elle se lève, qu'elle fasse tout le chemin de la table jusqu'à lui, il avait déjà reposé la tasse.

D'habitude, il buvait son café, il prenait son sac et il s'en allait.

Il a bu son café mais il n'a pas regardé le sac. Il n'est pas parti non plus. Sa main était sur le comptoir. Avec monsieur Anselme, on s'est regardés. J'ai vu sa main. Lili l'a vue aussi. La Mère s'était avancée avec le déambulateur, le sac coincé contre le ventre, elle était presque à côté de lui. Il n'a pas tourné la tête. Il ne lui a rien dit.

Il a juste demandé une carte de téléphone. C'est ce qu'il a dit.

Lili n'a pas bougé, comme si elle n'avait pas compris, alors il a répété, le même morceau de phrase, cette même demande avec les mots bien appuyés. Lili a fini par ouvrir le tiroir, elle en a sorti une carte qu'elle a fait glisser devant son père comme elle avait fait glisser la tasse.

Théo a posé un billet à côté de la tasse. Il a pris la carte et il l'a rangée dans sa poche.

Il s'est retourné. La Mère était là, la main tendue, c'était une supplication ces yeux de vieille qui tremblaient, le sac ouvert qui se vidait doucement contre elle parce qu'elle le tenait mal.

Théo s'est arrêté. Il l'a regardée. Je n'ai pas vu son regard à ce moment-là mais j'ai vu le visage de la Mère. Sa main tendue qui est retombée. La photo a glissé du sac, celle où on les voyait tous les deux, l'un contre l'autre sur le pas de la porte, on aurait pu les croire heureux si on n'avait pas connu l'histoire.

Théo a regardé la photo.

La Mère est restée immobile, les pieds figés.

Max a creusé la tombe de Nan comme il l'avait fait pour tous les autres morts. Il n'y avait pas beaucoup de vivants au village, ça ne lui faisait pas beaucoup de morts. Sur l'année, quelques-uns quand même. Les mois de grands froids, il pouvait y en avoir plusieurs.

Max pouvait rester aussi des mois sans creuser. Quand il pleuvait, la terre se transformait en boue, ça lui faisait du sale travail.

Le jour où il a creusé pour Nan, il y avait du soleil. Un carré de terre plein sud et à l'abri du vent. Il avait enlevé sa veste. La terre qu'il sortait était sombre. Presque brune.

— Le creusement doit être magnifique et au plus près des siens.

C'est ce qu'il m'a dit en me montrant la fosse. Le glas s'est mis à sonner. Il allait sonner plusieurs fois dans la journée et aussi le lendemain.

J'ai marché entre les tombes. Je suis passée devant celle des Perack.

Lambert avait remis la photo de son frère dans un cadre neuf, le cadre posé sur la dalle. Un autre bouquet de fleurs. J'ai sorti la photo qui était dans ma poche. Le sourire, les yeux. Les deux visages étaient identiques. C'était bien le même enfant.

J'ai guetté l'arrivée du bateau qui revenait d'Aurigny mais Lambert n'était pas à son bord. C'était sa deuxième nuit sur l'île.

Dans ma chambre, je me suis approchée du lavabo. J'ai regardé mon visage. J'ai fait couler l'eau. Il y avait un savon dans une coupe. C'était un petit savon blanc, de forme rectangulaire, Ph neutre. Ce n'était pas une coupe spéciale savon, un peu d'eau stagnait au fond. Le savon avait trempé dedans. Il était mou. Quand je l'ai pris, je l'ai gardé dans ma main. Impossible à reposer.

Morgane m'a trouvée comme ça.

— Y a un problème ? elle a demandé.

Je lui ai montré le savon.

— On dirait un oiseau noyé.

— Un oiseau noyé ?...

Elle a regardé mes yeux, à l'intérieur, comme on regarde par une fenêtre quand il fait trop nuit.

— Ça va aller... elle a dit.

Elle a pris le savon, elle l'a jeté dans l'évier. Elle a essuyé l'intérieur de ma main avec la serviette. Elle a fouillé dans mes fringues.

Elle a fini par se laisser tomber sur le lit.

— C'est qui ça ? elle a demandé quand elle a vu la photo.

— Une photo... Je l'ai prise chez Nan.

— Tu piques chez les morts toi ?

426

— Je ne l'ai pas piquée... C'est juste que je voulais un souvenir.

Elle a regardé la photo de plus près.

— C'est qui, ce gamin ? Un de ceux qu'elle a récupérés ?

— Un de ceux-là, oui...

— Moi, j'aime pas trop les gosses. Il y en a qui sont bien, tu me diras... mais c'est plutôt en général que je ne les aime pas. Pourquoi tu voulais un souvenir ?

— Je ne sais pas...

Elle a reposé la photo sur le lit.

— Il n'y avait rien de plus... personnel ?

— Rien, non.

Elle m'a regardée.

— Tu as quoi ?

J'ai secoué la tête.

— J'ai rien...

Les premières notes du glas ont résonné, tristes et lentes, étouffées dans la brume.

Il y avait déjà quelques personnes sur le bord de la route. Quand le cortège est passé, j'ai suivi. Un cortège sans famille. On n'était pas très nombreux.

Sans trop de tristesse. De la maison au cimetière, juste la colline à remonter. On a quitté la Roche. Quelqu'un, près de moi, a dit, J'avais peur qu'il pleuve.

La voiture a pris la route qui passait devant chez Théo. Elle roulait lentement. Ils auraient pu faire autrement, prendre par le port ou par-derrière la Roche, mais ils avaient choisi de prendre cette route-là sans doute parce que Nan la prenait souvent et aussi parce que cette route était celle qui passait devant chez Théo.

Devant le portail, la voiture a ralenti. Elle ne s'est pas arrêtée mais elle a tellement ralenti qu'à un moment, on aurait pu penser qu'elle était arrêtée. J'ai vu l'ombre de Théo derrière la fenêtre. Immobile. Une ombre, comme une pierre.

La voiture a attendu, une minute, peut-être deux. Il n'est pas sorti. La vieille Nan s'en allait. Elle le quittait. Sa Florelle.

La voiture a repris sa route.

Le curé attendait sous le porche de l'église, dressé dans sa soutane. L'idée de cette mort en barque ne lui plaisait pas. La désapprobation s'est vue sur son visage. Cette impatience dans le regard.

On s'est regroupés près de la grille. Des gens sont sortis des maisons et se sont avancés, des petits groupes mutiques.

Ceux qui parlaient le faisaient à voix basse. Quand le cercueil est arrivé, même les plus bavards se sont tus. C'était la mort qui s'imposait.

Un taxi s'est garé alors qu'on était tous là. Un homme est descendu. Les gens se sont retournés. Après, il y a eu d'autres voitures. Ursula est arrivée à son tour. Quand elle m'a vue, elle m'a fait un signe. Elle a traversé la route.

— Tous ceux qui sont là se fichaient d'elle comme des premières baleines, c'est à croire que l'homme n'a pas de souvenances et la femme encore moins !

Elle m'a montré du menton un groupe de femmes.

Les hommes ont porté le cercueil jusqu'au porche et le curé s'est écarté. Il a dit sa messe, des prières rapides. Il a parlé des morts que Nan allait rejoindre, des morts qui allaient mourir une deuxième fois puisqu'il n'y aurait plus personne pour se souvenir d'eux comme elle s'en souvenait. Il a parlé du péché, du mal qui est en chacun de nous. Il a parlé du pardon aussi. Sa voix résonnait. Tout le monde l'écoutait, la tête baissée.

J'ai cherché Lili du regard. Elle n'était pas là.

De tout le temps de la messe, Max est resté dehors, à l'écart, avec sa pelle. Les bottes trop sales.

En ressortant de l'église, les yeux se sont tous tournés vers le bistrot. Les langues se sont déliées. Lili avait enterré tous les autres, c'est ce qui a fusé des lèvres. Ici, on met en terre même ceux qu'on n'aime pas.

La mort, comme une trêve.

Le curé s'est avancé, il a regardé l'état de la fosse. L'homme qui était descendu du taxi est passé devant moi. Je l'ai remarqué parce qu'il était différent des autres, plus grand, plus beau aussi peut-être. Il portait un long manteau.

Il s'est placé un peu à l'écart. Il n'a parlé à personne.

Les hommes ont fait glisser le cercueil au fond du trou. J'ai entendu le bruit du bois qui a gratté contre la terre. Le bruit des cordes.

Ils ont récupéré les cordes.

Nan est restée toute seule au fond.

Seule dans la terre, avec son secret.

Une file patiente s'est formée. Le curé a regardé sa montre et il a fait activer les choses, il s'est baissé, il a ramassé une poignée de terre et il l'a jetée dans le trou. C'était l'exemple à suivre. La file a suivi. Les regards traînaient. Il y avait quelques fleurs, un bouquet de lilas, des iris dans un pot. Pas grand-chose. L'homme au long manteau a jeté un peu de terre lui aussi et il a rejoint les autres. Soudain, un murmure a parcouru la foule. Un chuchotement, on aurait dit un battement d'ailes.

Et puis d'un coup, plus rien, le silence est retombé. Je me suis retournée.

La Mère était là, près de la grille, encore loin de nous, elle s'avançait en se hissant péniblement, tout le corps appuyé sur le déambulateur. Les pieds de fer s'enfonçaient dans les graviers. Elle se traînait plus qu'elle ne marchait. Tout le monde la regardait. Personne n'a fait un geste pour l'aider. Elle a fini par s'arrêter près d'une croix, un peu à l'écart. Elle regardait le trou de loin, la béance sombre, le cercueil qu'on devinait au fond, dans la nuit déjà, le froid, et c'était pour le plaisir de voir ça qu'elle donnait tout cet effort.

Sa poitrine se soulevait violemment. On entendait siffler les poumons.

Quelqu'un a dit, Elle va crever.

Tout le monde attendait. Qu'elle crève ou qu'elle parte. Le curé a ramené ses mains dans ses manches.

La Mère a ramassé ses forces comme une bête qui doit en finir, les mains à nouveau en prise sur le cadre, le front baissé, elle s'est avancée. Tout le monde s'est écarté pour la laisser passer. Elle souriait. Pas vraiment folle la Mère, juste haineuse, elle s'est avancée jusqu'à être devant le trou.

Il y a eu des murmures quand elle s'est penchée. Une vieille en noir, suante. Une femelle qui vient enterrer l'autre, la rivale.

Pas la plus vieille mais la déjà morte.

La Mère s'est penchée encore, on a cru qu'elle allait basculer, une femme a crié, Attention !

La Mère n'a pas reculé.

Le vent plaquait sa robe contre ses cuisses. Elle était debout, devant la tombe, avec ce sourire sur les lèvres, un sourire qui lui découvrait les dents, et soudain elle s'est redressée, les deux mains bien serrées sur son cadre, un peu tremblantes, et elle a craché.

Quelqu'un l'a dit, Elle a craché !

Ça a fait monter un murmure, ce crachat de vieille sur la tombe d'une morte.

Les cloches ont sonné. D'abord celles d'Auderville, quelques notes, et tout de suite après, celles de Saint-Germain. Celles d'Auderville étaient plus graves et plus lentes que celles de Saint-Germain.

J'ai poussé la porte.

Théo ne dormait pas. Il fixait le mur.

Les chats sommeillaient comme si c'était la nuit. Ou comme s'ils le veillaient.

Lui, le corps affaissé, un bras replié sur la table.

— Il faut éclairer, j'ai dit.

Il portait sur la tête son bonnet de laine enfoncé jusqu'aux yeux. Ses joues étaient creuses. La mort de Nan l'avait desséché.

Il avait laissé crever son feu. Peut-être qu'il voulait se laisser crever lui aussi. J'ai jeté une bûche dans le poêle. Du papier journal en boule. J'ai cherché les allumettes. Il m'a fallu un long moment pour faire chacun de ces gestes. La petite chatte blanche dormait, roulée dans le creux des draps. Quand elle a entendu repartir le feu, elle a ouvert les yeux.

Il restait du café dans une casserole. J'en ai fait réchauffer deux tasses. J'en ai posé une devant Théo.

J'ai tiré une chaise et je me suis assise.

Il a levé les yeux sur moi. Des yeux rouges. Empochés de larmes.

— C'était comment...

Qu'est-ce que je pouvais lui dire ? J'ai revu le trou noir. Le trou, en plein soleil, et noir quand même.

J'ai parlé du monde, des gens dans l'église et aussi des gens dehors. Je n'ai rien dit sur la présence de la Mère ni sur l'absence de Lili. J'ai poussé la tasse devant lui.

— Il y avait des fleurs, j'ai dit.

J'ai pris ma tasse. J'ai approché mes lèvres. Le breuvage réchauffé était imbuvable. J'ai bu quand même.

— Max dit que la tombe est bien placée, qu'il va planter les iris dans la terre.

Il m'a regardée. Ça le dévorait ce besoin de savoir. De se faire du mal, à s'épuiser. J'ai baissé la tête. Je voulais parler d'autre chose. Son regard me ramenait à ça. Comme une obsession, ce besoin de rester collé à l'autre.

L'autre, même enfoui, on voudrait pouvoir partir avec. La dernière fois que je t'ai vu, ton dernier matin, dans cette chambre dont tu ne voyais plus aucune lumière. Ce jour-là, je t'ai regardé, longtemps. Le médecin m'a dit, Il ne reviendra pas. Je n'ai pas compris. Il m'a expliqué. C'était un vieux médecin. Il m'a laissée te regarder.

J'ai montré le café à Théo.

— Buvez...

Il a bu une gorgée. Il n'a pas pu avaler. Il a serré les poings.

— Cette fichue barque ! Je savais qu'il fallait la brûler...

Deux larmes ont coulé sur ses joues. C'étaient des grosses larmes lourdes et rondes.

— On ne brûle pas les barques...

Je voulais lui parler de Michel et je n'en avais plus le courage.

J'ai détourné les yeux.

— Je vais vous laisser.

Raphaël a vendu *La Vertu* à un collectionneur de Saint-Malo.

— *La Vertu* ! Tu te rends compte ?

Le bronze allait être livré dans la semaine. Il m'a entraînée tout au fond de l'atelier pour me la montrer. À côté de lui, *La Couturière des morts* semblait attendre.

— Elle aussi, je vais la faire couler.

— Si tu la fais couler, tu ne pourras plus la vendre. Elle sera trop belle.

— Je la fais couler, je la vends et j'en fais d'autres !

Il m'a entraînée vers d'autres sculptures. Il voulait travailler sur son idée de grand funambule. Morgane l'écoutait. Elle avait noué un foulard autour de son front. Elle regardait son frère comme si quelque chose en elle s'imposait. Une chose qu'elle n'avait pas choisie et à laquelle elle devait pourtant se soumettre.

Elle s'est tournée vers moi.

— J'ai revu Lambert, il était sur le port... revenait d'Aurigny. Je crois qu'il te cherchait.

Je n'ai pas répondu.

Elle n'a pas insisté.

Elle est restée un long moment silencieuse.

— Ce mec... Ton mec... Tu ne peux pas passer ta vie à...

— Tais-toi.

Elle s'est tue. Un moment, pas longtemps.

— Tu sais quoi ?... C'est tes fringues. Tu ne peux pas trouver un mec avec des fringues comme ça.

— Je n'ai jamais dit que je voulais en trouver un.

Elle a haussé les épaules.

— Tes seins, on les voit pas sous tes pulls. Je pourrais te prêter des hauts un peu plus... Hein Raphaël, tu ne trouves pas qu'elle s'habille sac ?

— Fous-lui la paix...

Elle a fait claquer sa langue contre son palais.

— Tu vois, si j'étais toi, je...

— Tu n'es pas moi.

Elle a souri.

— Oui, mais si j'étais toi...

Je suis passée devant la ferme. J'ai vu le père de la Petite qui chargeait du fumier dans la brouette. La brouette était lourde. Il la poussait et il allait la vider sur un gros tas qui était au milieu de la cour. La truie le suivait.

Un de ses gosses lui rampait autour. Dans les prés, les vaches avaient les sabots dans la boue. À un moment, le père a levé la tête. Il m'a regardée. Son regard ne m'a pas dérangée.

Le gamin continuait de se traîner entre les pattes de la truie. C'était un gosse aux yeux vides, aux gestes lents. Il grimpait sur son dos et il se laissait tomber de l'autre côté.

Un gamin qui grandissait comme un chat.

L'Audi était garée un peu plus haut, dans la rue. Je pensais trouver Lambert chez lui. La porte était ouverte.

Je l'ai appelé.

Je suis entrée.

Le feu était allumé. Je l'ai attendu, devant la cheminée, enfoncée dans l'un des fauteuils. J'ai dû m'endormir. Quand j'ai ouvert les yeux, il faisait nuit. Il était assis à la table. Il me regardait.

— Cette façon que vous avez de dormir...

Parce que j'avais sombré sans doute ou qu'il avait dû me parler sans que je l'entende.

— C'était bien, Aurigny ? j'ai demandé.

— Comment vous savez ça...

— Tout se sait ici.

Il est allé chercher son paquet de cigarettes dans la poche de son blouson. Ses allumettes. Il a tiré une chaise et il est venu s'asseoir près de moi.

— C'était bien, oui.

Il a enlevé ses chaussures, les pieds sur la pierre. Il a allumé sa cigarette.

— Je voulais manger des dorades, j'en ai pas trouvé.

— C'est pour ça que vous avez passé deux jours là-bas ?

— Pour ça non...

Il m'a parlé d'Aurigny, il m'a dit que ses parents y allaient souvent. Qu'ils avaient des amis là-bas.

Il s'est tourné vers moi.

— Manger des dorades... Ça ne vous dirait pas ?

J'ai fait non avec la tête.

— Il faut que je vous dise quelque chose...

Il a fait un geste de la main.

— Plus tard...

— Non, pas plus tard.

Il a jeté sa cigarette dans le feu.

— Si, plus tard.

Il s'est calé, la nuque contre le dossier de sa chaise, les jambes allongées. Il a fermé les yeux.

— Il faut que je vous prenne une cigarette.

Il a fait un geste de la main, il m'a montré son blouson.

Je me suis levée. Je suis allée jusqu'au blouson. J'ai touché le cuir. J'ai sorti le paquet.

Dans la même poche, il y avait une photo. Je l'ai ramenée à la lumière. C'était la photo qui était restée punaisée si longtemps chez Lili, cette photo en noir et blanc, on voyait Lili et ses parents, le petit Michel en retrait.

Cette photo était dans le sac de la Mère. Je ne sais pas comment il avait réussi à se la faire donner. Ni pourquoi il l'avait fait.

Je l'ai remise à sa place.

Lambert avait toujours les yeux fermés. On aurait dit qu'il dormait. Peut-être faisait-il semblant.

Je suis sortie fumer sur le pas de la porte. Il bruinait sur Aurigny et il bruinait aussi sur la mer. Entre l'île et le phare. Le soleil glissait entre les nuages, quelques rayons qui rayaient la surface de la mer, on les retrouvait dans les champs, plaqués contre les troncs de certains arbres. Partout, les herbes hautes vibraient dans des tons rouges. Un instant, sur le versant plus à pic de la colline, on aurait dit que les fougères étaient en feu.

Et puis l'ombre a gagné. D'un seul mouvement, le ciel s'est vomi au loin, une coulée d'encre noire sur la ligne d'horizon et le soleil a disparu.

Lambert a dormi une heure et puis il s'est réveillé.

— Je vous ai promis des dorades, ou bien j'ai rêvé ?

— Vous n'avez pas rêvé.

Il s'est levé.

— Vous m'attendez là ?

Il est sorti.

Il est revenu un quart d'heure après avec deux dorades magnifiques.

— Vous ne bougez pas.

Il les a fait cuire avec des herbes. J'entendais grésiller le beurre dans la poêle.

À un moment, il a tourné la tête, il m'a regardée par-dessus son épaule.

— Vous aviez quelque chose à me dire ?

— Non, rien... Rien d'important.

Il a hoché la tête.

Il a glissé la spatule sous les poissons, il les a sou-levés doucement et les a retournés. Il a ajouté du jus de citron.

Il a laissé cuire encore sans lâcher les poissons des yeux et puis il a arrêté le feu.

Il a fait glisser les dorades dans les assiettes. Il m'a dit que c'était Max qui les avait pêchées. Avec la pointe d'un couteau, il a tranché dans la chair, il a détaché l'arête.

— La prochaine fois, c'est moi qui vous invite, j'ai dit.

Il a haussé les sourcils.

— Vous cuisinez ?

J'ai fait non avec la tête.

— ... Mais à l'auberge, c'est bien.

— L'auberge, c'est forcément moins bien qu'à la maison.

Forcément, j'ai pensé.

Il a gratté dans le citron, avec ses dents, jusqu'à la peau. Ça m'a fait un goût acide dans la bouche. Il est allé vers son blouson, il a pris la photo et il est venu la poser devant moi, sur la table.

Il a pointé son doigt.

— Cette photo, vous la reconnaissez, c'est celle qui était chez Lili. Et là, c'est le gosse que Nan a adopté. Ce Michel qu'elle prenait pour moi.

J'ai levé les yeux sur lui. Qu'avait-il compris ?

Il a commencé à manger sa dorade.

— Vous n'aimez pas ? il a demandé parce que je n'y touchais pas.

— Si...

— C'est quoi alors ?

J'ai hésité à répondre.

Il m'a regardée. J'ai détourné la tête.

Je ne sais pas ce qu'il avait pressenti mais il fallait qu'il aille au bout de cette vérité tout seul. Comme je l'avais fait, moi.

Où en était-il ?

Avait-il parlé à Nan ?

Maintenant, Nan était morte, près de qui allait-il devoir se tourner ?

Il m'a montré la dorade.

— Vous devriez la finir avant que ce soit froid.

Cette douleur violente, derrière la nuque.

Quand je l'ai quitté, la brume était déchirée. Le temps s'était mis à la lumière. Et puis la lumière est partie. C'est peut-être cela qui rendait fou ici, l'absence de lumière. Des ténèbres bien avant et bien après la nuit.

Et l'espace de la mer sans limites.

Hermann est venu chercher *La Vertu*. Il a pris deux autres petites statues en plâtre, Raphaël les appelait des *Solitude*. Hermann voulait tenter une exposition à Paris, montrer à la fois les sculptures et les dessins. C'était un projet ambitieux.

Depuis quelque temps, Raphaël dormait peu, quelques heures seulement par nuit. Parfois, il dormait l'après-midi. Les nuits blanches le rendaient hagard. La vie du dehors n'avait plus d'importance pour lui. L'espace de l'atelier était devenu sa vie. Une autre vie. Et il semblait que seule cette vie-là comptait.

Morgane en souffrait. Je les ai entendus plusieurs fois se disputer cette semaine-là. Un matin, je suis descendue, Morgane pleurait.

Raphaël était dans l'atelier, debout devant l'un des *Penseurs*, ils se fixaient. En les regardant, je me suis demandé qui contemplait l'autre.

Le visage de Raphaël était marqué par la fatigue. Il disait que même quand il dormait, il sculptait. Que le plâtre était pris dans son sommeil.

— Rue de Seine, tu te rends compte ! Je vais exposer rue de Seine...

Il était heureux.

Il voulait se remettre au travail tout de suite, partir sur d'autres choses.

— Je suis en train de comprendre...

440

Il avait le projet d'un ange aux ailes rognées. Un être de pierre qui serait à la fois réel et évanescent.

— Je le cherche depuis tellement longtemps... Il me semble que je l'approche.

Et puis cette idée de funambule. Il disait que toutes les autres sculptures avaient été faites pour parvenir à celle-là.

Il a emporté le plâtre de *La Couturière* à Valognes. Il a emporté aussi l'un des petits funambules.

La porte de l'atelier est restée grande ouverte. La porte sans la pierre. Pendant son absence, l'atelier était un temple nu et silencieux.

Je suis entrée.

J'ai avancé entre les ombres des silhouettes pétrifiées dont les ventres taris s'ouvraient sans pudeur. Le silence des femmes. Ces visages m'étaient anonymes et pourtant il me semblait les connaître. Les mains aux doigts de pierre. Je les ai approchés. Sans peur. Les sculptures de Raphaël étaient mes sœurs, elles étaient mes suppliantes.

Le silence faisait bloc dans l'atelier.

Il restait des traces de plâtre sur le sol, là où *La Couturière* était posée. L'empreinte du socle. Le pull de Raphaël.

Max est entré dans l'atelier, brutalement.

— Tu aurais pas vu Raphaël dans les barrages !

— Dans les quoi !

— Dans les barrages !

— Dans les parages, Max ! les parages... Il est chez le fondeur, il a emporté *La Couturière*. Il te l'a dit. Il t'a attendu aussi. Tu avais promis d'aller avec lui.

Il a regardé autour de lui.

Il s'est frotté le front avec les mains.

— Tu as un problème ? j'ai demandé.

Il ne savait pas. C'est Raphaël qui savait quand il y avait des problèmes et quand il n'y en avait pas.

— C'est l'essence, j'en ai pas assez pour le bateau ! il a fini par expliquer.

Il a fait trois pas vers la porte.

— Le capitaine dit que j'ai pour aller en mer mais pas pour revenir, il me laisse pas partir si j'ai pas l'essence du retour.

— Il a raison.

— Il a pris la clé du bateau !

Il a hoché la tête plusieurs fois.

— Il a fait ça pour pas que j'actionne le démarrage du moteur.

— Qu'est-ce que tu veux que fasse Raphaël ?

— Raphaël est le bien fondé sur la terre.

— Le bien fondé sur la terre ?...

Ça m'a fait rire.

— Tu as besoin de combien de litres ?

Pour ça non plus il ne savait pas. Le capitaine avait fait une marque sur la jauge et Max devait remplir jusque-là.

— C'est une nuit d'écume ! il a dit en montrant la mer. Les nuits d'écume, il y a les taupes !

J'ai sorti un billet de ma poche, mais ce n'est pas de l'argent qu'il voulait.

Il a fini par s'en aller.

Il est remonté au village. Il a fait le tour de toutes les maisons, avec un seau et des bouteilles. Il demandait de l'essence pour son bateau. Il a promis du poisson en échange, les dents du requin. Il a tout promis. Certains vidaient quelques litres directement dans son seau. D'autres ne lui donnaient rien.

Max puait.

Lili n'a pas voulu qu'il entre dans le bistrot. Elle ne voulait pas qu'il parte sur la mer.

Elle lui a donné à manger dehors.

Max s'est enfoncé dans les ruelles. Il a frappé à d'autres maisons, il a poussé d'autres portes. Le soir, l'essence a fini par atteindre le niveau.

Le fondeur a ramené *La Couturière* dans la matinée du lendemain. Elle était enveloppée dans un drap. Il leur a fallu du temps pour la descendre et la transporter jusqu'à l'atelier.

Ils l'ont posée sur son socle. J'étais là quand ils ont enlevé le drap. La patine sombre vibrait à la lumière. Dès que la lumière changeait, la patine virait dans les tons gris-brun, presque rouge. Il suffisait d'un rien, d'un nuage derrière la grande vitre qui donnait sur la mer.

Maintenant qu'elle était là, il semblait devenu impossible de s'en séparer.

Quand Hermann est arrivé, ça s'est tendu, Raphaël ne voulait plus vendre sa sculpture. Hermann en avait pourtant besoin pour les affiches de l'exposition.

— Ta *Couturière* trônera !

Il avait tout prévu.

Sauf ça.

— Sans *La Couturière*, je ne fais pas l'exposition ! il a fini par conclure en claquant la porte.

Le soir, le patron de l'auberge est venu chercher Raphaël, Hermann le demandait au téléphone, ça a duré un bon moment. Et puis au téléphone de la cabine, ensuite, parce que le patron en a eu marre de cette conversation sans fin, ils ont parlé encore et Raphaël a fini par céder. *La Couturière des morts* ira à Paris, elle sera exposée et vendue si quelqu'un la veut.

Il a secoué la tête.

— C'est ma première exposition, je dois montrer ce que j'ai de mieux. Si je la vends, je pourrai en faire fondre d'autres.

Morgane a explosé.

— Tu n'es pas un débutant ! Il n'a pas à te traiter comme ça !

Elle a jeté un magazine en travers de la pièce. Les pages se sont ouvertes, elles ont claqué.

— Je comprends pas que tu cèdes aussi facilement !

Raphaël a ramassé le magazine. Depuis que sa décision était prise, il semblait très calme, presque indifférent.

— L'important, c'est qu'elle existe.

Il a souri.

— J'en porte d'autres en moi.

— Il n'y aura jamais d'autre *Couturière* !

Ça a duré un moment, tous les deux. Morgane ne décolérait pas.

Un courant d'air humide remontait du sol. Sur certaines anciennes sculptures, le plâtre se détachait, il suffisait de passer le doigt, une érosion à peine visible et pourtant très tenace. Les sculptures étaient en danger. Raphaël le savait. Elles allaient toutes se ronger s'il ne les coulait pas.

Il a passé sa main sur le visage de sa sœur, cette colère impossible à calmer.

— Ce n'est pas si grave tout ça...

Morgane s'est reculée, comme brûlée par la main.

— Viens...

Il l'a tirée, prise contre lui, retenue blottie.

— Tu es belle quand tu te révoltes...

Il lui a parlé longtemps, une main dans les cheveux, comme on calme un jeune enfant.

Max est parti au petit matin, j'ai entendu démarrer le moteur. Le temps d'arriver sur le quai, le bateau quittait déjà le port, encore sur le plat des vagues mais déjà dans la passe. J'ai couru vers la digue, j'ai fait des signes. Je ne sais pas s'il m'a vue. Il regardait devant lui, fier, c'était un marin, pas un grand marin mais un homme sur son bateau. Cette passe qu'il prenait, c'était celle du Blanchard, il allait la franchir pour la première fois.

Une passe comme un mur.

Un baptême, avec des vagues qui l'attendaient et qui sont venues se prendre sous la coque. Par-devant, elles l'ont soulevé, plusieurs assauts violents. Sous le bateau, ça faisait des creux d'eau noire, des bouillonnements féroces. *La Marie-Salope* a tangué.

Max a tenu la barre en piquant droit au large, le bateau absorbé par la lumière, comme bu par elle. Il est devenu un point à peine plus blanc que la crête des vagues, tellement loin, j'avais beau plisser les yeux, je ne savais plus si c'était lui ou l'écume, ou mes yeux qui s'embuaient de fixer ainsi la lumière.

Je me suis assise, les genoux remontés, la tête sur les bras. Je suivais l'endroit de mer où Max avait disparu.

Il n'était pas parti au hasard. Les pêcheurs lui avaient indiqué les endroits où il pouvait trouver des taupes. Pour les ferrer, il allait avoir besoin de chance. Son premier requin, il allait le trouver comme ça, et après, il fouillerait la zone. Il lui arrivera parfois d'être là où il faut et c'est les requins qui n'y seront pas. D'autres fois, ce sera le contraire. Et un jour ils seront tous les deux au même endroit et Max prendra sa taupe.

Morgane est venue s'asseoir près de moi. Elle a envoyé ricocher des cailloux dans l'eau. Les cailloux sautaient de vague en vague.

— À un moment, j'ai cru qu'il allait virer... Quand il était là, juste dans la passe.

Elle a lancé un autre caillou.

— Tu crois qu'il va l'avoir, son requin ?

— Il faut lui faire confiance. C'est son rêve et les gens qui ont des rêves ne risquent pas grand-chose.

— Et ceux qui n'en ont pas, ils risquent quoi ?

— Je ne sais pas... mais c'est moins facile pour eux.

Elle a jeté un autre caillou encore plus loin que le premier. Celui-là n'a pas ricoché. Il a glissé sur l'eau et il a disparu.

Elle est restée un moment à fixer ce point des vagues où son galet s'était enfoncé.

— Finalement, Max, il ne s'en sort pas si mal, elle a fini par dire.

J'ai hoché la tête.

— Pas si mal, oui.

Max est revenu en fin de journée, avec seulement des petits poissons de ligne.

Pour le requin-taupe, il a dit qu'il avait ferré mais que la ligne s'était cassée.

Hermann a emporté *La Couturière*. Elle n'est plus dans l'atelier, on tourne pourtant autour, on dirait qu'on la voit encore.

Raphaël a repris son travail avec encore plus d'acharnement, une grande silhouette de plâtre à l'état d'ébauche. Ce qu'il faisait était quelque chose que je ne connaissais pas, que je n'avais jamais appris à voir et qui s'imposait à moi. Une sculpture qui ne suppliait pas.

C'était un grand homme qui marchait, le corps en mouvement, appuyé sur un frêle bâton. Il semblait gravir une pente, montagne ou colline ?

La lumière du dehors se déversait par la fenêtre. Sur le plancher, aux pieds du marcheur, un puits de lumière blanche transperçait l'ombre, découpait la forme anguleuse de la fenêtre. Par contraste, l'ombre semblait bleue.

Froide.

Cette sculpture, tout juste ébauchée, était née du départ de *La Couturière*.

De cette absence.

Après une trêve de quelques heures, le vent s'est remis à souffler. Les branches raclaient contre les vitres, venaient ajouter leurs plaintes aux prières déjà vives des *Suppliantes*. L'un des carreaux de l'atelier était fendu sur toute sa longueur, la brise de mer s'engouffrait, un filet de vent glacé qui faisait voler la poussière.

Raphaël était à genoux, il regardait son marcheur. L'ombre de plâtre écrasée devant lui, sur le sol.

— On dirait qu'il suit son ombre.

Il s'est relevé, il a frotté ses mains sur son pantalon.

— Je l'appellerai *Le Suiveur*.

Le Suiveur s'est imposé et il s'est ajouté avec force à la foule en surnombre qui peuplait l'atelier.

Morgane s'est approchée. Elle s'est collée à moi, ses bras noués autour de mon cou. Elle sentait le savon, le parfum, une crème à base d'argile dont elle enduisait ses cheveux quand elle venait de les laver.

— À quoi tu penses ? elle a murmuré à mon oreille.

— Au temps qui passe.

— Et alors ?

— C'est une saloperie le temps…

Elle a ébauché un vague sourire. Elle a posé sa tête contre mon épaule. Un foulard de tissu léger était noué autour de son poignet, une soie transparente qui semblait être tissée à partir de sa peau.

— Tu ne t'ennuies pas, toi ? elle m'a demandé.

Elle ne souriait plus.

On a parlé des hommes. On a parlé de Lambert. De cette chienne de vie aussi.

On a parlé du Sud et du soleil.

J'aurais voulu pouvoir parler de toi. De ta vie, de ta mort. De ta vie surtout.

J'ai glissé un doigt sous le tissu de soie.

L'ombre du marcheur s'étalait toujours sur le plancher. D'autres ombres. D'autres mains. Partout, la découpe puissante des socles.

Devant nous, trônait encore en majesté, au milieu de l'espace soudain saturé de lumière, la présence en souvenir de *La Couturière des morts*.

La nuit suivante, j'ai dormi. Peu. Mal. Il m'a semblé entendre marcher dans le couloir. J'ai ouvert la porte.

Les marches grises et froides. Il n'y avait personne.
J'ai fini la nuit par terre, contre le radiateur. Enroulée
dans une couverture.

À regarder le lit.

Au matin, j'ai vu mon visage dans le miroir piqué
de rouille. Le reflet derrière moi, la forme du lit vide.

La truie avait quitté son enclos, elle était sur le parking en train de fouiller du groin dans les poubelles de l'auberge. Elle avait trouvé des pelures de pommes de terre, des vieilles carottes. Ça n'étonnait personne cette truie sur le quai qui se goinfrait en regardant partir les bateaux.

J'ai passé la journée aux falaises.

J'ai tout de suite vu que Morgane guettait mon retour. Quand je suis arrivée, elle s'est jetée contre moi. Elle m'a embrassée. Elle riait, ses lèvres dans mon cou, je ne comprenais rien à son bonheur. Je le lui ai dit, Qu'est-ce qui t'arrive ?

— Je pars ! elle a répondu.

Au milieu de ses rires, ces quelques mots, Je pars. Ainsi donc...

— Comment ça tu pars ?

— À Paris ! ça c'est fait, en parlant, comme ça, Hermann cherche quelqu'un pour garder sa galerie.

— Mais... tu ne sais pas faire ça !

— On s'en fout, j'apprendrai ! Il a besoin d'une fille... Deux mois qu'il cherche. Il dit que c'est un travail pour moi.

Elle a pris son sac, elle a fouillé dedans. Un aller, Cherbourg-Paris, elle me l'a brandi sous le nez.

— Saint-Lazare, c'est le nom de la gare quand on arrive là-bas... Tu te rends compte, je vais vivre à Paris !

451

— Mais tu vas vivre où, Paris c'est grand !

— Un studio au-dessus de la galerie. Une douche, un lit, c'est tout prévu, pas grand mais bien placé. La fenêtre donne sur une ruelle avec des vrais pavés parisiens.

— Alors, s'il y a des vrais pavés parisiens !

Je m'en suis voulu d'avoir répondu ça. Je lui ai dit, Pardonne-moi.

Elle s'en moquait. Elle s'est laissée tomber sur son divan. Incapable de rester assise, elle s'est relevée.

Je l'ai regardée.

Elle partait.

Elle allait oser.

— Et Raphaël, il dit quoi ?

— Il dit rien. Il est content pour moi. Il y a le métro pas loin. Hermann me prend un mois à l'essai. Si ça va, je continue.

— Et si ça ne va pas ?

— Ça ira !

Elle a sorti le rat de sa boîte et elle a dansé avec. Elle chantait, des lambeaux de tubes dont elle connaissait à peine les paroles, j'ai reconnu *Les Filles de Pigalle*, *Revoir Paris*…

Soudain, elle s'est bloquée.

— Et mon rat !

Elle a regardé sa bête.

— À Paris, on ne doit pas aimer les rats… En plus, avec mon travail, je ne serai pas tout le temps au studio… Et puis il est tellement habitué à être ici…

Elle m'a regardée.

— Tu me fais quoi, là ? j'ai demandé.

— Je te fais rien… Y a juste que je me disais que tu pourrais peut-être…

J'ai fait non avec la main.

— Demande à Raphaël !

— Raphaël ! En ce moment, il n'y a que son travail qui compte ! Il va le laisser crever…

Elle a levé la tête, ses grands yeux implorants.

J'ai regardé l'animal.

— Tu n'as qu'à le relâcher. Après tout, les rats, c'est fait pour vivre près des bateaux.

Elle a haussé les épaules.

Le rat avait senti son stress, la chaleur de sa peau sans doute, la sueur aussi. Il la parcourait, les bras, le cou. Il cherchait un endroit où se cacher, il a fini par se glisser dans l'échancrure du chemisier, les petites pattes roses accrochées au tissu trop fin.

— Tu pars quand ? j'ai demandé.

— Dans trois jours.

— Lundi !

— Lundi, oui. J'ai un train le matin. Tu pourras venir à la gare avec nous ? J'ai dit à Raphaël que tu pourrais sûrement.

Elle m'a prise contre elle, elle m'a serrée.

— Tu viendras me voir à Paris, hein, tu promets ?

Elle m'a prise par la main.

Elle s'est reculée. Elle m'a regardée, des pieds à la tête.

— Je vais te donner des fringues.

— Je n'ai pas besoin de fringues !

Elle m'a entraînée dans la pièce tout au fond, c'était sa chambre.

Juste avant d'entrer, Pour le rat, tu réfléchis ?

— C'est tout réfléchi.

Elle a ouvert la porte.

Dans sa hâte, un mauvais geste, son collier s'est brisé. Les perles ont éclaté dans toutes les directions sur le plancher. On a dû les ramasser, à quatre pattes, on les a mises dans une boîte. Après, elle a ouvert les tiroirs, elle a fouillé dans ses vêtements. Elle a sorti pour moi tout ce qu'elle ne voulait pas.

— Celui-là je te le donne, il t'ira bien !

C'était un chemisier dont les manches transparentes laissaient deviner la peau. Elle me l'a plaqué dans les mains.

— Faut pas fermer ces boutons-là, elle a dit en me montrant les deux pressions du haut.

Elle a jeté des tee-shirts sur le lit.

— Du temps où j'étais mince...

Un pull, quelques foulards.

Elle m'a donné son gros pull à rayures. Un pull comme ça à Paris, elle a dit, je ne pourrais pas !

Elle m'a donné des bas de laine, quelques tee-shirts. Elle m'a fait promettre de les porter.

J'ai promis. J'ai dû jurer. Tout ce qu'elle voulait me donner, elle l'a posé dans mes bras.

— Tu es belle... j'ai dit.

— Tu aimes les femmes ?

J'ai ri.

— Non, les hommes seulement.

Elle a ri à son tour.

J'avais ses cheveux dans ma bouche.

— Alors, tu attends quoi, pour l'aimer, lui ?

— J'attends rien.

— On attend tous !

— Pas moi.

Elle m'a regardée au fond des yeux.

— Quand on n'attend plus, on meurt !

C'est ce qu'elle a dit.

Elle est allée vers un autre placard, elle a ouvert une autre porte.

— Et il bouffe quoi, ton rat ? j'ai fini par demander.

Morgane a rempli deux valises. Ce qu'elle ne voulait pas, elle l'a laissé dans le fond des tiroirs.

Quand Max a su que Morgane partait, il est allé au bout de la digue et il a pleuré.

Elle lui a donné les perles, toutes celles du collier cassé. Avec du fil, il pourrait le réparer et le lui envoyer à Paris, dans une enveloppe, Raphaël avait l'adresse.

Elle lui a donné sa grande écharpe.

C'est lui aussi qui a récupéré le rat. Il a tendu la main, Je m'en occuperai. Morgane a regardé la main, elle n'a hésité.

Il a trouvé une caisse en bois et il a mis un vieux pull en laine sur le fond. Il est revenu avec et il a dit, Les rats, ça aime vivre sur les bateaux.

Quand elle a vu la caisse, Morgane a hésité.

Elle a dit, Après tout, pourquoi pas...

Il s'est fait expliquer pour la nourriture. Après, il est retourné sur la digue, mais moins loin que la première fois, et il a pleuré encore.

Morgane lui a donné la chemise de son pyjama, avec son odeur qui était dedans, ses rêves aussi, sa sueur. Max a pris la chemise contre lui. Il la regardait, il avait les tempes rouges.

Le cheval était dans le pré. Morgane est allée lui donner à boire. Ses deux mains devant elle, en coupe.

Elle se forçait à sourire. Elle a glissé ses doigts dans la crinière.

Ses mains, dans sa bouche.

— Je n'ai jamais vu une langue aussi douce…

Ce mélange intime en elle, de rires et de larmes.

— Elle s'en va vraiment ? a demandé Max.

— Elle s'en va oui.

— Elle revient quand ?

— Je ne sais pas…

— Tu reviens quand ? il a demandé en s'accrochant à son bras.

— Je ne sais pas, Max…

Elle a répondu ça d'une voix cassée. Elle n'avait jamais parlé à Max de cette façon-là, il a reculé.

Il a regardé du côté de la digue mais il n'y est pas allé.

Elle a cherché autour d'elle, elle voulait lui donner quelque chose encore, en plus du rat et de la chemise.

Elle est retournée dans la maison et elle est revenue avec le dictionnaire.

— Tiens, il est pour toi.

Elle l'a obligé à le prendre parce qu'il ne voulait pas. Qu'il n'osait pas.

— Il est à toi, je te le donne. C'est pour les jours de pluie sur ton bateau.

Il a touché le dictionnaire et puis il l'a pris, il l'a serré contre lui.

— Tous les mots du submersible langage ? c'est ce qu'il a réussi à balbutier.

Morgane a souri.

— Quand je reviendrai, je t'en apporterai un autre dans lequel il y aura d'autres mots encore.

— Il y aura toujours d'autres mots ?

Elle a hoché la tête.

— Toujours oui.

On est partis un peu avant huit heures. Morgane est passée derrière. C'est elle qui avait voulu que ce soit comme ça.

On a pris la route du bord de mer, par Saint-Germain et Port-Racine. Raphaël conduisait. Les valises étaient dans le coffre. Morgane regardait la mer, avait le visage contre la vitre. Je voyais son profil dans le rétroviseur. Ses lèvres un peu écrasées et cette façon qu'elle avait de regarder la mer, comme si elle voulait la prendre.

Je lui ai dit, On dirait que tu veux l'emporter.

Elle a fait oui avec la tête.

C'est pour ça qu'elle avait voulu passer toute seule derrière. Raphaël roulait doucement. Le train était à neuf heures, on avait le temps. Je crois qu'il ne voulait pas arriver à la gare trop tôt.

Il a dû tourner un moment pour trouver une place et garer la voiture. Il a tiré des boissons dans le hall, un distributeur, deux sandwichs sous plastique. Morgane avait déjà rejoint les quais. Elle nous faisait des grands signes parce que le train était là et qu'on ne marchait pas assez vite.

Raphaël la regardait comme elle avait regardé la mer. Avec la même infinie urgence. Je crois qu'il avait envie qu'elle s'en aille. Que ça finisse.

— Ça va aller ? j'ai demandé.

— Je vais en crever.

Il a tenté un sourire et il s'est avancé vers elle. Ses valises étaient déjà sur le marchepied, un garçon l'avait aidée à les porter. Une voix dans le haut-parleur, le train était annoncé, il allait desservir les gares de Valognes, Carentan, Bayeux, Caen, Lisieux et enfin Paris.

Morgane nous regardait, le garçon derrière elle a tiré ses valises pour les mettre dans le compartiment. Elle s'est retournée et ce qu'elle lui a dit a fait rire le garçon.

Elle est redescendue sur le quai pour nous embrasser Raphaël et moi. Je t'aime, c'est ce qu'elle a dit, Je t'aime à l'extrême ! J'ai souri. Je t'aime, elle avait dit ça au cheval. Elle avait dit ça aussi au rat. Elle riait. Il restait cinq minutes mais elle était déjà partie.

Elle a parlé de Max et de Lambert, des couronnes de perles qu'elle avait laissées.

— Tu pourras les finir si tu veux ! La notice est à l'intérieur.

Elle a dit toutes ces choses qu'on se dit quand on s'en va.

— Fais bien attention à toi, mets mes tee-shirts... Occupe-toi du cheval !

Elle m'a fait promettre ça.

— Couche avec Lambert aussi...

Je n'ai pas promis.

Elle m'a embrassée encore.

Raphaël la buvait des yeux. Elle s'est tournée vers lui. Elle avait peur, peur de ce moment où il allait leur falloir se détacher. Ses mains à lui dans ses cheveux à elle. Leurs yeux soudain fermés.

Je me suis reculée.

Ils se respiraient.

Ses baskets blanches à elle, un lacet défait. L'ourlet du pantalon était déchiré, il traînait derrière, se prenait dans le talon.

Ils se sont collés, ils se sont accrochés.

Je ne sais pas ce qu'ils se sont dit.

Le chef de gare est passé et Morgane s'est détachée, elle s'est reculée. Elle était dans le train, déjà, et lui sur le quai. Ils se tenaient encore par les mains. Raphaël lui a tendu le sac avec les sandwichs, les boissons.

— Il y a le téléphone là-bas, tu appelles quand tu arrives.

Il a dit d'autres mots, Sois prudente, fais attention à toi...

Les portes se sont refermées. Sur elle et entre eux. Le visage de Morgane, les lèvres déformées parce qu'elle pleurait, ses mains blanches plaquées contre la vitre.

Elle murmurait des mots qu'il n'entendait pas. Ils sont restés comme ça jusqu'à ce que le train s'ébranle, le regard dans le vide, deux bêtes désorientées qui allaient devoir apprendre à ne plus vivre ensemble.

Sur le retour, c'est moi qui ai conduit. Il pleuvait. Les essuie-glaces grinçaient. Raphaël fixait la route.

Je me suis garée dans la cour de la Griffue. Le bol de Morgane était resté sur la table. Son ombre ronde sur la nappe.

Le silence.

La boîte de perles, un paquet de biscuits ouvert, toute sa présence, ramassée. Sa couverture devant la télé, en boule, la place du rat. Les pelotes de laine, les aiguilles, quelques rangs d'un pull à peine commencé. Les bottes de cuir jaune dans le couloir. Comme si elle était partie pour une heure, un jour.

Morgane arrivait à Paris à midi. Elle devait téléphoner dès qu'elle serait avec Hermann. On a attendu. Un peu avant midi, on est allés se planter à côté de la cabine. On a attendu encore. La truie était sur le quai. Les jours de faim, elle se comportait comme un chien, à se nourrir de ce qu'elle trouvait.

Quand le téléphone a sonné, Raphaël a décroché. Morgane a dit, Tout va bien, je suis arrivée.

Quelques mots encore. Après, Raphaël est retourné dans son atelier et je suis allée traîner sur la plage.

Le vent ne siffle que lorsqu'il rencontre quelque chose. Un obstacle. Il ne siffle jamais sur la mer. L'espace le laisse silencieux.

Lambert m'avait dit cela, le soir de la fête, quand on était accoudés à la lucarne. Il m'avait parlé du vent, là-bas, chez lui. Des sifflements incessants dans les arbres qui le réveillaient et lui faisaient penser à la nuit.

Je suis retournée aux falaises.

Trois poussins étaient nés dans un nid du creux d'Écalgrain. Un endroit de roches presque rouge. J'ai passé un temps infini à les regarder. Cet appétit féroce qu'ils avaient, à peine éclos.

Je n'ai pas eu envie de les dessiner.

Je ne suis pas passée devant chez Théo.

— C'est étrange, le bruit de la mer, aujourd'hui...

Lambert était arrivé près de moi, en silence. Il s'approchait toujours ainsi. Sans que je l'entende. La manche de son blouson contre mon bras. Je l'ai effleurée.

Il avait parlé très bas. Parfois, ici, c'était comme ça, il était impossible de faire autrement.

Je lui ai dit que Morgane était partie. Il savait. Elle était venue lui dire au revoir. Ils avaient parlé.

La marée remontait. Elle était plus noire à l'ouest du phare. C'est dans cette bande de mer que les femelles requins mettent bas, une bande sombre derrière la barre d'écume, elles les gardent avec elles et un matin, elles les abandonnent.

Je lui ai montré ce que j'avais dans les poches, une coquille d'ormeau que Max m'avait donnée.

— Les ormeaux crèvent, c'est la pollution, tout ce que les hommes mettent dans la terre pour faire pousser le maïs.

Je lui ai dit que les coquillages crevaient aussi, les algues.

Il a respiré l'odeur à l'intérieur de la coquille.

— Ça ne sent rien.

J'ai haussé les épaules. Il a regardé la mer. Est-ce qu'il avait parlé de son frère à Morgane ? Les bateaux rentraient. C'était un bon jour, les casiers étaient pleins.

On est allés marcher au bord du quai et on a regardé décharger les caisses.

— On dit ici que Dieu a fait le homard et que le Diable a fait le crabe... j'ai dit en montrant un panier de crustacés qu'un pêcheur partait livrer à l'auberge.

— C'est pour ça que vous dînez avec eux le soir ?...

— À la table des homards, avec des fleurs en plastique et un vase en Arcopal...

Il a allumé une cigarette, la tête un peu penchée.

— Le vase, c'est pas de l'Arcopal, c'est du cristal, il a dit en soufflant la fumée.

Il m'a passé sa cigarette.

On n'arrivait pas à se parler. On se donnait tout, un peu dans le désordre. On a quitté le quai et on est allés jusqu'au hameau de la Roche. Le Refuge de Nan. En passant devant, il s'est arrêté. Il a regardé la façade, les volets fermés.

Qu'est-ce qu'il savait ?

Il n'a rien dit.

On est allés jusqu'aux maisons de la Valette et on a repris dans l'autre sens, de la Valette à la Roche et on est revenus par les murs. On n'a croisé personne. D'étranges plantes poussaient dans un jardin. Lambert a dit que c'étaient peut-être des plantes à papillons à cause des nombreux papillons qui volaient autour. Il m'a parlé du Morvan. Il a dit, Il faudra que je vous raconte.

On a parcouru le chemin plusieurs fois. Jusqu'à ce que le phare s'allume. À chaque fois, on passait devant le Refuge, il tournait la tête, il regardait. Au dernier passage, il faisait presque nuit. Il a poussé la barrière.

— On y va ?

C'est ce qu'il a dit.

Il a traversé la cour.

Je l'ai suivi.

Il a essayé toutes les fenêtres et il a fini par trouver celle par laquelle on pouvait entrer.

Il a enjambé.

— Pourquoi vous faites ça ? j'ai demandé.

Il n'a pas répondu. Il a sauté à l'intérieur. Il m'attendait de l'autre côté. Il avait une lampe dans sa poche. Le faisceau était puissant, il a éclairé la première pièce. Il a fait le tour comme je l'avais fait, en prenant son temps. Je me suis demandé ce qui se passerait si quelqu'un nous trouvait là.

Il faisait froid. On a traversé le bâtiment de tout son long jusqu'à l'escalier, le faisceau de la lampe éclairait les marches, les cadavres de mouches. Au premier étage, le long couloir, les lits. Il regardait. Il remarquait des choses que je n'avais pas vues, un vieux tableau, une paire de chaussures. Se doutait-il que son frère avait passé des années de sa vie à arpenter ce couloir, la nuit, les pieds nus, parce qu'il ne pouvait pas dormir ailleurs...

On est entrés dans le dortoir. Je me suis approchée de la fenêtre et j'ai regardé la cour. J'avais vu Nan en bas, sur le banc, elle mangeait un croissant.

Aujourd'hui, il faisait nuit, on ne voyait rien et Nan était morte.

J'ai tourné la tête.

Le petit ours était sur le lit, à l'endroit où je l'avais reposé. J'en devinais la forme plus sombre. Le faisceau de lumière l'a frôlé, Lambert ne l'a pas vu. Il est passé dans une pièce à côté. J'ai hésité, j'ai pris l'ours dans ma main, je l'ai rejoint dans le couloir. Je n'ai rien eu besoin de dire.

Il l'a juste retourné pour lire l'étiquette et il a hoché la tête.

Il me l'a rendu pour que je le repose sur le lit. Il semblait perdu dans ses pensées.

— Ça ne veut rien dire... en tout cas, ça suffit pas pour faire une preuve, il a fini par lâcher.

On s'est regardés.

Ce que j'avais compris, il l'avait compris.

— Ça ne suffit pas, j'ai dit.

On est ressortis et on s'est assis, dehors, sur les marches. Il s'est allumé une cigarette et il en a fumé la moitié sans dire un mot.

Le front buté, il regardait la terre entre ses pieds.

— J'ai parlé avec Nan la veille de sa mort. J'étais sur la plage, elle est venue vers moi. Dans tout ce qu'elle m'a dit, il y avait des choses... Depuis, j'arrête pas d'y penser...

— Quelles choses ?

— Une chaîne qu'elle devait me rendre... une chaîne avec une médaille. Elle a dit qu'elle était à moi. Elle me parlait comme si elle me connaissait.

— Elle faisait ça à tous.

— Non. Pas comme ça... Elle m'a demandé pourquoi j'étais parti, et où j'étais allé pendant tout ce temps. Je lui ai parlé de Paris, du Morvan, et elle s'est énervée parce que ça ne collait pas avec son histoire.

Il a soufflé une longue bouffée loin devant lui.

— Vous étiez déjà entrée là, vous ? il m'a demandé en montrant la fenêtre encore ouverte derrière nous.

— Oui.

— Pourquoi ?

Je ne lui ai pas répondu.

Il n'a pas insisté.

Il a continué à fumer.

— Moi aussi, j'ai eu un doute, alors j'ai fait ce que je faisais quand je bossais, je l'ai interrogée.

Son visage s'est tendu. Ses yeux extraordinairement ramassés, comme s'il se concentrait sur un point, une idée qu'un rien pouvait lui faire lâcher.

— Elle a fini par me parler d'un gosse qu'on lui avait amené, tellement malade, presque mort, et j'ai vu dans ses yeux quand les deux histoires se sont mélangées. Elle ne savait plus. Elle battait des mains, désorientée, et puis soudain elle s'est arrêtée de marcher, elle a fixé un coin de plage dans les rochers. Elle a dit, C'est là que tu étais. Après, elle est partie.

Il s'est allumé une autre cigarette. Dans la nuit, la braise faisait un point de lumière qui devait se voir du chemin.

— C'est pas moi qui étais là.

Il a fixé un moment la cigarette qui se consumait entre ses doigts. De longues secondes durant lesquelles il n'a rien dit.

Et puis lentement :

— Je crois que mon frère est vivant.

Il m'a regardée, troublé de dire cela, de devoir l'énoncer à haute voix.

— Je crois qu'il a survécu au naufrage... Je crois que Nan l'a récupéré.

Il s'est relevé.

— Ne me demandez pas pourquoi ni comment, mais je crois aussi qu'elle lui a donné l'identité d'un autre.

Il a lancé un gravier loin devant lui. Le gravier est allé buter contre un volet.

— Putain d'intuition !

Il a gueulé ça.

— Je ne sais pas comment tout cela s'est passé, mais je vais trouver.

Il est revenu vers la fenêtre.

— On va retourner là-dedans.

Il a allumé de nouveau sa lampe.

— C'est impossible qu'on ne trouve rien...

Tout au fond de la deuxième salle, entre les pièces communes et la maison de Nan, il y avait une porte épaisse, elle servait de communication entre les deux bâtiments. On a essayé de l'ouvrir mais elle était fermée à clé. Lambert a cherché autour de lui, il a fini par trouver un morceau de fil de fer et il a commencé à crocheter la serrure. C'était étrange ce bruit de grincement dans une maison de morte.

— Vous ne pouvez pas faire ça... j'ai dit.

— Je vais me gêner.

Il s'y est repris à plusieurs fois. Ensuite, il n'a eu qu'à pousser la porte.

Dans la cuisine, tout était comme le jour où j'avais rendu visite à Nan morte. Les tasses, le café au fond de la cafetière, le journal.

Lambert a jeté un rapide coup d'œil, comme ça, sans rien toucher. Dans l'autre pièce, il y avait le lit, l'oreiller encore en creux. Une autre chambre, derrière, plus petite, que je n'avais pas vue la première fois. Il a regardé tout ça et ensuite, il a fouillé partout. Je ne sais pas ce qu'il cherchait. Lui non plus. Il a dit, Il doit y avoir une trace, quelque chose ! Il y a toujours quelque chose.

Il a ouvert les placards. Il prenait garde à ne rien déranger. Il dérangeait quand même. Sa traque était méticuleuse. Avec la lampe, j'éclairais ses mains, l'intérieur des tiroirs. Il a fini par trouver un registre

sur lequel Nan notait les noms des enfants à leur arrivée. Les départs, sur une autre colonne. Il s'est assis
à la table. C'était un vieux cahier. Il a cherché, le long
des pages, l'année 1967. Il y avait eu un départ le
13 septembre, un autre le 6 novembre. Une entrée, le
12 octobre, un garçon, deux ans. Quelques indica-
tions suivaient, tout cela inscrit sur la même ligne,
dans des cases séparées. Une date d'arrivée, rien pour
la date de départ. Tout en bout de ligne, un nom,
Michel Lepage.

La dernière case était vide.

— Cet enfant est arrivé au Refuge et n'en est jamais
reparti.

— Normal, j'ai dit, elle l'a adopté.

Il a hoché la tête.

— Normal oui...

Il a regardé de plus près. Quelque chose avait été
inscrit dans la dernière colonne et puis effacé. Il a
mis le cahier en pleine lumière, sous la lampe mais
même comme ça, il était impossible de lire quoi que
ce soit.

— Paul a disparu en octobre 67, le 19 exactement.

Il a relu tout ce qu'il y avait d'écrit dans la colonne.

— Ce gamin est arrivé quelques jours avant. Il avait
le même âge que mon frère.

Il s'est tourné vers moi, le regard brutal.

— Je sais, on appelle ça des coïncidences ! Mais
quand tu es flic, on t'apprend à te méfier des coïncidences. Il y a des faits, et les faits s'emboîtent ou ils
ne s'emboîtent pas. Et là...

— Vous pensez quoi exactement ?

Il a porté la main à son cou.

— Paul avait une médaille. La même que la
mienne. Nos quatre noms gravés, ma mère voulait
ça...

Il m'a montré la médaille qu'il portait, derrière, les
quatre noms.

— Nan m'a parlé d'une médaille qui était chez elle et qui m'appartenait. Elle doit être là, quelque part.

— Sauf si Michel est parti avec.

— Sauf si, oui...

Il a cherché encore.

Je lui ai parlé de la photo que j'avais trouvée ici, parmi les autres, cette photo que Nan avait prise contre elle avec tant de force.

L'enfant au petit train de bois. Un cliché vieux de quarante ans.

— Ça pourrait être votre frère, quelques jours après le naufrage.

J'avais laissé la photo à l'appartement.

— Je vous l'apporterai demain.

Je lui ai parlé des lettres que Théo recevait, des lettres venues du monastère. Il m'a écoutée, attentif.

— Paul serait devenu moine...

J'ai pensé à Théo. Il ne pouvait pas ignorer cette vérité sur l'enfant adopté par Nan. J'avais beau réfléchir, c'était impossible qu'il ne le sache pas.

Lambert fouillait encore, partout, avec la même application tenace, il voulait trouver des preuves, des traces de son frère dans cette maison.

Je l'ai laissé.

Arrivée à la porte, je me suis retournée. Je l'ai regardé. J'étais heureuse pour lui.

Je le lui ai dit, Je suis heureuse pour vous. Il avait ouvert la porte de la deuxième chambre. Déjà disparu à l'intérieur.

Il ne m'a pas entendue.

Il faisait nuit mais il n'était pas très tard. Il y avait encore de la lumière chez Théo. Je suis retournée à la Griffue, les escaliers, quatre à quatre, j'ai récupéré la photo prise chez Nan.

Je suis remontée au village, et j'ai pris le médaillon sur la tombe. Les deux photos dans la lumière d'un lampadaire. C'était le même enfant, pris à quelques jours d'intervalles. Seul le fond de la photo changeait. Sur le médaillon, on voyait l'angle d'un volet, sur l'autre, une simple porte. Pour le reste, le même visage, le même polo à petits bateaux.

Il y avait eu le naufrage entre les deux.

Théo ne pourrait pas mentir. Il ne pourrait pas nier. J'ai pris le chemin qui menait jusqu'à chez lui.

Quand je suis arrivée, il regardait la télé, replié dans sa robe de chambre, les chats autour de lui.

J'ai poussé la porte.

Il a levé la tête. Il a eu un moment d'hésitation et il a arrêté la télé.

— Vous venez bien tard aujourd'hui.

Je me suis avancée. Je l'ai regardé. Il semblait seul, tellement fatigué. J'ai tiré la chaise et je me suis assise.

J'ai sorti la photo de ma poche, celle trouvée chez Nan. Je l'ai glissée doucement devant lui. Il m'a regardée encore et il a ajusté ses lunettes.

Il a pris la photo, il l'a approchée de ses yeux. J'ai entendu ses doigts secs frotter contre le papier. Le souffle un peu sifflant de sa respiration.

Il y avait un flacon d'éther sur la table, du coton. L'infirmière était venue. Théo ne rangeait plus rien.

— Cette photo ne vous appartient pas...

Il n'a rien dit de plus, seulement cela et il a reposé doucement le cliché sur la table.

— Théo, il faut me dire...

— Que voulez-vous que je vous dise ?

— Qui est cet enfant ?

Il a eu un sourire résigné.

— C'est Michel.

— Je sais cela.

— Alors, si vous le savez, pourquoi me posez-vous la question ?

Il a dit cela très brusquement. Ce fut un moment très particulier où j'ai cru qu'il allait sortir et me laisser là. Je crois qu'il a eu envie de le faire.

Je crois aussi que s'il ne l'a pas fait, c'est parce qu'il s'est souvenu que Nan était morte et que tout cela n'avait plus autant d'importance. Une ombre est passée sur son visage, infiniment douloureuse. Il s'est passé de longues secondes avant qu'il ne reprenne la photo entre ses mains.

De longues secondes encore avant qu'il ne parle. Et sa voix alors était méconnaissable.

— Ce petit train de bois qu'il tient au bout de sa corde, c'est moi qui le lui ai fabriqué...

Il a dit, Je ne me souvenais pas que Florelle avait cette photo.

Il a parlé de cet enfant, avec des mots lents.

— Il me semblait parfois, à les regarder ensemble, que Michel était vraiment son enfant, son enfant et le mien.

— Votre enfant plus que ne l'était Lili ?

Il a réfléchi à ça, et il a dit, Mon enfant, oui, plus que Lili.

Il s'est baissé et il a pris la petite chatte blanche contre lui. Il ne la caressait pas. Il l'effleurait seulement.

— C'était un enfant merveilleux... Il regardait le monde avec des yeux toujours si étonnés et pourtant parfois tellement tristes.

Ses mains sont restées immobiles, épousant la forme douce du dos de la petite chatte.

J'ai sorti le médaillon. Je l'ai posé à côté de l'autre photo.

Les deux mêmes visages.

— Vous saviez, n'est-ce pas ?

Il m'a regardée. Ses yeux, extraordinairement clairs soudain. Il aurait pu dire que tout cela ne me regardait pas. Que je n'avais rien à faire ici, il aurait pu me montrer la porte et je serais partie.

Il n'a rien dit.

Il s'est levé. Il s'est avancé jusqu'à la fenêtre et il a regardé dehors. Depuis la mort de Nan, il semblait avoir renoncé à toute forme de lutte.

— Cette nuit-là, le vent soufflait d'ouest.

Il s'est retourné. Du regard, il a frôlé les photos.

— Les vents d'ouest ramènent souvent les corps.

Il a repris les photos.

— Florelle est sortie de chez elle quand elle a entendu les sirènes. Elle a passé la nuit sur la plage, à arpenter. C'étaient ses morts qu'elle attendait.

Il est revenu s'asseoir à la table. Ses yeux ne laissaient filtrer qu'un peu de lumière.

— Alors quand elle a trouvé cet enfant, au matin... Il était attaché sur un petit canot, à peine mouillé. Elle a glissé le canot entre des rochers. C'est moi qui suis allé le récupérer quelques jours plus tard.

Ses mains se sont repliées l'une sur l'autre.

— Il était petit, deux ans à peine. Elle l'a caché, sans savoir s'il allait vivre... Après, quand elle a compris qu'il allait vivre, elle l'a caché encore pour que personne ne le voie.

— Elle n'a rien dit ?

Il a fait non avec la tête.

— Il était un rendu de la mer, pour elle, vous comprenez... Des années qu'elle attendait. Un enfant vivant rendu en échange de tous ceux que la mer lui avait pris.

— Mais vous, vous saviez qui il était ? Vous saviez qu'il avait un frère ?

— Oui, je le savais... Elle aussi, elle le savait, au fond d'elle, mais elle préférait l'oublier.

Des veines noueuses parcouraient ses mains. Dans la lumière de la lampe, le sang qu'elles contenaient semblait noir.

— Elle a récupéré Michel dans les vagues.

— Il s'appelle Paul.

— Paul, oui... Elle n'a pas songé à autre chose qu'à le sauver. Après, les choses se sont présentées...

— Les choses...

— Elle l'a aimé.

J'ai repris les photos. Le visage de Lambert s'est superposé aux deux visages.

— Vous les avez empêchés de se connaître ! Vous les avez privés l'un de l'autre alors qu'ils avaient déjà perdu l'essentiel...

— J'ai souvent pensé à cela.

Théo me dégoûtait soudain. Qu'il ait été capable de ça.

— Et quand il est revenu, qu'il vous a vu dans la cour... Cet enfant avec vous, c'était son frère, et vous ne lui avez rien dit !

Je me suis levée. Le manque d'air brusquement, il fallait que je sorte.

Il a tendu la main.

— Ne partez pas...

Je l'ai regardé. De l'écœurement ou de la pitié. Je me suis retrouvée dehors. Assise sur les marches, à trembler, indifférente au froid comme aux feulants.

Max disait que la mère du requin-taupe abandonnait ses petits au bout d'un an et qu'ils ne savaient plus qu'ils avaient eu une mère. Paul avait-il oublié ses parents ? S'était-il attaché à une autre ? J'ai eu envie de vomir. Je me suis accrochée à la rampe. Le buste penché, les mains au ventre.

Théo était toujours sous la lampe. Dans la lumière jaune de l'ampoule nue. Il n'avait pas bougé. Il m'attendait, comme s'il savait que je finirais par revenir. Sans doute m'aurait-il attendue des heures encore, comme ça, sans faire le moindre mouvement. Replié dans sa robe de laine. Le visage sec. La petite chatte dormait, roulée en boule sur ses genoux.

J'ai repris ma place.

On est restés de longues minutes silencieux. Au bout de ce temps qui m'a semblé infiniment long, Théo m'a regardée.

— Que voulez-vous savoir ?

— Paul... Vous lui avez donné le nom d'un autre.

— Il le fallait bien.

— Qui était Michel Lepage ?

— Un enfant de deux ans. Une femme l'a confié à Florelle, une sorte de gitane, elle n'en voulait plus, l'enfant était déjà très malade quand elle le lui a apporté. Elle savait qu'il ne vivrait pas.

— J'ai vu le registre. Il est arrivé quelques jours avant le naufrage.

— Et il est mort quelques jours après, une pleurésie. Je l'ai regardé.

— Cet enfant n'existait plus pour personne.

— Et il avait un nom...

— Il avait un nom oui... Nous avons enterré son corps derrière la maison.

Il y a eu un silence très lourd après qu'il a dit cela.

— Quelqu'un aurait pu venir le réclamer ? Cette femme, c'était sa mère ?

— Elle l'a déposé, elle n'en voulait plus.

Il a glissé sa main sur le plat de la table.

— La première fois que j'ai vu Paul, il dormait dans la chambrée des tout-petits. Florelle a dit, C'est la mer qui me l'a rendu. Je n'ai pas compris tout de suite… C'est après, quand elle m'a demandé d'aller récupérer le canot sur la plage.

Une plainte étouffée est sortie de lui, semblable à un sanglot.

— Cet enfant mort, vous comprenez, on ne pouvait plus rien faire pour lui. Nan n'avait même pas l'adresse de sa mère pour la prévenir.

Il s'est tassé à la table, le buste encore plus frêle. Il a écarté les mains comme si l'enfant était encore là, devant lui.

— Florelle a cousu son linceul en quelques nuits, il était tellement petit. Elle n'a pas écrit de nom dessus.

— Vous l'avez mis en terre comme ça ?

— Dans une petite caisse en bois, avec ce linceul.

— On pourrait penser que Nan l'a tué… ou qu'elle l'a laissé mourir pour donner son nom à un autre ?

Théo a hoché la tête. Il a serré ses mains l'une contre l'autre.

— J'y ai pensé aussi.

Je fixais la table. Je voulais retenir les mots, tout ce qu'il me disait. Je voulais garder tout cela.

— Dans le village, personne n'a jamais rien deviné ?

Il a hoché la tête.

— La Mère a compris très vite, quand il a commencé à venir voir les bêtes… Elle m'a eu au chantage avec ça. Elle disait que, si je la quittais, elle irait voir les gendarmes, elle raconterait tout et on reprendrait l'enfant à Florelle. Elle disait que Florelle irait

476

en prison. Des bruits ont couru qu'il était notre fils, à Florelle et à moi. Florelle n'a jamais été enceinte mais elle portait toujours de si grandes robes...

Il a dit, Elle a été une bonne mère, vous savez...

— Et vous, vous avez été un père pour lui ?

Il s'est troublé.

— Je n'ai été un bon père pour personne.

Le sourire s'est atténué, il est devenu une ombre qui s'est atténuée elle aussi jusqu'à ne laisser plus aucune trace.

Il a fermé à nouveau les yeux.

Je l'ai laissé dormir. J'ai pensé à cette part de hasard. La vérité ne se serait sans doute jamais sue si je n'avais pas trouvé cette photo chez Nan. Il aurait aussi suffi que Paul porte un autre polo que celui avec les trois petits bateaux.

Ursula savait-elle ?

Sans doute elle aussi était dans la confidence. J'entendais le tic-tac de la pendule, la respiration des chats qui se mêlait à celle, plus rauque, de Théo. Les gémissements du sommeil.

Il a dormi une dizaine de minutes. Après ce temps, il s'est redressé. Il a cherché ses lunettes sur la table.

— J'ai dormi ?

— Un peu oui.

Il a tourné la tête vers la fenêtre. C'était la nuit. La petite chatte était repliée sur lui.

Il l'a soulevée et il l'a déposée sur le lit.

— Vous voulez un café ?

Il avait, pour elle, des gestes infiniment doux. En quelques jours, ils étaient devenus des gestes de vieillard.

Il a fait réchauffer du café dans une casserole en fer. Ses pantoufles glissaient sur le sol, poussaient des paquets de poils et de poussières.

Son ombre contre le mur, l'ombre lente de son bras.

— Lili a compris elle aussi, bien plus tard... Je ne sais pas comment... On se disputait si souvent avec sa mère. Elle avait dû nous entendre.

Il a versé le café dans les tasses. Il est venu poser les tasses sur la table.

— Elle aurait pu adopter un autre enfant, ça ne devait pas manquer les vrais orphelins ?

Il a regardé les tasses qui étaient posées côte à côte.

— Mais celui-là était un rendu de la mer.

— Celui-là avait un frère ! j'ai gueulé en me levant.

Je n'ai pas pu m'empêcher. Je trouvais tout ça tellement odieux, sordide.

Il s'est tu.

Il a repris sa place. La chatte à nouveau sur ses genoux.

— Vous aimez cet homme, n'est-ce pas ?

Je n'ai pas répondu.

— Vous l'aimez. Vous l'aimez déjà mais vous ne le savez pas.

Il a bu une gorgée de café. Il a levé les yeux sur moi.

— Que pourriez-vous taire pour lui ? Jusqu'à quel silence pourriez-vous aller ?

Il a attendu que je réponde.

J'ai pensé à toi.

Je serais allée loin, très loin si j'avais pu te sauver. Devant les chirurgiens, j'ai soulevé mon pull, Éventrez-moi... je leur ai dit. Je voulais qu'ils prennent tout ce qu'il fallait pour te sauver. Ils m'ont dit qu'ils pouvaient prendre mais que ça ne te sauverait pas.

J'ai regardé par la fenêtre.

— Je ne vous juge pas.

Il a fermé les yeux.

— Je sais.

Quelle heure pouvait-il être ? Cette nuit était longue et il semblait qu'elle ne devait jamais finir. Qu'il n'y aurait pas d'autres matins. Même les feulants sentaient que cette nuit n'était pas comme les autres. Ils s'étaient regroupés, silencieux, sur les marches devant la maison. Ils ne se battaient pas.

L'humidité de la nuit faisait briller la rambarde de fer sur laquelle Théo s'appuyait quand il voulait regagner la maison.

Lambert était-il encore chez Nan ? Peut-être était-il passé devant la maison de Théo. Il avait dû voir la lumière sans se douter que je pouvais être là. Avait-il trouvé quelque chose de plus que ce registre ?

Les yeux de Théo étaient toujours fermés. Il s'était endormi comme le font les chats. Brusquement. Les mains repliées sur le ventre.

Sur le buffet, les aiguilles de la pendule tournaient.

Je suis rentrée à la Griffue. J'ai dormi d'un sommeil sans rêves.

Au matin, j'avais la tête vide.

J'ai bu du café. Jusqu'à l'écœurement.

J'ai attendu que le jour se lève. Enfermée dans cette pièce, face à la mer. J'ai entendu sonner l'angélus, les trois coups lents, répétés. Je me suis souvenue de mon enfance, cette errance, de maison en famille, tout ce temps passé à chercher, à attendre.

Un jour, j'ai brûlé mon lit parce qu'il fallait que je vive.

Un jour aussi, je t'ai rencontré, un rendez-vous improbable sur une place de village, un matin. Il faisait froid. Il y avait une fontaine. Elle était gelée. Tu étais là. Je t'ai regardé.

J'ai su que tu étais celui qu'il fallait que je rencontre.

C'est Max qui m'a réveillée, en jetant des cailloux contre ma fenêtre.

Il avait trouvé une mouette blessée dans le fond de son bateau. Sa langue avait été fendue, un bout en partie arraché par un hameçon. Elle ne pouvait plus se nourrir alors il lui a pêché des poissons. Il lui parlait comme il parlait au rat, avec son vocabulaire de dictionnaire.

La mouette l'écoutait.

Max a dit qu'il allait l'apprivoiser. Que c'était facile, qu'il fallait des poissons et des mots.

Je ne sais pas si elle allait vouloir rester sur le bateau.

La voiture de Raphaël était dans la cour. Depuis que Morgane était partie, il ne la remontait plus. Il s'en foutait qu'elle prenne la rouille.

Je suis remontée à pied au village. L'Audi était garée le long du trottoir. Les volets de la maison, fermés. Lili savait, elle était dans le secret. Enfouie. Elle aussi, comme la Mère. Elle s'était servie de cette histoire pour haïr son père.

J'ai glissé ma main sur le loquet. J'ai eu peur d'entrer. Peur de son regard quand elle verrait le mien.

J'ai poussé la porte. Lambert était là. Le visage froissé. Lili m'a regardée. Elle était assise en face de lui. À la même table. Il n'y avait personne d'autre.

Je portais ma grosse veste de pluie. J'ai eu envie de m'excuser d'être là. Je l'ai dit, je crois, balbutié, Excusez-moi...

Je n'ai rien dit d'autre. J'ai regardé Lambert un peu plus longtemps que d'habitude et j'ai posé les deux photos sur la table.

Lili les a vues. Elle a pâli.

Avait-elle aimé Lambert ? Un amour fait de mensonges et de silences, avec des recoins de non-dits tellement obscurs qu'on entend hurler la meute.

Est-ce que les voix changent avec le temps ? On dit que seuls les yeux ne changent pas.

Mais les yeux qui se ferment. Tu as dit, Il faudra aimer après moi.

J'ai regardé Lambert, son visage, ses mains.

Lili a pris les photos.

— Je les ai entendus s'engueuler tellement souvent... Des insultes, tout le temps, pour rien. Quand il en avait marre, il s'en allait sur la route, il partait la rejoindre. Ils ne m'ont jamais rien dit mais j'ai fini par comprendre...

Lili s'est levée. Elle est restée debout, derrière la table, elle regardait dehors, par le petit espace de vitre au-dessus des rideaux.

— Ton frère venait souvent à la ferme...

Lambert a frissonné. Lili a continué.

— Il aimait les bêtes, toujours à se coller contre, à les caresser. J'ai longtemps cru que c'était un gamin du Refuge comme les autres... Je ne faisais pas attention à lui. Ma mère ne voulait pas qu'il entre dans la maison. Je crois que j'ai su que Nan l'avait adopté avant même de comprendre ce que ça voulait dire.

Lambert l'écoutait.

— Tu n'as jamais posé de questions ?

— Quelles questions tu voulais que je pose ! Je m'en foutais, pour moi c'était un gamin des chemins, rien de plus, sauf que celui-là il ne s'en allait pas comme les autres...

Lambert a frémi.

J'étais à la table, en face de lui. Je voyais son visage, le tressaillement de ses paupières quand l'émotion le crispait. L'infime sueur au-dessus de sa lèvre.

La mémoire est pudique. Je la sentais battre en lui, des images que Lili lui donnait, toutes porteuses de cette part d'intime.

— Un jour, ils se sont engueulés, ça a été la fois de trop, ce jour-là, j'ai compris qu'il était ton frère.

Lambert a pâli, j'ai cru qu'il allait sortir et vomir. Lili a dit, Je les ai maudits.

Il a serré les poings.

La Mère s'est levée de son fauteuil. Une main en appui sur la table. L'autre sur sa gorge. Elle s'est avancée. Elles se sont regardées, toutes les deux, la mère, la fille.

— Et elle, qui a supporté tout ça sans broncher !

Lambert s'est levé.

— Tu aurais pu m'écrire, me le dire !

— Il y a eu un moment où j'ai pensé le faire... J'avais réussi à avoir ton adresse par le jardinier qui s'occupait de ta maison.

Elle a reposé les photos, côte à côte, elle a frotté son visage, son père avait les mêmes gestes.

— Tu y as pensé mais tu ne l'as pas fait.

— Vingt-cinq ans que je vivais avec eux... J'avais pas d'homme, pas d'enfant. J'avais au moins un secret. J'ai appris à me taire. Mon père, je le tenais avec ça. Il le savait, il ne parlait plus de partir. Il serait pas plus heureux que nous, c'est ce que je me suis dit, combien de fois ! Pas plus heureux...

La Mère était arrivée près de nous, le ventre contre la table. Je sentais son odeur de vieille. Cette vie de silence. Lili a posé les yeux sur elle. C'était un regard sans amour. Sans pitié.

— Hein la Mère, il serait pas dit qu'il serait plus heureux que nous ?

Une victoire sans gloire. Tellement triste et gagnée sur quoi ? La Mère balbutiait.

Tout cela ressemblait à un effroyable gâchis.

Lambert s'est frotté les yeux.

— Finalement, pourquoi il est parti ?

Lili s'est arrêtée, une main sur le zinc. Elle a eu un rire bref.

— Pourquoi on part ? Pourquoi on reste ? Est-ce qu'on sait...

Un instant hésitante. Le regard noyé soudain.

Elle avait parlé sans le regarder.

Elle s'est détournée.

— Tu crois que je t'ai pas vu, quand tu venais avec tes grands-parents sur la tombe ? Trois fois par an, au début. T'es jamais venu me dire bonjour. Tu crois que ça fait plaisir ?

Il l'a regardée, choqué par ce qu'elle venait de lui dire.

— On allait à la mer, on jetait des fleurs ! Paul était là, quelque part, vivant, peut-être en train de jouer dans ta putain de cour, et tu me reproches de pas être venu t'embrasser ?

Elle a secoué la tête.

— Je ne le savais pas à l'époque...

Il s'est levé et il l'a rejointe derrière le comptoir. Il lui a pris le bras.

— Je ne te crois pas.

Elle s'est détachée de lui. Elle fixait quelque chose qui était devant elle, dans l'évier. De l'eau ou des verres. Ou elle ne regardait rien.

— C'est pas ça que je te reproche, elle a dit.

— C'est quoi alors ?

Elle n'a pas répondu alors il a répété, plus fort. Elle a fini par lever les yeux.

— Un jour, tu es revenu, tu avais presque vingt ans. Tu étais tout seul.

Lambert a réfléchi à ce qu'elle venait de dire. Il lui a fallu un moment pour comprendre.

— Tu as parlé avec mon père.

— Tu sais ça aussi...

Elle a soutenu son regard. Quelques secondes.

— J'étais derrière la fenêtre, je t'ai reconnu tout de suite, je t'ai entendu parler avec mon père, j'ai ouvert un peu la fenêtre. T'as même pas demandé comment j'allais.

Il la regardait, comme s'il voulait comprendre ce qui lui échappait. Cette rancune tenace dans les yeux de Lili. Dans sa voix. Il s'est détourné un instant et il est revenu à son visage.

— Je t'aimais... elle a dit, en s'efforçant d'en rire. Et je croyais que tu allais m'aimer aussi... Je t'ai attendu pendant des années et puis un jour j'ai compris que tu ne viendrais plus alors j'ai épousé un...

Elle a laissé sa phrase comme ça, en suspens.

Ils se sont regardés, un moment, lui désorienté. Lili l'avait-elle aimé au point de se venger de lui aussi, comme elle s'était vengée de son père parce qu'il avait aimé une autre femme ? Qu'il avait aimé un autre enfant, davantage. Un enfant même pas de son sang.

— Tu m'aimais...

— On s'était embrassés plusieurs fois.

— Embrassés, oui...

Il est revenu vers elle.

Elle l'avait laissé jeter des fleurs sur la mer pour un mort qui n'y était pas. Elle l'avait regardé pleurer, croire, attendre, gémir.

— L'enfant qui était avec ton père, ce jour-là, dans la cour, il tenait un veau par une corde, tu t'en souviens ?... C'était mon frère ?... Hein, c'était lui, dis-le-moi !

— C'était lui mais je ne le savais pas.

— Tu le savais !

Elle a fait non avec la tête.

— Je l'ai su mais beaucoup plus tard.

Les poings de Lambert se sont serrés. J'ai cru qu'il allait la saisir, l'étrangler. Je crois que Lili aurait pris les coups, qu'elle aurait tout subi sans chercher à parer. Mais c'est contre le zinc qu'il a cogné. Un coup de poing violent. Les verres ont vibré. Lui aussi, sa voix.

— Et tu aurais voulu que je passe te dire bonjour ! Que je t'épouse aussi, peut-être !

Il lui a pris le bras, le visage entre ses mains, à quelques centimètres.

— Tu es comme ta mère, une haineuse. Les haineuses, on les baise pas !

J'ai vu le visage de Lili se décomposer sous la violence de l'insulte. Elle a dû se retenir un instant, de la main, au comptoir. La lèvre tremblante.

Il a détourné la tête. Elle a continué à le regarder encore, même quand il lui a tourné le dos.

Il a ouvert la porte.

Je l'ai vu traverser la route.

Lili est passée dans la cuisine, sa silhouette tassée derrière les lanières du rideau.

Je suis restée seule avec la vieille devenue encore plus vieille, tellement appuyée, tellement rouge aussi. Devenue incapable de s'asseoir. Incapable de tenir debout.

Je ne pouvais pas la toucher. Lui prendre la main, l'aider à s'asseoir. Je suis allée lui chercher un verre d'eau, je l'ai posé devant elle, sur la table. Plus, je ne pouvais pas.

Je me suis souvenue du soir de la tempête, quand on s'était tous retrouvés là, dans ce bistrot, le visage de Lili quand Lambert était entré.

Son visage s'était durci. Qu'avait-elle ressenti quand elle avait compris qui il était ? Quelle peur avait dû la traverser ?

Il n'était pas parti. Il avait traîné. Et puis il s'était installé dans la maison juste en face.

— Ça va aller ? j'ai demandé à la Mère en revenant vers elle.

Elle n'a pas répondu.

Ses joues avaient perdu leur couleur mais elle semblait respirer plus calmement.

— Je vais vous laisser.

Je suis allée jusqu'à la porte. J'ai posé ma main sur le loquet. Je me suis retournée, elle était là, collée à moi.

— Le vieux, il croit que c'est moi... mais c'est pas moi, j'ai rien dit.

Elle braquait ses yeux. Je sentais son haleine lourde.

— C'est pas moi, elle a répété.

Elle a secoué la tête plusieurs fois, comme si elle voulait chasser des fantômes.

Elle m'a agrippé le bras. Ses yeux étaient à peine ouverts. On aurait dit des yeux de lézard.

— C'est pas vous quoi ? j'ai fini par demander.

Elle battait des mains.

— C'est pas moi... C'est elle, elle a tout dit à Michel... et après j'ai dû venir ici.

Elle a fini sa phrase dans un filet de bave. Le menton dans le cou. Les yeux désespérément vides.

J'ai levé les yeux. Lili était là. Elle nous regardait. J'ai cru qu'elle allait venir nettoyer le visage de sa mère mais elle est passée à côté sans faire un geste. Elle s'est approchée de la fenêtre. Elle a regardé longuement dehors.

— Ils s'étaient encore disputés ce jour-là. Ce n'était pas la première fois qu'il la faisait pleurer mais il est allé chercher sa valise et il a dit qu'il partait. Il allait vivre chez Nan. Il a dit qu'il voulait être heureux, quelques années, que Michel était grand, qu'on pourrait raconter tout ce qu'on voudrait, il s'en foutait. Il a dit aussi qu'on ne mettait pas les gens en prison si longtemps après. Je n'ai pas supporté qu'il puisse être heureux. Même un peu.

Elle a souri doucement.

— Le lendemain, je suis allée attendre Michel à la sortie du lycée. Le naufrage, ses parents, je lui ai tout raconté.

Elle s'est retournée.

— Je pourrais te dire que c'est pour lui que j'ai parlé, pour qu'il connaisse la vérité... mais c'est pas vrai. Je pourrais te dire que c'est pour Lambert, ou contre lui, ça serait plus vrai déjà.

Elle a baissé les yeux et elle a regardé sa mère.

— Je l'ai fait pour elle, pour tout ce qu'il lui a fait endurer.

— Comment a réagi Michel ?

— Bien... Il était déjà très... très mystique. Je crois que pour lui, ça n'a pas changé grand-chose qu'il ait été abandonné ou perdu dans la mer... Le soir, il est passé à la ferme. Il a parlé avec mon père. Il était jeune, dix-sept ans à l'époque. J'en avais trente. Il a posé des questions sur ses parents, les circonstances de l'accident... Il est parti quelques semaines après, sans avertir personne.

— Il est parti à cause de ça ?

— De ça ou d'autre chose... Je crois qu'il serait parti quand même, un jour...

Elle a ouvert la porte parce qu'il y avait du soleil.

Elle a pris le bras de sa mère et elle l'a sortie dehors, sur un banc. Je l'ai regardée marcher, avec son fardeau de vieille appuyée à son bras. Plus fille que femme. Désespérément fille.

Avait-elle pu aimer ? Avait-elle su être femme ? Ce besoin qu'elle avait eu de détruire pour ne pas crever de sa propre douleur.

— Lili ?

Elle a tourné la tête.

— Tu lui as parlé du naufrage mais tu ne lui as pas dit qu'il avait un frère ?...

Elle a hésité, quelques secondes, j'ai vu ce moment où elle n'a pas su ce qu'elle devait me répondre, et elle a fait non avec la tête.

J'ai repris les photos qui étaient restées sur la table. Ce front, cette butée enfantine sur les lèvres, Michel ressemblait-il à Lambert ? Sans doute oui. Nan n'avait pas été si folle de les confondre. Elle avait su reconnaître dans le visage de l'aîné les traits du cadet.

Lambert a à peine tourné la tête quand je suis entrée. Il regardait le feu. Un feu éteint. Les cendres grises formaient un tas dans lequel reposaient quelques brandons de bois que les flammes avaient léchés.

Je me suis avancée vers lui.

J'aurais voulu pouvoir le toucher, me coller à lui, lui donner ma chaleur. Ma main, à quelques centimètres de son épaule. Il me paraissait si loin soudain.

— Est-ce qu'il sait que j'existe ?

C'est la question qu'il m'a posée. Sans tourner la tête.

Je ne savais pas quoi lui répondre.

— C'est pour lui que Nan est venue voler les jouets... Parce que c'étaient les jouets de Paul... Elle voulait qu'il joue avec...

Il a regardé autour de lui, comme s'il cherchait la présence de Nan, les traces de son passage.

— Quand je l'ai vu dans la cour, ce jour-là, il promenait ce veau, je ne l'ai pas reconnu. Comment on peut expliquer ça...

— Vous pensiez qu'il était mort.

Il a passé ses mains dans ses cheveux.

— Je pensais, oui. Mais j'aurais dû le reconnaître... J'aurais dû le regarder ! Au lieu de ça, j'ai regardé le vieux. Qu'est-ce qu'elle vous a dit ? il a demandé en montrant la terrasse.

Je lui ai répété les mots de Lili.

— Vous croyez que mon frère est venu dans cette maison, après, quand il a su ? Moi, j'aurais fait ça, je serais venu là.

— Lili dit qu'il est allé sur la tombe. Pour la maison, elle n'a rien dit.

Il a regardé autour de lui, encore.

— Demain, je vais retourner chez Nan. Vous viendrez avec moi ?

Il était heureux.

Fatigué.

Il avait peur.

Mais il était heureux.

Une fille qui se venge d'un père. Qui se venge de ne pas avoir été la préférée... Pour une absence d'amour. Où qu'elle se tourne. Cette quête désespérée. J'ai pensé aux sculptures de Raphaël, *Les Suppliantes*.

Je me suis demandé ce qu'il avait compris de Lili pour sculpter de telles femmes. S'il avait compris quelque chose ou si cela lui venait d'ailleurs. D'une autre histoire.

Les histoires se ressemblent.

Et il y a toujours d'autres histoires. Il suffit d'un rien, parfois, un angélus qui sonne, des êtres se rencontrent, ils sont là, au même endroit.

Eux qui n'auraient jamais dû se croiser. Qui auraient pu se croiser et ne pas se voir.

Se croiser et ne rien se dire.

Ils sont là.

Théo a ôté ses lunettes, il a frotté ses yeux. J'étais là depuis un long moment et nous avions déjà beaucoup parlé.

Lili avait pris sa mère avec elle, ça s'était fait quelques mois après que Michel était parti. Elle avait tout emporté et la Mère avait suivi. Théo s'était retrouvé seul, dans la bâtisse.

— Pourquoi vous n'êtes pas allé vivre avec Florelle ? Plus rien ne vous retenait ?

Il a secoué la tête, doucement.

— C'était trop tard... J'ai eu un premier chat, une femelle. Elle a fait six petits, les petits ont grandi, d'autres chats sont venus après.

Il a souri. Je crois que c'est la dernière fois que je l'ai vu sourire.

Il s'est levé.

— Maintenant, je suis vieux, tout cela n'a plus d'importance.

Il a marché jusqu'à la porte qui donnait sur une pièce sans fenêtres. Il a disparu à l'intérieur. J'ai entendu grincer une autre porte. Il est revenu un moment après, avec une petite boîte en bois.

Il a posé la boîte sur la table. Toutes les lettres qu'il avait reçues du monastère étaient à l'intérieur. Il a repris sa place.

— Michel m'a écrit une première lettre quelque temps après son arrivée. Je lui ai répondu. Il ne nous a jamais caché où il était mais Florelle n'a pas voulu l'entendre. Elle pensait qu'il reviendrait par la mer, comme la première fois.

Il a posé la main sur la boîte.

— Vingt ans de confidences...

Il a sorti une lettre, au hasard, il l'a lue. Il me l'a tendue. Elle était datée du mois de novembre de l'an qui venait de passer.

L'écriture lisse, l'encre bleue.

Mon cher Théo,

Ici, il neige.

La neige tombe, chahutée par le vent, et vient plâtrer les murs du monastère. C'est très important, la neige. Elle n'est pas venue comme les autres années. D'habitude, elle arrive comme la mer monte, avec des flux et des reflux. Elle tombe, elle fond, elle revient, elle fond un peu moins, recouvrant le paysage par couches successives. Cette année, elle s'est installée d'un coup. Hier, j'ai pu me promener. C'est toujours une date importante la première fois où on peut sortir dans la neige.

J'espère que vous allez bien en ce moment et que le froid ne se fait pas trop sentir dans votre maison.

Je prie pour vous tous.
Michel.

Théo a replié la lettre, il l'a remise à sa place, dans l'enveloppe, et ensuite, rangée avec les autres. Il en a choisi une autre. Derrière nous, autour, les chats s'étaient assoupis. J'entendais le tic-tac régulier de la pendule.

J'ai lu une autre lettre. Parfois, sur certaines pages, il n'y avait que quelques mots.

Je suis sorti tôt ce matin. Seuls les animaux ont emprunté ce chemin avant moi. Ils sont nombreux à être passés là, leurs traces se mélangent. Je devine sangliers, biches, chevreuils ou cerfs, lièvres, chiens (les traces sont énormes, un loup ?).

J'ai lu d'autres lettres. Elles parlaient toutes de ce monastère entouré de montagnes. Elles ne parlaient pas de prières, mais de la nature, essentielle. Dans l'une des toutes premières lettres, Michel écrit : *Ce monastère qui devait être une étape a été l'arrivée. Je reste ici, envoûté. Bonheur de marcher au milieu de la montagne. Le vent parfois, qui se fracasse. Et les étoiles, la nuit. Le soir, je me raconte sur mon petit carnet tout ce qui m'a rempli. Tout est si présent.*

Je ne trouve pas de mots pour l'exprimer. Peut-être une profonde intimité.

Embrassez Mère pour moi.

Théo a sorti du placard une photo qu'il a glissée à côté des lettres.

— C'est lui… C'est Michel.

La lampe a éclairé la photo, le visage d'un homme assis à une table. Vêtu d'une grande robe de bure claire avec une capuche qui lui tombait dans le dos. Ses mains étaient ramenées devant lui, un livre ouvert sur la table. Un autre livre plus petit que le premier était fermé à côté. Un bol blanc. L'homme avait les yeux baissés sur le livre. La lumière qui éclairait la pièce venait de la fenêtre, elle tombait sur le plateau de la table, éclairait le bol, tout un côté du visage alors que l'autre côté demeurait dans l'ombre. On ne devinait rien d'autre de la pièce que cet homme assis à la fenêtre.

— Vous avez dû le croiser, le jour de l'enterrement de Florelle.

J'ai levé la tête. J'ai regardé Théo.

Soudain, l'image m'est revenue, un homme en noir avec un long manteau. Il était resté à l'écart sans parler à personne. Un homme au visage émacié, les yeux très clairs. Un taxi l'avait déposé devant la grille. Après, la Mère est arrivée, je n'ai plus fait attention à lui mais quand je suis sortie du cimetière, il avait disparu.

Théo a hoché la tête.

— Il est arrivé par le train de midi et il est reparti par celui du soir. Il est passé ici, après l'enterrement. Vingt ans que je ne l'avais pas vu. On a parlé. Le taxi l'attendait à la route.

Théo a touché les lettres, un effleurement léger.

— Comment a-t-il su, pour Florelle ? j'ai demandé.

— Je lui ai téléphoné et il est venu.

Je me suis souvenue. Étrangement, tout semblait s'éclairer, prendre son juste sens.

— Le téléphone, c'était le jour où vous avez demandé une carte à Lili n'est-ce pas ?

— Oui, c'était ce jour-là. Nan était morte la veille.

Il a tourné la tête, a regardé du côté de la vitre. Le soir tombait. La cour devenait un repaire d'ombres avec seulement les yeux jaunes des feulants qui passaient, le ventre à terre.

— Je ne savais pas s'il pourrait venir... Quand on téléphone là-bas, vous savez, c'est un peu particulier... On laisse un message, c'est tout, et le moine qui vous répond transmet.

— Vous lui avez dit que son frère était là ?

— Oui. Il sait qu'il a un frère, je le lui ai écrit, il y a longtemps.

— Et il n'a jamais cherché à le voir ?

— Vous verrez, c'est un être exceptionnel.

— Vous n'avez pas répondu à ma question.

Il a secoué la tête.

— Michel a d'autres frères à présent… Tout cela n'a pas la même importance pour lui.

— Tout cela ?

— La vie réelle…

— Et Florelle ?

Il a levé les yeux sur moi. Ses mots, remontés du fond de la gorge, je les entendais à peine.

— Quoi Florelle ?

— Florelle, pourquoi elle le cherchait comme ça ? Elle ne savait pas où il était ?

— Si, elle le savait… mais elle ne voulait pas penser à lui comme ça. L'idée qu'il se soit enfermé volontairement, ce vœu de silence aussi, elle n'a jamais lu ses lettres. Elle voulait qu'il revienne mais moi, je savais bien qu'il ne reviendrait pas.

Il a baissé les yeux sur la photo.

Sa voix était un murmure.

— Il ne parle pas, quelques heures seulement sur tout le temps de la semaine. Il explique cela dans ses lettres, vous lirez, ces moments où la parole est possible. Il dit que ce sont des instants rares et précieux.

Il a refermé la boîte et il l'a poussée devant moi.

— J'ai beaucoup appris par ses lettres. Vous les lirez, n'est-ce pas, et vous les donnerez à son frère.

J'ai pris la boîte entre mes mains. Ce que j'avais lu m'avait donné envie de lire encore.

Il a ôté ses lunettes, ses verres étaient embués.

— Sa médaille, les vêtements qu'il portait quand on l'a trouvé, la corde qui a servi à le retenir sur le canot, tout ça, c'est chez Florelle.

— Lambert a cherché, il n'a rien trouvé.

Il est resté les yeux dans le vague.

— Derrière les robes, au fond de l'armoire.

Depuis que Morgane était partie, Raphaël ne mettait plus la pierre devant la porte. On pouvait entrer
dans son atelier comme on voulait. Il m'a vue passer
avec la boîte sous le bras, il m'a appelée. Je lui ai dit
que j'étais fatiguée, il a répondu que je ne serais
jamais autant fatiguée que lui, il m'a prise par le bras
et il m'a entraînée vers la table. Les cendriers étaient
pleins. Les poubelles débordaient.

Un petit funambule d'argile était posé, au milieu
de tout ce fatras, et il tenait en équilibre sur son fil.

— Morgane m'en a vendu un, presque le même !
En bronze ! Hermann en veut d'autres et puis des
sculptures.

Je l'ai regardé.

L'après-midi, on lui avait installé le téléphone. Il
m'a montré, tellement heureux de ça aussi, Morgane
allait pouvoir l'appeler tous les soirs.

Il avait des nouvelles d'elle. Son travail à la galerie
lui plaisait, elle s'était fait une amie, une fille de son
âge avec qui elle pouvait aller au cinéma. Les garçons, elle n'en parlait pas. Elle avait déjà vendu deux
dessins et un bronze.

Elle disait que sa chambre était petite mais qu'en
cinq minutes, elle était sur les bords de Seine. Elle
avait visité le Louvre.

Elle ne parlait plus de revenir.

Raphaël m'a dit tout ça, en désordre, et il a regardé la boîte en bois.

— C'est quoi ?

— C'est rien...

— Encore tes putains de nids !

Il a repris sa place à la table. Les manches de son pull étaient trop courtes, je voyais les veines épaisses qui couraient sous sa peau. Il avait noué un foulard de Morgane autour de son cou.

— Elle te manque ? j'ai demandé.

Il a tenté un sourire, s'est arraché une grimace. Ses cheveux étaient devenus gris. Il disait que c'était le plâtre.

Il a levé la tête.

— Et toi, comment tu vas ?

Qu'est-ce que je pouvais lui répondre ?

— Le Littoral me propose un contrat de deux ans.

— Pour faire quoi ?

— Surveiller le bord de mer entre ici et Jobourg. Je devrais aussi aller à Caen un jour par semaine.

— Tu acceptes ?

— Je ne sais pas.

Il s'est retourné, il m'a regardée.

— Si tu dis que tu ne sais pas, c'est que tu acceptes.

Il s'est forcé à rire.

— On n'a pas fini de se voir alors !

J'ai lu les lettres durant la nuit. J'ai lu et j'ai dormi. Et j'ai lu encore.

Ces lettres contenaient un homme. Des mots. Une voix.

Michel était parti sans rien emporter, il avait marché pendant des jours. Des voitures s'étaient arrêtées mais il n'était pas monté. Il avait fait tout le chemin. Il avait traversé des villages et des femmes lui avaient donné à manger. Il avait dormi dans des fermes, avec des bêtes. Il était arrivé au monastère aux premiers jours de l'automne. Il avait demandé l'hospitalité.

Aujourd'hui, il était moine contemplatif.

Dans une de ses lettres, il a écrit : *Je note dans un carnet qui ne me quitte jamais les impressions que je ressens lors de mes promenades. Pour ne pas oublier.*

Dimanche après-midi, il est à peine 15 heures. C'est déjà l'heure de se terrer. Le soleil a disparu derrière les crêtes, le thermomètre largement en dessous de zéro. Je retrouve ma chambre bureau. Ma tanière. Hier, j'ai chaussé mes raquettes et j'ai brassé dans quatre-vingts centimètres de poudreuse.

J'ai pensé à vous qui ne connaissez pas de telles épaisseurs de neige.

Un jour, il vous faudra venir jusque-là.

J'ai lu toutes les lettres.

500

Au matin, j'ai remis toutes les lettres dans la boîte et je suis montée chercher Lambert.

On est allés chez Nan, on est entrés chez elle comme on l'avait fait la première fois, en enjambant la fenêtre, et on a traversé tout du long jusqu'à la porte de la maison d'habitation. Sans rien dire. Lambert s'est avancé jusqu'à l'armoire et il l'a ouverte.

Les robes étaient toutes pendues, les unes contre les autres, il les a écartées. Ça sentait la naphtaline, des petites boules blanches qui ont roulé. Le fond de l'armoire était encombré de chaussures, des sacs en plastique qui contenaient des pelotes de laine, des tombés de tissu.

Une boîte en carton comme une boîte à chaussures. Lambert l'a trouvée. Il l'a tirée. Il a posé le carton sur la table. On s'est regardés un instant et il a soulevé le couvercle.

Le petit polo était là, posé sur tout le reste, les rayures bleues et blanches avec les trois bateaux. Lambert l'a pris entre ses mains. Il l'a serré contre son visage.

C'était ce polo que portait Paul quand il est parti à Aurigny. Ce même polo dans lequel Nan l'avait pris en photo. Paul, devenu Michel entre-temps. Quel besoin avait-elle eu de lui remettre cet habit ?

Sans doute pensait-elle rassurer l'enfant.

Sous le polo, il y avait un pantalon en toile verte avec un écusson de pirates cousu sur la poche. Des articles de journaux. Le papier avait jauni, les photos étaient délavées mais le texte encore lisible. Tout au fond de la boîte, il y avait cette corde dont m'avait parlé Théo, elle avait servi à attacher Paul sur le canot.

Il y avait aussi la chaîne et la médaille. Lambert m'a montré, les quatre noms gravés derrière.

Il a serré la médaille dans sa main.

J'ai posé ma main sur son épaule.

— Nan l'a aimé… Elle l'a fait grandir.

C'est tout ce que j'ai trouvé à dire.

Il m'a regardée.

— Elle n'était pas sa mère.

— Il le savait...

J'ai retiré ma main et j'ai posé la boîte sur la table. Lambert a regardé les lettres.

— Elles sont à vous. C'est Théo...

Je suis sortie. J'ai vu son visage derrière la vitre. Il avait ouvert la boîte.

J'ai fait tout le tour de la maison. Avant de partir, je voulais retrouver ce coin de terre sous lequel Théo avait enterré l'enfant. Il m'avait décrit l'endroit. Un magnifique lilas avait pris racine dans la terre. En fouillant entre ses branches les plus basses, j'ai trouvé la petite croix blanche.

Un enfant mort dont un autre portait désormais le nom. Michel était-il venu se recueillir sur cette tombe quand il avait connu son histoire ?

Comment l'appeler ? Toutes les lettres étaient signées Michel.

J'ai glissé ma main dans ma poche. J'en ai sorti quelques cailloux lisses ramassés sur la plage. Les deux coquilles d'ormeaux. J'ai tout déposé au pied de la croix et j'ai remis soigneusement en place les quelques branches que mes mains avaient écartées.

Je ne savais pas prier.

Sans doute, à ce moment-là, oui, j'aurais aimé le savoir.

J'ai sorti le carnet de ma poche. J'ai relu des fragments de lettres que j'avais relevés durant la nuit, des mots qui avaient la force d'une prière : *Sonne l'angélus de midi. La même cloche, trois coups, répétés trois fois, puis une autre cloche sonne les douze coups répétés deux fois. Un chien aboie. Il est midi mais le soleil reste bas sur l'horizon. Dans mon dos, il projette mon ombre sur le chemin.*

Quand je suis partie, Lambert était toujours à la table. Penché sur les lettres.

Je suis revenue à la Griffue. L'après-midi, il fallait que j'aille à Caen pour signer mon contrat. Raphaël me prêtait sa voiture.

Depuis que Morgane était partie, Max dormait dans le bateau avec le rat. Quand le soir tombait, il rentrait lire quelques colonnes de son dictionnaire. Raphaël lui avait dit qu'il pouvait entrer dans la cuisine s'il voulait mais il préférait garder les habitudes d'avant.

Cet avant où il y avait Morgane.

Garder les interdits aussi.

— Je suis en recherche de pensées, il a fini par nous avouer.

Il lisait dans le couloir, les genoux remontés. Il tournait les pages. Par moments, il relevait la tête, il fixait la porte, le loquet blanc. Pour un rien, il sursautait. Ce rien, c'était la Cigogne ou bien c'était le vent, les branches contre le toit. Parfois, il cherchait Morgane. Il oubliait qu'elle était partie.

Et puis il se souvenait, le dessous de ses yeux devenait brusquement très blanc. Il lui arrivait encore d'aller tout au bout de la digue pour y cacher son chagrin.

Il partait à la pêche avec la marée. C'était le soir ou le matin, quelques rares fois je l'ai vu partir la nuit. Il n'allait pas très loin.

Il apprenait la patience des marins.

Il pêchait à la ligne en attendant que la taupe morde. Ce qu'il pêchait, il le vendait. Avec l'argent, il achetait de l'essence et il repartait en mer.

J'ai signé le contrat, un engagement de deux ans, je devrais venir au Centre une fois par semaine. Chaque jeudi. Mes frais seraient payés. J'ai aussi accepté de donner quelques heures de cours à l'université de Cherbourg. Je vais commencer à la rentrée.

Avec le contrat, je pouvais garder l'appartement. J'allais devoir acheter une voiture.

J'ai passé une nuit à Caen. Le soir, on est allés manger tous ensemble dans un restaurant de la ville. On a ri, on a discuté. Ils m'ont donné des livres pour que je prépare mes cours. J'ai dormi, une chambre dans un petit hôtel qu'ils avaient retenue pour moi.

Je suis rentrée au matin.

J'ai trouvé un papier sur ma table, *Passez me voir, dès que vous pouvez.*

C'était Théo.

Je ne sais pas qui avait déposé ce papier, Max peut-être. J'ai laissé mon sac dans l'entrée et je suis repartie. Il faisait doux, un vent mouillé qui soufflait du large, ramenait des embruns. J'ai écarté les bras, les mains. J'étais heureuse de respirer à nouveau dans le vent de la Hague.

J'ai trouvé Théo à la table, la petite chatte blanche serrée contre lui. J'ai tout de suite senti que quelque chose était différent. Son regard quand il a levé la tête. Et puis autre chose.

— Je vous attendais.

Il portait ce gilet de laine verte qu'il mettait toujours quand il devait sortir. Ce gilet fermait avec huit boutons de nacre. Les boutons avaient la forme d'une ancre. L'un d'eux était cassé.

Ce n'était pas l'habitude de le voir habillé ainsi à cette heure-là du matin.

— J'étais à Caen, j'ai dit.

Il a hoché la tête.

Sa robe de chambre était sur le lit, pliée. Les chats sommeillaient autour. L'un d'eux, entré avec moi, a bondi sur une chaise et il a entrepris une longue et minutieuse toilette. Tout était calme, presque à l'ordinaire.

Et pourtant.

J'ai tourné la tête et j'ai vu la valise le long du mur. Théo a suivi mon regard.

— Nous avons encore un peu de temps...

C'est ce qu'il a dit.

Il s'est levé, il a préparé du café.

— Où vous allez ? j'ai demandé.

Il a laissé glisser la paume de sa main le long de la table.

— Je vais le rejoindre...

Il a caressé doucement la petite chatte qui dormait. Il a servi le café.

Le regard qu'il a posé sur moi était calme.

— Je vais vivre dans une cellule de quelques mètres carrés, de ma fenêtre, je verrai la montagne.

Il a bu son café, debout, le dos calé contre l'évier.

— Je n'ai jamais vu les montagnes... La neige, il paraît que c'est quelque chose...

Il a reposé son bol, doucement.

— Michel m'attend. Nous avons évoqué ensemble ce départ lors de sa visite.

Morgane aussi était partie mais Morgane était jeune, et lui, il était si vieux.

J'ai regardé de nouveau la valise.

— Vous partez comme ça, si brusquement !

— Je vous écrirai et vous me répondrez, et puis vous viendrez nous voir aussi, Grenoble, après tout, ce n'est pas si loin...

Serait-il parti si Nan n'était pas morte ? Et Nan était-elle morte pour qu'il puisse enfin partir ? Dans sa confusion, avait-elle compris qu'il irait rejoindre Michel dès qu'elle ne serait plus là ? Qu'il en avait ce besoin comme elle avait eu celui de rejoindre ses morts ?

La présence de Lambert avait éveillé la meute des fantômes. Elle les avait fait se lever, dans une formidable avancée, et Nan les avait suivis.

Théo me regardait comme s'il comprenait tout le sens de mon silence.

— Sans doute a-t-elle vu dans la mer... ou cru voir... Elle avait de ces éblouissements-là parfois. J'aurais voulu l'aimer davantage.

Ce regret, toujours, de ne pas aimer suffisamment. De rester en lisière. Lambert aurait voulu pouvoir pleurer encore.

Le manque de toi, je l'ai eu. Je ne l'avais plus. J'aurais voulu l'avoir toujours. C'est ce manque qui me manquait, mais ce manque, ce n'était déjà plus toi.

Théo a repoussé lentement sa chaise sous la table. Il a fait cela et c'était la dernière fois.

Les bols sont restés sur la table. Le café, à peine bu.

— Je vais continuer un peu, et après, il y aura les derniers pas.

Il a dit cela, il s'est appuyé sur le rebord de la table, et il a regardé ses chats, tous, les uns après les autres, en donnant du temps à chacun. Un regard infiniment long.

506

Du pied, il a repoussé les serpillières contre le mur et il a déposé la chatte sur le lit. Il est resté un instant, comme ça, penché, les mains encore prises sous le ventre, il s'est penché encore, il a posé ses lèvres sur le front de l'animal. La chatte s'est roulée en boule et je l'ai entendue qui ronronnait.

Elle a fermé les yeux.

Théo a retiré ses mains.

Il a ouvert l'un des tiroirs, en a sorti une enveloppe brune. Il m'a dit que c'était de l'argent pour nourrir les chats. Qu'il y en avait suffisamment pour tenir quelque temps.

— Je pensais demander cela à Max mais maintenant Max a son bateau...

Il a posé l'enveloppe sur la table.

— Je ferai un virement tous les mois, vous n'aurez qu'à demander au facteur, il est au courant.

Il a refermé un à un tous les boutons de son gilet.

— Je me sentirai plus tranquille ainsi... L'un d'eux peut avoir besoin du vétérinaire. Et puis il faudra chauffer aussi, au gros de l'hiver, veiller à ce que la fenêtre du couloir soit toujours ouverte pour qu'ils puissent entrer et sortir...

Il a réajusté son col.

— Ma pension suffira, je n'ai besoin de rien là où je vais.

Il a ôté ses pantoufles et il a enfilé ses chaussures de ville. De tout ce temps, je n'ai rien dit. J'étais incapable d'un seul mot.

— Le notaire est au courant. À ma mort, la maison reviendra à Lili.

J'ai entendu le clic-clac accroché de la pendule, ce moment particulier qui n'arrivait que deux fois par jour, où la petite aiguille, en basculant sur 10 venait se bloquer entre les crans secrets du mécanisme. On s'est tus. Le temps que l'aiguille se décroche, deux minutes se sont perdues, inexistantes.

Un craquement de temps qui nous a échappé, à lui et à moi.

Théo a laissé glisser sa main sur le rebord lisse de la table, cet endroit de bois tellement usé par le frottement des manches qu'il en était comme verni. Ici ou là, quelques marques de son couteau.

Théo s'est détourné. Il a rangé ses pantoufles l'une à côté de l'autre, près de l'entrée.

Il a remonté la pendule.

— De temps en temps, si vous y pensez... Quelques tours suffisent.

Il a remis la pendule à sa place.

— Là-bas, voyez-vous, il me semble que je serai heureux de savoir que cette pendule continue de marquer le temps. Et puis mes chats sont habitués à entendre ce bruit, c'est un peu comme un cœur, n'est-ce pas ?

Il a laissé errer son regard sur les meubles, l'évier, les papiers qui recouvraient le bureau. Le couteau, le pain. Il n'a rien rangé.

Il a dit, Pour les chats, c'est mieux...

— Michel dit que l'hiver, le monastère est entouré de neige et que l'on peut voir passer les loups.

Il a enfilé sa lourde veste.

— Vous croyez en Dieu ? j'ai demandé.

— En Dieu, je ne sais pas, mais je crois en la bonté de certains hommes...

Je l'ai regardé.

Avait-il dit à Lili qu'il partait ? Il n'y avait pas de mots pour elle sur la table. Aucune lettre.

Rien pour la Mère.

— Je serai bien là où je vais.

— Mais vous ne verrez plus la mer.

— Ni la mer, ni le phare.

Il s'est détourné de moi pour regarder par la fenêtre, la vue du dehors et puis la pièce où il avait vécu, encore.

— Lili m'en voudra toute sa vie d'avoir aimé une femme qui n'était pas sa mère... et un fils qui n'est pas le mien.

Il a glissé un papier dans ma main, l'adresse du monastère.

Il a regardé à nouveau vers la fenêtre.

— J'aurais voulu pouvoir partir comme il l'a fait, à pied, par le chemin, avoir tout ce temps pour me souvenir, mais mes jambes ne me portent plus. J'ai choisi un moyen plus rapide et plus confortable.

Je me suis retournée. Un taxi était là, devant le portail. Le chauffeur debout contre la portière, qui attendait.

— Il va m'emmener jusque là-bas.

— Si je n'étais pas venue, vous seriez parti et j'aurais trouvé la porte fermée.

Théo a posé sa main sur mon bras, doucement.

— Je ne serais pas parti. Je vous aurais attendue.

Il s'est avancé jusqu'à la porte.

— Il paraît que les promenades sont très belles là-bas, surtout en cette saison.

Il a jeté un dernier regard à ses chats.

— Peut-être qu'il y en aura là où je vais... Il y a toujours des chats dans les monastères n'est-ce pas ?

Il m'a pris le bras, comme il l'avait fait un moment avant.

— Ne soyez pas triste...

Il n'y avait pas de chagrin dans sa voix, pas de regrets, mais la quiétude tranquille d'un homme qui a choisi et qui s'en va.

Il a pris sa valise. La petite chatte blanche dormait. Théo l'a regardée une dernière fois.

— Il faudra faire bien attention à elle, je l'aimais beaucoup, les autres chats le savent, ils vont vouloir se venger, sans doute ils vont l'empêcher de s'approcher des gamelles.

— Je vous promets...

Il s'est détourné.

— Je serai au monastère dans la nuit.

Il a ouvert la porte et il est sorti.

Je suis restée un moment, assise à la table et puis après, dehors, sur les marches, parce que le soleil était sorti et qu'il faisait doux.

À midi, j'ai mangé une pomme que j'ai trouvée dans un cageot.

J'ai fait du café.

J'ai parlé aux chats.

Le soir, Max a ramené son premier requin-taupe. Une bête de quatre-vingts kilos qu'il avait ferrée en pleine mer et qu'il avait traînée derrière son bateau. Je l'avais vu arriver de loin, avec les mouettes au-dessus, qui pistaient le sang.

Il a vidé sa taupe dans les eaux du port. Il a fait ça au couteau et à la main.

Sa mouette était là, perchée sur la cabine. Elle ne s'éloignait jamais du bateau. Max avait peur pour elle. Que les autres mouettes la tuent parce qu'elle se faisait nourrir par un homme.

Il a arraché les dents de la taupe. Il m'en a donné une. Quelques millimètres d'ivoire clair, encore fixés à un bout d'os.

J'ai retrouvé Lambert derrière sa maison. Il avait allumé un grand feu dans lequel il jetait les branches, les ronces, tout ce qu'il avait coupé et qu'il devait brûler. Avec une fourche, il ramenait les branches au milieu des flammes. Des étincelles s'échappaient du brasier, s'envolaient dans la nuit, légères.

À certains endroits, on aurait dit que c'était l'ombre du pré qui brûlait.

Je l'ai regardé un moment sans qu'il me voie. Et puis je me suis avancée.

— Théo est parti, j'ai dit, comme s'il fallait donner une excuse au fait que je sois là.

— Je sais.

D'un mouvement de menton, il m'a montré la route.

— Il est passé en taxi, il s'est arrêté devant le bistrot. Il est resté cinq bonnes minutes, assis à l'arrière.

— Lili n'est pas sortie ?

— Non, mais elle l'a vu de derrière le rideau, je suis sûr qu'elle était là.

Des langues de feu se détachaient du brasier, de longues flammes rouge et or qui claquaient dans les ombres. Le brasier était humide. La fumée qui s'en échappait avait des odeurs âcres.

Il a planté sa fourche dans la terre et il a allumé une cigarette. Du pouce, il a gratté dans le creux de cette ride déjà profonde qui lui barrait le visage.

— Vous savez où il va ?

— Je le sais oui...

Il m'a regardée. Il avait lu les lettres. Il a compris. Il est resté un moment silencieux, à fixer la terre entre ses pieds et puis il a repris sa fourche. Il a jeté des branches dans les flammes.

Le feu brûlait. Les flammes chaudes rougissaient nos visages. Nos mains.

Après la prochaine pluie, les cendres seraient absorbées et elles se mêleraient à la terre et à l'eau.

Il a fait le tour du feu pour regrouper en son centre tout ce qui pouvait brûler encore. Les dernières ronces. Quelques vieilles planches. Le panneau *À vendre* qui était resté accroché à la barrière de la maison.

Il a laissé sa fourche piquée en terre.

— J'ai un bordeaux, un cantemerle 95, ça vous dit ?

J'ai aimé boire avec lui.

— C'est à vous ça ? Ce haut ? il a dit en montrant mon chemisier.

— C'était à Morgane...

Ça l'a fait rire.

On a parlé du vin, de tous ces vins qui existaient et du bonheur qu'il y avait à les boire. On a vidé nos verres et on les a remplis à nouveau. Je ne sais pas à quoi on buvait, si c'était au bonheur ou au désespoir, sans doute au mélange intime des deux.

À un moment, il m'a regardée.

— Et si ce n'était pas vrai ? Si on s'était trompés ? Si Théo nous avait menti ?

Des coïncidences, il en avait connu, des faux pas, des imprudences. Il m'a donné des exemples d'enquêtes, des pistes qu'il avait suivies les yeux fermés, jusqu'au mur.

On a bu encore.

Il parlait. Il se taisait. Parlait à nouveau pour finalement reprendre son verre.

— Mais les vêtements, hein, les vêtements, c'est quand même une preuve ?

Il ne savait plus.

Les lettres étaient sur la table, dans le sac. Un gros bourdon jaune gisait sur le dos, les pattes en l'air. Venu crever là il y a longtemps sans doute. Je l'ai pris dans ma main. Tellement sec, à peine touché, il s'est brisé. J'ai refermé les doigts un à un. Je n'ai pas su quoi faire de cette poussière.

— La dernière fois qu'il m'a vu, il avait deux ans... On ne se souvient pas, à deux ans. Alors que moi, je me souviens de lui. Il faut combien de temps pour aller là-bas ?

— Paris, Lyon... et Grenoble. Dix heures ?

Il a rempli les verres.

— Dix heures, ça ira. Je pars demain.

On a bu et on a repris l'histoire, depuis le début, les photos, les jouets. Le canot sur lequel son frère avait été attaché.

Il a pris ma main, il a ouvert mes doigts.

— Pourquoi vous gardez ça ?

Il a soufflé sur la poussière.

On avait déjà trop bu. Lui, pour s'habituer à l'idée qu'il avait retrouvé un frère.

Moi...

Moi, je ne sais pas.

J'ai glissé ma main dans ma poche. Sous les bouts de ficelle, j'ai senti des coquilles, la dent de la taupe. Tout au fond, le contact lisse des deux os de vérité.

Je les ai sortis.

Je les lui ai montrés.

Il a tendu sa main.

C'était une paume large, profonde. J'aurais voulu pouvoir y enfouir mon visage.

J'ai posé les os à l'intérieur de la paume.

Il a jeté les os en l'air et il a fait un vœu, les yeux fermés. Les os sont retombés, tous les deux dans le bon sens.

Il a souri.

Il s'est levé.

Il s'est approché de moi.

— Je m'absente, deux, trois jours.

Mon front était contre son torse, à quelques centimètres. La laine de son pull avait pris l'odeur du feu.

J'ai dormi là, dans l'un des fauteuils, devant la cheminée.

Quand je me suis réveillée, il était parti. J'ai trouvé son pull à côté de moi. Je me suis niché la tête dedans.

J'ai dormi encore.

Je me suis réveillée une deuxième fois, il faisait nuit. Les os de vérité étaient sur la table, à côté de son paquet de cigarettes. Les verres. Les lettres.

J'ai refait prendre le feu.

J'ai relu quelques lettres.

Le matin, je suis passée voir les chats. J'ai rempli leurs gamelles. J'ai vérifié que la fenêtre était toujours ouverte et je l'ai calée avec une pierre pour que le vent ne la referme pas.

La petite chatte blanche n'était pas là. Je l'ai cherchée partout, dans la cour, dans le fenil. Je l'ai appelée.

Je me suis assise sur les marches.

J'ai pensé à toi. Je te perdais. Ou tu t'éloignais. Ou c'était moi. Il n'y avait pas si longtemps, je posais ma main sur ton épaule. Ta chaleur. En fermant les yeux, sans faire d'efforts, je pouvais encore me blottir tout contre toi.

Le temps faisait son massacre. Insidieusement. Déjà, je ne pleurais plus.

J'ai entendu les bruits de pas de Lili dans la chambre au-dessus. Une porte d'armoire a grincé. Les craquements du plancher.

La Mère avait repris sa place, à sa table. Elle promenait sa cuillère dans un potage fait de pâtes en forme de lettres. Elle fixait ce qu'elle brassait. Elle mâchait et elle avalait avec indifférence.

Elle semblait plus vieille encore à présent que Nan était morte.

Deux jours que Lambert était parti. Les fenêtres, la maison, les volets clos, le panneau indicateur de l'autre côté de la route,

Jobourg, 4.

Beaumont-Hague 10, par la D 90.

Par la D 45, Saint-Germain-de-Vaux 0,7.

Omonville-la-Petite, 5.

Cherbourg par la côte, 30.

Je connaissais tout ça par cœur.

— C'est pas ton heure ! a dit Lili en me trouvant là.

Elle est passée derrière le comptoir. On s'est regardées. Qu'est-ce qu'il fallait qu'on se dise ?

— Je te sers quoi ? elle a demandé.

— Je ne sais pas...

Qu'avait-elle gagné à dire la vérité à Michel ? Les choses auraient-elles été plus difficiles pour elle si Théo était allé vivre avec Nan ?

— Ça te dit du vermicelle bien chaud ?

— Du vermicelle ?...

Elle a montré l'assiette, les pâtes en forme de lettres.

J'ai fait oui avec la tête.

Elle a versé une louche bien chaude dans un bol de faïence.

Elle s'est avancée vers moi, le bol entre les mains. Elle me regardait. Elle me scrutait. Elle a jeté un coup d'œil dehors, les volets fermés.

Son père était parti.

Elle s'était tue pendant des années, et pour continuer à vivre elle allait devoir se taire encore.

— Tu as passé la journée aux falaises, toi ?

C'est ce qu'elle a dit.

Elle n'a pas parlé de Théo. C'était le jour pourtant où je prenais le sac et la nourriture, pour le lui porter.

Le sac était là, accroché au clou. Vide. Allait-elle trouver la force, un jour, de le prendre et de l'enlever ?

— T'as les yeux de la lande, elle a dit en posant le bol devant moi.

Les yeux de la lande, les yeux de ceux qui errent.

— Une journée entière de guet à la mer, j'étais bien... j'ai fini par dire.

Elle m'a regardée encore. Elle était capable de ça, de parler des oiseaux pour ne pas parler de son père.

— Et qu'est-ce que tu as compté ?

J'ai sorti le carnet de ma poche, lentement, en essayant d'avaler ma salive soudain devenue trop sèche.

J'ai ouvert le carnet.

Je lui ai montré.

— ... Quatre cent soixante-neuf fous de Bassan, trois macreuses noires, soixante et onze sternes pierregarin, deux huîtriers pies, trois goélands cendre et quarante-six sternes caugek.

Elle s'est redressée, le torchon à la main.

Et puis le torchon sur l'épaule.

— Tu as compté tout ça ?

— Tout ça.

— Et tu conclus quoi ?

J'ai refermé le carnet.

Je l'ai regardée. Ses yeux comme des fentes. Les yeux de son père.

— Que c'est rare, les huîtriers pies, j'ai dit.

J'ai pris l'habitude de passer une heure ou deux chez Lambert, en fin d'après-midi. J'allumais le feu. Je faisais du café aussi. J'attendais qu'il revienne.

J'ai fini sa bouteille de whisky.

Les lettres de Michel étaient sur la table, je les avais toutes relues.

Je ne sais pas si la maison avait vraiment été vendue. Il n'y avait plus de visiteurs.

Quand je partais, je laissais la clé sur la porte.

En fin de journée, je passais chez Théo nourrir les chats. Je remplissais leurs gamelles. Je leur faisais du feu. Je leur mettais la radio aussi, pour qu'ils entendent du bruit.

Je remontais la pendule et j'attendais, assise à la table, ce moment particulier où l'aiguille accrochait, et quand le moment venait, dans ces deux minutes de temps immobile, je pensais à toi.

Parfois, l'un des chats sautait sur mes genoux, se roulait en boule et s'endormait. Je n'osais plus bouger. Le temps passait.

La petite chatte blanche que Théo aimait tant n'était toujours pas réapparue.

Une petite coque blanche au loin. Max a navigué un moment en longeant la côte jusqu'à la pointe de la Loge, entre le sémaphore de Goury et Port-Racine. Quelques minutes encore, et le bateau a piqué au large, à devenir un point lumineux, entre ciel et mer. Et puis perdu au milieu de la mer. La Petite le suivait des yeux. Elle aurait aimé partir avec lui. S'embarquer à son tour. À force de le regarder, elle vomissait. C'était le mal de ceux qui restaient sur la terre et qui regardaient s'en aller les bateaux.

Le mal de ceux qui regardent vivre les autres, la même douleur. La même nausée.

— Plus tard, quand tu seras grande, tu partiras toi aussi.

Elle a levé ses grands yeux sur moi. Cette bouche à la lèvre écrasée.

— C'est quand plus tard ? elle a demandé.

Je lui ai pris la main.

— Je ne sais pas. Bientôt...

Sa main était chaude, blottie dans la mienne.

— Bientôt, c'est trop loin ! elle a murmuré.

— Ça viendra vite.

Elle s'est échappée. Enfuie, tout au bout des prés suivie par son chien. Son ombre. Elle est allée s'étendre plus loin, sur un carré d'herbe rase, dans la lumière. Bouche ouverte, bras écartés. Elle a remonté son pull sur son ventre nu.

Les enfants grandissent plus vite dans la lumière, comme les plantes, les fleurs. J'avais entendu Lili le dire, mais elle parlait des rayons de lune.

Lune ou soleil... La Petite s'était couchée pour échapper à son enfance et arriver plus vite à demain.

J'ai suivi le bateau, au loin, dans mes jumelles. Max à la barre. La mouette sur le toit. Elle était avec lui partout, à terre et aussi quand il était sur le bateau. Il la caressait comme on caresse un chat. Il lui apprenait à dire des mots. Des mots simples. Il disait que les mouettes étaient capables d'apprendre à parler. D'autres pêcheurs le disaient aussi.

Max parlait rarement de Morgane.

Plusieurs fois, Raphaël l'avait appelé pour lui dire qu'elle était au téléphone. Il était venu. Il avait écouté. Il n'avait presque rien dit. Son regard, détaché, comme si de ne plus la voir l'avait aidé à moins l'aimer.

Maintenant, Raphaël ne l'appelait plus quand Morgane était au téléphone.

Les chats s'habituaient à l'absence de Théo. Quand j'arrivais, ils venaient vers moi, se frottaient à mes jambes. Ils mangeaient ce que je mettais dans leurs gamelles.

Ils se laissaient caresser.

Certains ronronnaient.

Je restais une heure ou deux.

J'aérais la maison.

La petite chatte n'était toujours pas revenue.

J'ai écrit une première lettre à Théo, je lui ai dit que tout allait bien.

Le téléphone a sonné, j'étais dans le couloir, je remontais. Il faisait presque nuit. Raphaël m'a appelée. J'ai entendu le rire de Morgane au bout du fil. Elle parlait vite. Elle semblait heureuse. Elle a voulu savoir comment était la mer. J'ai tiré le rideau. J'ai regardé dehors, du côté du phare.

— C'est marée haute.

— Et les couleurs ?

Le ciel et la mer étaient du même gris, un peu brun, c'était le vent, il soufflait d'est, ça soulevait la vase. Les bruyères se fanaient déjà sur la colline.

Je lui ai décrit tout ça.

— Il y a des mouettes qui volent au-dessus de la plage. Le phare est encore éteint. C'est une question de minutes.

— Tu regardes et tu me dis quand il s'allume ?

J'ai fixé le phare. Le temps tournait sur Aurigny, il allait y avoir de la brume.

Je lui ai dit que Max était parti à la pêche. Qu'il avait apprivoisé une mouette. Que le rat allait bien.

Je suis sortie sur le pas de la porte, je voulais lui faire entendre les mouettes. Qu'elle entende aussi le vent.

— Hier, Max a vu des dauphins nager dans le Blanchard. Raphaël les a vus aussi.

— Des dauphins !

Morgane n'y croyait pas. Elle voulait qu'on fasse des photos, qu'on les lui envoie.

Des pas ont crissé derrière moi.

— Ils faisaient quoi, les dauphins ? elle a demandé.

— Je ne sais pas... Max dit qu'ils étaient plus de dix. Ils ont nagé en suivant les courants autour du bateau.

— Raphaël les a vus, il ne m'en a pas parlé !

— Raphaël s'en fout, des dauphins...

— Tu dis que le rat va bien ?

— Il va bien oui...

— Et toi, tu vas bien ?

Les pas, l'odeur de cuir du blouson. Je l'ai senti, avant de le voir, un battement brutal dans le cœur.

— Et toi ? elle a insisté parce que je ne répondais pas.

— Moi...

Il était là, derrière moi, presque contre. J'ai senti son souffle contre ma nuque. Il a noué ses bras autour de moi. Les a refermés. Ses mains. J'ai entendu cogner son cœur dans mon dos.

— Je les ai pas vus, les dauphins, j'ai balbutié.

La voix de Morgane s'est mêlée aux cognements de mon sang, elle me demandait si le phare s'était allumé. Il ne l'était pas.

Il a posé sa main sur mon ventre. Sa main, tout entière. Et puis sa main sur mon visage. J'avais la tête dedans. Mes lèvres contre sa paume, à l'intérieur, ma bouche tout entière contenue.

J'ai respiré dans cette main.

L'intérieur, les lèvres contre la paume sèche. À m'en étouffer. Sans rien dire.

La nuque appuyée contre son épaule. J'ai attendu que mon cœur se calme. Il m'a fallu du temps, et il y a eu après ce moment infiniment doux où j'ai pu me remettre en mouvement et poser ma main sur son bras et cet autre moment encore où j'ai pu me retourner et le regarder. Cet homme qui m'enlaçait, ce n'était pas toi et pourtant j'étais en paix. J'ai blotti ma tête. Le visage enfoui. Les lèvres contre le pull. Cette chaleur sous la laine. Ma main s'est glissée, elle a retrouvé le chemin, cet endroit qu'elle aimait tellement avec toi, entre le blouson et le pull, petit animal craintif, sa place, et elle s'y est nichée.

— Vous êtes revenu.

Il m'a serrée davantage et j'ai enfin pu fermer les yeux.

Il faisait nuit. La mer est remontée en déferlant sur le phare, des paquets de vagues lourdes et courtes. Le temps était à l'orage. L'air déjà électrique.

Dans la chambre. Mon visage en reflet dans le miroir. La blessure de la tôle avait complètement disparu et pourtant, quand je rentrais du froid, la marque se dessinait encore, une trace légère qui s'effaçait dès que ma peau retrouvait sa chaleur.

Trace fugace.

Une ombre rouge.

Un souvenir.

Lambert dormait.

Je l'ai regardé.

Et puis je l'ai laissé.

Je suis allée finir ma nuit sur le divan, dans l'atelier de Raphaël. Une nuit de rêves imprécis, il m'a semblé que je t'appelais. J'ai tiré une couverture à moi. Elle avait traîné par terre. Elle sentait la poussière, le plâtre.

Au matin, Raphaël m'a trouvée là. Il ne m'a pas posé de questions. Il a fait du café. Il a juste dit que le temps était à la pluie et que je n'aurais pas dû me rouler dans une couverture aussi sale.

Je suis allée marcher sur la plage. Un goéland perché tout en haut du toit fixait la mer. Quand il m'a vue, il a poussé un grand cri et il s'est élancé, les ailes déployées, il est venu raser la surface de l'eau presque

524

devant moi. Les vaches s'étaient regroupées près de la barrière, elles avaient passé la nuit ici, elles ruminaient, les têtes tournées vers le village. Les hommes, là-haut, s'éveillaient. Les premières lumières.

J'ai marché jusqu'à la croix. Une touffe de petites centaurées avait pris racine au pied du socle. On en trouvait des fleuries ici, même en hiver.

Il a commencé à pleuvoir. Quelques gouttes. J'ai regardé le ciel. Les pluies de fin d'été ne tombent jamais comme les pluies d'automne. Elles sont plus violentes, elles saccagent le bord de mer, creusent les talus avec des forces de jalouses.

Les vieux disaient que cet hiver serait une année à neige.

Je suis revenue vers la Griffue. J'ai levé la tête. Il y avait de la lumière dans ma chambre.

J'ai ramassé un caillou. Un petit galet de granit noir, sur le côté il avait une griffure plus claire, un impact en forme d'étoile. J'ai fermé mes doigts, doucement, et je l'ai glissé dans ma poche.

Lambert est resté une semaine et puis il est reparti. Il est revenu dix jours plus tard.

Il est reparti encore.

À chacun de ses voyages, il allait voir Michel. Quand il revenait, il me parlait de lui. De leurs rencontres, quelques heures seulement par jour. Il aurait aimé rester davantage mais les règles du monastère ne le permettaient pas. Lors de sa dernière visite, il avait pu entrer dans la clôture, cet endroit plus intime qui n'appartenait qu'aux moines. Un moment de conversation dans une cellule sans fenêtre. Ils avaient bu de l'eau. Mangé quelques biscuits.

Ils avaient parlé.

Ces visites, même brèves, le rendaient heureux.

Je savais à présent que je pouvais aimer d'autres mains, désirer un autre corps, je retrouvais cela, avec lui, l'envie, mais je savais aussi que je ne pouvais plus aimer comme avant.

Le partage des nuits.

Ta mort m'avait amputée de cela.

Lambert l'avait-il compris ?

Il me regardait le quitter. Il ne cherchait pas à me retenir.

Il lui est arrivé plusieurs fois de me parler de cette maison qu'il avait dans le Morvan, un ancien moulin au bord d'un ruisseau. Il n'en disait pas davantage, simplement qu'il aimerait me montrer cet endroit.

Il est reparti.

C'était bien comme ça. J'apprenais à l'attendre.

Il y avait des silences troublants entre nous.

Un jour, il a sorti de sa poche une lettre qu'il avait reçue de son frère. Dans cette lettre, Michel parlait du pardon, longuement. Il disait que le pardon n'était pas l'oubli, qu'il fallait savoir en parcourir le chemin, et il citait une phrase de Jean-Paul II : *L'homme qui pardonne comprend qu'il y a une vérité plus grande que lui.*

Ce soir-là, je lui ai parlé de toi. On était dans sa voiture. De l'autre côté du pare-brise, il y avait la mer.

Il m'a aimée cette nuit-là, après. Chez lui. Dans sa chambre, un lit aux draps blancs. Il m'a aimée comme tu savais le faire, de cette même manière aussi absolue.

Dans la nuit, je me suis levée et je suis allée m'appuyer à la lucarne. Le ciel était plein d'étoiles. J'ai pensé que l'une de ces étoiles pouvait être toi.

Les bruits de la nuit. Froissements, souffles légers.

Je me suis retournée et j'ai regardé respirer l'homme qui venait de m'aimer.

Je me suis assise, le dos au radiateur. J'ai tiré de la poche de ma veste ce carnet qui ne me quittait pas. J'ai tourné les pages, j'ai passé tous les dessins jusqu'aux pages qui suivaient, les dernières, les pages blanches, et j'ai commencé à écrire notre histoire.

Le lendemain, Lambert m'a dit qu'il retournait voir son frère, que si je voulais, je pourrais l'accompagner. C'était fin septembre. Les beaux jours étaient finis. Le vent s'était mis à souffler d'ouest, il ramenait l'humidité, des plaques de brume venues de la mer. Des flocons d'écume qu'il arrachait aux vagues et soulevait jusqu'à mes fenêtres. Même les jours de soleil, il faisait froid.

On est partis très tôt le matin. Quand on a quitté Auderville, il pleuvait déjà. Des gouttes se sont accrochées aux vitres. On a mis de la musique. On a parlé de Michel.

Un peu après Caen, je lui ai montré la campagne, je lui ai dit, C'est par là-bas qu'habitait Sagan. Il s'en foutait de Sagan, mais je lui ai quand même parlé du manoir.

Il y a quelques années, j'étais venue ici avec toi. On s'était avancés dans le parc. Sagan était là, dans un fauteuil, le corps protégé du froid par une couverture. C'était l'été pourtant. Elle dormait.

L'année suivante, on est revenus, elle était morte.

Lambert s'est arrêté après Dozulé et c'est moi qui ai conduit.

Les mains au volant, j'ai pensé à Sagan et à ce jour-là. Des pensées sans tristesse. On avait eu très peu d'autres vacances après celles de Normandie.

À dix heures, la lumière a gagné mais le ciel est resté gris. On s'est arrêtés, un endroit sur l'autoroute qui s'appelait Fleury-en-Bière. On a pris un café et après, c'est Lambert qui a conduit.

La voiture me berçait. Sa voix. Il me parlait de son frère, de cette paix qu'il ressentait depuis qu'il l'avait retrouvé.

Un peu après Bessey-en-Chaume, on s'est arrêtés pour déjeuner.

Après, j'ai pris le volant.

À un moment, Lambert m'a montré des forêts, très loin, et il m'a dit que c'était là-bas, le Morvan, derrière ces massifs d'arbres.

On a roulé encore.

On s'est encore arrêtés.

Et on est repartis.

Je me suis endormie. Quand j'ai ouvert les yeux, j'ai vu des montagnes. On était tout près de Grenoble.

Pendant mon sommeil, Lambert m'avait recouverte de son blouson. Ma chaleur dessous, préservée. Je l'ai regardé. Il m'a souri.

On a quitté l'autoroute.

On a bu un chocolat dans une ville au pied des montagnes, juste avant d'entrer dans les gorges. Lambert m'a expliqué qu'autrefois, les moines partaient de là, à pied, pour rejoindre en solitaire leur lieu de repli. Qu'ils faisaient tout ce chemin.

On a parlé de Michel qui était parti de bien plus loin. On a regardé une rivière qui coulait entre les maisons.

On a repris la voiture, une route très étroite à flanc de montagne. Sur la droite, il y avait les gorges au fond desquelles coulait une rivière. On est passés sous des tunnels troués dans la roche. Il y avait des torrents. De l'eau qui suintait partout, sur la route et aussi contre les parois de la montagne. Lambert m'a dit que cette route s'appelait la route du Désert. Qu'on pouvait y apercevoir des lynx.

On n'a croisé personne.

On est arrivés à Saint-Pierre, il faisait presque nuit.

Lambert avait loué deux chambres dans un hôtel du village, l'Hôtel du Nord.

Il avait la 4, j'avais la 16, ce n'était pas le même étage. On a dîné dans un petit restaurant, on a mangé du jambon au foin, une spécialité que la serveuse nous a conseillée. On a bu une bouteille de bon vin. Il m'a parlé des enquêtes minables qu'il avait dû mener quand il était à Dijon. Des histoires sordides. Je lui ai dit que j'aimais ça, les histoires sordides, et ça l'a fait rire.

Il m'a raconté cette période de sa vie où il militait dans l'espoir de pouvoir changer le monde.

Après, on s'est promenés dans les ruelles, serrés l'un contre l'autre, il faisait plus froid encore qu'à la Hague mais ici il n'y avait pas de vent.

C'est moi qui suis allée le rejoindre cette nuit-là. Sa porte n'était pas fermée. Je n'ai eu qu'à la pousser. Il était debout derrière la fenêtre. Il n'a rien dit. Il m'attendait.

Le lendemain, il était tard quand on s'est réveillés. On a pris un petit-déjeuner rapide dans une salle vide.

Lambert a voulu me montrer une petite église, un endroit qui s'appelait Saint-Hugues, il y avait des peintures accrochées à l'intérieur, un chemin de croix. Le peintre s'appelait Arcabas. Il peignait avec des couleurs, on aurait dit de l'or.

On s'est arrêtés pour toucher l'eau glacée qui coulait d'un torrent. On a vu des truites.

Après, on a pris la route du monastère.

On s'est garés sur un parking un peu plus bas. Il n'y avait pas d'autres voitures que la nôtre.

Un chemin longeait des prés, il était bordé d'arbres très vieux, les racines affleuraient, sinueuses sur la terre. On ne voyait pas le monastère, il était au bout de ce chemin. Entouré par les montagnes. Déjà enclos.

Il fallait marcher encore.

Il se dégageait de cet endroit quelque chose de mystérieux, une aura particulière, j'ai ressenti cela très fort avant même d'apercevoir le premier toit.

Le monastère est apparu, presque soudainement, un vaste mur de clôture fiché dans la terre, avec autour, quelques prés à vaches, et les arbres, le pan bleu des montagnes, les sapins. On s'est arrêtés. L'endroit était isolé de tout comme pouvait l'être la

Hague. Mais le lieu était sacré. Même les arbres semblaient en prière. Les pierres sur le bord du chemin.

J'ai laissé courir mes doigts sur l'écorce épaisse d'un arbre. Les Indiens Hopi disent qu'il suffit de toucher une pierre dans le cours d'une rivière pour que toute la vie de la rivière en soit changée.

Il suffit d'une rencontre.

Lambert a pris ma main. Simplement. Il l'a serrée et on a continué à avancer. Un pas et un autre. Sans rien dire. Cette montagne était portée par le silence, elle en était imprégnée, le moindre bruit, la plus brève parole aurait été une injure.

J'ai regardé les murs. Les toits qui se devinaient derrière les arbres. Les hommes qui vivaient ici s'étaient retirés du monde, ils avaient renoncé à voir les autres hommes. Renoncé à vivre avec eux.

Une vie hors du temps.

Pour un Dieu.

On est arrivés devant la porte. Une chaîne pendait, au bout de laquelle était accrochée une lourde cloche. Il était encore trop tôt pour s'annoncer.

On a continué en grimpant le long du chemin qui contournait le monastère. L'air était frais, le soleil brillait et la terre sentait bon.

Les toits d'ardoises luisaient sous la lumière. Murs gris. Une silhouette, au loin, dans ce qui m'a semblé être un jardin. L'homme qui avançait courbé portait une bêche.

Ombres furtives. Hommes muets. J'en devinais les présences invisibles. J'aurais pu être comme eux. Après toi, j'aurais pu faire cela, m'enfermer derrière des murs et ne plus jamais en sortir.

À deux heures, on est revenus devant la grande porte. C'est Michel qui nous a ouvert. Il était vêtu d'une longue robe de bure, la capuche dans le dos. Je l'ai regardé, son visage. Les hommes qui vivent ici ne peuvent pas ressembler aux autres. Ils sont habités par la lumière. Michel semblait intemporel.

Il a pris mes mains entre les siennes et puis celles de Lambert. Il nous a dit qu'il avait deux heures de temps jusqu'à l'office des vêpres. On a échangé quelques mots sur cette longue route qu'il avait fallu faire pour venir jusqu'ici. Il a expliqué que les chemins les plus longs étaient souvent les plus nécessaires. Marcher et méditer. Il avait mis de longs mois pour arriver ici. Des années encore pour comprendre ce qu'était la vraie vie. Il avait abordé la sagesse. Il était arrivé à la contemplation.

Il a dit, Un jour, je poursuivrai jusqu'à Compostelle.

Au-dessus de nous, le soleil éclairait les prés.

Le temps se découpait-il ici comme ailleurs, en mois et en années ? Une année comptait-elle pour lui autant que pour moi ?

Il n'avait pas de montre.

Que représentaient deux ans, dix ans, pour des hommes ainsi repliés ? Les cloches rythmaient le temps, comme les marées marquaient celui de la Hague.

Il a parlé de la nature, si belle et si forte. Il a souri encore. Une lumière, venue de l'intérieur, éclairait son visage. Il ne semblait pas avoir de tourments. La mer qui avait tué ses parents existait pourtant en lui. Il la portait, enfouie, dans des replis muets. Même oubliée. La mer. Une trace. Le souvenir du froid peut-être.

Se souvenait-il des cris ?

Des courants ?

Il portait certainement en lui la lumière vive du phare.

Les deux frères sont partis ensemble sur le chemin qui rejoignait la forêt. Je les ai suivis des yeux, petites silhouettes, l'une sombre et l'autre claire. Ils marchaient côte à côte et ils parlaient.

Je suis retournée vers la grande porte. J'ai attendu quelques minutes et elle s'est ouverte à nouveau. Le visage de Théo est apparu. Derrière lui, l'ombre plus épaisse d'un porche. C'est tout ce qu'il m'a été possible de voir de l'intérieur du monastère.

La porte s'est refermée. Un claquement sourd. Le raclement des souliers sur le gravier.

Théo était vêtu du même habit que le jour de son départ, le même gilet et son petit pantalon de velours dont les mailles avaient été élimées par les griffes de ses chats.

On s'est éloignés entre les arbres. De petites taches de lumière dansaient à nos pieds. De l'eau coulait, une source sans doute ou l'écoulement d'une dernière pluie. Quelques flaques.

Théo avançait lentement, une main nouée sur sa canne. Je lui ai donné des nouvelles de ses chats. Je lui ai parlé d'eux et puis de la Hague, du froid qui s'installait. Je lui ai parlé de sa maison, des chats encore.

Je ne lui ai pas dit que la petite chatte blanche avait disparu.

On a marché jusqu'au hangar à bois. De longs troncs d'arbres avaient été tirés jusque-là, attendant d'être sciés, débités, ils étaient tous marqués de deux traits de peinture blanche. Dans la boue, quelques traces profondes.

Bientôt trois mois que Théo était là. Il semblait être bien. Il aidait aux tâches de la cuisine. Il pelait les légumes, les faisait cuire. Toujours à l'eau. Un peu de sel. Des goûts fades, sans fantaisie.

Il m'a dit qu'il regrettait parfois la nourriture de Lili. Il a eu un sourire, je n'aurais pas su dire si ce sourire était triste, il a tourné la tête en direction de la montagne, là où les deux hommes avaient disparu.

Il est resté un long moment silencieux, le regard un peu voilé.

— Michel est l'homme le plus solitaire de toute l'enceinte, mais quand il en sort, c'est aussi le plus bavard.

Théo se tenait un peu voûté, la nuque lourde. Ses jambes ne le portaient plus très bien.

On est allés s'asseoir sur un banc, au soleil. L'un près de l'autre.

— La mer ne vous manque pas ?

— Plus maintenant... mais je pense à elle souvent.

— Vous ne vous ennuyez pas ?

— M'ennuyer ?... Il y a tellement de choses à faire ici... Rien qu'à regarder le ciel, on ne s'en lasse pas. Et puis j'ai un ami, un très vieux moine aveugle. Il vit derrière l'une de ces fenêtres. Nous conversons de longues heures ensemble.

— Je croyais que les moines ne devaient pas parler ?

Il a souri.

— Bien sûr, ils ne doivent pas, mais nous le faisons quand même. Qui peut nous entendre ?

— Dieu ?

— Dieu… Comment pourrait-il nous punir davantage, lui qui nous a déjà rendus si vieux…

— Il peut vous envoyer en enfer !

— Qu'il m'envoie…

Il a dit cela d'une voix amusée.

Il a parlé à nouveau de Michel et du silence profond qui régnait dans l'enceinte.

— Michel lit beaucoup, il écrit aussi. Il reçoit du courrier vous savez… Il est très étonné de la façon dont vivent les hommes. Il dit qu'un jour, à cause de l'atome, le monde explosera et que l'homme reviendra au silex.

Théo a levé la tête. Il a regardé longuement les montagnes, tout un pan pris dans l'ombre et devenu presque noir, alors que l'autre versant, côté sud, était encore écrasé de lumière.

— C'est lui qui coud les linceuls dans lesquels sont enterrés les moines. Il fait ça, comme le faisait Florelle.

Il a prononcé ce nom, Florelle, le souvenir délicat, les yeux mouillés.

Des larmes qui le ramenaient à la Hague, aux déferlantes.

J'ai laissé passer de longues secondes. Michel en voulait-il à Théo ? Avaient-ils parlé de cela ensemble ?

Quand je lui ai posé la question, Théo a secoué la tête.

— Michel ne connaît pas le reproche. Il ne regarde pas vers cela. Ce n'est pas sa direction.

Il a parlé encore un long moment de cette vie, désormais, entre ces murs, ceux du monastère et aussi ceux de la montagne.

De ces murs qu'ils appelaient ici la clôture.

— Savez-vous que des lois très précises régissent la vie de cette montagne ?

Il m'a parlé des animaux qui vivaient ici, sous le couvert de ses arbres, animaux innombrables, des chevreuils, des lynx, une poignée de loups.

Il m'a parlé de ces hommes, âmes solitaires en quête d'absolu, qui offraient au silence de la montagne leur propre silence.

Théo m'a dit que les couchers de soleil lui manquaient, qu'ici, à cause des montagnes, il n'y en avait pas.

Je lui ai donné des nouvelles de Lili.

Je lui ai dit que la Mère allait bien.

Il m'a écoutée.

Et puis la fatigue l'a gagné. La fraîcheur aussi. Le banc est passé à l'ombre. Un frisson. Il a voulu rentrer. L'infinie lenteur de ses pas. Je l'ai raccompagné jusqu'à la porte.

Je l'ai regardé.

Il faisait partie de ces hommes qui meurent sans laisser de traces.

Je lui ai promis de revenir et il a dit, Je sais que vous reviendrez.

Les cloches du monastère se sont mises à sonner, un moment après, les unes après les autres, et puis toutes ensemble. Ici, le temps se mesurait en messes et en prières. Toute la semaine était tendue vers le dimanche. Et toutes les semaines étaient elles-mêmes tendues vers quelques dates précises, en fonction des saisons il pouvait s'agir de Pâques ou de Noël.

Et les vies elles-mêmes étaient tendues vers la mort, le rendez-vous ultime.

J'ai pensé à toi.

Les cloches se sont arrêtées mais leur résonance a continué encore, longtemps, comme retenue prisonnière entre les parois de la montagne.

Le ciel, à nu.

Le silence.

Les deux frères sont revenus. Ils avaient marché longtemps. Je les ai regardés approcher, l'un à côté de l'autre. Michel, un peu plus grand. Sa robe de bure qui traînait dans l'herbe.

Il était un peu plus de seize heures, l'heure des vêpres. Michel a ouvert la porte. Deux moines se hâtaient le long d'une allée, le bruit de leurs sandales sur le gravier. J'ai pu apercevoir une ombre derrière l'une des fenêtres.

Michel ne nous a pas demandé si nous allions revenir. Sans doute lui aussi savait que nous le ferions.

L'instant d'après, on a entendu tourner la clé de l'autre côté de la porte, un froissement d'étoffe et puis plus rien.

Le silence est retombé sur le Désert, l'enfouissant dans ses secrets et avec eux, la solitude des hommes qui l'habitaient.

Lambert a pris ma main. C'était une main large, chaude et confiante. Il a murmuré à mon oreille quelque chose d'infiniment doux, et on a rejoint ensemble le monde des hommes.

9268

Composition
NORD COMPO

Achevé d'imprimer en Espagne
par ROSÉS
le 2 mai 2010.

Dépôt légal mai 2010.
EAN 9782290024874

ÉDITIONS J'AI LU
87, quai Panhard-et-Levassor, 75013 Paris

Diffusion France et étranger : Flammarion